Sibylle Knauss

Evas Cousine

Roman

Claassen

Der Claassen Verlag ist ein Unternehmen der
Econ Ullstein List Verlag GmbH & Co. KG

ISBN 3-546-00229-6

Satz: Franzis print & media GmbH, München
Druck und Bindung: Graphischer Großbetrieb, Pößneck

Für G. W.,

die den Mut hatte, sich ihrer Vergangenheit
zu stellen.

Mit Dank für ihr Vertrauen und die klugen
Ratschläge, mit denen sie die Arbeit an
diesem Buch begleitet hat.

Diese Geschichte ist so wahr wie die ihr
zugrunde liegenden Tatsachen – und so frei
erfunden, wie es Romane sind.

Für Leserinnen und Leser, die das Geheimnis
der Fiktion kennen und es respektieren.

Hinter München fährt man immer wie durch ein Tor in eine andere Welt. Eine Welt höherer Schönheit, größerer Verheißungen. Beim ersten Blick auf die Berge spürt man es: die Lust anzukommen, zu bleiben, am nächsten Morgen mit dem Blick auf schneebedeckte Gipfel zu erwachen. Selbst wer nur die Transitpässe benutzt, ahnt etwas davon.

Ich nehme die Ausfahrt Bad Reichenhall. Wer erinnert sich noch daran, welch verführerische Macht solche Ortsnamen einst über uns hatten? Bad Reichenhall ... Berchtesgaden ... Unsere Sehnsucht nach dem außerordentlichen Glück, wie man es nur auf Reisen findet, zielte einst dorthin. Wenn man so alt ist wie ich, sieht man, dass die Reisebegierden der Menschen selber auf Reisen sind, dass sie vagabundieren, von hier nach dorthin weiterziehen, über die Alpen, das Mittelmeer, den Atlantik, über die ganze Welt, und der Tross folgt ihnen. Die Tourismusgeschichte des Jahrhunderts, auch ich bin ein Teil davon. Sie beginnt in Berchtesgaden.

Ein Sehnsuchtsziel. Lange vor der Zeit, von der ich erzählen will, kam schon die Mode auf, nach Berchtesgaden zu fahren und, wenn es ging, sich dort heimisch zu machen. Trendsetter unter den Städtern wie Carl Linde, der Eisschränkefabrikant, und Carl Bechstein, Pianos, erwarben

Sommersitze dort. Auch, unvorsichtigerweise, ein Fabrikant namens Eichengrün. Konnte er sich eine schlimmere Sommerfrische suchen? Er muss hier glücklich gewesen sein. Es war genau das Glück, das er sich erträumt hatte: Holzbalkone mit Geranien und Alpenglühen vor dem Haus. Er wollte, dass seine Kinder ausreichend gesunde Bergluft einatmeten. Man schwor damals darauf. Es half gegen Tuberkulose, Bleichsucht und andere Übel der Verstädterung. Es half nichts gegen ein Übel, das die Eichengrüns zwang, ein paar Jahrzehnte später ihr Refugium zu verlassen und ihr Haus weit unter Marktpreis zu verkaufen. Da erst begann die große Zeit von Berchtesgaden.

Es ist ein schöner Ort. Eingebettet in sanft ansteigende Bergmatten, die den schrofferen Höhen, den nackten Gipfeln vorgelagert sind. Ein weites Tal, vom Flüsschen Ache durchflossen, dessen Name »Wasser« heißt, was von uralter Besiedlung kündet, von Menschen, sesshaften, die einmal lange nicht wussten, dass es andere Flüsse gibt, und die alles hier fanden, was man zum Leben braucht, Schutz, Nahrung, Holz, fette Weiden. Ein Garten Eden. Das Tal gegen Süden verengt, verschlossen, abgesperrt. Hier treten die steilen Bergwände zusammen, der Watzmann, der Jenner, dahinter der Kahlersberg, und dazwischen der See, schmal, tiefgrün, uferlos, außer an seinem Nordende so gut wie unzugänglich, der Königssee. Eines der Weltenden. Wer mit dem Schiff von Schönau bis zur Südspitze fährt, steht davor.

Dies war einmal das Ziel touristischer Sehnsucht, ihr äußerstes. Noch erinnere ich mich an gerahmte Fotos von St. Bartholomä in den Wohnstuben, die Zwiebeltürme auf der einzigen Landzunge, die sich am Fuße des Watzmann gebildet hat, nur zu Schiff erreichbar. Ein einst legendärer Ort auf der Landkarte des Sightseeing, vergleichbar der Blauen Grotte auf Capri oder dem Eiffelturm, auch sie vergessen, gestrichen von der inneren Wunschliste. Die Reiseströme, obwohl unermesslich gewachsen, woandershin gelenkt. Nicht dass niemand mehr käme, aber es ist die Nachhut. Rentner, Tagesausflügler. Ich.

Ich fahre über die Ache. Links von mir liegt das Zentrum von Berchtesgaden. Ich weiß, dass ich mich rechts halten muss. Hier kommt der Wald bis ins Tal herab, und ich entdecke den Wegweiser nach Obersalzberg, als sei das irgendein Dorf wie andere umliegende Dörfer auch. Ich weiß, dass es das einmal war. Ich spüre für mich dem Klang des alten Namens nach, seiner verlorenen Unschuld, seiner Harmlosigkeit. Dann steigt die Straße an, zuerst sieben, dann elf, dann einundzwanzig Prozent. Zu meiner Linken auf einmal, früher als gedacht, der Leichnam eines Hotelbaus, menschenlos wie die Welt nach einem Krieg mit C-Waffen, verlassen, geräumt, die Türen verschlossen, die Läden zu, der fahle Putz von der Farbe ausgebleichter Tierknochen, abblätternd hier und da.

»For guests only« sagt ein Schild neben dem Eingang. Es kann nur Ratten meinen oder Gespenster.

Gespenster. Nacht für Nacht Ball im Hotel Platterhof. Gehen die Lichter an? Spielen die alten Kapellen? Leise, leise, ein Ton wie von zerleierten Schallplattenrillen, ein Rauschen, ununterscheidbar von dem Geräusch vergehender Zeit, dem unhörbaren Rieseln des Staubes, zu dem am Ende alles wird. Ist das Dr. Morell, der die schöne Frau Bormann auf die Tanzfläche führt? Seine Brillengläser spiegeln, als müssten sie verbergen, dass da kein Blick hinter ihnen ist. Auch Gerda Bormann, mittelgescheitelt, sanft, ist augenlos, nichts als zwei schwarze Höhlen, aus denen etwas starrt, was sich dort eingenistet hat, etwas Schauriges, Fremdes, etwas Unsägliches. Und dort Albert Speer. Er trägt eine Rolle mit Bauzeichnungen unter dem Arm, als wolle er die Hölle renovieren. Dicht hinter ihm Göring mit weißer Uniform, kardinalroten Strümpfen und dem Pour le Mérite auf der Brust. Er führt eine Löwin am Halsband mit sich herum, die er Emmy nennt. Und Heinrich Hoffmann. Und Eva. Und all die anderen. Alle. Alle sind sie da. Sie lieben das Amüsement. Laute Feste. Champagner. Große Garderoben. Nächte voller Musik, Affären, Leidenschaft. Ball im Hotel Platterhof. Werde ich auch dort sein?

Der Parkplatz vor dem Hotel ist leer. Es ist früher Nachmittag. Jetzt, am vierzehnten April, ist die Wintersaison vorbei, und die Sommertouristen kommen erst ab Mitte Mai, wenn die Straße zum Kehlstein freigegeben ist. Schmutzige Schneereste türmen sich an den Rändern des Parkplatzes. Die Natur hält sich zurück hier oben, noch befindet auch sie sich in einer Art Zwischensaison, weder Winter noch Frühling, der sich hier erst spät und dann gleich als ein rasant beginnender Sommer ereignen wird. Wenige warme Maitage, und die Wiesen werden hoch und voller Blüten stehen. Der April ist der graueste Monat hier. Der Schnee ist auf dem Rückzug, und der Frühling kommt noch nicht nach. Ein Monat voller Vergangenheit, voller Trauer, voller Wut. Voller Erinnerung.

Als ich mein Auto abstellen will, fällt mein Blick auf den Wegweiser zum »Hintereck«. Auf einmal verlässt mich alle Müdigkeit der langen Fahrt. Ich muss weiter. Ich bin noch nicht da. Das steinzeitliche Programm des Fährtenlesens ist aktiviert. Ich bin hellwach und bereit, in allem, was da ist, nach Zeichen zu suchen, geheimen Hinweisen, nur für Kundige deutbar, für die Wissenden.

Ich folge nach links, ein wenig den Berg hinab. Unterhalb der kleinen Straße ist das Terrain merkwürdig eben. Ein Sportfeld? Ein Exerzierplatz? Ein Kasernenhof. Weiter. Etwas ist nah. Ganz nah. Es will sich verbergen. Aber ich bin hier, um es in seinem Versteck aufzustöbern. Seit vierundfünfzig Jahren bin ich unterwegs.

Das Café Hintereck sieht aus, als ob es heute vergebens auf Gäste wartete. Die Busse zum Kehlsteinhaus hinauf verkehren noch nicht. Doch die Barriere zum Parkplatz ist geöffnet, das Parkwächterhäuschen unbesetzt. Um diese

Jahreszeit ist das Parken noch gebührenfrei. Trotzdem bin ich nicht die einzige, die ihr Auto unterhalb der Betonmauer abstellt, die einmal das Fundament der Gewächshäuser bildete, in denen das Gemüse für den Vegetarier Hitler wuchs. Gemüse aus biologisch-dynamischem Anbau, mit dem reinsten Gebirgswasser getränkt.

Wer außer mir ist noch da? Ich sehe mir die Autonummern an. Ein Mercedes aus Darmstadt. Ein VW-Passat aus München. Was wollen die hier?

Es ist ein seltsamer Ort für touristische Ausflüge im Jahr 1999. Nichts weist auf etwas hin. Keine Gedenktafeln, keine Orientierungshilfen. Nichts klärt darüber auf, wo man sich befindet. Wer zufällig hierher kommt, vermutet, dass es um den Kehlstein geht. Eine Bergstation, wie es so viele in den Alpen gibt. Nicht für den Wintersport geeignet. Dazu sitzt sie zu kühn, zu adlernestartig auf dem schmalen Gipfel. Ein Sommerziel, geschaffen als Aussichtspunkt, nur durch den Lift zu erreichen, der die letzten einhundertsechsundzwanzig Meter durch das Felsgestein hinauf führt.

Von dort aus darf man die Welt aus dem titanischen Blickwinkel wahrnehmen: das Berchtesgadener Land mit seinen Tälern auf Spielzeugmaß geschrumpft, der Königssee eine Pfütze, Salzburg ein Dunst, kaum ahnbar gegen Norden. Dagegen deutlich und nah der herrische Gestus, mit dem die Erbauer dem Berg dieses Bauwerk aufnötigten. Ihr Trotz. Die wüste Behauptung, mit der es als Geschenk zu Hitlers fünfzigstem Geburtstag erklärt worden ist. Geschenk von wem? Von denen, die sich bei Arbeiten in dem Schacht zu Tode stürzten? Wer bezahlte die dreißig Millionen Reichsmark, die die Baukosten verschlungen haben sollen?

Ein Riesenspielzeug. Ein Ding, Millionen Jahre alt, 1939 auf dem fast zweitausend Meter hohen Berg von Besuchern aus dem Weltall abgesetzt. Vielleicht ihr heimliches, als Gipfelhaus getarntes Raumschiff, mit dem sie ganz am Schluss doch nicht mehr abzuheben vermochten? Eine Teeküche, ein

Arbeitszimmer für Hitler, die achteckige »Gesellschaftshalle«, ein Speisesaal – das kann doch nicht alles gewesen sein. Dafür der vermessene Kraftakt, die Straße den Berg hinauf, achthundert Meter Steigung überwindend, die Sprengungen, Tunnelbauten, die Hangbefestigungen und Brückenkonstruktionen?

Treten Sie ein, genießen Sie den Blick der Nazis. Sagen Sie selbst: Es ist grandios.

Das Kehlsteinhaus ist ein Magnet für Touristen. Aber jetzt, im April, liegt es noch in seiner ganzen verlassenen Spukhaftigkeit auf dem Berg.

Vom Parkplatz aus gehe ich ein Stück weit am Fuß der Mauer des ehemaligen Gewächshauses entlang und stehe vor einer Barriere, hinter der ein Wiesenhang bis zur Kuppe eines sanft geschwungenen Hügels ansteigt. Ich frage mich, warum mir hier der Weg versperrt werden soll.

Doch eigentlich ist es ja auch bis hierher kein richtiger Weg. Es ist ein Trampelpfad. Es ist etwas, das entstanden ist, weil viele Menschen darauf bestehen, hier entlang zu gehen. Mit der Zeit ist es dann ein Weg und er setzt sich auch jenseits der Barriere als ein Trampelpfad fort. Gibt es hier etwas zu suchen?

Ich begreife, dass dies die Art ist, in der Hitlers Berg von heutigen Besuchern in Besitz genommen wird:

Hier ist nichts, behauptet das Nichtvorhandensein von Tafeln, Wegzeigern und anderen Hinweisen.

O doch, hier ist etwas, sagen die Spuren, die allzu deutlich von der Anwesenheit zahlreicher Neugieriger zeugen. Hier muss irgendwo etwas sein.

Und ich weiß auch, was. Und ich weiß, was ich suche, als ich mich auf den Weg den Hügel hinauf mache. Sie haben Bäume gepflanzt, wo einmal das Haus von Göring stand, von dem nur noch das Betonfundament auszumachen ist. Etwas unterhalb der Stelle ist der eingeebnete Platz für den Pool zu sehen, den man damals noch nicht Pool, sondern

Schwimmbad nannte. Görings hatten ein Schwimmbad, und ihr Haus stand an der schönsten, der überwältigend schönsten Stelle des Bergs.

Wir sagten damals einfach »Berg«. Es war so, wie man einmal Monte statt Monte Carlo gesagt hatte, wollte man dazugehören. Es ist die Sprache von Höflingen. Die Sprache derer, die es nicht fassen können, dass sie es tatsächlich geschafft haben, dort zu sein, wo sie das Zentrum der bewohnten Welt vermuten. Hier. Die Hof bildende Clique selbst hat das nicht nötig.

Als Hermann Göring kam, hat er mit sicherer Hand das schönste Stück aus dem Obersalzberger Kuchen an sich gebracht, den Eckerbichl, auch Göringhügel genannt. Er sah ihn liegen, griff zu, und schon hatte er sich ihn einverleibt, wie er es mit allen Dingen tat, die er begehrte. Nie der Schatten eines Zweifels, dass sie ihm zustanden. Er war ein Zugreifer, ein rundum glücklicher Säugling, davon überzeugt, dass man ihm gern dabei zusah, wie er sich vollstopfte. Ein Prachtexemplar. Ein richtiges kleines Monster, das gedieh und gedieh, bis es ein großes Monster geworden war. Der Eckerbichl war nur ein kleiner Appetithappen in seinem Lebensmenü.

Von hier oben sah Hitlers Berghof, diese bombastische Kreuzung aus Kaserne und Almhütte, wie ein Gartenhäuschen aus, und die Villa von Bormann, etwas unterhalb der Grundstücksgrenze von Göring gelegen, wie seine eigene Adjutantur. Darüber hin schweift der Blick in einer Art Vogelflugsimulation nicht einfach hinab ins Tal und vor die Wände der Bergkette im Westen, sondern mit dem Verlauf des Tales südwärts. Vorgelagerte kleinere Hügel, von Baumgruppen bestanden, schieben sich ins Bild. Dies ist die Stelle, an der der Königspalast des kleinen Reichs Obersalzberg hätte stehen müssen, von Morgensonne bestrahlt und dem letzten Licht aus Westen getroffen, während der Berghof schon immer früh im Abendschatten lag.

Plötzlich sehe ich, dass ich nicht allein hier oben bin. Drüben, jenseits der Bergstation eines alten Skilifts, steht ein Mann, der zu mir hersieht. Er mag hundert Meter von mir entfernt sein, und doch empfinde ich, dass er mich beobachtet.

Seit ich eine alte Frau bin, kommt es selten vor, dass man mich beobachtet. Das hat etwas für sich. Schließlich ist es auch lästig, der Gegenstand von so viel Aufmerksamkeit zu sein, wie es jüngere Frauen sind. Im Zentrum so vieler Fragen: Was tut sie hier? Wen erwartet sie? Sucht sie jemanden? Man ist freier, wenn man alt ist. Die Jungen wissen wahrscheinlich nichts davon.

Doch dieser Mann beobachtet mich. Er tut es unverhohlen, indem er seine Hand über die Augen legt und herüberstarrt. Er stellt sich genau die Frage, um die es geht: Was sucht sie hier?

Ich setze meinen Weg fort, als hätte ich ihn nicht gesehen. Doch auch ich habe begonnen, mich zu fragen, was er hier sucht. Ein Erinnerungstourist? Ein Souvenirjäger? Einer, der sich heimlich bückt und eine Hand voll Erde vom Obersalzberg aufhebt? Ein Wallfahrer vielleicht? Kann man jemandem trauen, der aus Darmstadt oder München ausgerechnet hierher fährt?

Und was denkt dieser Mann von mir? Hat er mein Alter taxiert? Hat er errechnet, wie alt ich zu den Glanzzeiten des Obersalzberg war? Was glaubt er, was mich hierher geführt haben mag?

Und ich begreife, dass etwas vom Geist dieses Ortes dieses Misstrauen weckt, diese latente Bereitschaft zu wechselseitiger Verdächtigung. Was haben wir, was hat dieser junge Mann, was habe ich alte Frau an diesem Ort verloren? Hören Sie, möchte ich ihm zurufen, es ist ganz anders, als Sie von mir annehmen!

Aber ist es das denn?

Ich gehe langsam zurück, ohne mich umzusehen. Mein Gang ist unsicher. Ich weiß, dass ich aus dem Gleichschritt mit mir selber gefallen bin. Es passiert, wenn ich weiß, dass mir jemand nachstarrt, erinnere ich mich.

Etwas unterhalb der Stelle, an der ich geparkt habe, sehe ich jenseits der Straße, die talabwärts führt, das Hotel Zum Türken liegen. Es sieht verlassen aus. Nur die ausgebleichten Nationalfahnen vor dem Haupteingang, Europa und USA, scheinen auf die Bereitschaft hinzuweisen, Gäste zu beherbergen.

Doch die Gasträume sind leer. Seit der Wiedererrichtung des Hauses nach dem Krieg ist hier offenbar nicht viel verändert worden. Selbst der künstliche Blumenschmuck auf den Tischen sieht aus, als stamme er noch aus dieser Zeit. Tischdecken und Fenstervorhänge, kariert und aus wollähnlichen Kunstfasern, sind in der reinen Bergluft doch etwas angeschmutzt. Nein, ich möchte mir keins der Einzelzimmer mit Talblick ansehen. Ich möchte einen Kaffee trinken.

Den gibt es jetzt nicht.

Aber, sagt die Wirtin zu mir, die Bunker sind offen. Wollen Sie die Bunker sehen?

Ich weiß nicht, was es ist, was mich an ihr stört. Sie ist keineswegs unfreundlich zu mir. Ich soll ums Haus herumgehen. Dort wird der Eingang zum Bunker sein. Und siehe da, hier ist es. Immer noch kein Hinweis, keine Tafel, nichts. Und dann ist man auf einmal doch da, wo man erwartet wird. Eine Art Museumsfoyer, Broschüren, Videos, eine vergitterte Schleuse zum Bunkereingang, die sich mit einer Münze öffnen lässt, für die man fünf Mark bezahlt. Hier. Dies ist die Goldgrube der Türkenwirtsleute. Sie haben es nicht nötig, ihr Hotel zu renovieren. Hierher kommen die Gäste. Sie kommen sowieso. Und jetzt weiß ich auch, was mir nicht gefällt: Die Frau hat auf mich gewartet. Sie hat gewusst, dass ich eines Tages hierher kommen würde. Jeder kommt mal hierher, sagt ihre Miene, ich frage nicht mehr, warum. Ich brauche nur zu warten und fünf Mark zu nehmen. Sie wollen es alle sehen.

Doch heute bin ich die einzige. Ich beginne den Abstieg. Noch immer bin ich von einem seltsamen Jagdinstinkt getrieben, als gelte es, einer Spur zu folgen, die ich erst finden muss. Der ganze Berg ist ein System von Hinweisen und Zeichen, die, kaum nimmt man sie wahr, wieder verwischt scheinen. Doch hier, unter der Erde, ist es anders. Hier spricht man eine klare Sprache mit den Besuchern. Die Treppen und Gänge sind ausreichend beleuchtet. Beschriftungen an den Wänden erklären, wo man ist.

Jetzt, da du schon einmal da bist, steig hinab und entdecke das Geheimnis dieses Ortes, scheint man dir sagen zu wollen.

Nur, es gibt kein Geheimnis. Alles, was du entdeckst, ist, dass da nichts ist. Nichts, als dass der Berg im Innern hohl ist. Die ganze Vertuscherei an der Oberfläche vertuscht nur dies: ein System von Stollen und Kavernen unter dem Berg. Ein Wahngebilde. Ein tiefinneres Nichts.

Bald nähere ich mich der ersten Verteidigungsbarriere mit Sicht- und Schießöffnungen in der Wand. Niemand hätte es überlebt, hier einzudringen. Sie hatten für hundert Jahre Munition, Trockenmilchpulver, Champagner, Medikamente, Öl, Rohrzucker, Weizenmehl, Nagellack, Cognacpralinen, Liebigs Fleischextrakt, Waschpulver, Haarshampoo, Schallplatten, Konservendosen, Reis, Nudeln, deutsche Klassiker und was der Mensch noch so braucht, um unter der Erde weiterzuleben.

Sie waren eingedeckt, ausgerüstet, vorbereitet. Es ist schön gewesen hier. Weißblau gekachelte Bäder. Holzpaneele an den Wänden. Orientteppiche. Die Einrichtungen wie über Tag. Eine Parallelwelt, durchaus komfortabel. Leider sonnenlos. Hitler hätte das nichts ausgemacht. Er stand meist sowieso erst gegen Mittag auf, versuchte das Gestirn Sonne zu meiden, soviel es ging. Ein Maulwurfsmann. Seiner Geliebten hatte er das Sonnenbaden streng untersagt. Er glaubte, dass man zur Not unter der Erde weiterregieren kann. Einen Maulwürfestaat mit Maulwurfsuntertanen. Zum Schluss wusste er gar nicht mehr, was daran eigentlich das Schreckliche sein sollte.

Ich merke plötzlich, dass ich tief in das Labyrinth eingedrungen bin. Mehrere Ebenen bin ich abwärts gestiegen, Wegzeigern gefolgt, die zu Vorratsmagazinen und Mannschaftsräumen weisen. Irgendwann stehe ich vor einer Ziegelwand. Weiter lassen sie die Besucher nicht in den Berg hinein. Es ist ein alter Trick. Die innersten Katakomben, das tiefste Verliess, die letzte Grabkammer zeigen sie dir nicht. Sonst gäben sie nämlich zu, dass es gar kein Geheimnis gibt. Die Schlupflöcher der Nazis im Obersalzberg sind leer und ausgeräumt, wie jeder weiß. Kein Wasserhahn, kein Lichtschalter, kein Nagel blieb zurück. Schon als die Amerikaner eingedrungen sind, war alles weg. Plündern muss schnell gehen. Es muss geschehen, bevor man selber merkt, was man tut. Wer so alt ist wie ich, erinnert sich noch daran.

Die Angst davor, dass das Licht ausgehen könnte, überfällt mich plötzlich und unvorhergesehen. Was wenn die Türkenwirtsfrau glaubt, dass ich schon wieder raus bin? Ich war die einzige Besucherin. Und wie finde ich den Weg zurück? Zum Glück entdecke ich die Pfeile an den Wänden, die zum Ausgang weisen.

Ich sehe auf die Uhr. Es ist gerade fünf. Deadline im Bunker? Ich beginne die Gänge entlangzuhasten, die steilen Treppen nach oben. Ich höre ein Schnaufen, das von mir selber kommt. Trotzdem stellt sich das Gefühl ein, dass es losgelöst von mir ist, ein Geräusch wie von der Tonspur eines Horrorfilms. Auch der Hall meiner Schritte auf den Steinstufen gehört dazu.

Als ich oben an der Schleuse angekommen bin, sehe ich die Türkenwirtsfrau mit dem jungen Mann vom Göringhügel im Gespräch. In seinem Blick liegt so etwas wie spöttisches Wiedererkennen. Als wüsste er, wer ich bin.

Und da erinnere ich mich. Es ist ein Streich, den mir mein

Gedächtnis spielt. Derselbe spöttische Blick. Das boshaft-amüsierte Lächeln, das Wissende darin:

Sieh an, hier trifft man sich wieder. Kennen Sie mich nicht mehr? Aber ich kenne Sie.

Mein Leben lang habe ich mich vor diesen Sätzen gefürchtet. Mein Leben lang war ich auf der Flucht davor. Sätze aus dem Repertoire meiner Angstträume. Jemand, der mich verfolgt, der mich einholt, der alles, was mir zu meiner Verteidigung zur Verfügung steht, mit einem einzigen Satz zunichte macht: Ich weiß, wer du bist.

Ich verscheuche die Erinnerung. Ich beherrsche mich. Ich weiß, dass es dieser Ort ist, sein Fluch, der mich Dinge sehen lässt, die nichts anderes als Staffage meiner Angstträume sind. Ich hätte nicht hierher kommen sollen.

Habe ich nicht sorgfältig gelernt zu vergessen? Habe ich nicht das Vergessen trainiert, wie andere ihr Gedächtnis trainieren? Habe ich mich nicht im Schweigen wie in einer Kunst geübt, einer Kunst, die wie jede Kunst zur Vollendung tendiert?

Muss ich jetzt noch lernen, darüber zu sprechen? Jetzt, da das letzte Geheimnis, der letzte Schleier, der über der Vergangenheit lag, gelüftet ist? Jetzt, da mich eine Nachricht erreicht hat, die das, was geschah, noch einmal neu vor mein Gedächtnis stellt, bevor es erlischt und niemand mehr davon erfahren wird?

Zu Hitlers Berghof geht's ein Stück die Straße hinunter und dann links, sagt die Frau.

Danke, sage ich.

Ich habe sie nicht gefragt. Ich weiß, wo es zum Berghof geht.

1952 war ein gutes Jahr für mich. Die Vergangenheit lag lange genug zurück, um vorbei zu sein, und die Zukunft begann mit einer Verlobung, wie es damals üblich war.

Dunkelhaarig, groß gewachsen, Motorradfahrer, schön –

der Mann war ein Hauptgewinn. Ein Medizinstudent. Ein zukünftiger niedergelassener Facharzt. Nicht auszudenken, wie angenehm, wie erfolgreich und wohlstandsgesättigt sein Leben sein würde. Ich hatte Glück gehabt.

Junge Männer, gut aussehend, unversehrt an Leib und Seele, hatten Seltenheitswert damals. Und selbst all die Einarmigen, Schädelverletzten, Rollstuhlfahrer, die Blinden und die, denen ein Stück aus ihrer Seele geschossen worden war, fanden noch eine Frau. Damals mussten wir alle auf unsere Art Krankenschwestern sein, eine Welt voller Frauen, die zu lindern, zu heilen und zu trösten da waren. Der Beruf stand in Ansehen, und auch ich hatte ihn ergriffen, statt mein Studium der Physik fortzusetzen. Ich wollte wie alle sein. Nicht auffallen. Nichts Besonderes.

Und der Erfolg gab mir Recht. Ich war im Begriff, die Verlobte eines zukünftigen Arztes zu werden. Mehr konnte man ein paar Jahre nach Ende des Krieges wirklich nicht verlangen. Es störte ihn nicht einmal sehr, dass ich nicht mehr Jungfrau war. Ich erklärte ihm, dass dies mein Abschiedsgeschenk für einen Mitschüler gewesen sei, motiviert durch die Ahnung, dass er nicht wieder zurückkehren würde. Er war großzügig genug, um es zu verstehen. Die Wahrheit würde ich ihm vielleicht später sagen, wenn wir verheiratet wären.

Ich fuhr mit ihm nach Wiesbaden, wo er mich seinen Eltern vorstellte. Sie hatten ein Zigarrengeschäft in der Nähe des Bahnhofs und bewohnten eine Etagenwohnung darüber in einem fast unzerstörten Haus. Heute klingt das sehr bescheiden, doch damals war es ein Traum, eine nahezu intakte Nachkriegsexistenz. Ihr Haus war verschont worden, und der einzige Sohn. Sie vermittelten den Eindruck, als wenn das etwas mit der ihnen eigenen Rechtschaffenheit zu tun habe, und die schlimmste Bedrohung, die sie je betraf, schien sich für sie in dem Wort Lastenausgleich zusammenzuballen, das sie nur mit Empörung, mit zitternder Entrüstung aussprachen.

Die zweitschlimmste Bedrohung war wahrscheinlich ich. Von der bevorstehenden »offiziellen« Verlobung war als etwas Unvermeidlichem die Rede, in das man sich wohl oder übel schicken musste, wenn es nicht anders ging. Mit verkniffenen Lippen wurde mir ein schwiegermütterliches Du angeboten. Natürlich schliefen wir in ihrer Wohnung getrennt, mein designierter Verlobter im Wohnzimmer, ich in dem Bett, in dem er seine Adoleszenz verbracht hatte. Wir wagten uns kaum anzusehen.

Dann kam ein wichtiger Tag, an dem sie uns zum Essen einluden. Ein Restaurant mit Blick auf die Rheinauen. Es war ein Abend im Juli, sommerlich und lau. Wir saßen auf der Hotelterrasse, und mir war so entschieden eingeschärft worden, wie außerordentlich dies alles sei und wie dankbar man dem Vater für seine Großzügigkeit zu sein habe, dass ich wusste: Es kam jetzt darauf an, nichts Teures von der Karte zu bestellen, und ich entschied mich für eine Kraftbrühe mit Eierstich.

Und als Hauptgang?, fragt der Kellner.

Sie trugen sogar weiße Jacken hier.

Sie hören doch, dass die junge Dame nur eine Suppe will, sagt die Mutter und sieht mich mit einem Blick an, in dem zum ersten Mal so etwas wie Sympathie für mich zu liegen scheint.

Trotzdem merke ich, dass etwas nicht so ist, wie es sein sollte. Der Kellner starrt mich an.

Junger Mann, sagt der Vater, der mein Schwiegervater werden soll, was ist mit Ihnen los? Ich habe gerade gefragt, ob es noch Spargel gibt.

Sieh mal an, sagt der Kellner. Hier trifft man sich wieder.

Er meint mich.

Wissen Sie nicht mehr?, sagt er. Wir kennen uns vom Hotel Platterhof. Obersalzberg. Ist ein paar Jahre her. Erinnern Sie sich nicht mehr an mich?

Nein, sage ich, tut mir leid. Ich wüsste nicht, woher wir uns kennen sollten.

Entschuldigung, sagt der Kellner. Dann habe ich mich geirrt.

Er macht eine kleine Verbeugung, aalglatt und hassenswert.

Spargel?, sagt er. Im Juli keinen mehr. Aber zum Rumpsteak kann ich zarte Prinzessböhnchen empfehlen.

Ich erinnere mich genau an ihn. An die Eilfertigkeit, mit der er uns an den Tisch geleitete. Gnädiges Fräulein, bitte sehr. Aber gern, gnädiges Fräulein, aber selbstverständlich. Seine Servilität. Der Hohn, die Verachtung, die er dahinter zu verbergen schien.

Obersalzberg? Was bedeutet das?, fragt der Zigarrenvater, als der Kellner wieder verschwunden ist. Was hatten Sie bei Hitler zu suchen?

Reinhard, sagt seine Frau streng zu ihrem Sohn, hast du uns etwas verschwiegen?

Ich spüre, wie sich der Kreis der Kleinfamilie wieder schließt, der sich gerade erst zaghaft geöffnet hatte, um mich in sich aufzunehmen. Ich bin außerhalb.

Nein, sage ich. Er weiß von nichts.

Und ich erkläre ihnen, was ich am Obersalzberg getan habe. Warum ich dort war. Und für wen. Und warum ich geblieben bin.

Ich hatte es meinem Verlobten irgendwann erzählen wollen. Irgendwann, wenn wir ganz ungestört sein würden, ganz für uns. Er hätte mich auch schon öfter danach fragen können. Woher kommst du? Was hast du erlebt, während ich ein Soldat war? Er hatte es nie getan. Und auch ich wusste nicht viel von ihm. Nichts von den zwei Jahren, die er in einem englischen Gefangenenlager verbracht hatte. Nichts von der Zeit davor. Es war, als wenn ein Verbot in Geltung wäre, sich umzudrehen. Hinter uns brannten die Städte, schrien die Verwundeten, riefen die Verdammten uns ihre Flüche nach, Sodom und Gomorrha und das Gericht über sie – und wir hatten den Blick starr nach vorn gerichtet, entschlossen, in eine Zukunft zu entkommen, wo wir gerettet sein würden. Wir wollten nicht in Salzsäulen verwandelt sein.

Ich habe die Geschichte von Lots Weib nie verstanden. Sie war es doch, die das Leben verdient hatte. Erinnerung und Erbarmen. Empfindung und Wahrnehmung. Ist es denn nötig, das alles zu lassen, wenn man davonkommen will? Wie lange dauert es, bis man den Blick zurück erträgt? Irgendjemand muss doch davon künden, was geschehen ist. Jetzt. Ist es lange genug? Wenn ich mich langsam umdrehe und sage, was ich seh. Wird irgendjemand mir überhaupt noch zuhören?

Als der Kellner sich wieder nähert, stehe ich auf und gehe aufs Klo. Ich höre noch, wie er fragt, ob er die Suppe warm stellen soll.

Nicht nötig, sagt der Zigarrenmann.

Als ich zum Tisch zurückkomme, hoffe ich einen Moment lang, dass mein Verlobter aufsteht und mir entgegengeht, mich vielleicht sogar in den Arm nimmt. Aber er sitzt mit derselben Neigung des Kopfes über den Teller wie seine Eltern da. So kann ich wenigstens mein Urteil selber fällen: Wir sind nicht mehr verlobt.

War es nicht recht?, fragt der Kellner, als er meine unberührte Suppe abräumt.

Ich habe mich sofort an seinen Namen erinnert. Er heißt Heinz.

(Ihr Lieblingstisch, gnädiges Fräulein. Und wünschen gnädiges Fräulein die Getränke wie immer?

Wie immer. Danke, Heinz.)

Es war alles in Ordnung, sage ich.

Wenig später bin ich auf dem Weg zum Bahnhof, meinen Koffer an der Hand. Das Angebot, mich zu begleiten, habe ich abgelehnt. Kein Abschied. Keine Erklärung. Nichts.

Ich weiß jetzt, dass ich nie, nie darüber reden darf.

Ein einziges Mal, ein paar Jahre später, werde ich das Gebot übertreten. Ich werde meine Augen schließen, meinen Kopf zur Seite wenden und es wie ein erpresstes Bekenntnis aussprechen, deutlich, aber fast ohne Ton.

Was hast du gesagt?, wird der Mann fragen, von dem ich, wenn es geht, trotzdem geliebt sein möchte.

Ich werde meine Aussage wiederholen. Und er wird meinen Kopf zwischen seine Hände nehmen, und ich werde meine Augen geschlossen halten und abwarten, was geschieht.

Wir wollen nie mehr ein Wort darüber verlieren, wird er sagen. Niemals und zu niemandem. Ist das klar?

Und erst dann wird er mich küssen. Und ich werde denken, dass ich Glück mit ihm gehabt habe. Mehr kann ich nicht erwarten, werde ich mir sagen. Er hat die Aufgabe bestanden, für die man mich als Preis bekommt. Dies ist mehr, als ich erhoffen durfte.

An seine kleine Bedingung halte ich mich sowieso. Wenn ich auch dann und wann noch davon träume, ohne Bedingung geliebt zu sein. Es ist ein unerfüllbarer, törichter Wunsch für eine wie mich. Würde er sich zu mir bekennen? Würde er mein Ritter sein, wenn man über mich Bescheid wüsste? Manchmal habe ich sogar Lust, mich zu verraten, um ihn auf die Probe zu stellen. Die kleine Klausel unserer Ehe trägt dazu bei, dass wir es schwer miteinander haben werden. Wir werden nie darüber sprechen, nicht im stillsten Kämmerlein. Er wird mich nie danach fragen, wie es gewesen ist. Und wenn ich jemals, etwa in Gegenwart der Kinder, auch nur die geringste Andeutung machen werde, so verschlüsselt, dass nur er und ich wissen können, was ich meine, und die Kinder nicht einmal ahnen, wovon die Rede ist, werde ich sehen, wie sein Gesicht dunkelrot vor Ärger wird, und wissen, dass ich ihn so weit bringen könnte, dass er mich hasst.

Und erst, nachdem er gestorben ist, werde ich meinen

längst erwachsenen Kindern davon erzählen, und sie werden mir sagen, dass sie es gewusst haben.

Wie kann das sein?, werde ich fragen. Wir haben doch niemals darüber gesprochen.

Eben, werden sie sagen und dabei ziemlich gleichgültig an mir vorbeisehen.

Offenbar ist das die Art, wie man Familiengeheimnisse weitergibt.

Außerdem sind da die alten Fotos auf dem Dachboden. Auf einem Bild, sagt mein Sohn, habe er sogar Hitler gesehen.

Und warum habt ihr mich nie danach gefragt?, sage ich.

Wir fanden es nicht so wichtig, sagt meine Tochter.

Und?, sage ich. Habt ihr darüber zu anderen gesprochen?

Warum?, sagt mein Sohn. Alle haben solche Fotos auf dem Dachboden.

Und ich werde auf einmal merken, wieviel Zeit seitdem vergangen ist. Es wird sein, als wenn ich hundert Jahre im Berg verbracht hätte, in den tiefen Verliesen, den bis zum Überfluss ausgestatteten Bunkern unter dem Berg, der verwunschenen, verfluchten, lichtlosen Gegenwelt, an die ich mich nur zu gut erinnere, wo eine einzige Nacht wie hundert Jahre ist und hundert Jahre wie eine einzige Nacht scheinen. Es wird sein, als wenn ich jetzt erst aus ihr aufgestiegen wäre, um zu sehen, wie sich die Welt seither verändert hat. Kinder wuchsen heran und stehen da und schauen dich wie ein Gespenst aus anderen Zeiten an.

Und ich werde nicht wissen, was ich ihnen sagen soll. Wie soll ich ihnen erklären, was es bedeutete, als eines Tages für mich ein Anruf aus Berchtesgaden kam?

I

Im Sommer 1944 fuhren die Züge noch. Ich hatte sogar eine Platzkarte, was sich als einigermaßen überflüssig erwies, denn je näher der Zug an München herankam, desto leerer wurde er. Damals wollten nur noch wenige in die Städte hinein. Heraus wollte man. Möglichst weit weg von den Bomben.

Ich wollte trotzdem hin. Ich wusste ganz genau, dass ich zum Überleben bestimmt war, wie es jeder mit Zwanzig weiß. Es war ein großes Versprechen, das für mich in Geltung war, eine Meistbegünstigungsklausel des Lebens. Etwas sagte mir, dass von zwei Möglichkeiten die bessere immer für mich gedacht sein müsse. Manchmal wunderte ich mich sogar, dass ich als Mädchen auf die Welt gekommen war, so als hätte es im vorgeburtlichen Jenseits ein Ich gegeben, das einen winzigen Moment lang nicht aufgepasst hatte, und nun musste es sehen, wie es damit zurechtkam, eine Frau geworden zu sein.

Aber eigentlich war das damals bedeutend gesünder. Von den zweiundzwanzig Jungen aus meiner Klasse, die mit mir ein Jahr zuvor Abitur gemacht hatten, waren zehn schon tot, und die Litanei ihrer Namen, ein monotoner Gesang, der sich jetzt dem Rhythmus der Stöße der Eisenbahnschwellen anpasste, klang ohne mein Zutun und beinah ohne Unterlass in mir: Hans, Waldemar, Wilhelm, Klaus, Otto, Wilhelm zwei, Ernst-Günther, Rudolf, Walter, Max …

Ich nehme an, dass auch sie fest daran glaubten, grundsätzlich unverwundbar zu sein. Wären sie sonst marschiert, als der Befehl zu marschieren kam, wären sie losgerannt, als sie losrennen mussten – in Sperrfeuer, Hinterhälte, vermintes Gelände? Hätten sie sich nicht wie Füchse eingegraben, um erst wieder herauszukommen, wenn alles vorbei war? Hans, Waldemar, Wilhelm, Klaus, Otto, Wilhelm zwei, Ernst-Günther, Rudolf, Walter, Max … Es gab keinen unter ihnen, der die Begabung zum Sterben gehabt hätte.

Als die ersten Nachrichten kamen, Todesanzeigen, seitenweise, in der Jenaer Zeitung, von Eltern aufgegeben, die ihren Schmerz als »stolze Trauer« bezeichneten und nur hier und da das namenlose Unglück offenbarten, das sie getroffen hatte: »Unser lieber großer Junge« stand dann da oder »unser über alles geliebter Einziger«, und dann ein Name, der für mich das ganze Aroma von Sommernachmittagen im Strandbad und Tanzkränzchen enthielt – als diese Nachrichten kamen, war ich ziellos stundenlang durch den Wald gelaufen. Der Wind zauste an mir, die Nacht brach ein. Ich wollte ihnen nahe sein, wollte spüren, wie es ist, wenn man draußen ist, ungeschützt, ohne die Möglichkeit heimzukehren. Ich begann ihre Stimmen wispern zu hören, so als spielten wir ein altes, vertrautes Geländespiel, bei dem nur die Toten und Todgeweihten zugelassen sind. Ich versuchte mir den Augenblick vorzustellen, in dem man einverstanden ist. Ganz kurz bevor der Tod kommt, muss es ihn geben, dachte ich. Ich nahm mir vor, eine Nacht im Wald zu verbringen, frierend wie sie. Aber dann ging ich doch nach Hause und legte mich in mein Bett.

Hans, Waldemar, Wilhelm, Klaus, Otto, Wilhelm zwei, Ernst-Günther, Rudolf, Walter, Max … Das Stakkato der Eisenbahnschwellen war damals eine dumpfe, unheilverheißende Begleitmusik. Ein fernes, unwirkliches Trommlercorps. Im Laufe der Fahrt schien es anzuschwellen. Als käme etwas näher, dem niemand ausweichen kann. Auch sie hatte es auf der Fahrt nach Osten begleitet.

Ernst-Günther war mein Freund. Als die Nachricht kam, dass er gefallen war, schloss ich mich in mein Zimmer ein, um zu weinen. Aber ich fühlte nur eine riesengroße Wut, dass er gestorben war, bevor wir es ein einziges Mal richtig gemacht hatten. Die meisten von den Jungen hatten es noch nicht gemacht, glaube ich. Vielleicht Max. Vielleicht Rudolf. Wenn's hoch kommt Waldemar. Ernst-Günther? Wenn er's gemacht hätte, dann bestimmt mit mir. Es ist einfach nicht fair, sie sterben zu lassen, bevor sie richtig wissen, wie es ist.

Es tat mir jetzt leid, dass wir nicht verlobt waren. Wären wir verlobt gewesen, hätte ich's vielleicht getan. Wahrscheinlich hätte ich das. Ich machte mir Vorwürfe, dass ich nicht verliebter in ihn gewesen war. Jetzt, wo er nicht mehr lebte, hätte es ja nichts ausgemacht, wenn ich ihn wahnsinnig, unsterblich geliebt hätte. Wir kannten uns schon so lange. Seit unserer Volksschulzeit. Vielleicht hatte es daran gelegen, dass ich mir eigentlich immer einen anderen Mann vorgestellt hatte, mit dem ich es eines Tages zum ersten Mal tun wollte.

Trotzdem wollte ich mich ihm auf irgendeine Weise jetzt noch zum Geschenk machen, und ich ging zu seinen Eltern und sagte ihnen, dass wir heimlich verlobt waren. Wir hätten es ihnen nur nicht mitgeteilt, weil wir wussten, dass sie uns zu jung dafür fänden. Doch später hätten wir bestimmt geheiratet, ein Heim miteinander gegründet und alles das.

Da fingen sie beide fürchterlich an zu weinen, und ich musste auch weinen, viel mehr, als ich bei der Nachricht geweint habe, dass er gefallen war. Sie wollten mich gar nicht mehr gehen lassen und baten mich, Vater und Mutter zu ihnen zu sagen, was gar nicht so einfach für mich war. Aber sie hatten niemanden mehr, der das sagte, und sie wollten sogar, dass ich zu ihnen ziehe, sahen dann aber ein, dass das zu weit ginge. Ich versprach ihnen stattdessen, einmal in der Woche zum Abendbrot zu kommen. Und obwohl das damals keine schlechte Sache war und wirklich großzügig von ihnen, denn schließlich bekamen sie keine Lebensmittelkarten für mich und ich konnte meine Ration zu Hause einsparen, so hatte mein Entschluss, nach München zu fahren, doch auch damit zu tun, dass ich mich auf die Art den Folgen meiner barmherzigen Lüge entziehen konnte.

Ich wollte noch keine Witwe sein. Ich war voller Neugier auf lebendige Männer. Ich war zwanzig Jahre alt. Zwanzig zu einer Zeit, als sie gerade zum Sterben geschickt wurden. Wenn nur ein einziger von ihnen nach diesem Krieg noch am Leben gewesen wäre, ich hätte ihn für mich gewollt.

Es war im Mai vierundvierzig, als Ernst-Günther fiel. Ich weiß es, weil mir kurz darauf die Sache mit den Maikäfern passiert ist. Das war ein Maikäferjahr! So was hat's nie mehr gegeben seitdem. Jetzt sind sie ja sowieso fast ausgestorben, und niemand außer uns Alten weiß noch, wie es war, als sie wie eine Heimsuchung über uns kamen.

Es war während einer meiner Trauerwanderungen, den ausgedehnten Fußmärschen, die ich zu Gedenken und Ehren meiner toten Schulfreunde unternahm. Ich ging eine Buchenallee entlang, und auf einmal höre ich ein seltsames Surren in der Luft. Ein Gefühl, als nähere sich ein Flugzeug im Sturzangriff auf mich. Und da fallen sie schon zu Tausenden auf mich herab. Sie regnen aus den Bäumen. Die Straße ist übersät von Maikäfern. Ich weiß nicht mehr, wohin ich treten soll, ohne dass es unter meinen Sohlen kracht. Ich gehe über die Leichen unzähliger Maikäfer, deren braun glänzende Chitinpanzer aufspringen. Sie prallen von meinen Schultern ab, sie rutschen in meinen Ausschnitt.

Das Schlimmste aber war mein Haar. Ich trug es lang und aufgesteckt. Wir nannten es Gretchenfrisur, eine Art geflochtener Kranz um Stirn und Nacken. So trug man das damals. Ein bisschen Sonnenwendfeuer, ein bisschen Erntedankfest und Jungmädel. Es stand mir. Ich brauchte nie eine Dauerwelle. Meine Haare sind bis heute kräftig und ziemlich kraus. Hart wie die Maikäferfüße, die sich darin verfingen. Es war, als ob sie hineingewachsen wären. Und dieses Gesumme, dieses Knistern und Knacken. Als trüge ich ein unsichtbares Feuer auf dem Kopf, dessen Brennen ich die ganze Zeit spüren konnte.

Sie mussten mir zu Hause die Haare abschneiden. Anders kriegte man sie nicht raus. Ich sah jetzt wirklich aus wie Gretchen – aber im letzten Akt. Eine Schandfrisur nannte mein Vater es. Und ich schämte mich wirklich. Denn damals gab es das: Schande. Etwas Dumpfes, Schlimmes, Heimliches, das nie im Leben ans Licht kommen durfte. Blutschande, Rassenschande und etwas anderes, von dessen Möglichkeit man nichts wissen, nichts ahnen durfte, und doch fürchtete man sich davor. Hinter allem, was man sah und hörte und wusste, gab es dieses andere, eine Schande, so tief, dass keine Scham, keine Buße jemals dafür ausreichen würden.

Manchmal fragten wir einander: Was wird sein, wenn wir den Krieg verlieren?

Was sein wird? Sie werden wie ein Gericht über uns kommen, sie werden uns quälen und töten. Unsere ungeborenen Kinder werden sie zu ihren Sklaven machen und in ihren Bergwerken arbeiten lassen. Und gnade dir Gott, wenn du ein Mädchen bist.

Ich war den Soldaten ja dankbar, dass sie ihr Leben für mich gaben. Was sollte aus mir werden, wenn sie es nicht taten? Mein Leben für die Leben von Hans, Waldemar, Wilhelm, Klaus, Otto, Wilhelm zwei, Ernst-Günther, Rudolf, Walter, Max? Nicht nur mein Leben, meine Ehre. War ich das etwa wert? Und was war das, meine Ehre, für die es auch das Wort Unschuld gab. Woran war ich unschuldig? Außer an dieser Frisur, die ich jetzt trug. Für sie konnte ich wirklich nichts.

Die sieht ja wie gebrandmarkt aus, sagte mein Vater.

Ich fühlte mich selber so. Als hätte man mich geschoren und durch die Stadt getrieben, damit jeder meine Schande sehen konnte, wie man es mit den Frauen machte, die sich mit Juden oder mit ausländischen Zwangsarbeitern einließen. Dabei hatte ich doch nicht einmal mit Ernst-Günther geschlafen. Das war jetzt, da er tot war, merkwürdig unwichtig.

Auch wuchsen meine Haare natürlich bald wieder nach. Aber noch, als ich im Juli bei Eva ankam, sah ich in ihrem Blick bei unserer Begegnung etwas wie spöttisches Amüsement über mein Unvermögen, so hübsch zu sein wie sie. Ich wusste, in ihren Augen würde ich es nie lernen. Aber sie täuschte sich.

Eva war eine gute Lehrmeisterin in der Kunst, andere Frauen auszustechen, indem man sich modisch so zur Geltung bringt, dass nicht eigentlich die Männer beeindruckt sind – darum geht es nicht, das wird eher als ein erwünschter Nebeneffekt betrachtet –, sondern die anderen Frauen sich bei dem Anblick fragen, was sie nur falsch machen. Meine Liebe, wissen Sie nicht, dass man das Kopftuch jetzt über der Stirn und um alles auf der Welt nicht mehr unter dem Kinn knüpft? Ständig wurde man von ihr bei solcher Art Unwissenheit ertappt. Es war, als gehöre man einer verbotenen Partei an und trüge noch dazu ihr sichtbares Erkennungszeichen an sich. Es gibt solche Frauen. Alles modische Bemühen der anderen ist Nachahmung. Sie reißen ihre Gefolgschaft mal da, mal dorthin in einem Richtungskampf, der völlig unbemerkt von den Männern ausgetragen wird, und meine Cousine Eva war eine von ihnen. Sie war es bis zur letzten Stunde ihres Lebens, für die sie sich schön machte.

Kleines, wie siehst denn du aus?, sagte sie, als wir uns wieder sahen. Wir haben einen guten Friseur hier. Ich glaube, ich mache dir als erstes mal einen Termin bei ihm.

Aber ich greife vor.

Als der Zug in München einlief, saß ich fast allein darin.

Zwei Tage zuvor hatte ein Bombenangriff sich auf das Bahnhofsgelände konzentriert. Das Hauptgebäude war zum Teil zerstört. Rohe Bretterwände trennten den Schutt von Zonen, die begehbar waren. Schilder hingen noch schief. Lampen waren abgerissen, das Dach über den Bahnsteigen durch provisorisch errichtete Pfosten abgestützt. Wahrscheinlich riskierte ich mein Leben, als ich ausstieg. Aber das taten wir damals so gut wie unausgesetzt.

Jeder Abschied konnte für immer sein. Jede Ankunft ein letztes Mal. Jeder Aufbruch endgültig. Die jungen Wehrmachtssoldaten, die den Zug auf dem gegenüberliegenden Gleis bestiegen, wussten, dass viele von ihnen nie wieder zurückkehren würden.

Ich bahnte mir meinen Weg zwischen sich umarmenden Paaren, schwankend vor Schmerz und Fassungslosigkeit, Müttern, die eine Hand ganz leicht zu einer Geste des Winkens anhoben, angedeutet nur, allein um den Söhnen den Anblick ihres Zusammenbruchs zu ersparen, den sie, kaum dass der Zug sich in Bewegung gesetzt hätte, erleiden würden, die eine Hand auf den Mund gepresst, die andere noch in der Luft, als hätten sie einen Falken davongesandt, nachdem sie sich ihn Jahr um Jahr gezähmt hatten. Und da fliegt er. Da fliegt er. Sie wissen nicht, ob sie ihn wieder sehen.

Ich versuchte, mich durch die Abschiednehmenden zu drängen. Ich fühlte den Schmerz, die Verzweiflung um mich herum, wie man das Klima fühlt, wenn man am Reiseziel aussteigt, einen Lufthauch, in dem fremde und seltsam vertraute Botschaften vermischt sind. Ich sah, wie der Zug auf dem gegenüberliegenden Gleis sich in Bewegung setzte, wie der Bahnsteig sich leerte, ich widerstand dem Sog, in dem die Zurückgebliebenen sich zum Ausgang bewegten. Ich blieb stehen, bis ich die Letzte war. Erst dann begriff ich, dass mich niemand abgeholt hatte.

Noch heute fühle ich die Enttäuschung darüber, dass Eva

nicht gekommen war. Beschämung war dabei, ein hohles, höhnisches Echo meiner unangebracht großen Vorfreude. Wie hatte ich glauben können, dass ein Treffen mit mir für Eva wichtig genug war, um pünktlich zum Bahnhof zu kommen?

Da stand ich mit meinem Koffer, auch er übertrieben, zu groß, zu schwer, zu vollgestopft. Ich hatte mich nicht entscheiden können und viel zu viel eingepackt. Ich wünschte mir jetzt ein kleines elegantes Köfferchen statt dieses Ungetüms aus dem Fundus meiner Mutter. Ich hatte schon Evas Spott im Ohr. Lieber Gott, Kleines, das ist ja ein Kleiderschrank!

Ich wusste noch nicht, dass sie selbst die Gewohnheit hatte, mit viel zu großen Koffern auf Reisen zu gehen. Für alle Fälle immer das richtige Kleid dabeizuhaben, war ihr, glaube ich, das Wichtigste im Leben, und selbst ihre letzte Fahrt trat sie mit großer Garderobe und mehreren Koffern an.

Ich aber habe mich seitdem in der schweren Kunst geübt, mit immer leichterem Handgepäck zu reisen. Ein einziges unnötiges Teil im Koffer kann mir jede Reiselust verleiden. Ich strebe nach dem Ideal einer totalen, schlanken, fast mathematisch genauen Vollkommenheit beim Packen. Alles Nötige muss da, alles Unnötige vermieden sein. Vielleicht hat das damals in München begonnen, als ich das zu große Gewicht meines Reisekoffers gleichzeitig mit der Beschämung darüber empfand, dass ich nicht abgeholt worden war. Ich begann ihn Richtung Ausgang zu schleppen.

Da hörte ich meinen Namen. Er kam aus dem Lautsprecher.

Seltsam, wie man bei der unverhofften Nennung des eigenen Namens erschrickt. Wie man sich plötzlich ertappt fühlt, aber auch auserwählt. Für einen Augenblick scheint alles möglich. Wer spricht? Der Gott der Bahnhöfe? Wen meint er? Mich? Woher kennt er mich? Woher weiß er, dass ich hier bin?

Mir blieb nichts, als den Anweisungen zu folgen und mich zum Ausgang Holzkirchener Bahnhof zu bewegen. Dort, dachte ich, würde mich Eva erwarten. Meine schöne Cousine. Die einzige Verwandte, die ich bewundere. Von der ich lernen will. Die Frau, die für mich ein Rätsel ist, das ich lösen will. Deren Geheimnis mich interessiert, wie mich die Liebe, die Leidenschaft, das Verbotene daran interessieren. Die Frau, die die Geliebte von Adolf Hitler ist.

Sie wird mich umarmen. Sie wird mich mit kritischem Blick mustern. Sie wird spöttisch amüsiert sein, wenn sie das tut. Sie wird merken, dass ich seit unserem letzten Treffen erwachsen geworden bin. (Ich wünsche mir, dass sie das merkt.) Sie wird bald darauf ihre immer flüchtige Aufmerksamkeit anderem zuwenden, und wir werden zu ihr in die Wasserburger Straße fahren, wo ich dann am Ziel meiner Reise angekommen bin.

Aber sie war nicht da.

Am Ausgang Holzkirchener Bahnhof wartet statt dessen ein SS-Mann auf mich und nimmt mir den Koffer ab, während ein zweiter mir die Tür eines schwarz glänzenden Mercedes-Benz aufhält, in dessen ledergepolstertem Fond ich versinke.

All dies geschieht mit der überraschenden großen Nachdrücklichkeit, mit der ein Film beginnt, dessen erste Bilder, ob man es will oder nicht, überwältigen, jedes andere Bewusstsein ausschalten und nur eins zulassen: das leidenschaftliche Interesse, zu sehen, was als Nächstes kommt. Den unabweisbaren Wunsch, zu entschlüsseln, was hier passiert. Jeder Anfang ist gewaltsam.

Wir haben den Auftrag, Sie zum Obersalzberg zu bringen, sagt einer der Männer.

Es sieht nicht so aus, als ob sie von mir hören wollen, ob ich einverstanden bin.

München hatte sich verändert, seit ich das letzte Mal dagewesen war. Alle Städte veränderten sich damals, indem sie vor unseren Augen in Schutt und Asche sanken.

Ein Teil des Bahnhofsgebiets war abgesperrt. Aufräumkommandos arbeiteten daran, die Trümmer zu sortieren. Stahl zu Stahl. Holz zu Holz. Scherben zu Scherben. Der Rest lag noch herum, Mauerstücke, Splitter, zerfetzte Leitungen. Mit Brettern vernagelte Hauseingänge, fensterlose Fassaden, hinter denen nichts mehr war. Treppenstufen, die in dieses Nichts hineinragten.

Heute scheint es mir unglaublich, dass ich durch diese Verwüstung fuhr und voller Fragen, voller Erwartungen war, die den Fortgang meiner Reise betrafen. Hätte ich nicht erschütterter sein müssen? Hätte das, was ich sah, mich nicht derart aus der Fassung bringen müssen, dass ich das Ziel meiner Fahrt, meine Angst, meine Hoffnung, meine Gier nach Fortsetzung vergaß? Hätte es nicht mein eigenes unruhiges Ich außer Kraft setzen müssen?

Mehrmals mussten wir vor Straßensperren umkehren, hinter denen sich Schuttberge auftürmten oder Bombentrichter auftaten. Manchmal versperrten uns auch Menschen den Weg, wo Bürgersteige nicht passierbar waren, junge Flakhelfer, die zu ihrem Einsatzort eilten, Rotkreuz-Schwestern auf ihrem Weg ins Lazarett, alte Frauen, gebeugt, die kleine Leiterwagen hinter sich herzogen. Alle hatten sie die Blicke zu Boden gerichtet, als sei ein Verbot in Kraft, aufzusehen und die Verwüstung um sich herum wahrzunehmen. Alle schienen sie es eilig zu haben, als gelte es, rasch, unverweilt ein Niemandsland zu durchqueren. Nur wenn mein Fahrer hupte, was er häufig tat, sahen sie plötzlich auf und starrten zu mir herein. Nicht feindselig. Erstaunt. Wie aus einem Traum erwacht. Wo sind wir?, schienen ihre Blicke zu fragen. Und wer bist du? Wo bringen sie dich hin?

Ich sah in ihren Augen, dass ich wichtig war. Kostbar und

unersetzlich. Eine Art Chefsache. Und es gefiel mir. Es gefiel mir teuflisch gut.

Wo ist meine Cousine?, fragte ich.

Die Männer vor mir steckten sich gerade Zigaretten an.

Wollen Sie auch eine?, fragte mich der Beifahrer.

O ja, sagte ich.

Nichts wollte ich jetzt mehr als das.

Noch heute kann mich die Erinnerung zu einer rückfälligen Raucherin machen. Wie ich mich zurücklehnte. Wie ich es tief inhalierte, das Gift dieses Augenblicks.

Wann ist je wieder so gierig, so inbrünstig geraucht worden wie in dieser Zeit? Wer heute die alten Filme sieht, spürt noch etwas davon. Diese Brüderlichkeit unter uns Süchtigen. Wie noch die Kippen von Hand zu Hand gereicht werden. Wie behutsam man sie zwischen Zeigefinger und Daumen nimmt und an die Lippen führt. Wir rauchten bis zur Glut. Es war das Feuer, das uns lockte, nach dem wir süchtig waren. Ungesund? Aber ja. So ungesund wie das Leben, an dem man sich die Finger verbrennen kann.

Auch Eva war eine Raucherin, obwohl es ihr von dem Mann, den sie liebte, verboten worden war. Sie rauchte mit dem kleinen diebischen Vergnügen, mit dem Schüler auf dem Klo rauchen, mit jedem Lungenzug und dem köstlichen Schwindel, den er im Kopf erzeugt, eine Freiheit auskostend, die nicht zugestanden wird. Rauchen ist immer Selbstüberhebung. Der trotzige Versuch, sich vom Leben zu nehmen, was es nicht geben will. Seine Substanz ist ähnlich der der Lüge: ein Nichts, das gleichwohl schädlich ist.

Die deutsche Frau raucht nicht, hatte man uns gesagt. Die deutsche Frau trinkt nicht. Die deutsche Frau schminkt sich nicht. Dass ich nicht lache. Hätte man mir gesagt: Du hast drei Wünsche frei – Eine Zigarette, hätte ich geantwortet. Hoppla. Das war ja schon ein Wunsch. Einen Lippenstift und vielleicht, wenn es sein kann, ein Stück Sahnetorte. Ach ja, fast hätte ich's vergessen: Dass bald der Krieg aufhört.

Dass dieser Test aber auch immer und immer misslingen muss.

Ist meine Cousine nicht in München?, fragte ich.

Und als die Männer verneinten, fiel es mir erst wieder ein: Zum Obersalzberg, hatten sie gesagt.

Wusste ich, wohin sie mich brachten?

O ja, ich wusste es. Jeder von uns kannte den Berghof. Es war – wie soll ich das sagen? – ein Ort, uns so tief vertraut wie ein Kindheitsort. Und auch so voller Fremdheit, voller Geheimnisse.

Die hohe Treppe, die zur Empfangsterrasse führte: Wir hatten Göring und Ribbentrop gesehen, Bormann, Himmler, Goebbels, Speer, wie sie sie emporstiegen, den Blick nach oben gerichtet, wo sie nach rechts zwischen den Kolonnaden verschwanden, unter denen man den Eingang zum Haus vermutete. Immer waren wir am Fuß der Treppe geblieben bei den Zurückgelassenen, den Kameraleuten, den Chauffeuren, dem Tross. Das Fußvolk waren wir. Wochenschaupublikum. Dann und wann hatten wir aus dieser Position den Hausherrn gesehen, wie er aus den Kolonnaden trat, um seine Gäste zu begrüßen, denen er, je nachdem, ein paar Schritte auf der Terrasse oder sogar ein paar Stufen hinab entgegenkam, nie zu viel, eher zu wenig. Lloyd George, Edward VIII. und sein Herzblatt Wallis Simpson, Mussolini, Chamberlain ... Wir drückten uns in die Kinosessel. Wir waren dabei. Von tief unten sahen wir sie die Treppe beschreiten, die steil und ausladend wie zu einem mächtigen Denkmal, einer aztekischen Burg hinan führte, nicht für Sterbliche gemacht, außer wenn sie sich in der Absicht nähern, anzubeten, ihre Gaben darzubringen oder eine höhere Weisung entgegenzunehmen. Und da stand er, der Hausherr, sah, wie ihre Gesichter sich vor Anstrengung röteten, hörte das Keuchen, das sich ihrer Brust entrang. Sie waren stets außer Atem, wenn sie vor ihm standen. Er ganz bei sich, seelenruhig.

Selbst Chamberlain ging er nur bis zur obersten Stufe der Freitreppe entgegen. Der alte Gentleman, fast siebzig, hatte zum ersten Mal in seinem Leben ein Flugzeug bestiegen, um Hitler in jeder Weise entgegenzukommen, und, noch etwas benommen von seiner Kühnheit, seinem beherzten Schritt ins neue Zeitalter, fand er sich am Fuße der Treppe, Hitler weit über sich in der unerwarteten Pose des Zuwartenden, ungeduldig, als könne er davon ausgehen, dass man sich etwas mehr beeilt, wenn er zu sich gebeten hat. Und noch während der Brite um das schmale Lächeln rang, das er für die Fotografen bei solcher Gelegenheit zur Schau zu tragen pflegte – für dieses Mal ließ man sie auch auf die Eingangsterrasse –, hatte Hitler ihm schon wieder den Rücken zugewandt, mit einer sparsamen Geste, einem Ausschwenken der rechten Hand nach hinten, das seltsam schlaff und unentschieden ausfiel, wie es seinen Gesten überraschenderweise häufig eigen war, seinem Gast bedeutend, dass er ihm folgen möge, wenn er denn auf der Unterredung bestehen wolle. Man sollte mit niemandem ein Appeasement versuchen, der an einem solchen Ort empfängt.

Wer zu Hitlers Berghof kam, ließ sich zunächst auf den Trick mit der Treppe ein.

Ich hätte niemals gedacht, dass ich sie hunderte Male in meinem Leben begehen sollte. Sie war gar nicht so steil, wie ich sie mir immer vorgestellt hatte, doch auch mir hat sich später etwas von ihrer Feindseligkeit, dem widerständigen Wesen, das in ihr angelegt war, mitgeteilt. Wollte man beim Hinaufgehen zwei Stufen auf einmal nehmen, wie es damals meine Gewohnheit war, verweigerte sie sich. Mal schienen die Stufen zu breit, mal zu hoch zu sein. Man fand den Rhythmus nicht. Irgendetwas Heimtückisches war in ihr. Beim Hinabgehen nicht anders. Sie schien allein dazu gebaut, einen straucheln zu lassen, und niemand von all den Gästen, die sie begangen haben, der nicht von Zeit zu Zeit den Albtraum geträumt haben muss, wie er die Treppe hinunterfällt, tiefer als je gedacht, in einen Abgrund von Unglück, einen wahren Höllenschlund der Niederlage stürzt, einen hohnlachenden Hitler unerreichbar weit über sich. Sie sahen alle sorgfältig unter sich, wenn sie die Stufen hinabschritten, auf die wartenden Limousinen zu, auch Hitler heftete die Blicke auf seine Fußspitzen, und jeder, der neben ihm ging, der, wie Mussolini, befugt war, aufzuschließen mit ihm, blieb freiwillig etwas zurück, sorgfältig Stufe für Stufe mit leicht schlurfendem Schritt sichernd.

Noch heute träume ich manchmal, dass ich die Treppe vom Berghof hinunter muss. Und da ist kein Geländer. Nichts. Nur die endlosen Stufen immer tiefer und tiefer hinab. Einer von diesen Träumen, die nur durch einen Sturz ins Bodenlose beendet werden können. Es führt kein anderer Weg zurück in das Erwachen, in die Gegenwart.

Natürlich wusste ich, wohin ich fuhr. Ich kannte das riesige versenkbare Fenster in der Wohnhalle des Führers, das den Blick auf den Untersberg, nach Berchtesgaden und das dahinter liegende Watzmannmassiv freigab. Dieses Fenster, vor dem auch er sich verloren und seltsam klein ausnahm. Dies war sein Blick auf die Welt. So bot sie sich ihm dar: eine gewaltige Kulisse aus Himmel und Bergmassiv, hohe einsame Gipfel, menschenfern und kalt, die meiste Zeit schneebedeckt, darunter die Zone des Waldes und tiefer, sehr klein, sehr entfernt, die winzige Menschenwelt, hingestreute Behausungen, vergänglich, marginal, verzichtbar in dem Bild von überwältigender Eindruckskraft. Ein Wimpernschlag von ihm tilgte sie.

»Hier traf der Führer große Entscheidungen«, lasen wir als Bildunterschrift in unseren Zigarettenbildalben. Ich war eine leidenschaftliche Sammlerin gewesen. Ich besaß sie alle vollständig. Ich wusste, dass Hitlers Wohnhalle auf dem Berghof in ihren Ausmaßen gigantisch war, von dunkel geäderten Marmorstufen in zwei Ebenen unterteilt, von denen die tiefere zum Tal hin vor dem großen Fenster lag, so dass es dem Gast, der von oben her eintrat, den Atem verschlug und er begriff, wie die Welt für den aussieht, dem sie zu Füßen liegt. Ich kannte auch den Kamin an der Stirnseite, von demselben Marmor gerahmt, aus dem die Stufen waren. Die schwere braune Holzdecke kannte ich, aus wuchtigen Kassetten bestehend, vielfach abgesetzt, mit den zwei riesigen Lüstern, die in jedem Teil der Halle von ihr herabhingen, kreisrund, einen dichten Kranz von hohen Glühbirnenkerzen tragend. Sie waren es, die dem Raum etwas spürbar Nibelungenhaftes gaben, als versammelten sich hier bei nächtlichem Feuer uralte Ritterschaften zu heimlichen Schwüren und neuen Gewalttaten, Wiedergänger, die ihren niemals ganz fest verschlossenen Gräbern aus grauer Vorzeit entstiegen waren, Beschworene, wie aus dem Gedicht von Agnes Miegel, das wir gelernt hatten:

In der dunkelnden Halle saßen sie,
Sie saßen geschart um die Flammen,
Hagen Tronje zur Linken, sein Schwert auf dem Knie,
Die Könige saßen zusammen …

Ich liebte dieses Gedicht. Ich spürte die heiligen Schauer von irgendwas in ihm. Einen betörenden Singsang von Ichweißnichtwo. Gold und Blut. Zuckende Flammen. Der ganze Sexappeal des Untergangs lag darin.

Die braune Fiedel raunte alsbald, träumend und ganz versonnen, Herr Volker sang: Im Odenwald, da fließt ein kühler Bronnen … Ich stellte mir Eva vor, wie sie im zuckenden Schein der Kaminflammen in dieser Halle saß, Schön-Kriemhild … Sie kauerte nah der Glut, von ihren schmalen Händen zuckte der Schein wie Gold und Blut und sprang hinauf an den Wänden …

O, Eva passte in dieses Bild. Sie passte in diese Halle. Ich wusste es, bevor ich sie dort sah. Ihr Erbauer hatte Sinn fürs atmosphärische Detail bewiesen. Die Gemälde an den Wänden in ihren schweren Goldrahmen, die Feuerbachs, der Bordone, wirkten demgegenüber wie ein Zugeständnis an eine mehr oder weniger fremde Zivilisation. Wie Beutestücke, die im Palast ausgestellt sind, damit man sieht: Auch dies ist sein, des Eroberers.

Es war Hitlers Wohnzimmer, nichts anderes war es. Der Ort, an dem er bei sich war. 285 Quadratmeter groß, ausgestattet mit Sofas und Sesseln, um es sich bequem darin zu machen. Die wohnlich möblierte Zone seiner privaten Welt.

Später sah ich solche Orte in James-Bond-Filmen. Die Bösen wohnen so. Die erbarmungslos Mächtigen, die an dem großen Projekt des Untergangs arbeiten. Es war frappierend, wie leicht ich es wiedererkannte.

Die Abgelegenheit der Wohnsitze: Goldfingers Ranch, idyllisch, naturnah, ein Ort, wo privilegierte Gäste empfangen werden. Rassige Autos und Pferde. Der ganze harmlose Spaß der Reichen und Mächtigen. Die große Halle, holzgetäfelt, von trügerischer Wohnlichkeit, kann sich jedoch plötzlich in ein Gefängnis verwandeln. Auf einen Knopfdruck hin öffnen und schließen die Wände sich, Fenster, versenkbar, verschwinden, Bodenplatten bewegen sich. Darunter liegt eine Welt aus gefahrvollen Gängen, lichtlosen Zellen und Kellerverliesen. Wehe dem, der sich dorthin vorwagt. Eine Bunkerwelt.

Dr. No's Wohn-Kernreaktor unter dem Meer. Die Sicherheitsschleusen, die man überwinden muss. Die dick gepanzerten Türen, durch die man den Wohnbereich wie einen großen Kühlschrank betritt. Das geschulte Personal, das einen dort empfängt. Machen Sie es sich gemütlich. Der Hausherr erwartet Sie. Die ganze plüschige Pracht seiner Privaträume, Lügen gestraft durch rohe granitfarbene Wände aus Natursteinen. Goldgerahmte Gemälde. Ein bisschen Rokoko. Spitzen. Gobelins. Geschliffene Kristallgläser. Kerzenhalter aus Messing. Das ganze Arsenal edler Alkoholika in der Bar. Und der Ausblick? Ein Fenster, etwa so groß wie das auf Hitlers Bergpanorama. Dahinter tummeln sich die Ungeheuer des Meeres. Dr. No's Haifischzoo. Sein Aquarium.

Hier fühlt man sich richtig sicher, sagt James Bond.

Das hängt davon ab, auf welcher Seite des Glases Sie sich befinden, entgegnet feinsinnig der Hausherr.

Damals, in den Sechzigern, als ich die Filme im Kino sah, wusste ich, dass ich schon einmal an einem solchen Ort gewesen war. Aber wie konnte Ian Fleming so gut Bescheid wissen? Oder ist das Muster alt? So alt wie die Träume, in denen wir in die tiefen feuchten Verliese der Unterwelt hinab müssen? Sind die Architekten des Bösen Wiederholungstäter, die eine immer gleiche Anweisung buchstabieren?

Ich werde es noch in der Hölle wiedererkennen: Sieben Quadratkilometer, bewacht und umzäunt mit doppeltem Stacheldraht. Die Uniformierten. Ihre Gesichtslosigkeit. Ihre Allgegenwart. Die Kontrollen, die sie durchführen, bevor sie einen passieren lassen. Der Weg steil bergauf, die kurzatmige Verzagtheit, mit der man sich nähert, dieses sich panikhaft einstellende Gefühl, ein Eindringling zu sein, der seiner Bestrafung nicht entgehen wird. Der freundliche Empfang durch gedrillte Dienstboten. Die Hotelhaftigkeit der Unterbringung im Gästetrakt. Die Holzvertäfelungen, Kamine und Kachelöfen, das Geblümte, die Clubsesselbehaglichkeit, die Unbehaglichkeit schafft. Die Kunst- und Kulturanmaßung, der Bechsteinflügel, die Brokatdecken auf jedem Tisch, die Treibhausblumen, die immer etwas zu lang aus geschwungenen Vasen mit sich verengenden Hälsen herauswachsen, spinnenförmig gefächert, rote Tulpen und Lilien weiß, immer wieder erneuert wie eine Behauptung, die trotzdem nicht wahrer wird. Die tageslichtlose Unterwelt, die darunter liegt. Die vergitterten Schächte, die schweren Panzertüren, die Angst, dass ich irgendwann hinunter müssen werde.

Und man muss immer hinunter. Es gibt keinen anderen Weg, wenn man einmal auf dem Landsitz des Bösen angekommen ist.

Es war ein heißer Nachmittag Mitte Juli, der fünfzehnte, glaube ich. Die Sonne brannte aufs Dach des schwarzen Mercedes, und ich klebte an den glatten Polstern fest. Trotzdem empfand ich den Fahrtwind, der sich da, wo ich saß, zu heftigen Wirbeln verdichtete, als unangenehm und fröstelte davon. Ich hatte jedoch nicht den Mut, die Männer zu bitten, eins ihrer Fenster hochzukurbeln. Am nächsten Tag sollte ich schon meine geschwollenen Mandeln spüren, und meine ganze Zeit am Obersalzberg war die Zeit eines anschwellenden und wieder abschwellenden Kloßes im Hals. Später nahmen sie mir die Mandeln heraus. Aber das war schon Jahre nach dem Krieg. Und auch dann blieb mein Hals empfindlich und erkältungsanfällig.

Wir hatten die Stadt hinter uns gelassen und waren plötzlich in den unangetasteten Frieden des Alpenvorlandes eingetaucht. Beim ersten Blick auf die Berge sind die Gesetze des Flachlands außer Kraft gesetzt, ich spürte das. Es schien undenkbar, dass der Krieg auch hierher kommen würde. Irgendwo geriet uns eine Kuhherde in den Weg, was meine Fahrer offenbar als eine Art Sabotageakt auffassten, eine Missachtung, die ihnen ganz persönlich entgegengebracht wurde. Der Kühlergrill schob mit der Unbarmherzigkeit eines anrollenden Panzers die Fleischmassen vor sich her. Brüllen. Hektik. Die aufgeschreckten Rufe der Hütejungen. Dann endlich ein neues Durchstarten, quietschende Reifen.

Dies war die Strecke des Führers, eine Art höherer Privatstraße, wenn auch unvermeidlich zur Nutzung für die Anrainer frei. Ihr Belag war erstklassig, ihr Zustand intakt, wie es damals durchaus nicht selbstverständlich war. Unser Wagen hatte hier Vorfahrt, uneingeschränkt. Es war nicht ratsam, sich uns in den Weg zu stellen.

Ich sah die schwarzen Rücken vor mir. Das waren keine Schultern, auf die man tippen kann: Kehren Sie bitte um. Ich will gar nicht da hin, wohin Sie mich bringen wollen. Ich saß nicht in einem Taxi. Ich saß in einem Dienstwagen der SS. Es war ohnehin längst zu spät, sich zur Wehr zu setzen. Was geschah, das geschah. Es hatte etwas merkwürdig Angenehmes, sich in die Passivität der Rolle einer Entführten gleiten zu lassen. Eine leichte Verlockung zum Verbotenen lag darin.

Ich spürte sie, seit ich den Satz am Telefon gehört hatte, als Eva mich einlud:

»Der Führer möchte auch gerne, dass du kommst.«

Ich irrte mich nicht. Das hatte sie wirklich gesagt. Und jedes Mal, wenn ich es für mich wiederholte, bekam es mehr Gewicht, wurde unwiderstehlicher.

Er muss in den nächsten Tagen weg, hatte sie gesagt. Irgendein grässlicher Ort irgendwo in Ostpreußen, wo er näher am Krieg ist. Er macht sich Sorgen um mich, wenn ich so viel allein bin ...

Er machte sich Sorgen. Er wollte für seine Mätresse eine Gespielin. Mich. Dies war mein Kriegseinsatz. Ich war nicht arbeitsdienstfähig, weil ich eine Knieverletzung gehabt hatte. Aber nun hatte der Führer doch nach mir gerufen.

Vater wird es nicht erlauben, sagte ich zu Eva. Du weißt ja ...

Schon gut, sagte sie entschieden. Ich merkte, dass dies nicht die richtige Telefonleitung war, zu erklären, dass mein Vater kein Nazi war. Und das wäre noch vorsichtig ausgedrückt. Die Wahrheit war, dass er Hitler für das hielt, als was er in die Geschichte eingehen würde, einen Unhold, einen Verbrecher gigantischen Ausmaßes. Man müsste ihn umbringen, pflegte er zu sagen.

Und meine Mutter dann: Pssst, du bringst uns noch ins Unglück.

Wir sind schon mittendrin, sagte mein Vater dann, merkt das denn niemand?

Er würde außer sich sein, wenn er erführe, wohin ich fahren wollte. Meine Tochter betritt das Haus eines solchen Verbrechers nicht, würde er sagen.

Es war nur von München die Rede gewesen.

Komm, hatte Eva gesagt. Dann machen wir beiden München unsicher.

Als wenn München damals nicht unsicher gewesen wäre.

Aber ich wusste, dass Vater auch damit nicht einverstanden war.

München!, rief er erregt. Da gibt es Nacht für Nacht Fliegerangriffe!

Sie hat einen eigenen Bunker unter ihrem Haus, sagte ich, einen richtigen Luftschutzkeller mit Gasfilter und Stromgeneratoren. Das Modernste, was es an Luftschutzkellertechnik gibt.

Es war mir klar, dass Technik ein Argument für meinen Vater war. Er arbeitete in der Entwicklungsabteilung der Zeisswerke und hatte einen Entfernungsmesser erfunden, der kriegstechnisch von allergrößter Bedeutung war. Damals versuchte er jedoch, seine Erfindung geheim zu halten, um sie nach dem Krieg, wie er sagte, einer friedlichen Verwertung zuzuführen.

Will der Kerl seine Affäre über den Krieg retten?

Vater, sagte ich. Sie ist meine Cousine.

Da gibt's nichts zu retten, sagte er. Glaubt ihr, man kann diesen Krieg verlieren, und danach geht's weiter wie bisher?

Irgendwie geht's immer weiter, sagte meine Mutter in dem bittenden Tonfall, in dem sie sich in Vaters und meine Gespräche einmischte.

Nein, sagte Vater scharf. Nein. Es wird alles zu Ende sein. Diesmal geht nichts weiter.

Er soll das zurücknehmen, dachte ich. Er soll das zurücknehmen.

Seine Worte hatten damals noch Macht über mich. Verfluchte er mich, war ich verflucht. Wenn man zwanzig ist, braucht man den Reisesegen seiner Eltern noch, ihren Glauben an die Zukunft, die man hat.

Und die Übertretung. Man braucht sie genauso sehr. Fortzugehen. Verbote zu missachten. Wider alle Vernunft ins Unbekannte aufzubrechen. Die Gefahr zu missachten, die damit verbunden ist.

Du kannst mir gar nichts verbieten!, sagte ich. Ich brauche deine Erlaubnis nicht!

Im Grunde wusste ich, dass ich so bald nicht wieder zurückkehren würde. Was damals als ein kurzer Verwandtenbesuch begann, erscheint mir heute als der große Aufbruch in die Erwachsenheit. Die Kindheit blieb hinter mir. Damals, auf der Fahrt nach Berchtesgaden, begann das Leben, an dessen Ende ich heute bin. Es begann mit einem Irrtum. Mit Ahnungslosigkeit und falschen Vorstellungen. Doch wann hat ein Aufbruch je anders begonnen?

Fahr nicht da hin, sagte mein Vater. Tu es nicht.

Und die Sanftheit seiner Stimme, das tief Traurige, das darin lag, hätten mich eigentlich nachdenklich machen, mich berühren müssen, wie es mich heute berührt, wenn ich mich an die Worte meines Vaters erinnere.

Ich habe ihn nie wiedergesehen.

Später, nach dem Krieg, als von Schuld die Rede war, von einer unbegreiflichen, alle Maßstäbe sprengenden Schuld, einer Last, die niemals zu heben sein würde, da wusste ich, was gemeint war. Ich kannte mein Teil daran. Und auch ich musste lernen, ganz langsam, zurückzusehen, um zu erkennen, was ich getan hatte, als ich an einem Tag im Juli vierundvierzig das Verbot meines Vaters missachtete.

Ich würde Eva sehen. War es nicht das, was ich wollte? Vor allem wollte ich von ihr wissen, warum sie nicht selber zum Bahnhof gekommen war, um mich abzuholen, wie sie es mir versprochen hatte. Waren diese Männer von ihr geschickt worden? Es konnte nicht anders sein. Hatte sie wirklich vergessen, dass wir in München verabredet waren?

Sie hatte mich doch in ihr Münchner Haus eingeladen. Vielleicht wartete sie dort auf mich. Dann wäre dies also etwas wie eine Entführung. Hielten sie sich vielleicht in Hitlers Alpenfestung Jungfrauen in Kellerverliesen, und ich war dazu ausersehen, die Vorräte aufzufüllen, die sie für kommende Zeiten des Mangels angelegt hatten, wenn sie, die Letzten der Getreuen, vom Rest der Welt belagert, sich dort verteidigen würden, wie sie es, den Ansichten meines Vaters zufolge, tatsächlich vorhatten?

Hinter Siegsdorf schlossen sich die Berge enger um uns. Wir tauchten in ihren Schatten ein. Ich trug ein leichtes Sommerkleid. Meine Jacke lag im Kofferraum, und meine Phantasien von Jungfrauen in Eiskellern waren wahrscheinlich nichts anderes als die Symptome meiner Auskühlung. Ich zog mich ganz um einen inneren harten, verkrampften Kern zusammen, wie man es macht, wenn der Kälte von außen nichts entgegenzusetzen ist. Jetzt würde mich nur noch eine Umarmung von Eva retten können.

Als der Wagen durch Berchtesgaden fuhr, hatte ich zum letzten Mal das Gefühl, dass noch Zeit sei, anzuhalten und auszusteigen. Ich hätte mir von dem Geld, das ich dabei hatte, für eine Nacht ein Zimmer nehmen können und am nächsten Tag wieder nach Hause fahren. Mit einer Art Abschiedsblick sah ich Menschen auf Bänken vor ihrem Haus sitzen, Kinder auf dem Schoß, sah junge Leute, die Heu zusammenrechten, Bauersfrauen, die sich im Schatten großer Hüte über Gartenbeete beugten.

Doch schon lagen die letzten Häuser des Ortes hinter uns, und unsere Straße wand sich den Berg hinauf, tief, tief hinein in den Schatten einer Nordostflanke. Kurz darauf hielten wir vor einem Schlagbaum. Wir hatten so etwas wie den verbotenen Bezirk erreicht. Das sorgsam abgeschirmte, streng bewachte Zuhause des Mannes, den meine Cousine liebte.

Ich hatte Eva seit sechs Jahren nicht mehr gesehen. Damals war ich vierzehn und trug geschnürte Halbschuhe und handgestrickte Kniestrümpfe, einen dunkelblauen Rock mit breiten Trägern und einem Latz vor der flachen Brust. Ich sollte meine Tante Fanny in München besuchen. Sie fühlte sich so allein, nachdem ihre drei Töchter ausgezogen waren.

Ich solle nett zu ihr sein, sagte meine Mutter.

Sie hat doch Onkel Fritz, sagte ich.

Aber ich merkte, dass Onkel Fritz kein Argument war.

Also fuhr ich nach München und langweilte mich. Ich stellte mir das Leben meiner Cousinen vor. Ich schlief in ihren Betten, mal in Ilses, mal in Evas, mal in Gretls Bett, und dachte an sie, wie man an Wesen denkt, die andere Welten bewohnen, in denen sich Ungeahntes, Wunderbares zuträgt. Ilse war seit kurzem verheiratet, was sie für mich in eine Sphäre immer währenden Glücklichseins enthob, in die ich ihr auch in meinen ausschweifendsten Träumen nicht folgen konnte. Eines Tages würde jedoch auch ich unfehlbar dort ankommen.

Ich fragte mich damals noch nicht, wie solches Glück irgendwann in das Leben einmündet, wie ich es meine Mutter oder gar Tante Fanny führen sah. Tante Fanny, die Nacht für Nacht allein in ihrem pompösen Ehebett schlief, während Onkel Fritz in einem schlauchartigen engen Gästezimmer wohnte, das er nur zu den Mahlzeiten verließ und hinter dessen Tür man ihn niemals stören durfte. Nein, eine Ehe, wie ich sie für mich und Ilse vorgesehen hatte, war etwas ganz anderes: ein definitives Happyend. Ein Äußerstes an Freiheit. An Erwachsensein. Etwas, das nur von Eva übertroffen wurde.

Niemand hatte mir erzählt, was mit Eva war. Niemand sprach mit mir darüber. Aber natürlich wusste ich genau Bescheid. Ich wusste es so genau, wie ich damals über Sex Bescheid wusste. Ich wusste alles. Du lieber Gott, wenn ich heute von Aufklärung höre. Hatten wir etwa damals Sexualkundeunterricht? Wir kannten nicht einmal ein Wort wie Sex. Zum Glück hat auch meine Mutter nie versucht, mich aufzuklären. Kein Bedarf. Wie jedes intelligente Kind arbeitete ich mit Indizien und hatte längst meine Schlüsse gezogen.

So ähnlich verhielt es sich in der Sache mit Eva.

Eines Tages – ich kann damals nicht älter als vielleicht acht, neun Jahre gewesen sein – schlage ich eine Zeitung auf, und da sehe ich ein Bild meiner Cousine. »Hitlers Favoritin ist jetzt Eva Braun«, steht darunter. »Tochter eines Münchner Lehrers.« Ich bin sofort sicher, dass das die Nachricht des Tages ist.

Ich gehe zu meiner Mutter und frage sie, was eine Favoritin ist. Obwohl ich es nicht nur ahne, sondern ganz genau weiß. Den Erwachsenen möchte ich sehen, der einem Kind auf solche Fragen etwas Neues erzählen kann.

Was soll das heißen?, fragt meine Mutter scharf.

Ich erkläre ihr den Zusammenhang.

Dummes Zeug, schreit meine Mutter. Wo hast du diese Zeitung her? Wer hat sie dir gegeben? Das ist nichts für dich! Gib sie sofort her!

Ich erkläre scheinheilig, dass ich die Zeitung gefunden und hinterher sofort in einen Papierkorb geworfen habe. Dabei habe ich sie unter den Augen meiner Mutter im Wartezimmer unseres Zahnarzts gelesen.

Alles Lüge, sagt sie.

Danke. Ich weiß genug.

Das waren die Indizien, die ich meine. Jetzt wusste ich genau, was mit meiner Cousine war. So genau, wie ich wusste, was Männer und Frauen vor ihren Kindern verheimlichen. Mir machte keiner mehr etwas vor.

Eva. Zwölf Jahre älter als ich. Ich konnte mir nichts Erwachseneres vorstellen. Und nichts Schöneres als meine schöne Cousine. Und nichts Geheimnisvolleres als ihr Geheimnis, das keines war. Jeder wusste es.

Eines Nachmittags klingelte es mehrmals heftig an der Wohnungstür am Hohenzollernplatz und Eva stürmte herein. Onkel Fritz, der gerade zum Tee kommen wollte, ging wortlos zurück in sein Zimmer und schloss die Tür hinter sich.

Onkel Fritz sprach nicht mehr mit Eva, seit sie Favoritin von Hitler war.

Ich verstand das nicht. Fühlte er sich nicht geehrt? War er nicht stolz auf sie?

Nein, sagte Tante Fanny. Onkel Fritz möchte gern, dass die Mädchen nach Hause zurückkommen. Weißt du, sagte sie, unverheiratete Töchter müssen bei den Eltern sein. Verstehst du das?

Wo sind sie denn?, fragte ich.

So erfuhr ich, dass Hitler meiner Cousine ein Haus geschenkt hatte.

Aber dann will er sie doch bestimmt bald heiraten, sagte ich. Wenn sie schon ein Haus haben.

Ich weiß nicht, sagte Tante Fanny.

Und Gretl?, fragte ich.

Gretl ist zu ihr gezogen, sagte Tante Fanny. Damit Eva nicht so allein ist.

Sie hat doch Hitler, sagte ich.

Ach weißt du, sagte Tante Fanny.

Ach so, sagte ich.

Ist das Haus denn schön?, fragte ich, um Tante Fanny auf andere Gedanken zu bringen. Ich liebte sie. Insgeheim wünschte ich mir, dass meine Mutter wäre wie sie.

Ich weiß es nicht, sagte sie, Onkel Fritz hat mir verboten hinzugehen.

Ich hatte sie noch nie so bekümmert gesehen.

Später erst, nach vielen Jahren, verstand ich den Kummer von Tante Fanny und Onkel Fritz.

Onkel Fritz, der sich in sein Zimmer einschloss und dem Führer Briefe schrieb, in denen nichts davon vorkam, dass er seine Töchter vermisste, nichts von den wortlosen Mahlzeiten, die er mit seiner Frau am Küchentisch einnahm, seit die Mädchen nicht mehr da waren, nichts von den Nächten, die er in erregten Gesprächen mit sich selbst verbrachte, bis sein Empörungsgemurmel so anschwoll, dass Tante Fanny es nebenan in ihrer Eheschlafzimmereinsamkeit hörte, in der sie selbst ihre Bitten, Klagen und Schwüre an den abwesenden Ehemann richtete, auch sie in einem allnächtlichen, hoffnungslosen Selbstgespräch.

So beschwor Tante Fanny Onkel Fritz, und Onkel Fritz beschwor Hitler, und alles blieb ungehört. Wenn auch Onkel Fritz manchmal einen der Briefe, die er mit zitternder Hand im Morgengrauen zu Papier brachte, an den Reichskanzler und Führer in Berlin abschickte. In diesen Briefen war viel von Mannesehre und Bürgerstolz die Rede und dass auch die Großen der Welt den ewigen sittlichen Geboten unterworfen seien.

Fritz Braun bekam nicht einmal eine Antwort auf die Briefe, und in der Stille der Nacht entfaltete dies Schweigen all den vernichtenden Hohn und die tiefe Verachtung für den Oberlehrer Fritz Braun a. D., die in ihm mitschwangen. Er fühlte sich entehrt, vernichtet, bloßgestellt. Sein Widersacher triumphierte über ihn. Sie beide, Fritz Braun und Adolf Hitler, wussten, worum es ging. Es ging, wie immer, wenn Töchter entführt worden sind, um die Frage der Satisfaktion. Sie kann nur in Form von Heirat gegeben werden.

So waren alle die Briefe, die Onkel Fritz an Hitler schrieb, nichts anderes als eine unausgesprochene Bitte. All die wortreichen Appelle an Ehre und Sittlichkeit und Anstand hießen: Heiraten Sie sie! Um alles in der Welt! Und in der Stille der Nacht wusste Onkel Fritz das auch. Hitler, indem er schwieg, sprach überdeutlich zu ihm. Herr Braun, sagte er, beenden wir diese Posse. Ich weiß, Sie hätten wohl gern den deutschen Reichskanzler und Ihren ohne jeden Zweifel geliebten Führer als Schwiegersohn. Welcher Oberlehrer wünschte sich das nicht? Aber, sehen Sie, ich habe nicht einmal Zeit, Ihre Briefe in dieser Sache zu beantworten. Wie sollte ich zu der Sache selbst Zeit oder, sagen wir, Lust oder auch nur die allergeringste Absicht haben. Herr Oberlehrer, wenn ich bitten darf, belästigen Sie mich nicht mehr … Mein Onkel Fritz erwog, sich in den Kopf zu schießen. Doch erstens fehlte ihm der Mut dazu. Und zweitens: Wer sollte sich um die verlorene Ehre seiner Töchter kümmern, wenn er nicht mehr war?

So schloss er sich in sein Zimmer ein. Er sprach nur noch wenig. Er aß auch kaum noch. Er verging vor Scham.

Es war vielleicht nicht klug von meiner Mutter gewesen, mich in dieses Haus zu schicken, in dem Unbegriffenes wie ein Gespenst umging, Ehegatten entzweite, den Schlaf vertrieb, Gespräche zum Verstummen brachte, Türen verschlossen hielt, Töchter zu flüchtigen, fremden Besuchern machte. Zum ersten Mal fühlte ich, dass hinter allem, was ich sah, etwas anderes verborgen war, etwas, das die Erwachsenen nicht nur vor mir zu verbergen trachteten, sondern das sie vor sich selbst und voreinander geheim hielten.

Und hier war Eva. Sie trug einen hellblauen Mantel und kam mir wie eine Erscheinung vor. Mein Leben lang habe ich einen hellblauen Mantel wie sie gewollt. Einmal habe ich einen besessen. Aber ich habe ihn kaum angehabt. Er war immer gleich schmutzig und sah irgendwie geliehen an mir aus. Ein Prachtstück im Schrank. Kein Zweifel. Aber nicht an mir. Jahrelang hing er dort. Irgendwann habe ich ihn dann der Sekretärin meines Mannes geschenkt. Aber ich glaube, sie hat ihn auch nicht getragen.

Eva sah atemberaubend darin aus. Wie ein Filmstar, fand ich. Ein bisschen Marika Rökk, ein bisschen Kristina Söderbaum. Frauen, die hereinkommen, ihren Mantel auf den nächstbesten Stuhl werfen und in wenigen Sekunden alles auf den Kopf gestellt haben, bevor sie, immer zu schnell, wieder davonschwirren, etwas Unbestimmtes von sich zurücklassend, einen Hauch von Parfum und Ratlosigkeit …

Sie rief »Mami«. Mami. Niemand sagte das damals. So etwas konnte sie nur aus einem Film haben. Ich merkte es mir sofort, fand jedoch später, es passte zu meiner eigenen Mutter nicht. Auch nicht zu Tante Fanny, um ganz ehrlich zu sein. Eva stürmte in die Küche, riss die Schränke auf, suchte nach dem »Versteck«, wie sie es nannte. Schließlich fand sie es: eine Dose, in der Tante Fanny immer einen Vorrat an Pfefferminztalern hielt, die offensichtlich für sie bestimmt waren und über die sie sich sofort hemmungslos hermachte.

Ich merkte, dass sie Tante Fannys Liebling war, diejenige, deren Besuch sie immerfort erwartete und für die sie eifersüchtig einen kleinen Schatz bei sich hütete. Ihr Wildfang. Ihr Wirbelwind. Ihre Prinzessin. Ich sah es an der Art, wie ihre Mutter hastig die Schürze ablegte und die Türen der Küchenschränke wieder schloss. Ich sah es an dem selbstvergessenen Wohlgefallen, mit dem sie das Verschwinden der Pfefferminztaler zur Kenntnis nahm.

Willst du auch einen?, fragte sie mich.

Dann stellte sich heraus, dass Eva meinetwegen gekommen war.

Lass dich mal anschaun, Kleines, sagte sie. Als ich so alt war wie du, hatte ich auch noch etwas Babyspeck. Und? Langweilst du dich nicht? Was machst du bei den alten Leutchen hier den ganzen Tag? Das muss ja furchtbar sein!

Sie schlug vor, dass ich für ein paar Tage zu ihr kommen solle.

In … in dieses Haus?

Ja, sagte sie. Gretl wohnt auch da. Wir haben ziemlich viel Spaß. Es gibt einen Plattenspieler, ein Radio, ein Telefon. Du kannst, wenn du willst, jeden Tag mit deiner Mutter in Jena telefonieren. Ich telefoniere auch fast jeden Tag mit meiner Mutter. Wenn Vater es nicht merkt …

O Gott, und ob ich wollte.

Wir müssen Vater fragen, sagte Tante Fanny. Ich glaube nicht, dass er es erlaubt.

Mutter, sagte Eva, das geht Vater eigentlich gar nichts an. Sie ist doch deine Nichte.

In diesem Augenblick nahm ich die Gestalt von Onkel Fritz im Türrahmen wahr. Ich weiß nicht, wie lange er schon da stand.

Mir ist es egal, sagte Eva und legte ein angebissenes Pfefferminzplätzchen auf den Tisch.

Ich finde …, sagte Tante Fanny. Aber sie wusste nicht, was sie fand.

Ach, macht doch, was ihr wollt, sagte Onkel Fritz, winkte ab und entfernte sich wieder.

Ich glaube, das war die Art, auf die er noch mit Eva sprach. Seine Form der Begrüßung, wenn sie nach Hause kam.

Sie kann ja zum Schlafen wieder zu euch kommen, sagte Eva so laut, dass vielleicht auch ihr Vater es noch mitbekam.

So erreichten wir einen tragfähigen Kompromiss. Tagsüber durfte ich zu meinen Cousinen in die Wasserburger Straße fahren. Abends musste ich wieder am Hohenzollernplatz zurück sein. Die Nächte würde ich in den weiland jungfräulichen Betten meiner Cousinen verbringen. Am Tage jedoch sollte ich sehen, wo Hitler sie sich hielt. Ich würde endlich wissen, wie eine Favoritin lebt.

Ich wusste nichts von Malmaison. Doch stellte ich mir eine Art Schloss vor. Spiegelsalons. Dienerschaft …

Das Haus, das Hitler meiner Cousine geschenkt hatte, war ein gewöhnliches Familienhaus, eines von denen, die hinter Vorgärten liegen, in denen im März die Krokusse blühen, und hinter deren Gardinen die Muße, die Sorglosigkeit und ein bekömmliches Maß an Wohlstand zu wohnen scheinen. Damals nannten so etwas nur die eine Villa, für die der Besitz eines solchen Hauses unerreichbar war. In der Wasserburger Straße wohnten die, die es etwas weiter als mein Onkel Fritz gebracht hatten. Für Oberlehrer war die Adresse nicht erschwinglich.

Vielleicht hing es damit auch zusammen, dass er seine Töchter dort niemals besuchte. In welcher Eigenschaft sollte er dort mit den Nachbarn verkehren? Als Hitlers Schwiegervater? Das war er nicht. Andererseits hätte man ihm nicht anders als mit der größten Ehrerbietung entgegentreten dürfen. Denn er war es irgendwie ja doch. Ungestraft konnte man ihn am Ende doch nicht beleidigen. Fritz Braun empfand den Hohn zutiefst, der gleichermaßen in der Achtung wie in der Missachtung seiner Person lag.

Er wusste nicht, dass seine Tochter Eva das ebenso tief empfand. Begegnete sie ihren Nachbarn, so grüßte sie sie mit beinah devoter Freundlichkeit, in der so etwas wie die Bitte um Entschuldigung dafür lag, dass sie unter ihnen war, ein Büromädchen, nicht einmal die Sekretärin, als die sie im Telefonbuch eingetragen war. Nichts weiter als ehemalige Gehilfin im Fotogeschäft von Heinrich Hoffmann, wo sie mal hier mal da eingesprungen war, im Studio, im Büro, im Laden, wo eines Tages, sie war siebzehn, ein dunkler, unwirscher Mann vor ihr gestanden hatte, der mit leiser, belegter Stimme um etwas bat, was sie mit der allergrößten Dienstfertigkeit zu erledigen trachtete. Er schüchterte sie ein, und ihre Schüchternheit, die sich, vertraut und erwartet, einstellte, war ohne Widerstand. Zum ersten Mal fühlte sie, wie die Schüchternheit ihr Macht verlieh, und als sie eine Trittleiter nahm, um auf den oberen Regalfächern nach dem zu suchen, was er verlangt hatte, tat sie es in dem Bewusstsein, einem Befehl nachzukommen, und ließ ihn ihre Beine unter dem Rock sehen.

Sie wusste, wer Adolf Hitler war. 1929 war er schon der wichtigste Kunde, den jemand wie Heinrich Hoffmann haben und manchmal sogar als Freund bezeichnen konnte. Doch es war keine Berechnung, kein Aufstiegsehrgeiz dabei, als sie sich ihm sogleich beim ersten Mal anbot. Es war etwas anderes. Wie es Genies der Verstellung, der Freundschaft, der Geschäftstüchtigkeit gibt, so gibt es Genies der Schüchternheit. Sie suchen ihren Meister, und wenn sie ihn einmal gefunden haben, so wissen sie ihn durch ein Maß an Selbstaufgabe zu fesseln, das auch der erfahrenste Inhaber von Macht, der im Unterwerfen von Menschen Geübteste nicht für möglich gehalten hat. Und manchmal kommt es zwischen ihnen, der Schüchternen und ihrem Meister, zu einem Bund, der einem Liebesbund ähnlich und doch etwas ganz und gar anderes ist, einem so vollkommenen Zusammenspiel von Befehlen und Gehorchen, von Unterwerfen und Unterworfensein, die miteinander ohne Rest und ohne Widerstand einverstanden sind, dass der Unterworfenen ebenso große Macht eignet wie dem Mächtigen und die Schüchterne sich plötzlich einem Schüchternen gegenübersieht und der Meister einer Meisterin und beide sich ineinander wiedererkennen und so schüchtern wie gebieterisch verlangen, vom anderen geliebt zu sein.

Damals wusste ich natürlich von alledem nichts. Ich wusste nicht, dass Tyrannen schüchterne Menschen sind und sich gern der schüchternsten Frau anvertrauen, um von ihr beherrscht zu sein. Ich wusste auch nicht, wie schwer sie sie dafür bestrafen, dass sie sich ihr in ihrer Schüchternheit anvertraut haben, noch viel weniger, wie viele andere Menschen dafür büßen müssen, dass eine sie kennt.

Ich glaubte, dass Schüchternheit nur mein Problem sei. Wie alle Vierzehnjährigen peinigte mich der Gedanke, dass ich die Einzige auf der Welt sei, die unsicher, gehemmt und ohne das Selbstbewussstsein war, das alle anderen zur Schau trugen, während ich davon träumte, eines Tages die Welt in Ehrfurcht und Bewunderung zu meinen Füßen zu sehen.

Denn nur diejenigen Menschen sind schüchtern, die diesen Wunsch haben: eines Tages ganz groß herauszukommen. Meine Cousine Eva hatte das geschafft, so glaubte ich damals.

Doch wie enttäuscht war ich, als ich in ihr Haus kam. Ein Windfang, eine kleine Diele, eine Küche, ein Wohn- und Esszimmer, durch eine Schiebetür getrennt, oben zwei Schlafzimmer und ein weiteres unter dem Dach. Die Einrichtung wie aus dem Möbelhaus, jedes Zimmer komplett, ein kleiner Ausstellungsraum, das Esszimmer in Mahagoni, der Wohnraum in dunklem Eichenholz, die Schlafzimmer der Schwestern Schleiflack weiß, ein Bett, eine Kommode, ein Kleiderschrank, ein Frisiertischchen, geblümte Tagesdecke über dem Bett. So richteten sich damals junge Familien ein, wenn sie das Geld dazu hatten. Es war erkennbar die trügerische Realisierung von Evas Vorstellung einer durchschnittlich begrenzten und überschaubaren Lebenswelt. Dies war der Rahmen, in dem sie sich ein Leben erträumt hatte. Und die Freunde, die sie hatte, der Beppo, die Kathi, die Mitzi, der Mandi und andere, sie gehörten hierher.

Der Gedanke, dass Hitler in dieses Haus kam, schien mir schon damals undenkbar, und ich glaube noch jetzt, dass er nur sehr selten dort gewesen ist. Es war ganz und gar Evas Haus, ein Geschenk, das einzige des Diktators, das sie sich völlig zu eigen machte und als Geschenk des Lebens für sich betrachtete. Zwar hing ein großes Porträt Hitlers in der Diele, dort, wo man ihm sofort gegenüberstand, wenn man zur Haustür eingetreten war, doch sah der uns allen Vertraute darauf eigentümlich fremd und geisterhaft aus, bleich und unwirklich, mit seltsamem, den Betrachter bannenden Blick, der aus einem Jenseits zu kommen schien, in das er uns eines Tages hinüberziehen würde.

Es muss eine Fotografie von Hoffmann gewesen sein, auf der sich der Dargestellte gefiel. Sonst hätte er sie wohl nicht seiner Geliebten überlassen. Mir aber erschien sie damals und erscheint sie noch heute in meiner Erinnerung als ein böses Phantom, kein Abbild, eine Geistererscheinung, die in der Tiefe der Nacht lebendig wird, aus ihrem Rahmen steigt und die Bewohner des Hauses als Alb heimsucht.

Ich war froh, dass Tante Fanny mir nicht erlaubt hatte, nachts bei meinen Cousinen zu bleiben, und immer wenn ich am Abend in die Wohnung am Hohenzollernplatz eintrat, wo eins der drei verwaisten Betten der Töchter des Hauses auf mich wartete, empfing mich auch ein Gefühl von Erleichterung und Geborgenheit.

Wie geht es meinen Mädchen?, fragte Tante Fanny dann, wenn die Tür von Onkel Fritz zu war.

Kolossal, antwortete ich. Es war ein Wort, das die Jungen in meiner Klasse schätzten, und darum schätzte ich es auch.

Ich meine, ob es ihnen gut geht, sagte Tante Fanny.

Doch, sagte ich.

Nachmittags spielten wir Elfer raus. Ich weiß nicht, ob sie es auch ohne mich spielten oder nur, um die Zeit mit mir totzuschlagen. Es ist ein dummes Spiel. Ich hasste es. Trotzdem geriet ich in den Sog, den geistlose Spiele erzeugen können, eine Art Wiederholungszwang, ein Paroxysmus der Pedanterie, mit der man sich einem begrenzten und überschaubaren Regelsystem unterwirft. Kaum war ein Spiel zu Ende, griffen wir schon wie Süchtige nach den Karten und mischten sie wieder neu.

Eva lief manchmal hinaus und kam kurz darauf in einem anderen Kleid wieder. Sie zog sich manisch um, schon damals, sechs-, siebenmal am Tag, auch wenn es keinen erkennbaren Anlass dazu gab. Es war, als arbeite sie an einer großen, schwierigen Aufgabe, die all ihre Kräfte beanspruchte und sie am Ende vielleicht sogar überstieg: immer neue Verkleidungen zu finden, die immer neue Versuche erkennen ließen, sie selbst zu sein. Wenn man sie jemals dabei antraf, wie sie angestrengt über etwas nachdachte, so konnte man sicher sein, dass es darum ging, was sie als Nächstes anziehen würde, und ein Auftritt übertraf jeweils den vorangehenden.

Vor allem ihre Blusen hatten es mir angetan. Seide besaß damals den Charme der Sündhaftigkeit. Die Blusen, die meine Mutter trug, und die, die sie für mich kaufte, waren aus Baumwolle. Sie galten als Ausweis hausfraulicher Akkuratesse. Ihre Krägen wurden eingeweicht, dann mit Bleichmittel behandelt und gestärkt. Man scheuerte sich den Hals wund an ihnen. Evas Blusen waren weich, glänzend, eine zweite Haut, die sich unnachahmlich sanft um Schultern und Brust schmiegte. Eine höhere Form von Nacktheit. Man wünschte nichts sehnlicher, als sie zu berühren.

Irgendwann kam sie mit einem graublauen Wollkleid über dem Arm zurück.

Kleines, sagte sie, zieh dich mal aus.

Wenn man vierzehn ist, gibt es nichts Schlimmeres als diesen Satz.

Zieh dich aus, Kleines. Komm, stell dich nicht an. Wir sind doch unter uns.

Sie wollte, dass ich das Kleid anprobierte.

Nicht um alles in der Welt. Ich hatte meine Gründe. Mich ausziehen? Niemals!

Schau, sagte Gretl, du kannst doch nicht immer in diesem Faltenrock und diesen schrecklichen Blusen herumlaufen. Das ist einfach nicht chic.

Gretl selbst sah wie ein etwas verrutschtes Abbild ihrer Schwester aus. Sie war drei Jahre jünger als Eva und weder so schön noch so elegant wie sie. Eigentlich war sie nur eines: anhänglich, und zwar ausschließlich an Eva. Sie lebte mit ihr, trug ihre abgelegten Kleider und wurde von der Apanage, die Hitler ihr bezahlte, mit ernährt. Sie war jüngere Schwester von Beruf, nachdem sie ihre Ausbildung als Fotografin abgebrochen hatte, auch hierin Eva gleich. Sie schien zufrieden, deren Leben zu teilen, hatte auch selber keinen Liebhaber, soweit ich weiß. Sie war die Frau, die ein Mann mit in die Ehe erhält, wenn er ihre Schwester heiratet.

Männer entwickeln niemals Appetit auf diese Dreingaben. Sie appellieren zu wenig an den Eroberer in ihnen, da sie sich sowieso schon in ihrem Besitz finden. Mit der Zeit bequemen sie sich vielleicht zu einer durch die Gewohnheit begünstigten Vertrautheit mit ihnen und wissen die grenzenlose Loyalität zu schätzen, die ihnen entgegengebracht wird, solange sie die Schwester in Ehren halten.

Darüber allerdings wachen sie mit Fanatismus, die kleinen Hündinnen, und die einzige Wildheit, die in ihnen steckt, wird durch den Treubruch an der Schwester geweckt. Dann werden sie zu Rachegöttinnen. Ihr eigener Mann, wenn es denn je einen gibt, hat dagegen nichts zu befürchten. Er ist vollkommen frei, und wenn er Gebrauch davon macht, haben sie nichts anderes erwartet. Sie halten sich nicht für der Mühe wert.

Wäre es Eva vergönnt gewesen, alt zu werden, so wäre sie es gemeinsam mit ihrer Schwester geworden. Sie hätten in ihrem Haus in der Wasserburger Straße gelebt und im Laufe vieler Jahre wie alte Zwillinge ausgesehen, die einander bei den Händen halten, wenn sie spazieren gehen, unsicher grüßend, voller Angst, dass sie nicht freundlich genug sind, obwohl sie niemanden mehr außer sich selbst kennen, zwei alte Damen, die gleichen traurigen Hüte auf dem Kopf. Die gleiche Bewegung, mit der sie sie festhalten, wenn ein Windstoß kommt …

Es hätte ebenso gut ein Handelsvertreter, ein Studienrat, ein Schornsteinfeger kommen können, um eine von ihnen für sich zu wollen. Aber es war Adolf Hitler, der kam.

Da stand ich und hielt meine Bluse mit beiden Fäusten fest, während meine Cousinen versuchten, mich auszuziehen und ihren Spaß dabei hatten. Ich fand es nicht lustig. Ich hatte etwas zu verbergen. Ich wehrte mich mit aller Kraft dagegen, dass von ihnen ans Licht gezerrt wurde, was ich mit größter Beschämung an meinem Körper trug. Fast hätten sie meine Bluse zerrissen. Dann ließen sie von mir ab.

Was ist mit dir los, Kleines?, sagte Eva plötzlich mit der veränderten Stimme, die ich manchmal noch heute hören kann, wenn ich mich anstrenge. Ich brauche mir nur diesen Moment vorzustellen, wie ich, vor Empörung erstarrt und verkrampft vor Abwehr, meinen Cousinen gegenüberstehe – und da ist Evas Stimme, original, immer noch abrufbar, irgendwo auf den verborgenen Tonträgern meiner Erinnerung aufbewahrt:

Was ist los, Kleines?

Und plötzlich, bei diesem Ton, schmilzt das Eis meiner Empörung und Abwehr, ich ergebe mich und zeige meinen Cousinen das Martergerät, das mich quält. Plötzlich spüre ich sogar ein großes Verlangen, sie zu Mitwisserinnen zu haben. Ich weiß noch nicht, dass dies im Leben einer Frau der erste Schritt zur Befreiung ist: sich Mitwisserinnen zu schaffen. An diesem Abend werde ich die Wasserburger Straße als die zukünftige Frau verlassen, die ich bin.

Niemand mehr weiß, was ein Geradehalter ist. Das war es nämlich, was ich unter meiner Bluse trug. Es war ein Gebilde aus festem Baumwollstoff und Fischbeinstäben, das meinen Oberkörper umschloss und alles, was knospte und schwoll, nicht etwa dort zusammenpresste, wo es in Erscheinung trat, sondern unter einer ganz und gar ebenen Front verschwinden ließ. Kein Büstenhalter – ein Brustpanzer, wie ihn vor mir wohl nur die heilige Johanna trug, und zwar aus demselben Grund, aus dem er mir verpasst worden war: Wir sollten keinen Mann in Versuchung führen. Nichts sollte schwellen und wogen, wenn wir zum Kampf antraten, Johanna in der Schlacht und ich beim Turnunterricht als einziges Mädchen unter den Jungen der Untertertia des humanistischen Gymnasiums, das ich damals in Jena besuchte.

Mein Vater hatte es gewollt, und meine Mutter hatte mir in einem Geschäft für Sanitärbedarf und Bandagen den Brustpanzer angelegt, als meine Brüste zu wachsen begannen. Sie wuchsen schnell und schienen in der Enge ihrer Gefangenschaft nur umso schneller zu wachsen. Wenn ich am Abend die vielen metallenen Haken und Ösen löste, dann schwollen sie wund und von tiefen roten Kerben durchzogen wie ein Ballon auf, der, zuerst verschrumpelt und unansehnlich, mit Luft vollgepumpt wird. Sie schmerzten bei jeder Bewegung, und ich wusste nicht, was mit mir werden sollte, wenn sie nicht aufhörten, größer und schwerer zu werden und der Tag käme, an dem sie weder mit dem Panzer noch ohne den Panzer zu tragen sein würden.

Ich wusste, dass mir nicht zu helfen war, und als meine Cousinen mir sprachlos zuschauten, wie ich die Bluse aufknöpfte und dann Öse um Öse löste und mein gequältes und wundes Fleisch darunter sehen ließ, das sich langsam zu seiner ganzen beschämenden Fülle aufrichtete, als ich in ihren Gesichtern zuerst das Entsetzen sah, dann ungläubiges Staunen und Kopfschütteln, bestätigte sich mein Verdacht, dass ich von einer Art Misswuchs gezeichnet war, etwas, das mich wie eine Krebsgeschwulst langsam umbringen würde und dem kein Mittel der Welt wehren konnte. Da fingen sie an zu lachen, und plötzlich merkte ich, dass ich selber mitlachte, und Eva half mir die letzten Ösen aufzumachen und schälte mich aus dem Ding und schleuderte es weg. Stattdessen hüllte sie mich in ihre Arme. Ich fühlte ihre Brüste weich an meiner Brust und begriff in diesem Moment, wie es sein sollte.

Kleines, sagte sie, was soll das denn bedeuten?

Und ich erzählte ihr von meinen Turnstunden.

Da gaben sie mir meinen ersten BH, zart und seidenweich. Es war einer von Eva. Ich probierte ihn an, und er passte mir. Er hatte verstellbare Träger, die über dem Rücken gekreuzt wurden, und Körbchen aus champagnerfarbenem Satin. Ich habe ihn noch viele Jahre getragen, denn meine Brust hörte bald auf, mich durch ihr Wachstum zu ängstigen.

Später, als wir nicht wussten, wohin wir gehen sollten, als wir kreuz und quer durch ein Land wanderten, das keine Heimat mehr für uns bot, zerstörte Städte, in Trümmern liegende Bahnhöfe mit Zügen ohne Ankunft und ohne Ziel, als wir alle unser Leben in kleinen Koffern bei uns trugen, die wir niemals irgendwo abstellten und aus den Augen ließen, Koffer voller Briefe, zerbrochener Handspiegel, leer gepresster Tuben, einzelner Strümpfe, zu denen das Pendant uns in einem anderen Leben abhanden gekommen war, da trug ich immer noch Evas BH bei mir, ein seidenweiches kleines Etwas in meinem Handgepäck, federleicht. Und doch schien es mir eines Tages ein schwerer Ballast, als mir einfiel, von wem es war. Ich wollte es nicht mehr haben. Ich wollte mich seiner entledigen. Ich wollte es beseitigen, wie man ein Corpus Delicti beseitigt, ohne Rest. Ich warf es in einen Papierkorb und holte es wieder heraus, denn man warf damals keine gebrauchten Kleidungsstücke in Papierkörbe, solange noch ein Knopf, ein Gummiband, irgendein Fetzen an ihnen war, den man brauchen konnte. Schließlich warf ich es ins Feuer und versuchte nicht mehr an die unbrennbaren Bestandteile zu denken, metallene Agraffen, mit denen man die Träger verstellen konnte. Die österreichische Bauersfrau, bei der ich zu der Zeit lebte, wird sie im Aschenkasten ihres Küchenherds gefunden haben.

Man stellte damals keine Fragen. Unter all dem Geröll, das weggeschafft wurde, lagen die Uniformknöpfe, Brennnesseln wuchsen aus dem zerfallenden Drillich, den schwarzen Mänteln hervor, sie nährten sich von ihnen, und über die rasch weggeworfenen Waffen in den Gräben am Straßenrand breiteten sich Farne und Huflattich aus. Die schwarzen Stiefel, von deren Tritten die Pflaster noch widerhallten, steckten irgendwo im Morast, in den sie Jahr für Jahr tiefer einsanken, bis nichts mehr von ihnen übrig war. Keine Archäologie würde sie ans Licht heben. Nur dann und wann zündete noch einmal ein Sprengkopf und riss die Kinder entzwei, die auf den Trümmergrundstücken gespielt hatten. Niemand durfte ungestraft in diesem Schutt graben.

Niemand sollte mich fragen, woher ich kam und wer ich war. Man darf sich nicht umdrehen, wenn man verdächtig ist. Alles kommt darauf an, unerkannt zu sein. Die Züge waren voller Fremder, die unerkannt sein wollten. Die meisten wünschten sich eine Zukunft inkognito, an einem Ort, an dem man nichts von ihnen weiß, wo Sympathie und Vertrauen neu ausgesät werden und alles, was sie in sich an Gutem spüren, zum Blühen gebracht werden kann. Denn jeder Mensch fühlt, dass er gut ist. Er fühlt es zu tief, um an Gegenbeweise zu glauben. Und manche stellten die Krägen hoch, wenn der Zug in ihren Heimatort einlief, und stiegen nicht aus und fuhren weiter, irgendwohin, und ihre Frauen gingen zum Versorgungsamt und beantragten die Renten und ließen sie für tot erklären.

Und es gab genug andere, die auch nicht heimkehrten, und dann und wann nahm einer den Platz eines anderen ein. Bist du's, fragte eine Frau ihn, und er sagte Ja und schlief mit ihr, und sie sagte den Kindern, lauft nicht weg, das ist euer Vater, kommt, habt keine Angst, und etwas in den Kleinen wusste, dass sie ihn nie lieben würden, und hörte nicht auf zu warten, dass ein anderer Vater kam, und eine unbestimmte Trauer blieb in ihnen und hin und wieder ein aufzuckendes Gefühl, ein Schluchzen um nichts.

Es gab so viele Tote, die nirgends bestattet waren. Verzweifelt suchte man sich ein Grab vorzustellen, irgendwo. Kreuze im Nichts, über die der Wind aus der Steppe mit seinem Unendlichkeitsatem bläst, Sandkörner und verfilzte Büschel aus trockenem Gras vor sich hertreibend, die sie bald zudecken, bis nur noch ein letztes Scheit wie die Hand eines Toten nach oben weist, der es nicht geschafft hat, aufzuerstehen. Lebende brauchen Gräber, um an das Totsein der Toten zu glauben. Was sonst schützt davor, ihnen wieder zu begegnen?

Als der Krieg vorbei war, lebten wir für lange Zeit in einer Welt voller Untoter. Sie kamen und gingen. Sie mischten sich unter uns. Irgendwo im Gewühl einer Geschäftsstraße, im Dämmer einer Unterführung, auf Bahnhofsvorplätzen, stockte uns plötzlich der Schritt, weil wir jemanden erkannt hatten. Ein Passant trug das Profil oder die Silhouette eines Verschollenen. Es war sein Gang, sein Haar, es war ... Er war es selbst. Wir beschleunigten die Schritte, wollten ihn am Ärmel ziehen – dann –, nein, nicht der Zweifel hielt uns zurück, etwas anderes ließ uns zögern, ihn anzusprechen: Du? Welche Überraschung! Was tust du hier? Es war eher das Gefühl, dass es zu spät für ein Wiedersehen war. Wir hatten uns so verändert, wir alle. Nur die Toten waren sich gleich. Sie waren noch dieselben, die sie gewesen waren. Sie würden uns nicht mehr wiedererkennen. Das war es, was uns zögern ließ, bis es zu spät war. Die Person bog um die Ecke und verschwand im Gewühl. Dann erst begann der Zweifel. Und er würde einen nie, nie wieder ganz loslassen.

Dann und wann bin ich auch Eva begegnet.

Sie stand über mir auf einer Rolltreppe und schwebte in den Himmel der Kleiderabteilung eines Kaufhauses. Sie trug jetzt den New Look. Lange, schwingende Röcke und eng taillierte Jacken darüber. Das Hütchen hatte sie kess über ein Ohr gezogen. Auf der anderen Seite gab es eine wasserstoffsuperoxidblonde Locke frei. Sie war nicht älter geworden. Wie auch? Sie versuchte jetzt den Stil von Marilyn Monroe zu kopieren. Sie war ein wenig zu sportlich, zu erdenschwer dafür. Sie spielte Versteck mit mir, lockte mich in die Gassen zwischen den Kleiderständern, bis sie sich in eine der Modepuppen verwandelte, die lasziv und leer lächelnd herumstanden. Ich merkte mal wieder zu spät, welches Spiel sie spielte.

Dann wieder traf ich sie in einem Frisiersalon. Sie saß unter der Haube, fremd und entstellt von Lockenwicklern. Im

Spiegel sah sie mich mit einem vertrauten und wissenden Lächeln an. Sie wirkte etwas resigniert und müde auf mich. Glaubst du, mir macht es Spaß, durch dein Leben zu geistern? schien sie sagen zu wollen. Dann wuschen sie mir die Haare, drehten sie auf und zwangen auch mich unter die Trockenhaube. Als ich wieder befreit war, saß auf ihrem Stuhl eine andere Kundin, die gleichgültig in einer Illustrierten blätterte.

Die anderen Male stand sie auf Bahnsteigen, während ich in einem eben anfahrenden Zug saß, oder es war umgekehrt: ich auf dem Bahnsteig, und Eva schloss gerade das Abteilfenster, während der Zug abfuhr, oder sie ging auf dem Gang an meinem Abteil vorbei, und wenn ich ihr nachsah, verschwand sie auf der Toilette und kam nicht mehr heraus, bis ich das Warten aufgab.

In dieser Zeit erschien sie nicht nur mir. Immer wieder flammten Gerüchte auf, dass sie noch am Leben sei. In einem U-Boot habe Hitler mit ihr Argentinien erreicht, hieß es, und sie erholten sich dort in einem Sanatorium.

Es hätte Eva gefallen. Das weiß ich genau. Das war die Vorstellung, die sie sich vom Überleben nach dem Krieg gemacht hatte: ein Sanatorium für Hitler, in dem er sich von seinen großen Strapazen erholen würde. Und sie bei ihm, eine Mischung aus Krankenschwester, Wallis Simpson und Diätköchin, den Exdiktator am Arm über gepflegte Parkwege begleitend oder seine Memoiren mit dem Stenoblock aufnehmend. Es wäre einfach ihr Himmel gewesen. Im Grunde stellte sie sich das Glück als ein Sanatorium vor, einen diskreten Ort, wo man alle seine Entschlüsse und Verantwortung an Weißkittel delegiert.

Auch Eva hatte kein Grab. Konnte es nicht sein, dass sie wirklich entkommen war? Dass ihr Selbstmord an der Seite von Hitler nur Inszenierung war? Die Kapsel mit Blausäure, die, einem Lippenstift ähnlich, auf den Boden gefallen war, nicht angerührt? Dass Goebbels, der als erster das Zimmer betrat, sie sogleich hinausführte und ihr den falschen Pass zusteckte, den sie für ein Leben nach Hitler brauchen würde? Dass sie aus dem Bunker flüchtete, während man dort die Legende vom Doppelselbstmord schuf, indem man zwei in Decken gehüllte Leichen nach oben schaffte und sie im Garten der Reichskanzlei verbrannte? In einer aufgerollten Decke, aus der ein paar schwarze Damenwildlederschuhe herausschauen, kann alles sein. Es wäre diese Legende, die es ihr ermöglicht hätte, weiterzuleben. Eva Hitler wäre tot. So hätte sie am Leben bleiben können.

Ich stellte mir vor, wie sie in die U-Bahn-Schächte Berlins eingetaucht war, eine Flüchtende, ein Niemand unter anderen Flüchtenden. Wie sie es langsam begriff, dass sie nichts mehr war, keine Tochter, keine Schwester, keine Cousine von niemandem mehr. Keine Witwe, das vor allem nicht. Jedenfalls nicht die jenes Mannes, den sie zwei Tage vorher geheiratet hatte. Ich stellte mir vor, wie sie ein Kopftuch umband, es nicht über der Stirn knüpfte, sondern unter dem Kinn wie die Bauersfrauen, damit man ihr blond gefärbtes, dauergewelltes Haar nicht sehen konnte, das später glatt und hellbraun nachwachsen würde. Sie würde es sich ganz kurz schneiden, wie Frauen im Unglück es tun. Ich habe das oft beobachtet. Es ist wie ein Hilfeschrei. Eine Selbstverstümmelung, die andere zum Mitleid zwingt. Doch Eva hätte auf kein Mitleid zählen können, bei niemandem.

Sie würde sicher versucht haben, nach Süden zu kommen, nach Bayern, wohin sonst? Sie wollten alle nach Bayern, als gebe es dort, wo alles angefangen hatte, noch ein Refugium für sie, eine Stelle, wo man unantastbar und sicher sein würde, etwas wie ein Freimal in den Fangspielen der Kinder, das, wenn man es nur erreicht, Immunität verleiht. Aber es gab dieses Mal nicht mehr. Der Obersalzberg hatte sich in den Un-Ort verwandelt, der er schon immer war. Eine Mondlandschaft. Ein Trümmerfeld. Eine Wüste. Ein Ort nicht mehr von dieser Welt.

Jetzt begegne ich ihr nur noch in der Vergangenheit. Je länger sie zurückliegt, desto deutlicher sehe ich sie: Eine allerweltshübsche blonde Frau, mit deren Augen etwas nicht stimmt. Ein schon nicht mehr ganz junges, nicht mehr so ganz unschlagbares Sportsmädel, fesch, wie man damals sagte, was auch die gnadenlose Munterkeit mit einschloss, die sie sich auferlegte, ihre spitzbübische Fröhlichkeit, die geradezu heldenhafte Entschlossenheit, sich, koste es, was es wolle, zu amüsieren. Die Selbstverleugnung, mit der sie sich dazu zwang, immer voller Einfälle, immer aktiv zu sein. Ihre androgyne Schlankheit, die allerdings gefährdet war. An Oberarmen und Schenkeln hatte sich bereits etwas von dem Fettgewebe angelagert, das sie später zur Matrone zerfließen lassen würde. Alles an ihr schien eine falsche Behauptung, die nur noch für eine begrenzte Zeit aufrechtzuerhalten war. So fand ich Eva, als ich am fünfzehnten Juli 1944 nach Berchtesgaden kam.

2

Große Tyrannen haben ein Schloss in den Bergen. Von dort kommen sie herab, um die Welt in Schrecken zu versetzen. Und dorthin ziehen sie sich von Zeit zu Zeit zurück, um ihr Werk zu bedenken, neue Vernichtung im Sinn, während noch die rauchenden Trümmer in den Ebenen von ihrer Erbarmungslosigkeit künden. Dann und wann bringen sie geraubte Prinzessinnen auf ihr Schloss, die sie von finsteren Gesellen bewachen lassen, welche vom Töten und Sengen für diese Aufgabe freigestellt werden. All dies sei dein, sagen sie zu den Prinzessinnen. Mache es dir bequem. Koste von den Leckereien, die im Übermaß für dich bereitstehen. Und wenn du einen Wunsch hast, zögere nicht, ihn mich wissen zu lassen. All meine dienstbaren Geister sind nur dazu da, deinen anspruchsvollen Sinn zu befriedigen. Sieh nur, es gibt kein Geschmeide, das mir zu teuer für dich wäre, liebes Kind. Nenne mir eine Blume, die dich entzücken kann, und ich gebe Befehl, alle Vasen im Palast damit zu füllen, selbst wenn man sie vom Ende der Welt herbeiholen muss. Du musst nur den Mund auftun. Rede mit mir, schönes Kind. Beende dein Schweigen. Ich will nichts von dir. Nichts, was du mir nicht irgendwann von selbst gewähren wirst. Denn das wirst du. Zweifle nicht daran. Einstweilen jedoch muss ich dich ein wenig allein lassen. Vergiss nicht:

Wenn ich nicht da bin, bist du die Herrin hier. Befiehl, man wird dir gehorchen. Das ist ein hübsches Spiel, du wirst sehen. Für eine Zeit jedenfalls. Bis ich zurückkomme. Du wirst dich nach mir sehnen. Nein? O doch, das wirst du. Am Ende wirst du nach nichts als dem Hufschlag meines Pferdes horchen und wirst vergessen haben, dass dir bei Strafe des Lebens eines nicht erlaubt ist: mein Schloss zu verlassen. Und warum solltest du auch? Mir selber will es scheinen, es gibt keinen besseren Ort auf der Welt für eine schöne, junge, schutzlose Prinzessin. Wie der Unmut dich kleidet! Ich bliebe gern bei dir, glaub es mir. Doch unsereiner hat nicht viel Zeit, sich zu erfüllen, was das Herz sich wünscht. Wir müssen kämpfen, erobern, zerstören, was sich uns entgegenstellt. Es gibt so vieles, wovon du nichts ahnst, Prinzessin. Doch wenn du einsam bist, will ich dir gerne erlauben, dass du dir eine Gespielin suchst. Hast du Schwestern, Verwandte, junge Freundinnen, Cousinen allenfalls? Sie sollen als meine Gäste willkommen sein.

Am 13. Juli 1944 verließ Hitler den Berghof. Der Fahrzeugkonvoi stand bereit, die Männer seiner Begleitung an den offenen Autotüren. Er kam die Treppe herunter, hielt kurz inne und stieg die steilen Stufen zum Eingang wieder hoch. Dort stand meine Cousine. Sie war schon verabschiedet. Er ging an ihr vorbei, betrat die Wohnhalle, durchquerte sie, blieb vor dem großen Panoramafenster stehen, gab Anlass zu der Vermutung, dass er sich von dem seinen Blicken dargebotenen Untersberg verabschiedete, in dem der Kaiser Barbarossa seiner Auferstehung entgegenschläft, wie es heißt – ein Abschied zwischen zwei Lenkern der Weltgeschicke, wortlos, außerhalb von Raum und Zeit, im Nichts also stattfindend, wo es sich mühelos sterben, vernichten, untergehen lässt. Dann drehte Hitler sich um, übersah, dass meine Cousine neben ihn getreten war, und ging zu Feuerbachs »Nana« hinüber, die streng und wie immer beleidigt über ihn hinwegblickte.

Wer weiß, ob man noch einmal wiederkommt, sagte er.

Er sprach gern mit dem Subjekt der Unbestimmtheit von sich. Meine Cousine Eva, halb ohnmächtig vor Hoffnung, dass er noch einmal zurückgekehrt sei, um sich von ihr zu verabschieden, was er bereits genauso gnadenlos beiläufig getan hatte, wie er es immer tat, derart, dass sie jedesmal entschlossen war, sich auf der Stelle nach seiner Abreise das Leben zu nehmen, damit er zurückkehren müsse, in Klagen ausbrechen, sie, sei es drum, schon tot in seine Arme reißen, und einmal – ein einziges Mal – den leidenschaftlichen Abschiedsgruß sprechen, den sie nie zu hören bekam – meine Cousine, diesmal so nah der Erfüllung ihrer Träume, die nicht etwa vom Glück, sondern von der Ekstase im Unglück handelten, vom Verzicht, von der Trennung, vom großen Lebewohl, glaubte, dass er die Worte an sie gerichtet habe, und wollte sich ihrem Freund eben mit Tränen an die Brust werfen, da trat der Luftwaffenadjutant von Below hinzu.

Gehen wir, sagte Hitler.

Von Below senkte leicht den Kopf zum Zeichen, dass er die Gefühle des Führers verstand, gleichzeitig jedoch nicht wagte, sie zu bemerken, nicht jedenfalls insofern, als sie ein Zeichen von Schwäche sein würden. Und als Hitler sich jetzt umwandte und, ohne seine Geliebte eines weiteren Blickes zu würdigen, den Raum verließ, gefolgt von dem Adjutanten, lag darin auch viel von dem soldatischen Einverständnis zwischen ihnen. Viel von der Grausamkeit, die Männer von Frauen trennt und nicht nur Abschiede bedingt, sondern die Abschiede selber zu Prozeduren von ausgesuchter Grausamkeit macht. Der Schmerz der Trennung wiegt leicht, gemessen an der Empörung der Zurückbleibenden, die sich die Gleichgültigkeit des Scheidenden ins Gedächtnis ruft und mit dieser Erinnerung Tag um Tag, Monat um Monat bestehen soll. Der Schmerz der Trennung mag sich abschwächen mit der Zeit – niemals schwächt sich die Empörung ab. Sie erneuert sich bei jedem Gedenken. Sie wächst mit der Zeit. Wie Rache drängt sie nach Genugtuung.

Er hat sich nicht einmal mehr nach mir umgesehen, hat Eva mir später erzählt, um sogleich hinzuzufügen: Wir sind nie allein, wenn wir uns verabschieden.

Als läge darin ein mildernder Umstand. Wie jede gekränkte Frau suchte sie nach Entlastung für sich selbst, indem sie den Mann entlastete, der sie gekränkt hatte.

Ich war zu jung, um sie zu verstehen. Der einzige Abschied, an den ich mich erinnerte, war der der jungen Soldaten aus meiner Schulklasse:

Ein kühler Aprilmorgen. Wir froren. Die alten Witze aus dem Unterricht. Weißt-du-noch. Dieses Gefühl eines Aufbruchs wie zu einem Klassenausflug. Die Erwartung von etwas, das auf jeden Fall größer als alles Bisherige sein würde. Der Versuch, so zu tun, als bedeute es nichts für uns, als hätten wir dies alles schon tausendmal erlebt.

Und inmitten des Gedränges Ernst-Günther, wie er sich an mich heranzuschieben versucht, wie wir für ein paar Minuten aneinandergedrückt stehen und über die Witze mitlachen, keine Witze, Anspielungen, die nur versteht, wer in unserer Klasse war, dumme kleine Wörterfetzen, die auf einmal unerträglich komisch sind, Offenbarungen, blitzartig erhellend, was wir gemeinsam erlebt haben, wahre Abgründe an Komik, von denen uns spätestens jetzt nichts mehr verborgen ist.

Wir teilen das Wissen um diese Abgründe. An diesem Morgen verbindet es uns, wie es nur die verbindet, die in einer Klasse gewesen sind, und ich brauche Ernst-Günther nicht anzuschauen, um zu wissen, dass auch ihm vor Lachen die Tränen gekommen sind.

Und als endlich der Zug einfährt und das Schieben einsetzt, das auch Ernst-Günther ergreifen wird, ist es zu spät, uns zu küssen. Ich stehe auf einmal allein da und höre, wie jemand sagt: Wein doch nicht, wein doch nicht, und begreife, dass ich gemeint bin, und versuche den letzten der Weißt-du-noch-Witze aus dem Kopf zu kriegen, sonst denke ich, ich werd verrückt.

Das war der Abschied, an den ich mich erinnerte. Wie sollte ich die Empörung meiner Cousine Eva verstehen? Diese Wut einer Frau, die ohne Tröstung zurückgelassen wird, ohne Blick, ohne Berührung, ohne weiteres …

Sie war beleidigt. Eine große Begabung eignete ihr, beleidigt zu sein. In allem war sie maßvoll, vernünftig, durchschnittlich. Nur im Beleidigtsein war es ihr gegeben, jedes Maß zu sprengen. Darin war sie außerordentlich. Und in Hitler hatte sie ihren Meister gefunden, der Anlass dazu gab, in großem Maßstab beleidigt zu sein.

Er war selten zu Hause, hatte wenig Zeit für sie, ließ sich gern und vorzugsweise mit anderen Frauen sehen: Magda Goebbels, Winifred Wagner, Annie Ondra, Leni Riefenstahl … Frauen, denen meine Cousine in keiner Hinsicht gewachsen war. Er vernachlässigte sie, wenn auch nicht sicher war, dass er sie betrog. Ich vermute sogar eher, dass er ihr treu war. Doch Gelegenheit, beleidigt zu sein, gab es genug. In Berlin musste sie einen Hinteraufgang zu den privaten Räumen in der Reichskanzlei benutzen. Am Obersalzberg hatte sie sich in Luft aufzulösen, wenn offizielle Besucher angesagt waren. Nur im allerengsten Kreis durfte sie sich sehen lassen. Auf Reisen nahm er sie nicht mit.

Das einzige Mal, dass sie ihn begleitet hat, auf seiner Rom-Reise, hatte sie sich ohne sein Wissen in den Tross der Sekretärinnen geschmuggelt, was sie folgerichtig sogar von der Teilnahme am offiziellen Damenprogramm ausschloss, bis sie sich den italienischen Ordnungskräften als das zu erkennen gab, was sie war: Hitlers Gefährtin. So nahm sie an einer Parade von Kriegsschiffen im Golf von Neapel teil, einem Programmpunkt, bei dem die Teilnahme von Damen eigentlich ganz ausgeschlossen war, so dass man sie wiederum zur Sekretärin erklären musste, was neuen Anlass für sie bot, die Beleidigte zu sein.

Dabei war Adolf Hitler als Macho eher Durchschnitt. Aussprüche von ihm, wie sie Albert Speer belegt:

»Sehr intelligente Menschen sollten sich eine primitive und dumme Frau nehmen ... In meiner freien Zeit will ich meine Ruh' haben«.

Aussprüche, die er durchaus in Evas Gegenwart tat, könnten doch von jedem Fabrikbesitzer, jedem Chefredakteur eines Provinzblattes, jedem Fachhochschulprofessor sein.

Die Außerordentlichkeit war hier ganz auf Evas Seite. Sie war eine Heldin, eine Meisterin im Hinnehmen. Sie fügte sich, blieb auf ihrem Zimmer, wenn verheiratete Paare anwesend waren, die Goebbels, die Görings. Sie mied es korrekt, ihnen auch nur auf der Treppe zu begegnen. Die Filmaufnahmen, die es von ihr gibt, zeigen, dass sie, sobald Hitler ins Bild trat, ein paar Schritte zurück machte. Nie drängt sie an seine Seite. Immer drängt sie aus dem Bild hinaus. Sie retuschiert sich selber weg.

Wartet einen Moment, scheint sie zu sagen, schon bin ich nicht mehr da. Macht euch nicht erst die Mühe zu merken, dass es mich gibt.

Aber sie trat in der Hoffnung zur Seite, dass man sie zurückrufen würde. Sie wartete darauf. Sie war eine von denen, die niemals zugreifen, sich niemals nehmen, was sie begehren, jedoch stets darauf warten, dass man es ihnen anbietet, und die zu Tode beleidigt sind, wenn das nicht geschieht.

Im Beleidigtsein war Eva einfach unschlagbar. Alle Leidenschaft, aller Ernst, alle Ausdauer, deren sie fähig war, zeigten sich darin. Sie schlang in sich hinein, was sie erniedrigte, komprimierte es in sich, schaffte Platz für mehr, schluckte auch dies, komprimierte es, sie konnte gar nicht genug davon kriegen. Bis der Druck in ihr so zunahm, so unerträglich war, dass sie für einen nächsten Selbstmordversuch bereit war. Im November 1932 hatte sie sich mit dem

Armeerevolver ihres Vaters an der Halsschlagader vorbeigeschossen. Im Mai 1935 nahm sie fünfzehn Vanodorm zu wenig, um tot zu sein. Die übrigen Male sind nicht bekannt. Ich vermute, sie ging noch symbolischer vor.

Doch sie war geübt. Als Selbstmörderin war sie keine Dilettantin mehr. Es war das einzige Metier, das sie wirklich beherrschte, die einzige Kunst, in der sie es zur Meisterschaft gebracht hatte. Die Selbstauslöschung. Und ich bin sicher, dass sie am Ende Hitlers Lehrmeisterin darin war. Dass sie ihm mit der ihr eigenen Geflissenheit und Bereitschaft, zu Willen zu sein, gezeigt hat, wie man es macht.

Als ich sie wieder traf, befand sie sich noch im fortgeschrittenen Stadium des Beleidigtseins. Es ist anstrengend. Es fordert alle Kraft, die ein Mensch hat. Sie brauchte Beistand dabei. Sie brauchte Gesellschaft. Ich denke heute, dass dies der Grund war, warum sie mich eingeladen hatte. Ich sollte sie ablenken. Ich war ihr Vorwand für Unternehmungen. Für Ausflüge nach München und Badetouren zum Königssee.

Denn Gretl hatte geheiratet. Sie war verheiratet worden. Frauen wie Gretl, zur Schattenschwester geboren, heiraten aus freien Stücken nicht. Es braucht Überredung, Intrigen, ein bisschen Drohung und Zwang braucht es auch, um sie so weit zu bringen. Schließlich fügen sie sich aus Angst, der Schwester zu schaden, wenn sie sich nicht fügen.

So heiratete Gretl Braun einen Höfling, den SS-Offizier Herrmann Fegelein, Verbindungsmann Himmlers im Führerhauptquartier. Sie hatte schon zu lange am Hof gelebt, um dem Los zu entgehen, an einen Höfling vergeben zu werden. Höflinge sind dazu da, um ihrem Herrn diesen Dienst zu tun. Es ist eine Frage der Loyalität und Ernsthaftigkeit, mit der sie ihre Karriere am Hofe verfolgen. Fegelein war bereit, die Schwester der Favoritin zu heiraten. Das sagte nichts über etwaige Gefühle, die er für sie hatte, und alles über den Ehrgeiz, der ihn trieb. Es war, gewissen Gerüchten zufolge, nicht einmal klar, ob er überhaupt die Frauen bevorzugte, von der etwas zaghaften blassen Gretl ganz zu schweigen.

Damals wusste ich natürlich nichts von alledem. Ich wusste auch nicht, wie sehr Eva sich vor dem Leben ohne Gretl fürchtete. Sie hasste Fegelein. Sie hasste ihn, wie man einen siegreichen Nebenbuhler hasst. Er hatte ihr das Teuerste weggenommen, die Gefährtin ihrer Leere, Genossin der Einsamkeit, in der sie ihre Tage verbrachte, des Überdrusses, an dem sie allein zu viel hatte. Es verlangte sie nach einer Ersatzschwester, nach mir. Denn ihre Freundin Hertha Schneider, die normalerweise diesen Part übernahm, hatte sich bei einem Autounfall ein Schleudertrauma zugezogen und musste das Bett hüten. Darum war ich, einer flüchtigen Laune folgend, eingeladen worden. Darum war ich jetzt hier.

Wo die Straße zum Berghof nach links abbog, stand ein Häuschen für die Wachen. Sie traten heraus, hielten das Auto an. Meine Vermutung, dass ich durch die beiden Begleiter genügend ausgewiesen war, stellte sich als falsch heraus. Man ließ mich aussteigen und in die Wachstube eintreten, während sie im Auto sitzen blieben. Offenbar ging sie, was jetzt stattfand, nichts an.

Es war das erste (nicht das letzte) Mal in meinem Leben, dass ich gefilzt wurde. Es ist nichts Schlimmes, nicht wahr? Man packt seinen Koffer aus und packt ihn wieder ein. Es hat sogar etwas Schmeichelhaftes. Die Empörung, die sich einstellt, ist immer vermischt mit dem Gefühl, wichtig zu sein. Da ist jemand, der mich ernst nimmt. Der hinter meiner Fassade nach einem Geheimnis sucht. Der glaubt, da sei etwas.

Und vielleicht ist es diese heillose Verwirrung, was die Sache so grausam macht. Man möchte lachen: Was glauben Sie eigentlich? Dass ich mit Sprengstoff, mit Waffen, mit Heroin (damals wäre es Morphium gewesen) im Gepäck reise? Trauen Sie mir soviel Abgebrühtheit zu? Und gleichzeitig musst du mit ansehen, wie sie dein Intimstes, Heimlichstes ans Licht zerren. Und so, zwischen beidem und beides erlebend, verlierst du ganz kurz mal deine persönliche Würde. Du lässt dir dabei zusehen, wie du aus der Rolle fällst. Und immer zu spät begreifst du: Das war's, was sie sehen wollten.

Die Männer machten ihre Sache gut, das heißt, sie machten sie gründlich. Sie entrollten meine Seidenstrümpfe, ließen sie als obszöne, lüsterne Schlangen zu Boden gleiten, entfalteten meine Schlüpfer und hielten sie sich vor das Gesicht. (Verächtern von Anglizismen im deutschen Sprachgebrauch geschieht es recht, wenn sie das Wort in seiner ganzen abstoßenden Plumpheit zu kosten bekommen. Man vergleiche die kleine süße Silbe ›Slip‹. Wir kannten sie damals nicht.) Sie stießen zu meinen BHs vor und ließen auch sie zu Boden fallen, wo sie wie schmutzige kleine Schneereste herumlagen. Am Ende öffneten sie sogar meinen Kulturbeutel und fanden ein paar Monatsbinden darin. (Die, die es damals gab, die auswaschbaren. Nur ein paar alte Frauen wie ich erinnern sich noch daran. Man trug sie in den Keller und hängte sie dort am heimlichsten Ort zum Trocknen auf. Nur Schlampen trockneten sie auf dem Balkon.)

Sie können wieder einpacken, sagten sie.

Tonfall: Diese Schweinerei hier, das sind wir nicht gewöhnt.

Schließlich drückten sie mir ein Papier in die Hand, auf dem mit Unterschrift und Stempel bescheinigt war, dass ich als »Gast des Führers« galt und passieren durfte.

Gnädiges Fräulein, sagten die Männer, hielten mir die Tür auf und trugen mir meinen Koffer zum Auto zurück. Das Papier schien mich verwandelt zu haben. Ich war ein Gast des Führers.

Am Fuß der Treppe zum Berghof ließ man mich aussteigen und stellte mir meinen Koffer hin. Ich trug ihn die Stufen hinauf, auch ich erschöpft und atemlos, als ich endlich vor Hitlers Haustür stand.

Ich wusste nicht, dass die Eingangstüren bei Tyrannen von selber aufgehen, wenn man so weit vorgedrungen ist. Ich suchte noch nach so etwas wie einer Türglocke, einer Möglichkeit, mich bemerkbar zu machen, während die Wachmänner längst telefoniert und mich gemeldet hatten, und als sich die Tür jetzt öffnete, war ich sicher, dass Eva mich beobachtet und ungeduldig erwartet hatte.

Aber zum zweiten Mal erlebte ich die Enttäuschung, dass es nicht Eva war, die mich in Empfang nahm. Es war die Hausverwaltersfrau. Sie begrüßte mich mit der gelassenen, routinierten Freundlichkeit einer geschulten Hotelmanagerin.

Auf meine Frage, wo Eva sei, erhielt ich die Antwort, das gnädige Fräulein sei zum Schwimmen an den Königssee gefahren. Sie lasse mich grüßen und sei bald wieder da.

Ein Hausmädchen nahm mir den Koffer ab. Man führte mich eine breite, mit Teppich belegte Holztreppe hinauf in den zweiten Stock.

Ein Gästezimmer wie in einem alpenländischen Mittelklassehotel. Geranien vor den Fenstern. Der berühmte Watzmannblick.

Ich bin noch nie an einem Reiseziel angekommen, ohne enttäuscht zu sein. Es ist wie ein Reflex: Hierher wollte ich nicht! Ein elementares Heimweh, die schwärzeste Melancholie überfällt mich bei der Ankunft in Hotelzimmern und Ferienwohnungen. Es mag hinreißend sein, luxuriös, wundervoll, das Meer blau, die Strände weiß – am liebsten würde ich sofort wieder fluchtartig nach Hause fahren. Wahrscheinlich wehrt sich einfach der dominante sesshafte Teil in mir gegen die ihm aufgezwungene Ortsveränderung. Er hasst es, unterwegs zu sein, und sobald er merkt, dass sein Protest erfolglos ist, beginnt er unbeirrbar, sich am fremden

Ort heimisch zu machen. Sind wir schon einmal hier, sagt er, dann lass uns auch Hütten bauen. Los, installier dich. Schlag Wurzeln. Und stell dir vor, du bliebest für immer hier. Dies sei dein Tisch. Dein Bett. Dein Stuhl. Dein Blick aus dem Fenster für alle Zeit.

Doch soweit war ich an diesem ersten Nachmittag noch nicht. Wenn ich jemals enttäuscht war von einem Reiseziel, dann war es damals am Berghof. Ich überlegte nur, ob ich sofort wieder gehen sollte oder vielleicht eine Nacht in diesem zugegebenermaßen gastlichen, daunenfederweichen, duftend weißbezogenen Bett schlafen. Eine einzige Nacht.

Ich war noch nicht so vertraut mit meinem Fluchtimpuls am Ziel einer Reise, wie ich es heute bin. Wenn man jung ist, nimmt man die eigenen Stimmungen noch beim Wort. Morgen früh, dachte ich. Ich lasse mich von den Männern wieder nach München fahren. Oder ich nehme den Zug. Oder ich gehe zu Fuß. Irgendwie muss man doch wieder von hier wegkommen. Und ich versuchte mich schon an der anekdotischen Fassung meiner Erlebnisse, in der ich sie bei meiner Heimkehr zum Besten geben würde.

Ratet, wo ich eine Nacht geschlafen habe!

Doch dann kam Eva.

Du weinst ja, sagte sie. Warum weinst du denn?

Ich bin so froh, dass du da bist, sagte ich.

Sie war noch schöner geworden. Noch blonder, quirliger, mutwilliger, als ich sie in Erinnerung hatte. Sie war braun gebrannt.

Damals kam die Mode auf, braun gebrannt zu sein. Unsere Mütter hatten sich, als sie jung waren, noch etwas auf ihre zarte Weißhäutigkeit zugute gehalten. Wir aber fühlten uns als Töchter einer neuen Zeit, Töchter des Lichts und der Erde, die aus der Enge der Städte hinausdrängten, tüchtig, stark und naturnah. Der Sonne zugewandt. Eva war eine Trendsetterin des neuen Erscheinungsbilds. Trends werden immer ersonnen von denen, die genug Zeit dazu haben. Das

Erscheinungsbild der starken gesunden Frau, die tüchtig zur Arbeit und tauglich als Mutter ist, wird am besten von der verkörpert, die keine Kinder und keine Pflichten hat. Von Eva. Sie hat genug Zeit für Sonnenbäder und Sport.

Du bist ja so blass, Kleines, sagte sie zu mir. Du musst an die Luft! An die Sonne! Du siehst ja wie eine Stubenhockerin aus! Ist es wahr, dass du Physik studierst? Schlaues Mädchen! Du musst mir alles von dir erzählen!

Immer sagte sie: Erzähl von dir! Ich will alles von dir wissen, ganz genau! Aber immer, wenn ich anfing, kam irgendetwas dazwischen, was sie ablenkte. Eine irrlichternde große Unruhe war in ihr. Ihre Aufmerksamkeit war auf der Suche nach Neuem, Anderem, sie war auf der Flucht. Als sei es lebensgefährlich, länger als ein paar Sekunden bei einem Gegenstand zu verweilen. Nie habe ich eine solche Sucht danach, sich zu zerstreuen, erlebt. Und niemals wieder solche unruhigen Augen.

Sie hatte den Stierkämpferblick. Unaufhörlich schien sie zu sichern, als käme es darauf an, der Gefahr zu begegnen, dass ihr irgendetwas entging. Und wenn sie etwas sah, was ihre Aufmerksamkeit für Sekunden bannte, schoss sich ihr Blick darauf ein. Sie riss die Augen auf, starrte, als wolle sie mit diesem Pfeilblick den Gegenstand durchbohren. Es sollte spaßig sein. Aber das war es nicht. Ich konnte mich nicht erinnern, dass sie so gewesen war, und ganz plötzlich streifte mich eine Angst, dass sie verrückt geworden war. Ich verscheuchte sie, aber sie kam immer wieder in den nächsten Monaten. Immer wieder, bis sie blieb.

Was!, rief sie und heftete ihren Pfeilblick auf meine Füße. Für einen Moment sah sie wirklich wie ein Stierkämpfer aus, der die beiden Lanzen in Kopfhöhe hebt und auf sein Ziel richtet, bevor er angreift: Was sehe ich? Plateausohlen! Kleines, zieh sofort die Schuhe aus! Niemand auf der Welt trägt mehr Plateausohlen! Außerdem bist du mit denen fast so groß wie ich. Das ist nicht erlaubt!

Ich war sehr stolz auf meine Schuhe, die mir mein Vater aus Budapest mitgebracht hatte. Sie machten mich tatsächlich größer, und damals litt ich noch sehr darunter, klein zu sein. Ja, ich hoffte mit zwanzig noch immer, dass ich vielleicht etwas nachwachsen würde. Ich mochte die Schuhe, und bis zu diesem Moment hatte ich sie auch für modisch einwandfrei gehalten. Aber wie konnte ich Eva in Modefragen etwas entgegensetzen?

Sie drückte auf einen Knopf neben meinem Bett, und kurz darauf kam ein Mädchen und nahm einen Befehl von ihr entgegen.

Es brachte einen Waschkorb voller Schuhe und stellte ihn vor mich hin, Stiefel, Sandalen, Pumps, Halbschuhe, Stiefeletten, sehr chic alle, doch viel zu klein für mich.

Das gibt sich schon, sagte Eva, die treten sich aus. Also, welche willst du?

Vielleicht sollte ich erwähnen, welchen Wert damals, im sechsten Kriegsjahr, Schuhe für uns hatten. Es gab schon lange keine mehr. Jedenfalls nicht für uns Frauen, kriegsunwichtig, wie wir waren. Wir trugen unsere Vorkriegsschuhe, und da meine Füße seitdem noch um eine Nummer gewachsen waren, hieß das, dass ich für gewöhnlich alte Halbschuhe von meiner Mutter trug. Ich hatte die Sandalen mit den Plateausohlen extra für diese Reise geschont.

Da, nimm die, sagte Eva und drückte mir ein paar weiße mit ganz flachen Absätzen in die Hand. Wenigstens kam ich zur Not hinein.

An diesem ersten Abend war ich viel zu erschöpft, um zu widersprechen. Wir machten einen Spaziergang zum Teehaus am Mooslahner Kopf, einige hundert Meter vom Berghof entfernt. Ich wußte noch nicht, dass dies jeden Abend so sein sollte, und jeden Abend mit der gleichen frischen Begeisterung von Eva angekündigt:

Weißt du was, Kleines? Lass uns zum Mooslahner Kopf gehen! Der Blick von dort ist kolossal, gerade bei diesem

Wetter (bei untergehender Sonne, bei Regen, bei Schnee, bei Alpenglühen ...) So was hast du noch nicht gesehen!

Und jeden Abend das Umziehen vorher. Immer ein neues Gewand für die alte Gewohnheit. Kostüme, zauberhaft, leicht trachtig. Mit Litzen, Hirschhornknöpfen, geblümt unterfütterten Krägen. Und Dirndl, wallend, figurnah und dekolleteebetont. Ganz zivile Tailleurs in der Farbe Grau, die sie mit pastellfarbenen Blusen zu dekorieren verstand. Sie ließ bei den teuersten Schneidern in Berlin arbeiten. Kann man sich vorstellen, welches Jenaer Trampel ich neben meiner Cousine war?

An diesem ersten Abend lief ich mir in ihren viel zu kleinen Schuhen die Füße wund. Offene Blasen an den Fersen, blutige Zehen.

Am nächsten Morgen trete ich in den etwas zu großen Halbschuhen meiner Mutter vor meine Zimmertür. Das Haus scheint menschenleer, still. Ich weiß nicht, wohin ich mich wenden soll. Meine Schritte, deren Geräusch ich wegen der Schmerzen an meinen Fersen nicht dämpfen kann, hallen wie die eines Eindringlings, als ich die Treppe hinuntergehe.

Im ersten Stock stehe ich plötzlich im Vorraum zu einem Zimmer, dessen zweiflügelige Tür weit offen steht. Ich trete mit dem Gefühl ein, dass es verboten ist. Ein wuchtiger Schreibtisch beherrscht den Raum, die Wände mit Holzpaneelen verkleidet, in die Bücherregale eingelassen sind. Gemälde, goldgerahmt, zwischen den Fenstern. Ich kenne die Maler nicht, vermute jedoch, dass es sich um Kostbarkeiten der Kunstgeschichte handelt. Eine Polstersitzecke, rotgrün geblümt. Ein runder Fayence-Ofen vor der Innenwand. Hitler hat es schön hier. Es muss sein Arbeitszimmer sein. Die Bücher, die an den Rändern des Schreibtisches aufgestapelt sind, Nachschlagewerke vermutlich, wecken die Vorstellung, als sei ein Gelehrter, der hier sonst arbeitet, auf Reisen gegangen und kehre bald zurück. Nelken stehen in den Vasen. Der ganze Berghof wird in schwebender Bereitschaft gehalten, seinen Besitzer zu empfangen. Bald wird mir das so selbstverständlich wie allen anderen sein. Es ist, als wäre man nicht sicher, dass er nicht auf einmal aus dem Boden wachsen kann.

Plötzlich läutet das Telefon auf Hitlers Schreibtisch.

Soll ich drangehen? Ist das für mich?

Das Läuten hat etwas Drängendes. Etwas Gebieterisches.

Und wenn es Stalin ist? Oder Churchill? Oder Roosevelt? Muss ihnen nicht jemand sagen, dass Hitler nicht zu Hause ist?

Als ich darauf zugehe, höre ich Schritte von jemandem, der hinter mir den Raum betritt und zum Telefon eilt.

Ja, sagt der Mann, in Ordnung. Ja.

Es ist der Hausverwalter, den Eva mir am Vortag flüchtig vorgestellt hat.

Sie sollen zum Frühstück kommen, sagt er.

Ich weiß nicht, ob ihm dies am Telefon gesagt worden ist, oder ob es seine Art ist, mich aus Hitlers Arbeitszimmer zu werfen.

Im Speisesaal, sagt er. Unten.

Ich habe keine Ahnung, wo der Speisesaal ist. Meint er die Halle? Sie liegt dunkel und verlassen da. Der riesige Vorhang vor dem Panoramafenster ist geschlossen. Durch einen Spalt nur dringt Licht in der Mitte durch, das wie ein Spotlight die ganze düstere dunkelrote Velourswelt aufscheinen lässt. Ich fühle mich, als hätte ich einen verbotenen Sakralraum betreten, in dem nächtlich fremde rätselhafte Mysterien gefeiert werden, bei denen man unbefugte Eindringlinge gnadenlos einer grausamen Gottheit zum Opfer bringt.

Ich trete zurück und stoße beinah mit einem Hausmädchen zusammen, das ein Frühstückstablett trägt.

Wo ist der Speisesaal?, frage ich.

Irre ich mich, dass sie verächtlich die Luft hochzieht? Begreift sie nicht, dass ich neu in Hitlers Berghof bin?

Ich folge ihr und sehe die riesige weißgedeckte Tafel in Hitlers Speisesaal, in deren Mitte verloren und viel zu klein ein Nelkensträußchen steht. Sollen wir hier frühstücken?

Der Frühstückstisch steht in dem runden Erker zur Talseite hin. Das Watzmannmassiv liegt im Morgenlicht. Der Himmel darüber ist von dem durchsichtigen Hellblau eines alpinen Sommertags. Ich versuche eins der Erkerfenster zu öffnen. Ich möchte die Luft da draußen spüren.

Lassen Sie das!, sagt das Mädchen.

Sie öffnet das Fenster selbst. Dann deckt sie den Tisch. Ich übe mich in die Rolle des rundum bedienten Gastes ein. Sie ist neu für mich. Ich bin noch unsicher: Darf ich nichts selber tun, oder muss ich es nicht? Noch fühle ich mich wie jemand, der ein Museum oder ein Schloss besichtigt und weiß, dass man nichts anfassen soll. Ist es erlaubt, dass ich mich auf einen der Stühle am Frühstückstisch setze? Oder wird dann gleich ein Alarm in Gang gesetzt? Erscheinen die Sicherheitskräfte, die mich als gefährlichen Eindringling entlarven?

Nach ein paar Tagen erst werde ich wissen, was ich an diesem ersten Morgen falsch gemacht habe. Ich war zu früh. Ich war im Haus eines Spätaufstehers zu Gast. Vor zehn Uhr hat es auf dem Berghof nie Frühstück gegeben. Ich gewöhnte mich später daran, nutzte die Morgenstunden zu kleinen einsamen Spaziergängen, bis Eva, die auch während Hitlers Abwesenheit seinen Tagesrhythmus beibehielt, zwischen zehn und elf erschien, perfekt zurechtgemacht, ausgeruht, vibrierend vor Unternehmungslust wie am Morgen meines ersten Tags.

Du bist ja schon auf, sagt sie.

Ich traue mich nicht, ihr zu sagen, dass ich seit zwei Stunden am Frühstückstisch sitze, immer wieder von dem Mädchen gefragt, was ich noch wünsche, langsam die Verschiebung der Betonung auf das *noch* beobachtend, bis ich begreife, wie lästig ich ihr bin. Ich habe nicht gelernt zu sagen: Danke, ich brauche Sie nicht mehr. Es ist das Zauberwort, auf das sie wartet, um endlich verschwinden zu können.

Es wird eine meiner Lektionen am Obersalzberg sein, die Zauberworte zu gebrauchen, mit denen man dienstbare Geister lenkt, mit denen man sie auf den Plan ruft und wieder entlässt. Ich werde diese Lektion von Eva lernen wie manches andere Überflüssige: Die Kunst, sich die Augenbrauen zu zupfen, bis nicht mehr viel übrig ist. Die Kunst, wie man seine Beine nicht übereinanderschlägt, sondern perfekt parallel hält, wenn man im Sessel sitzt. Ich werde in dem Leben, das vor mir liegt, nicht viel Verwendung für diese Fertigkeiten haben. Aber die Unsicherheit, die mich an meinem ersten Morgen in Hitlers Berghof befallen hat, begünstigt Lernvorgänge dieser Art.

Ich bewundere die Selbstverständlichkeit, mit der Eva Befehle gibt, ein weicheres Ei ordert, den Kaffee stärker will. Wie sie den unverhohlenen Widerwillen übersieht, mit dem man ihre Anweisungen befolgt. Den kleinen Mangel an Beflissenheit, den winzigen Anflug von Herablassung, mit der das Mädchen »Jawohl, gnädiges Fräulein« sagt. Ich denke, es muss so sein.

Fasziniert verfolge ich die Audienz, die Eva für die Hausverwaltersfrau gibt. Sie kommt mit Menüvorschlägen für unser Mittagessen zu uns.

Worauf haben wir Appetit? Möchten wir halbe Hähnchen? Oder Prinzessbohnen mit Speck? Und eine Suppe voraus vielleicht?

Was möchtest du?, fragt mich Eva.

Sie überfordert mich. Es ist mir vollkommen unmöglich, an diesem Ort einen Wunsch zu haben, geschweige denn, ihn zu äußern.

Ich weiß nicht, sage ich.

In Jena haben meine Eltern jetzt eine Lebensmittelkarte mehr und eine Esserin weniger am Tisch.

Hähnchen?, sage ich, eher staunend, dass es so was gibt, als davon ausgehend, dass man es wirklich bekommen kann.

Sie haben es gehört, sagt Eva zu der Hausverwaltersfrau.

In der Tür dreht die sich noch einmal um.

Aber bitte seien Sie diesmal pünktlich!, sagt sie streng.

Ich sehe Eva an. Ich sehe nichts davon, dass sie verärgert ist.

Weißt du was?, sagt sie. Lass uns schwimmen gehen.

Sie sagt es verschwörerisch. Als sei Schwimmengehen etwas Frivoles, Verbotenes. Als seien wir zwei Kinder, die an einem Sommertag die Schule schwänzen wollen.

Kurz darauf treffen wir uns mit unserem Badezeug vor der Tür. Am Fuße der Treppe steht eine schwarze Limousine, zwei Männer vom Sicherheitsdienst lehnen an den Türen und werfen ihre Zigaretten zu Boden, als sie uns sehen.

Unser Taxi, sagt Eva. Jetzt pass mal auf: Wir hängen sie einfach ab. Siehst du das Postauto? Das ist unser Bus! Tu einfach, was ich dir sage. Komm!

Wir laufen ins Haus zurück, nehmen im Eingangsfoyer links eine Tür, hinter der eine Treppe ins Kellergeschoss führt, laufen einen Gang entlang, kommen an seinem Ende an einen Ausgang, von dem aus ein schmaler Weg hinab zur Straße führt, ein Lieferantenzugang zum Nordflügel des Berghofs, wir kommen genau an der Stelle heraus, an der das Postauto parkt. Für einen Augenblick sehe ich die zwei SS-Männer, einen am Fuße der Treppe, den anderen weiter oben, beide dort nach uns Ausschau haltend, wo wir verschwunden sind. Aber wir sitzen längst hinten im Postauto.

Als der Briefträger zurückkommt, der fünfmal täglich die Post am Berghof ausliefert, klopft Eva gegen die Scheibe, die den Laderaum von der Fahrerkabine trennt, und das grinsende Gesicht des Postmanns taucht kurz auf. Dann sind wir unterwegs. Eva hält mit dem Gürtel ihres Bademantels, den sie um einen Griff geschlungen hat, die Tür des Laderaums zu, die sich nur von außen fest schließen lässt. Durch den Spalt sehen wir die SS-Männer, die immer noch zum Berghofeingang starren.

Anders wird man sie nicht los, sagt Eva.

Ich bin Teil einer Verschwörung geworden. Es ist eine kindische, eine lachhafte Verschwörung. Gegen die Macht, der sie ausgeliefert ist, hat Eva ein kleines Bündnis mit einem Briefträger. Sie opponiert nicht gegen die Macht, sie schlägt ihr ein Schnippchen. Sie erwartet von mir, dass ich den kleinen Triumph mit ihr auskoste. Ich tue es. Ich sage ihr, wie wunderbar es uns beiden geht. Ich weiß nicht, was mich dabei traurig macht. Etwas an ihr rührt mich. Etwas scheint mir falsch. Wir geben uns versessener auf diese Badetour, als wir es wirklich sind.

Dann aber, als wir am Seeufer aussteigen, als wir das Ruderboot losmachen, das an einem der Stege im Malerwinkel für uns liegt, als wir die Schuhe ausziehen, das sonnenwarme Holz der Bootsplanken unter den Füßen spüren, als wir die Ruder ins tief dunkelgrüne kühle Wasser eintauchen, als wir das kleine Planschen hören, das sich mit dem Knarren der Planken, dem Holz-auf-Holz-Geräusch der Ruder an der Bootswand zu einer Glückssymphonie vermischt, bin auch ich überzeugt, dass es die schönste Stelle des Universums ist, wo wir sind.

Eva kennt einen Platz am östlichen Ufer, dort wo die Steilwand noch nicht bis ans Wasser reicht, sondern ein steiniger schmaler Streifen vorgelagert ist, den wir ansteuern.

Da finden sie uns nie, sagt sie. Da sind wir unsichtbar.

Hier können wir nackt baden, schlägt sie vor und zieht sich aus. Hast du schon mal nackt gebadet?, sagt sie. Das ist wunderbar.

Ich habe noch nie nackt gebadet. Ich finde es unerhört. Unerhört aufregend, neu und kühn. Ich sehe vom Ufer aus Eva, wie sie ins Wasser geht. Ich habe noch nie eine andere

Frau nackt gesehen. Ich rechne nicht damit, dass ich selbst so schön wie Eva bin.

Meine Nacktheit kommt mir irgendwie armselig vor. Ich werfe mich ins Wasser. Ich suche darin für meine Nacktheit Schutz, während es langsam, ganz langsam um Evas Schenkel und Hüften steigt, eine zärtliche Berührung, der sie sich ruhig und sicher überlässt.

Wir schwimmen weit in den See hinaus bis in die Zonen der Kälte, die aus seiner Tiefe kommt. Ich denke an die tiefe Schlucht, die sich unter mir bis zum Grund auftut. Es ist eine Art Schwindel, der mich beim Schwimmen befällt, die Angst vor der Tiefe, vor dem, was mich da zu sich hinunterziehen will. Ich hasse es, in tiefen Gewässern zu schwimmen.

Eva!, rufe ich.

Ich kann sie nicht mehr sehen. Ich kehre um. Als ich mich am Ufer aufrichten will, sehe ich die beiden Männer kurz oberhalb der Stelle sitzen, wo wir unsere Kleider abgelegt haben. Sie rauchen. Sie blicken gelangweilt auf den See hinaus. Unsere Bewacher haben uns gefunden.

Im seichten Wasser stütze ich mich mit den Händen auf einem Stein ab und verhalte mich still wie ein Krokodil. Ich warte. Ich warte, dass Eva kommt und irgendeinen Ausweg aus unserer Lage weiß.

Die Männer beachten mich nicht. Dabei bin ich sicher, dass sie mich gesehen haben. Hätten sie mich gerettet, wenn ich weit draußen auf dem See zu ertrinken gedroht hätte? Sind sie dazu da? Wer gibt ihnen die Befehle? Und wie lauten sie? Sind wir Gefangene, oder sollen sie nur für unsere Sicherheit garantieren? Ist dies für sie eine Ehre oder ein lästiger Dienst? Wie reden sie darüber, wenn sie in ihrer Kaserne sind? Kommen wir in ihren Witzen vor? Bin ich nicht gerade ein lebender Herrenwitz, nackt, meine Kleider vor mir unerreichbar für mich?

Wenn sie es komisch finden, sieht man es ihnen jedenfalls

nicht an. In ihren Mienen zeigt sich nichts als der Ernst, mit dem zwei Männer ihren Dienst versehen, und sei er noch so uninteressant. Dann sehe ich plötzlich, wie sie aufstehen und zum Ufer hinuntergehen, wobei sie mir den Rücken zuwenden und sich ein Stück weit von mir entfernen. Gleichzeitig höre ich, wie Eva kommt. Sie hebt sich neben mir aus dem Wasser. Sie schüttelt sich, wringt ihre Haare aus.

Die Männer!, sage ich.

Ach, sagt Eva, da sind sie. Die finden einen jedes Mal. Irgendwie müssen wir ja auch zum Berghof zurückkommen.

Wir laufen zu unseren Kleidern, und während ich mir so schnell wie nie etwas anziehe, sehe ich die beiden Männer am Wasser stehen und das alte Spiel der springenden Kiesel spielen. Sie haben uns immer noch die Rücken zugewandt.

Im Auto bittet Eva sie um Zigaretten für sie und mich. Es ist mir peinlich.

Wieso?, sagt Eva später. Dazu sind sie doch da.

Ich weiß nicht, wozu sie da sind, sage ich.

Ach Kleines, sagt sie, du machst dir zu viele Gedanken. Man gewöhnt sich an sie.

Ich merke, dass sie nicht einmal ihre Rangabzeichen zu lesen weiß. Immer wieder muss sie sich von ihnen verbessern lassen. Sie bestehen darauf. Sie verstehen keinen Spaß, wenn es um ihre Ränge geht. Ihre Ränge sind ihr innerstes Selbst. Ich spüre das.

Ich spüre auch etwas von Evas mangelnder Eignung zur Ehefrau in ihrer Ignoranz. Hätte sie sonst nicht die Zeichen zu deuten gewusst, die Männern ihren Rang zuweisen, auch die subtilen, verborgenen, nur dem eingeweihten Blick zugänglichen?

Ehefrauen bringen es darin zu großer Meisterschaft. Es ist ihr Metier. Eva dagegen war ahnungslos im Lesen von Rangabzeichen, welcher Art auch immer. Sie achtete nicht darauf, bedachte die kleinen mit derselben Liebenswürdigkeit, demselben reizenden Lächeln wie die großen Tiere, den

Rottenführer, den Sturmmann wie den Standartenführer. Glaubte sie, dass sie sie dadurch gefügig für sich machte? Es war ein Irrtum, der von den Untergebenen ebenso wenig wie von den Befehlshabern geschätzt wurde. Sie besaß keinen Instinkt dafür. Und doch hatte sie den mächtigsten Mann der Welt, die sie kannte, nicht blind gewählt. Das war Teil des Geheimnisses, das sie auch heute noch für mich ist. Sie war wild nach der Macht, die ein Mann besitzt, und wusste nicht das Geringste damit anzufangen.

Als wir zum Berghof zurückkehren, ist schon früher Nachmittag. Wir sind ausgehungert wie Kinder nach einem Tag am Badesee, wenn sie zu lange im Wasser geblieben sind. Ich denke an die Hähnchen, die man uns versprochen hat.

Weißt du was?, sagt Eva. Wir schaun mal in der Küche nach.

In der Berghofküche ist niemand. Sie sieht aus, als wenn sie niemals benutzt worden wäre. Weiß wie frisch gefallener Schnee. Kompromisslos sauber und aufgeräumt. Geruchlos wie ein Labor. Nichts erinnert daran, dass hier vor kurzem ein Hähnchen für mich gebraten worden ist.

Wir schauen in der Kühlkammer nach. Ein begehbarer Kühlschrank. Das habe ich noch nie gesehen. Irgendwo hier muss das Hähnchen sein. Ich bin bereit, es auch kalt zu genießen, wenn es sein muss. Ich bin verrückt danach.

Was suchen Sie hier?, ruft plötzlich eine Stimme von der Küche her. Es ist die Hausverwaltersfrau.

Wir hatten so Hunger, sagt Eva.

Dann hätten Sie pünktlich zu Tisch kommen sollen, sagt die Frau streng. Oder mir sagen, dass Sie zum Baden fahren wollen. Dann hätte ich Ihnen einen Picknickkorb packen lassen. Aber so geht das nicht. Wenn Sie wollen, kann ich Ihnen ein Schinkenbrot machen. Das Personal hat Nachmittagspause jetzt.

O bitte, sagt Eva. Ja, das wäre nett.

Ich wundere mich, dass Eva sich das bieten lässt. Ist sie nicht die Herrin hier? Sind nicht alle nur da, um sie zu bedienen? Gebietet die Geliebte Hitlers nicht über ein Heer ihr ergebener Dienstboten?

Später begriff ich, was ich vorläufig nur ahnte. Es lag etwas in der Luft. Ein Hauch von Unverschämtheit, eine lauernde, kleine, kaum wahrnehmbare Aufsässigkeit, die sich jederzeit wieder in Ehrerbietung zurückverwandeln konnte.

Die Erleichterung darüber, dass Hitler mit seinem ganzen Tross abgereist war, beherrschte sie alle noch, die Hausverwalter, die Dienstboten, die Chauffeure, das Wachpersonal ... alle vibrierten von einer grausamen Ausgelassenheit, einem erbarmungslosen, unstillbaren Übermut. Am liebsten hätten sie ein ungezügeltes Fest gefeiert, das Mobiliar zum Fenster hinausgeschmissen, die Betten aufgeschlitzt, ein Freudenfeuer entfacht, und irgendjemanden hätten sie gern ein bisschen zum Spaß gequält. Es war die Zeit der Mäuse. Die Katze war aus dem Haus.

Der Autoritätsdruck, der von Hitlers Anwesenheit ausging, muss unermesslich gewesen sein. Alles erstarb in dem Wunsch, ihm zu Willen zu sein. Es gab nichts anderes mehr, was die Menschen beherrschte in seiner Gegenwart. Jedes Gefühl, jede Leidenschaft, jeder Traum mündete in die Angst ein, von ihm gerügt zu werden. Seinen Unwillen zu erregen, war mehr gefürchtet als alles Unglück dieser Welt. Selbst ein beiläufiges Missfallen, im Vorübergehen geäußert, war vernichtend. Und erst sein Zorn. Sein unmäßiger Zorn ... Sie taten alles – alles –, um dem zu entgehen.

Man war so wundervoll erleichtert, wenn er nicht da war. Die kleinen nachmitternächtlichen Feiern, von denen Speer erzählt. Champagnerkorken knallten, Muskeln lockerten sich, wenn Hitler, kurz nachdem er Eva vorausgeschickt hatte, zu Bett gegangen war. Irgendjemand ging ans Klavier, klimperte leise, und hier und da klangen kleine belanglose

Sätze wie Perlen in den Gläsern auf und entfalteten plötzlich Witz, Wärme, Schlagfertigkeit ...

Ich konnte damals nicht wissen, dass ich in eins dieser Machtlöcher gefallen war, als ich auf den Berghof kam. Seit Februar war hier mit Unterbrechungen das Hauptquartier gewesen. Alle hatten monatelang Angst gehabt, einen Fehler zu machen. Sie waren pünktlich gewesen, beflissen und tadellos. Sie hatten sich nicht die kleinste Nachlässigkeit zu Schulden kommen lassen. Bei Tag und Nacht hatten sie sich in Bereitschaft gehalten. Sie hatten jeden Verrat mit ihrer Verpflichtung, in Dienst genommen zu sein, begründet und entschuldigt. Sie hatten sich gehasst dafür.

Und jetzt wollten sie ein bisschen wieder sie selber sein. Ein bisschen ungezogen und grausam zu irgendwem.

Und niemand weit und breit gab ein besseres Ziel ab für diese spielerische Ungezogenheit als die Geliebte Hitlers. An ihr probierten sie, wie weit sie gehen konnten. Ihr, die sie auf höchsten Wunsch hin mit »gnädiges Fräulein« anzusprechen hatten, konnten sie sich doch ein bisschen verweigern, wenn Hitler abwesend war, ein bisschen mehr die Betonung auf »Fräulein« legen statt auf »gnädiges«. Denn war sie nicht eigentlich eher ihresgleichen? Wenn nicht überhaupt in Anbetracht ihres Nichtverheiratetseins noch weniger?

Musste man sich so beeilen, wenn sie einen Wunsch hatte? Kam es so sehr darauf an, was sie für richtig hielt? Konnte man nicht auch einfach mal sagen: Sie sehen doch, dass ich zu tun habe, F r ä u l e i n Braun?

Es musste alles nur so geschehen, dass es keine konkreten Anlässe gab, sich zu beschweren. Eine Art Dienst nach Vorschrift. In den ersten Tagen von Hitlers Abwesenheit bekam Eva es stets mehr als sonst zu spüren.

Geliebte profitieren nur in Anwesenheit des Mannes von den Privilegien, die sein Status verleiht. Allein die Ehe gewährleistet die Übertragung von Statusmerkmalen auf eine

Frau. Nur sie bewirkt, dass sie auch in Abwesenheit des Mannes noch gültig sind und dass nicht einmal sein Tod etwas daran ändert. Meiner Cousine Eva war nichts dergleichen in Aussicht gestellt worden.

(»Heiraten könnte ich nie ... Es ist so wie bei einem Filmschauspieler: Wenn er heiratet, verliert er für die ihn anhimmelnden Frauen ein gewisses Etwas, er ist nicht mehr so sehr ihr Idol.«)

Sie hasste ihren Status einer Mätresse. Die Wehrlosigkeit, zu der er sie verdammte. Aber diese Wehrlosigkeit machte zugleich einen Teil ihres Charmes für Hitler aus. Er liebte Wehrlosigkeit. Wie alle Tyrannen bekam er gar nicht genug davon. So ertrug meine Cousine Eva, was sie hasste. Sie tat es mit dem Charme, der Wehrlosen eigen ist, und mit der Einsicht der erfahrenen Mätresse, die weiß, dass man sie gerade darum liebt.

Sie war Hitlers Traumfrau. Hübsch, jung, gefallsüchtig und machtpolitisch vollkommen blind. Durch den Umgang mit den Bormanns, den Himmlers, Speers um sich herum lernte sie nichts. Auch die Höflinge im zweiten Glied färbten nicht auf sie ab, die Schaubs, die von Belows in ihrer Willfährigkeit. Sie behielt ihre kleine schmollende Mutwilligkeit, mit der sie Hitler ansah, den Kopf schief legte und sagte:

Mit dieser Mütze siehst du wie ein Chauffeur aus.

Und alle hörten es, und sie spürten auf einmal, dass sie intim mit ihm war. Und jedes Mal, wenn es ihnen bewusst wurde, erschraken sie aufs Neue, wie auch ich erschrecke, heute noch.

All die Lügen, die unsauberen kleinen Schlüssellocheinblicke: Vermutungen, die darauf gründen, dass nicht zu viel, sondern zu wenig Phantasie im Spiel ist, nicht ausreichend, um das für möglich zu halten: Dass ein entsetzlicher Mann ein durchschnittlicher Mann sein kann, Liebhaber eines Mädchens, dessen durchschnittlicher Verstand und überdurchschnittliche Schönheit ihm gefallen. Dass ihr Ungeschick, ihre Ergebenheit, ihre Abhängigkeit etwas in ihm auslösen, das ihn davon überzeugt, irrtümlicherweise!, ein Mensch zu sein, der zu Gefühlen und Hinwendung imstande ist: eine Art Angerührtsein, eine Fürsorglichkeit, die daraus entsteht und die himmelhohe Unterlegenheit der Frau immer wieder braucht, um sich daran zu entzünden und fühlbar zu machen.

Es war viel von der Liebe zu seinem Hund darin. Etwas Sentimentales. Etwas von Selbstmitleid und Eingeständnis dessen, dass er von Anfang an verloren war und sich das Glück nicht einmal auszumalen verstand.

Speer, ich werde einmal nur zwei Freunde haben, Fräulein Braun und meinen Hund.

Spricht so ein siegessicherer Unterwerfer des Rests der Welt?

Das Hundekosewort, das er für sie verwandt hat. Peinlich. Entlarvend. Wie Koseworte, die ein Paar füreinander verwendet, immer entlarvend sind, die üblichen genauso wie die mit dem Anspruch auf Einmaligkeit. Ein Wort wie eine schlabbrige, feuchte Hundezunge, die einem übers Gesicht fährt, ehe man sichs versieht. Ich bin froh, dass ich nie dabei war, wenn es fiel. Vergessen wir das Wort. Löschen wir es aus. Möge es von Anfang an ungehört gewesen sein.

Das Abendessen lassen wir uns auf der großen Terrasse servieren. Es gibt keinen schöneren Platz. Die rosafarbene Bergkette. Die Raubvögel, die hoch oben über dem Achetal kreisen, die Ahnung menschlicher Ansiedlungen unter uns, irgendwo gegen Südwesten, wo Berchtesgaden liegt. Alles ist so weit weg von uns. Die bewohnte und die nicht bewohnbare Welt, der Krieg. Wir wissen, dass er uns niemals je erreichen kann. Nicht hier, wo wir sind. Nicht hier oben auf dem Berghof, wo Eva und ich unter langsam dunkelndem Himmel sitzen, an dem die Sommersterne aufleuchten.

Wir lassen uns ein Windlicht bringen. Bald sehen wir nur noch unsere Gesichter im Widerschein.

Kleines, sagt Eva, erzähl von dir.

Ich weiß, dass sie an etwas anderes denkt. Ich spüre genau, wie etwas mit wachsender Macht Besitz von ihr ergreift. Etwas, das sie von mir wegzieht. Das sie unerreichbar für mich macht. Ich begreife, dass die Fragen, die sie mir stellt, nichts anderes als ein Schutzwall sind, hinter dem sie verschwindet. Ein Vernebelungsversuch, der den Weg tarnt, auf dem sie sich von mir fortbewegt.

Erzähl mir alles von dir.

Trotzdem bemühe ich mich, sie zu interessieren. Je weiter sie sich entfernt, umso heftiger bemühe ich mich. Ich spreche von meinen Eltern. Von meiner Verlobung, die eigentlich keine war. Von Ernst-Günthers Tod, meinen Trauerwanderungen im Thüringer Wald.

Und?, sagt Eva von weither. Dein Studium? Was lernt man da?

Ich weiß, dass sie mich nur am Reden halten will, damit sie sich ungestört dem anderen widmen kann, das sie vollkommen beschäftigt. Ich vergaloppiere mich. Ich erzähle ihr von Dingen, die sie nicht verstehen kann. Ich spreche über Polarisation in der Optik, über die Eigenschaft aller elektromagnetischen Strahlung, die aus dem transversalen Charakter elektromagnetischer Wellen herrührt. Ich weiß genau, wie verfehlt das ist. Aber ich fürchte die Stille, die sonst zwischen uns entsteht. Ich erkläre ihr mit immer größerem Eifer, dass die Polarisationsrichtung bei Lang-, Mittel- und Kurzwellen vertikal ist und bei den Ultrakurzwellen des Funkverkehrs horizontal. Mit meinem Daumennagel ritze ich Diagramme in die Tischdecke. Ich beginne ihr zu erklären, wie ein Radio funktioniert.

Plötzlich geht eine Verwandlung mit Eva vor. Sie springt auf.

Sei mal ruhig!, schreit sie mich an.

Im Haus hört man ein Telefon läuten.

Legen Sie's mir auf mein Zimmer, ruft Eva, als sie in der Tür zum kleinen Wohnzimmer verschwunden ist.

Wenige Minuten später kommt sie zurück, gelöst, erleichtert wie nach einer bestandenen Prüfung. Ich sehe sofort, dass sie wieder Augen für mich hat. Sie hat mit Hitler telefoniert.

Hitler lasse mich grüßen, sagt sie.

Danke, sage ich.

Ich bin beschämt, dass ich ihr vorher so ausführlich von mir und meinen Interessen erzählt habe. Ich nehme mir vor, in Zukunft verständnisvoller mit ihr zu sein. Ich muss noch herausfinden, welches Verhalten für mich angemessen ist.

Mit der Zeit gewöhne ich mich an die Abende, an denen sie den Anruf erwartet. Er kommt nicht jeden Tag. Aber mit jedem Abend, an dem er nicht kommt, steigt Evas Unruhe. Ich weiß jetzt, dass ich dazu da bin, um sie ihr ertragen zu helfen. Gleichzeitig spüre ich, dass ich ihr unerträglich an solchen Abenden bin. Ich rede, damit wir das Schweigen des Telefons nicht mehr hören. Ich rede zu schnell, zu laut. Alles, was ich sage, ist in dieses Schweigen hinein gesagt.

Kannst du nicht etwas leiser sprechen?, sagt Eva. Ich bin doch nicht schwerhörig.

Ihre Verwandlung geschieht schon in dem Moment, in dem sie gerufen wird: Telefon, gnädiges Fräulein. Der Führer ist am Apparat!

Mein Gott, ruft Eva, indem sie aufspringt. Ich weiß gar nicht, was ich mit ihm reden soll. Sag du mir, was ich mit ihm reden soll!

Eine Telefonliebe. Es kommt darauf an, *dass* er anruft. Das Gespräch selbst bringen wir, so gut es geht, hinter uns.

(Was machst du?

Ich lasse töten. Und du?)

Einmal, die Tür zu Evas Zimmer steht auf, höre ich ein paar Sätze mit. Es geht um ihre Hunde Stasi und Negus, zwei schwarze Zwergschnauzer, die Hitler ihr geschenkt hatte, und die sich, während sie spricht, um sie herum balgen und auf ihren Schoß drängen.

Pfui, Stasi. Pfui, Negus. Lasst ihr das!

Fröhliches Japsen und Quietschen. Ich mache schnell die Tür zu. Ich will nicht mehr davon hören.

Ich bin sicher, sie hat ihn niemals gefragt, was er wirklich tat. Nicht am Telefon und nicht, wenn er bei ihr war.

Was tust du eigentlich?

Die nahe liegendste Frage, die man stellen kann. Und gleichzeitig die Formel, die sie erlöst hätte. Danach wäre sie frei gewesen. Frei, von ihm fortzugehen und weiterzuleben. Stattdessen ging sie zu ihm hin und starb mit ihm.

Sag mir, wer du bist. Statt: Mach mit mir, was du willst.

Es wäre so einfach gewesen. Als ich das später begriff, versuchte ich ihr zu sagen, wer er war. Ich hörte, was unsere Feinde am Radio sagten! Ich berichtete ihr! Ich zeigte ihr die Toten am Böhmerwaldplatz! Ich bot ihr an, sie in den Berg hineinzuführen, dorthin, wo die tiefen Stollen gegraben worden waren. Ich wollte, dass sie diese Schattenwelt sah und begriff, wer es war, der uns zu Schatten gemacht hatte, dass wir uns selbst nicht mehr kannten und auf die einfachsten Fragen nicht mehr kamen: Sag mir, was du tust!

Doch ich konnte sie nicht retten. Sie hat sich nicht einmal von mir verabschiedet, als sie zum Sterben zu ihm ging. Kein Wort, kein Gruß von ihr. Der Teufel soll sie holen.

Er hat es getan.

Die Erinnerung ist eine Hure. Sie ist beflissen, gefällig. Sie ist zu allem bereit, was vereinbart war, nicht zu mehr. Soll es wie echt aussehen? Das wird ein bisschen teurer. Es soll echt sein? Die Wahrheit? Und welche bitte schön?

Einmal, vor ein paar Jahren, gab ich ein Interview. Irgendein Rundfunksender rief bei mir an. Ich weiß nicht, wie sie auf mich gekommen waren. Wahrscheinlich hatten sie rausgekriegt, dass ich die letzte lebende Verwandte von Eva bin.

Sie sind eine Cousine von Eva Braun, sagte die Stimme am Telefon, und weil ich diesen Satz erst für das Jüngste Gericht erwartet hatte, gab ich alles zu.

Wir würden uns gerne mit Ihnen unterhalten, sagte die Stimme, und weil das so klang, als habe mich eine Fahndungskommission aufgespürt, kam ich gar nicht erst auf die Idee, dass ich auch Nein sagen konnte. Dies war es, wovor ich mich immer gefürchtet hatte, und ich würde es einfach durchstehen müssen.

Ein paar Tage später kam Petra, Anfang dreißig. Sie war mir sympathisch. Wir waren sofort per Du und tranken eine Tasse Kaffee nach der anderen. Ich merkte gar nicht, wie sie ihr Mikrofon auf meinen Wohnzimmertisch stellte. Ich zeigte ihr mein einziges Andenken an Eva, das Rougetöpfchen aus Porzellan, das Hitler ihr aus Paris mitgebracht hatte. Dann kamen die Fragen, und während ich Antwort gab, wusste ich die ganze Zeit, dass ich nicht die Wahrheit sprach.

Nicht dass ich log, aber zwischen Wahrheit und Lüge liegt eine Welt falscher Antworten.

Wir bestellten uns eine Pizza, als wir fertig waren. Petra mochte den Kuchen nicht, den ich extra für sie gebacken hatte. Zum Schluss holte ich zwei Pikkolos aus dem Kühlschrank. Wir versicherten uns, wie sympathisch wir uns waren. Als sie gegangen war, kam in mir der Verdacht auf, dass sie es immer so machen, um ans Ziel zu kommen und aus einem herauszuholen, was sie hören wollen. Irgendein seltsamer Katzenjammer blieb mir davon zurück. Ich habe mir die Sendung nie angehört. Ich werde nie mehr ein Interview geben.

Die Erinnerung ist eine Hure. Sie ist zu allem bereit. Und wenn sie jemals wahrhaftig ist, wer überhaupt würde Notiz davon nehmen? Auch die Wahrhaftigkeit ist letztlich nur eine Pose unter anderen. Sie stellt sich beiläufig ein. Zufällig. Unbemerkt.

Woran ich mich wirklich erinnere?

Ich erinnere mich an das Gleichmaß unserer Tage auf dem Berghof.

Sonst nichts?

Ich erinnere mich an die Langeweile, die ich empfand.

Sonst nichts?

Ich erinnere mich an das Gefühl, dass die Zeit stillstand. Als sei jeder neue Tag die Wiederholung des vorangegangenen. Eine Art Fluch, ein Bann, dem zu entkommen irgendwie nicht möglich war.

Und was noch?

An unsere Fluchten nach München.

Davon später. Was weiter?

Da war nichts. Eigentlich gar nichts.

Doch, da war etwas.

Stimmt. Da war etwas. Aber ich kann's nicht erklären.

Du sollst nicht erklären. Erinnere dich. Was siehst du?

Ich sehe ein Mädchen. Ich kann nicht glauben, dass ich es bin. Sie sieht so jung aus.

Kümmere dich nicht darum. Sag nur, was du siehst.

Sie liegt auf der großen Terrasse in einem Liegestuhl. Die Sonne brennt auf ihrer Haut, und wenn sie die Augen einen Spalt weit öffnet, sieht sie eine Welt in gleißendem Weiß, gerändert von tiefschwarzen Schatten. Am Abend wird sie einen Sonnenbrand haben.

Am Abend wird noch etwas anderes der Fall sein. Erinnere dich.

Wir sind zum See gefahren.

Richtig.

Vom Malerwinkel aus sind wir zu der Stelle gerudert, wo wir gewöhnlich badeten. In der Nähe gab es einen Wasserfall. Wir kletterten ein Stück weit am Felsen hoch bis zum obersten von drei Becken, die sich dort bildeten. Mit dem

Wasser rutschten wir von Becken zu Becken bis hinunter zum See. Ich hatte Angst, als ich es zum ersten Mal machte. Aber Eva lachte mich aus. Das war nach ihrem Geschmack. Eigentlich, wenn ich es heute bedenke, war sie mit zweiunddreißig zu alt dazu. Nicht zu alt, es zu machen, sondern zu alt, um dem so viel abzugewinnen, wie sie es mit Juchzern und Schreien und dem unbeugsamen Willen kundtat, es sofort noch einmal zu tun. Wie konnte sie so hartnäckig darauf bestehen, das Leben zu genießen?

Lenk nicht ab. Was geschah an dem Tag?

Etwas störte.

Was?

Eine Nachricht. Irgendjemand kam dazu und verdarb uns diesen Sommertag.

Eine Nachricht?

Etwas Erschreckendes. Plötzlich schämten wir uns, dass wir so lustig gewesen waren. Wir rafften unser Zeug, Picknickkorb, Bademäntel zusammen und rannten barfuß zu der Stelle, an der das Boot lag. Wir schrien die Männer an, schneller zu rudern.

Welche Nachricht war das?

Ich weiß nicht mehr.

Versuche nicht, dich auf die Nachricht zu besinnen, sondern auf dich selbst. War es eine heimliche Freude, die du empfunden hast? Eine Art Lust an der Aufregung? Die Bereitschaft, sich dem, was jetzt kommt, was immer es auch ist, entgegenzuwerfen? War nicht von all dem etwas dabei?

Kann sein. Schon möglich. Doch hatte ich auch Angst. Angst um mich, Angst um Eva.

Wenn du dich selbst erkennst, dann erkennst du auch die Botschaft und was sie bedeutet, den ganzen Rest. Hör endlich damit auf, dich selbst aus dem Bild zu retuschieren! Und jetzt schließ die Augen, erinnere dich!

Ich erinnere mich. Es war der zwanzigste Juli. Noch fühle ich die Nässe meines Badeanzugs auf der Haut, die Pfütze, die sich unter mir im Dienstwagen unserer Bewacher bildete, weil wir keine Zeit gehabt hatten, uns umzuziehen. Und plötzlich der Gedanke daran, dass wir vielleicht zum letzten Mal hier saßen, zum letzten Mal chauffiert, zum letzten Mal: Gnädiges Fräulein, haben Sie noch einen Wunsch?

Wenn Hitler nicht mehr lebte, würden wir vollständig überflüssig sein, zwei junge Frauen, die so schnell wie möglich zu verschwinden hätten. Die Huren der toten Gebieter schmeißt man immer als erstes aus dem Haus. Ich sehe mich hinter Eva barfuß die große Freitreppe hinauflaufen, die Haustür stürmen, die sich wie immer von selbst geöffnet hat. Ich höre die geflüsterten Worte der Hausverwaltersfrau und verstehe trotzdem nicht, was sie meint. Die Leitungen sind zur Zeit besetzt. Was bedeutet das? Irgendwo im Haus bellen die beiden Hunde. Ich habe den Wunsch, Eva beizustehen. Darin sehe ich meine Rolle, egal, wie das Stück ausgeht. Ich nehme mir vor, nicht von ihrer Seite zu weichen.

Lass mich jetzt allein, sagt sie, als ich ihr in ihr Zimmer gefolgt bin. Geh bitte!

Das kränkt mich. Sie kniet vor dem Telefon auf ihrem Nachttisch. Unablässig wählt sie die Nummer der Vermittlung und legt wieder auf.

Als ich die Tür hinter mir schließe, weiß ich nicht wohin. In meinem Zimmer werde ich den Fortgang der Ereignisse verpassen. Immer noch trage ich den nassen Badeanzug unter meinem Kleid. Der Kloß im Hals, das sind die schwellenden Mandeln, an denen ich schlucke, um unaufhörlich zu testen, wie weit es mit dem Schmerz schon ist.

War das die Woche, als ich mit Fieber zu Bett lag und der Arzt kommen musste? Folgte sie auf diesen Tag? Ich glaube, ja.

Ich bin so von meiner Rolle der Trösterin vereinnahmt, von der Verpflichtung, für Eva bereit zu sein, dass ich mich immer noch nicht umzuziehen wage. Ich gehe in die große Halle hinunter, und während Hitler bereits Mussolini empfängt und sich von ihm bedauern und zugleich für das Glück, das er gehabt hat, bewundern lässt, während er schon den Befehl zur erbarmungslosen Abrechnung mit den Attentätern gegeben hat und in Berlin ein Albtraum ins Leben tritt, in dem die Akteure des Widerstands sich mit wachsendem Entsetzen wiedererkennen und sich dabei zusehen, wie sie mit unbegreiflicher Langsamkeit handeln, Träumende, die bei dem Versuch, sich zu retten, einfach nicht vom Fleck kommen, währenddessen stehe ich, sehr klein, vor dem riesigen Fenster und sehe mir Hitlers Panorama an, wehrhaft gezackte Bergkämme, hinter denen die Sonne verschwunden ist. Meine Haut glüht, und darunter zittere ich vor Kälte. Ich hoffe, dass Hitler tot ist. Leidenschaftlich hoffe ich das. Aber nicht aus den Gründen, die mein Vater hat, sondern weil ich hoffe, dass Eva dann endlich sehen wird, dass sie mich braucht.

Lass uns gehen, werde ich sagen, wenn sie herunterkommt. Lass uns machen, dass wir hier möglichst schnell wegkommen.

Ich bin nicht auf das gefasst, was sie mir kurz darauf mitteilt. Jetzt, da sie weiß, was passiert ist, will sie zu Hitler nach Rastenburg. Morgen schon. Sie ist wie verrückt vor Entschlossenheit. Ich sehe ein, dass ich sie nicht aufhalten kann.

Du bleibst hier, sagt sie zu mir im Befehlston.

Die Erfahrung, dass ihr Geliebter grundsätzlich verletzlich ist, hat sie stark gemacht. Sie ist in den letzten Stunden wie ausgetauscht. Ernst, selbstbestimmt, voller Würde und Autorität. Ich kenne sie nicht mehr.

Das Unglück ist Evas Domäne. Es verleiht ihr Glanz, Kraft, Persönlichkeit. Sie ist gemacht dafür. Bei seinem Eintreffen strafft sie sich, gewinnt Konturen, beweist Stil und Durchsetzungsfähigkeit, nicht um es abzuwenden, sondern um es willkommen zu heißen. Sie ist unrettbar, ich weiß das damals noch nicht. Eine Meisterin darin, sich zugrunde zu richten.

Eva ist das Orakel. Eines Tages, wenn sie im Reichskanzleibunker erscheinen wird, ruhig, gelassen, schön und vollkommen selbstsicher, wird es offenbar sein. Nichts mehr wird an das Ladenmädchen erinnern, das sie gewesen ist. Alles, was nervös, verhuscht, undefiniert an ihr war, wird einer großen Klarheit gewichen sein. Mit großer Sicherheit wird sie die Szene betreten, als habe sie ihr Leben lang für diesen einen Auftritt geprobt. Und diesmal wird sie sich nicht wieder selbst aus dem Bild nehmen, indem sie sich in die vorschriftsmäßige Distanz zu Hitler zurückzieht: Sie wird sich neben ihn stellen und groß das Bild ausfüllen, und alle Anwesenden werden es mit Entsetzen sehen und verstehen, und die Überlebenden werden es später bezeugen: Als Eva Braun kam, wussten wir, dass es vorbei ist.

Aber noch ist es nicht soweit. Als sie an den nächsten Tagen noch auf dem Berghof ist, glaube ich tatsächlich, dass sie meinetwegen geblieben ist. Mir ist, als trüge ich noch immer den nassen Badeanzug am Leib. Ich habe Schüttelfrost. Selbst unter zwei Federbetten, die Eva mir bringen lässt, werde ich nicht warm. Die Hausverwalterin macht mir Wadenwickel wie bei einem Kind.

Aber ich irre mich: Hitler hat ihr untersagt, die Dummheit zu machen, nach Ostpreußen zu kommen. Wenn er dort eins nicht gebrauchen kann, ist es Eva. Er hat jetzt den Beweis, dass er unverwundbar ist. Er fühlt sich neu gestärkt. Bestätigt. Bevollmächtigt, mit dem Vernichtungswerk, das er tut, fortzufahren. Nun muss sie noch etwas warten, bis sie zu ihm in den Untergang reisen kann.

Zu ihrem Trost schickt er ihr seine zerfetzte und mit Blutspuren besudelte Uniform. Zartfühlend von ihm. Hier kannst du doch ein wenig von der Nähe des Unglücks kosten, das mich so knapp verfehlt hat. Na? Wie gefällt dir das?

Kannte er sie also? Wusste er, was sie brauchte?

Aber müsste ich mich nicht an diesen unappetitlichen Gegenstand erinnern, von dem man berichtet, dass er sich bei Evas Nachlass befand?

Ich erinnere mich aber nicht.

Müsste ich mich nicht an meinen Ekel erinnern?

Ich erinnere mich nicht daran.

An den Dunst, der daraus aufstieg? Einen Geruch nach Hitler? Nach seinem Angstschweiß? Seinem Blut?

Würde ich mich daran erinnern, dann würde ich ins Kloster gehen und den Rest meiner Tage mit dem Inhalieren von Weihrauch verbringen. Vielleicht würde ich mich auch längst umgebracht haben. Ich erinnere mich aber nicht.

Ich erinnere mich jedoch an etwas anderes.

Ich erinnere mich, wie Eva war. Sie verabscheute ungereinigte Kleidung. Flecken. Unsauberkeit. Schweißgeruch. Die eigenen Sachen trug sie nie mehr als ein einziges Mal. Danach ließ sie sie waschen oder chemisch reinigen.

Sie konnte sich inbrünstig ekeln. Nicht der Krankenschwesterntyp, der die Körpersekrete anderer Menschen aufwischt. Sie war etepetete.

Wenn es ein solches ... Ding gegeben hätte, wenn Hitler wirklich geglaubt haben sollte, es ihr schicken zu müssen, sei es, um eine Reliquie von sich zu schaffen, sei es, weil er ihr dadurch nah sein wollte – meine Cousine Eva hätte die Nase gerümpft, es zwischen zwei spitzen Fingern, den Kopf abwendend, weit von sich gehalten und im Kamin verbrannt. Wer jemals einen Blick in ihre Schränke getan hat und die penible Ordentlichkeit gekannt, mit der sie ihre eigene Kleidung und Wäsche hielt, aus der der zarte, leicht spröde Lavendelgeruch kompromissloser Sauberkeit aufstieg, weiß, dass sie niemals ein solches ... Ding aufbewahrt hätte.

3

Solange das Universum sich ausdehnt, geht nichts verloren. Was je der Fall war, wird es immer sein. Mit Lichtgeschwindigkeit rast die Vergangenheit durch den Raum. Fünfundfünfzig Lichtjahre von hier entfernt ist der Punkt, von dem aus betrachtet ich zwanzigjährig bin, eine blasse junge Frau, in Decken gewickelt, die auf einer Bergterrasse im Liegestuhl liegt und sich von einer akuten Mandelentzündung erholt. Fünfundfünfzig Lichtjahre von hier entfernt steht Hitlers Berghof noch, rauchen die Schornsteine der Verbrennungsöfen in den Konzentrationslagern, rollen die Panzer, ist der Himmel noch glutrot von den brennenden Städten, liegt noch der Widerhall todbringender Befehle in der Luft.

Die junge Frau steht jetzt auf aus ihrem Liegestuhl und wendet sich an die etwas ältere, die zu ihr getreten ist.

Ich will da gar nicht hin, Eva, sagt sie. Ich will bei dir bleiben.

Doch, sagt die ältere. Der Fahrer wartet schon. Dein Koffer liegt im Wagen. In ein paar Tagen bist du wieder hier.

Willst du mich loswerden?, fragt die junge Frau. Warum?

Es soll scherzhaft klingen, aber es ist nicht schwer zu merken, dass sie unsicher ist.

Mach keine Witze, sagt Eva. Grüß Gretl von mir und benimm dich gut. Du, da gibt's lauter Männer, die versuchen werden, dir den Kopf zu verdrehen. Dass mir ja keine Klagen kommen. Denk immer dran, dass du die Ehre unserer Familie vertrittst. Bleib sauber, verstehst du?

Als sie im Auto sitzt und sich noch einmal zu ihrer Cousine umdreht, sieht sie sie im Laufschritt die große Treppe hinaufeilen, so als erwarte sie dort etwas, was sie nicht versäumen dürfe.

Sie wollte mich wirklich loswerden, denkt die junge Frau.

Die Fahrt ist länger, als sie sich vorgestellt hatte, und als sie in Zell am See sind, muss ihr Chauffeur nach Schloss Fischhorn fragen, das erst ein Stück weit nach dem Südende des Sees links der Straße nach Bruck auftaucht.

Sie hat sich etwas österreichisch Barockes, etwas habsburgisch Heiteres vorgestellt. Ein Schlösschen am See, hatte Eva gesagt. Und das hatte nach lichter Farbigkeit und mozarthafter Leichtigkeit geklungen.

Doch was sie jetzt sieht, ist eine finstere Trutzburg aus dunkelgrauen Quadern, die sich über dem Tal erhebt. Sie ist wie aus den Träumen von Männern gebildet, die sich selbst als unbesiegbar sehen. So wollen sie die Welt für sich. So wie sie sich vom Turm des Schlosses darbietet: Land, für sie bebaut und kultiviert, beherrschtes Land, über das man von solchen Burgen aus gebietet, streng, wehrhaft und erbarmungslos. Es sind Männer, die wohl ein paar hundert Jahre zu spät gekommen sind und die schon bald hinweggefegt werden, doch aus der Entfernung der Lichtjahre sieht es so aus, als wenn sie sich für immer in diesen Mauern niedergelassen hätten. Als wenn sie die Herren nicht nur des Salzachtals, des Pinzgaus, sondern der ganzen Welt seien, sieht es aus.

Die Wachen am unteren Torhaus lassen den Wagen durch, und vor dem steinernen Aufgang zum Burgtor lässt man die junge Frau aussteigen. Da steht sie, etwas benommen von der Autofahrt über kurvige Straßen, auf der es ihr mehrmals übel geworden ist. Wolken hängen über dem Tal. Ein feiner Nieselregen geht herab.

Sie füllt tief ihre Lungen in dem Bemühen, ihren Kreislauf zu stabilisieren. Sie blickt zu den Mauern, den hohen bleiverglasten Fenstern hinauf und weiß nicht, was sie dahinter erwarten wird. Sie gäbe etwas darum, wenn sie wieder einsteigen dürfte und zurückfahren, dorthin, woher sie gekommen ist. So steht ein neuer Schüler vor einem alten ehrwürdigen Internat und zögert hineinzugehen. Der gepflegte Rasen, der auf sanft gewelltem Gelände sich hinstreckende Landschaftspark mit alten Bäumen und sorgfältig beschnittenen Sträuchern, all das passt zu dieser Lesart der Situation, wie auch der Reitplatz, der sich von hier ausmachen lässt, die Silhouetten im Gleichmass trabender Reiter und die am Hügelrand sich lang hinziehenden Stallungsgebäude.

Gehen wir, sagt der Chauffeur.

Immerhin trägt er den Koffer. Zwei Männer in Uniform kommen ihnen vom Burgtor her entgegen. Ihr Chauffeur, der dieselbe Uniform trägt, verständigt sich mit ihnen. Sie versteht nicht genau, was gesprochen wird. Er übergibt ihren Koffer und, wenn sie sich nicht geirrt hat, auch sie selbst. Ohne Abschiedsgruß geht er zurück zum Auto.

Bitte, sagen die zwei und lassen sie vorangehen.

Als sie die hohe, mit dunklem, fast schwarzem Holz getäfelte Eingangshalle betritt, ist das große schwarze Hakenkreuz auf weißrotem Fahnentuch an der Wand das einzige Vertraute, das sie begrüßt. Von den verschiedenen Türen, die offen stehen und aus denen ein Gewirr von Männerstimmen zu ihr dringt, wählt sie die größte, zweiflügelige. Sie blickt sich um, bevor sie über die Schwelle tritt, und kann die beiden Männer mit ihrem Koffer nicht mehr sehen. Nur hier und da tragen junge Uniformierte Tabletts mit Flaschen und Gläsern und Aschenbechern vorbei, ohne dass erkennbar wird, woher sie kommen und wohin sie gehen.

Der Raum, in den sie sich vorwagt, zögernd, fast darauf

aus, dass jemand sie zurückweisen möge, ist eine Art Jagdsalon, die Wände dicht mit Trophäen und Jagdgemälden behängt, gekreuzte Speere über dem Kamin, die den Kopf eines Keilers mit riesigen steilen Hauern rahmen, als steckten sie in seinen unsichtbaren Flanken fest. Die Bänke, die an den Längswänden wie in einem Kapitelsaal entlanglaufen, sind unbesetzt. Die Männer stehen in Gruppen über den Raum verteilt, Zigaretten rauchend, Cognacgläser in der Hand und in gedämpfter Erregtheit in Gespräche vertieft. Am ehesten gleicht die Szenerie einer Art Zwischenspiel, wie es sich in den Pausen eines Kongresses ergibt, wenn in den Rängen und Fluren, den Vorzimmern debattiert und in wie zufällig herausgebildeten Gruppen das Eigentliche verhandelt wird. Blicke streifen die junge Frau, wenden sich wieder von ihr ab, als sei es ein Versehen, dass man sie bemerkt hat.

Durch eine angelehnte Tapetentür kommt sie in eine Art Spielsalon. In der Mitte steht ein Billardtisch, um den mehrere Männer stehen, auch sie rauchend, und das Spiel zweier älterer Männer kommentieren. Einer von ihnen hinkt. Trotzdem bewegt er sich erstaunlich behende um den Spieltisch herum, mit seinem steifen Bein einen synkopischen Rhythmus auf dem Parkett erzeugend. Er ist es, der das Spiel diktiert und die Zuschauenden in Bann schlägt. Kein Zweifel besteht daran, dass er an diesem Tisch der Meister ist.

Hier braucht sie nicht zu fürchten, dass sie bemerkt wird, und sie durchschreitet den Raum schon wie eine Träumende, auf der Suche nach dem Ausgang aus dieser falschen Realität. An einem der Pokertische bleibt sie stehen und hebt spielerisch die Karten ab. Schon empfindet sie das Vergnügen unsichtbarer Geister, die die Wirklichkeit durchstreifen und zum Zeichen, dass es sie gibt, ein wenig hineinfunken. Als sie den Stapel zurücklegt, verschieben die Karten sich. Etwas gerät ins Rutschen, das Spiel fächert sich auf, und die oberste Karte gerät in ihren Blick.

Als sei dies das Signal, mit dem sie wieder zur Realität durchstößt, hört sie plötzlich die Schritte des Hinkenden hinter sich.

Junge Dame, was suchen wir denn hier?

Auf einmal steht sie, hoch sichtbar und leibhaftig da, die Karte noch in der Hand. Während sie sie rasch zurücklegt, kann auch der Hinkende erkennen, was sie gesehen hat. Für alle Zeit brennt das Bild sich in ihr Gedächtnis ein. Es ist der *Gehängte*, eines der zweiundzwanzig großen Arkana aus dem Tarot-Spiel, das sie kennt. Nur dass er nicht an den Füßen, sondern am Hals aufgehängt worden ist, an einem Draht, der sich tief ins Fleisch eingekerbt hat. Der Haken, an dem er hängt, ein Schlachthof-, ein Fleischerhaken, schwebt wie ein Fragezeichen über seinem Kopf und ersetzt die Aureole, die der *Gehängte* im Tarotspiel hat. Ganz kurz nur fragt sie sich, warum man hier mit Fotos statt mit Spielkarten spielt.

Prüfungen, denkt sie mechanisch. Vorsicht. Nahe Gefahr. Sie kennt die Bedeutungen. Früher hatten sie in Jena eine Nachbarin, die ihr die Karten gelegt hat. Es ist ein Spiel, denkt sie, nichts weiter als ein Spiel. Es bedeutet nichts. Aber sie weiß, dass die Grenzen der Realität in diesem Moment nicht verlässlich sind.

Sie werden schon erwartet, soviel ich weiß, sagt der Hinkende. Aber nicht hier. Die Damen sind oben im ersten Stock. Hat Ihnen das denn niemand gesagt?

Nein, sagt sie. Ich kenne mich hier gar nicht aus.

Das werden Sie schon noch lernen, sagt der Hinkende. Und das hört sich auf einmal wie eine Drohung an. Sie sieht jetzt, dass sie sich in der Mitte eines Kreises von Männern befindet. Ihre Gesichter drücken ein Interesse an ihr aus, dessen Ursprung sie nicht genau begreift, und es scheint einen Moment zu lange zu dauern, bis sich eine Gasse für ihren Abgang öffnet. Als sie den Raum verlässt, hat sie das Gefühl, dass über sie Gericht gehalten wird. Sie hat nicht die mindeste Ahnung, wie das Urteil ausfallen kann.

Von der Treppe zum ersten Stock gelangt sie in einen breiten Korridor voller Truhen und schwerer Renaissanceschränke. Sie kann sich nicht vorstellen, was hier aufbewahrt wird. Wofür in aller Welt braucht man so viele Schränke? Die Türen zu beiden Seiten des Ganges sind geschlossen. Soll sie anklopfen? Oder soll sie sie öffnen und eintreten? Beides erscheint ihr falsch. Das laute Knarren der Dielen unter ihren Schritten ist ihr peinlich. Außerdem hindert es sie dabei, den einzigen ihrer Sinne zu gebrauchen, der ihr jetzt weiterhelfen kann. Sie versucht nach dem Gehör zu gehen. Ihr ist, als könne sie hinter den Türen Stimmen hören.

Trotzdem entschließt sie sich umzukehren und gerät in einen Flügel, an dessen Ende die Tür zu einem Raum offen steht, der nach all der Düsternis, die sie seit ihrer Ankunft umfangen hat, licht- und luftdurchflutet scheint. Allein deshalb zieht er sie schon an. Und jetzt hört sie auch das Lachen, das herausdringt. Es ist das Lachen von Frauen.

Die beiden sitzen auf einem hohen, mit Teppichen bedeckten und von einem weinrot bespannten Baldachin überwölbten Bett, und eine von ihnen ist ihre Cousine Gretl.

Da bist du ja!, ruft sie. Wir haben auf dich gewartet.

Sie klopft auf die Stelle neben sich, als sei die Ankommende ein Hund, den sie einlädt, zu ihr hinaufzuspringen.

Mach's dir bei uns gemütlich, sagt sie. Das ist Frau Höss.

Die Ankommende empfindet nichts bei dem Namen. Sie kennt ihn nicht. Sie wird ihn sich auch nicht merken. Nur eine Art schwaches Echo davon wird in ihrem Gedächtnis sein und sich darin mit kleinen Widerhaken festsetzen, die sie nach Jahren auf einmal bei einer zufälligen Berührung spüren wird und nicht entfernen kann. Wo habe ich diesen Namen schon einmal gehört?, wird sie dann denken und eine schwarzhaarige Frau unter weinrotem Himmel sehen, die ihr mit einem Ausdruck entgegenblickt, der so viel meint wie: Sieh an, auch du wirst zu uns gehören!

Sie bleibt stehen.

Setz dich doch, sagt Gretl.

Und sie schiebt ihr Gesäß auf die Kante des Betts, bleibt aber eigentlich doch auf den Füßen, weil es so hoch ist, dass sie bei ihrer geringen Größe den Bodenkontakt verlöre, wenn sie sich setzen würde. Und das will sie nicht. An all den Tagen, die sie auf Schloss Fischhorn verbringen wird, wird es ihr nicht für Augenblicke gelingen, sich zu entspannen. Etwas wird immer so sein, dass sie glaubt, auf der Hut bleiben zu müssen, und keinen Ort wird sie je wieder so gern verlassen wie dieses Schloss.

Wie geht es Eva?, wird sie gefragt. Hat sie sich wieder beruhigt?

Dabei weiß sie genau, dass die beiden Schwestern täglich miteinander telefonieren. Die eine weiß von der anderen immer, wie es ihr geht. Unter anderem muss die Ankommende lernen, dass es nicht auf die Antworten ankommt, wenn Fragen gestellt werden. Nicht an diesem Ort. Es ist eine der Lektionen, die sie prompt und in rascher Folge erteilt bekommt.

Essig?, sagt Frau Höss.

Sie scheint damit einen Faden aufzunehmen, der durch die Ankunft der jungen Frau unterbrochen war.

Apfelessig, sagt Gretl, jeden Tag ein Glas.

Trinken?, fragt Frau Höss.

Was sonst, sagt Gretl.

Ich dachte schon, sagt Frau Höss.

Wir sollen nicht denken, sagt Gretl. Denken macht hässlich. Apfelessig macht schön.

In der Ankommenden verstärkt sich das Gefühl, nicht zu wissen, welche Regeln hier in Geltung sind. Alle außer ihr scheinen zu wissen, worum es geht und was man beachten muss, um hier nicht aufzufallen.

Ich weiß nicht, wo mein Koffer geblieben ist, wirft sie ein.

Mach dir keine Sorgen, sagt Gretl, hier geht nichts verloren.

Darauf wendet sie sich wieder der Schwarzhaarigen zu. Die beiden erscheinen der jungen Frau wie verschworene Freundinnen, aus deren Intimitätspakt sie ausgeschlossen ist. Später wird sie von Gretl erfahren, dass sie sich beim Mittagessen erst kennen gelernt haben und nicht das Geringste miteinander anfangen können.

Du, ich bin ja so froh, dass du gekommen bist, wird Gretl ihr versichern.

Doch ohne Eva ist sie seltsam fremd für die Cousine. Jenseits all der Beteuerungen, wie wunderbar es sei, dass man einander habe, will sich nichts einstellen.

Immerhin hilft sie ihr, sich in dem Labyrinth von Zimmerfluchten und Gängen zu orientieren und ihr Zimmer im Dachgeschoss zu finden, wo ihr Koffer auf dem Bett liegt. Sie fragt sich, wer die anderen Zimmer bewohnt. Außer den Zimmermädchen wird sie nie jemanden sehen auf dem Gang, und sie weiß nicht genau, was schlimmer wäre: ganz allein hier oben zu wohnen, oder von lauter Unbekannten umgeben zu sein, die Wand an Wand mit ihr sind.

In der Nacht wird sie Stimmen hören. Schritte von Stiefeln. Das Knarren einer Tür. Wenn dieses Schloss von Gespenstern bewohnt wäre, würde es sich genauso anhören.

Am Nachmittag hat sie sich mit Gretl zum Spaziergang verabredet. Sie wartet im Vestibül auf sie. Sie hat seit dem Frühstück am Obersalzberg nichts gegessen, aber sie wagt es nicht, um eins der Kuchenstücke zu bitten, die hier und da an ihr vorbeigetragen werden. Wieder hat sie die Empfindung, unsichtbar zu sein und, wo nicht, unsichtbar sein zu sollen, als sähe die Regie der Ereignisse nicht vor, dass sie sich hier befindet.

Unschlüssig betrachtet sie die Ritterrüstungen, die ringsum an den Wänden aufgestellt sind, solange Gretl sie warten lässt. Gretl ist eine der Frauen, die niemals pünktlich sind.

Hinter den geschlossenen Visieren vermutet sie plötzlich

die lebendigen Augen wachsamer, misstrauischer Krieger, die auf sie gerichtet sind. Sie tritt nah heran und versucht, hinter die eisernen Masken zu blicken, tief hinein, bis auf den Grund der Seelen, die hier eingeschlossen waren und im Sterben durch die Ritzen und Scharniere entweichen mussten oder am Ende vielleicht noch darin wohnen und dem Treiben um sie her zuschauen müssen, unerlöst, voller wahnsinniger Tötungslust, voller Gier, sich für erlittene Todespein zu rächen, voll unbändigen Verlangens, mitzumachen und dabei zu sein.

Wie sie, jetzt ohne Scheu, einfach eins der Visiere anfasst und zu heben versucht, trifft sie auf einmal ein Blitz aus den Augen des Ritters. Sie fährt zurück, und er lässt ein strafendes, empörtes Metallgeräusch hören. Er schwankt auf seinem Podest, und sie hat einen Moment lang Angst, dass er sich auf sie stürzen will. Sie weiß sofort, dass sie zu weit gegangen ist, und schon hört sie herbeieilende Schritte. Eine Frauenstimme, ärgerlich, entrüstet:

Was tun Sie denn da? Wissen Sie denn nicht, dass man hier nichts anfasst!

Entschuldigung, sagt sie.

Sie kann der Frau nicht erklären, warum sie sich so erschrocken hat. Erst später wird sie sich selber Rechenschaft darüber ablegen, dass in dem Moment, als sie das Visier hochhob, draußen die Wolkendecke aufriss und ein Strahl Nachmittagssonne so auftraf, dass in der Bewegung ein Lichtreflex aufschoss.

Es tut mir leid, sagt sie.

Die Frau, die sich mit dem Klack-Klack hoher Absätze nähert, ist nicht größer als sie und von der fülligen Kaffeewärmer-Statur, die manche Frauen jenseits der Fünfzig haben. Sie trägt ihr schwarzgraues Haar zu einem Kranz am Oberkopf aufgesteckt. Alles an ihr ist apfelförmig gerundet, auch ihr Gesicht, alles prall und fest, ihre Tönnchenfigur in ein stramm sitzendes und beinah knöchellanges schwarzes

Kleid gezwängt, das aus ihren Körperkonturen kein Geheimnis macht. Die Füße darunter sind überraschend klein und die Schühchen so zierlich, dass man sich wundert, wie sie das Gewicht des Körpers so behende forttragen.

In dem Moment, in dem sie die junge Frau erreicht hat, kommt endlich Gretl hinzu.

Mama, sagt sie. Sie betont es auf der zweiten Silbe. Das ist Marlene. Du weißt schon.

Sie sagt es in einem Ton, in dem vorangegangene Diskussionen nachschwingen. Jetzt ist sie nun mal da, schwingt darin mit. Du änderst nichts mehr daran.

Sie soll hier nichts anfassen, sagt Mama.

Kennen Sie meinen Sohn schon?, fragt sie statt einer Begrüßung.

Nein, sagt die junge Frau.

Hol deinen Mann!, befiehlt Mama. Und während Gretl sich unverzüglich auf den Weg macht: Denk dran, dass er schlecht hört!

Ich weiß, Mama, sagt Gretl.

Der arme Junge, wendet sich Mama Fegelein an die junge Frau. Wissen Sie schon, dass er dem Führer sein Trommelfell geopfert hat? Er hat ganz nah bei ihm gestanden, als die Bombe zündete. Es trifft immer die Besten. So ist das nun mal. Und auch der Führer. Er. Nicht auszudenken. Das Trommelfell verletzt. Ich sage, diese Verbrecher muss man ausmerzen. Was sagen Sie? Menschen, denen ein Menschenleben so wenig heilig ist! Ich finde, die Todesstrafe ist noch viel zu human für solche Verbrecher. Da kommt er, der Junge! Der Führer hat ihn für ein paar Tage nach Hause geschickt, damit er sich von dem entsetzlichen Erlebnis etwas erholen kann. Ich sage Ihnen, der Führer ist wie ein Vater zu ihm. Hat ja selbst keine Kinder. Ich habe immer gewusst, dass aus dem Jungen etwas Besonderes wird. Glauben Sie mir, eine Mutter spürt so etwas.

Wie die junge Frau ihn herankommen sieht, mit ein paar

Schritten Abstand von Gretl gefolgt, sucht sie nach dem Kennzeichen, einem besonderen Merkmal, das ihr erlauben wird, Hermann Fegelein in der Masse der anderen SS-Leute wiederzuerkennen.

Er sieht bemerkenswert gut aus. Das tun sie alle.

Er ist so groß, dass er in anderer Gesellschaft die meisten Männer überragen würde. Hier aber nicht.

Er hat einen blasierten, hochmütigen Ausdruck im Gesicht. Wie alle hier.

Sie wird ihn also nur daran wiedererkennen, dass Gretl ihren Blick einer Ehefrau auf ihn gerichtet hält, diesen Blick, in dem sich angstvolle Skepsis mit frenetischer Zustimmung, zu was auch immer, mischt. Unter allen Männern hier ist er der Magnet, der Gretls Blick auf sich zieht.

Und den Blick seiner Mutter, vollkommen skepsisfrei.

Es ist Gretls Cousine, schreit sie in sein Ohr.

Er sieht sie völlig gleichgültig an.

Kümmere dich um sie, sagt er streng zu seiner Mutter. Es klingt wie ein Befehl von einiger Tragweite, seltsamerweise nicht an Gretl, sondern an die Mutter gerichtet. Die Aufgabe scheint von der Art zu sein, dass sie die Fähigkeiten und das Verantwortungsgefühl Gretls nach der Einschätzung ihres Ehemanns übersteigt. Und es läuft darauf hinaus, dass Mama Fegelein sich den beiden Cousinen bei der Begehung des Parks anschließt und den ganzen Abend sowie auch die folgenden Tage nicht von ihrer Seite weicht.

Reiten Sie?, fragt sie beim Abendessen, das die Damen im sogenannten Frühstückssalon von den Herren getrennt zu sich nehmen. Außer Mama Fegelein, Gretl und Frau Höss ist noch ein zwölfjähriges Mädchen anwesend, dessen Zugehörigkeit die junge Frau nicht ermitteln kann. Eine Zeit lang hat sie versucht zu verstehen, von wem am Tisch die Rede ist: Paladin. Oktober. Semiramis. Personen, von denen mit großer Wärme und intimer Kenntnis gesprochen wird. Dann begreift sie, dass es um Pferde geht.

Nein, ich reite nicht, antwortet sie.

Was?, sagt das kleine Mädchen und verdreht die Augen vor Geringschätzung.

Meine Liebe, sagt Mama Fegelein, dann wird es aber Zeit, dass Sie es lernen.

Sie widerspricht, merkt aber bald, dass sie damit auf Unverständnis stößt.

Selbst Gretl, sagt Mama Fegelein, hat schon ein paar Fortschritte gemacht.

Sie spricht unüberhörbar im Schwiegermutterton von ihr, nicht verhehlend, dass in mehr als einer Hinsicht Gretl ihren Erwartungen nicht entspricht. Man stelle sich das vor: Sie kann nicht einmal reiten und lädt Cousinen ein, die auch nicht reiten können.

Am nächsten Morgen wird sie zur Reitstunde abgeholt, nachdem eins der Zimmermädchen ihr eine Reithose und Stiefel und ein rötliches Jackett gebracht hat. Zwar drücken die Stiefel, aber Reithose und Jacke sind eine aufregende Verkleidung, findet sie, etwas, das sie den männlichen Uniformierten um sie herum ähnlich erscheinen lässt, und plötzlich denkt sie, dass es möglich sein müsste, sich mit einem von ihnen zu unterhalten. Und während sie neben dem zu ihrer Begleitung Abkommandierten über die Parkwege zum einige hundert Meter entfernt gelegenen Reitplatz geht, überkommt sie auf einmal der Wunsch stehen zu bleiben und in sein Gesicht zu sehen.

Es ist ein blauer Morgen, wie es sie nur im August in den Bergen gibt. Schräg unter ihnen gleißt das südliche Seeende, tiefgrün stehen die Wiesen, hier und da sieht man die Sensen der Bauern, die bei der Mahd sind, im Sonnenlicht blitzen. Ein Adler kreist über dem Tal, jedenfalls hält sie ihn dafür. Das Ganze erscheint ihr plötzlich wie eine Art Garten Eden, ein neuer Morgen, eine neue Welt, in der die alten Vorschriften, die alten Zwänge, die alten Verkehrtheiten untergegangen sind.

Sie sieht ihren Begleiter von der Seite an und stellt fest, wie jung er ist. Er kann höchstens zwei Jahre älter sein als sie. Und wie sie es bemerkt, verliert er alles Fremde, Einschüchternde für sie. Hinter der zur Schau getragenen Männlichkeit sieht sie das Kindergesicht, das er noch hat. Seine Schüchternheit. Sein Heimweh. Seine Unsicherheit, weil ein junges Mädchen neben ihm geht. Wir könnten zusammen zur Schule gegangen sein, denkt sie plötzlich und wundert sich, dass der Gedanke so überraschend ist und ihr bei all den anderen, die in letzter Zeit um sie herum waren, nie in den Sinn gekommen ist.

Und sie kann der Versuchung nicht widerstehen. Es ist wie die Lust, etwas Verbotenes zu tun. Über die Stränge zu schlagen. Für einen Moment erscheint es ihr möglich zu sagen: Komm. Lassen wir doch das einfach alles hinter uns. Gehen wir.

Gefällt es Ihnen hier?, fragt sie stattdessen.

Schon das ist kühn. Das Äußerste, was selbst in Anbetracht ihrer Gleichaltrigkeit gesagt werden kann.

(55 Lichtjahre entfernt, auf einem Planeten, der Erde heißt, würden die beiden sich jetzt an der Hand fassen und einen übermütigen Schrei ausstoßend ins Tal laufen, wo sie sich an den Straßenrand stellen und warten würden, bis ein Auto hält, in dem sie aus unseren Blicken verschwinden. Die Filmregie des Lebens, auch sie wandelt sich mit Lichtgeschwindigkeit.)

Was sagen's?, fragt der Junge.

Ich meine, sagt sie, angestiftet durch den Morgen, das Blau, den Duft von Heu, ich meine, es ist ein bisschen wie in den Ferien. Man möchte schwimmen gehen. Schade, dass man hier nicht einfach tun kann, was man will. Waren Sie schon einmal da oben?, sagt sie und zeigt irgendwo hinauf zu den Bergspitzen, die ihr plötzlich nah und begehbar vorkommen.

Da heroben?, sagt der Junge. Na.

Wissen Sie etwas über die Geschichte des Schlosses?, versucht sie es noch einmal.

Gschiechte?, sagt der Junge. Na, da weiß ich nix.

Trotzdem erscheint auch ihn plötzlich die Lust zum Reden zu erfassen. Doch in allem, was er ihr jetzt von sich selbst offenbart, vernimmt sie nichts anderes als eine Litanei von Dienstgraden, Beförderungen und Tapferkeitsauszeichnungen, die er beinah oder beinah nicht erhalten hat. Sein Österreichisch macht es ihr noch schwerer zu verstehen, wovon er spricht. Es ist, als sei statt vom Leben von einer Sportart die Rede, die sie nicht kennt und deren Triumphe sie darum auch nicht mitfeiern kann.

Wo kommen Sie her?, versucht sie das Gespräch zu wenden.

Vom Osten, sagt er stolz. Kiew. Wilna. Minsk. Wir waren überall, wo wir gebraucht wurden.

Sie hat seinen Heimatort gemeint.

Und?, sagt sie. Hat man keine Angst?

Angst?, sagt er. Angst hat mer scho. Wann die Leit so laut schreien. Die Weiber vor allem. Die Weibsleit schrein so laut, wann's die Kinder hergem sollen. Da kammer scho Angst kriegen. Aber wir müssen besonders tapfer sein, wir vom schwarzen Korps. An Mann totschießen kann a jeder. Bei die Weiber is scho was anderes ...

Sie sind zu dem großen Meierhof gekommen, der mit den Mannschaftsbaracken und dem Gestüt über dem Tal lagert. Es ist ein uralter, stolzer Hof, der vom jahrhundertealten Reichtum der Fischhorner Burgherren kündet. Ein Stück weiter unterhalb liegt der Reitplatz, von dem Hufschlaggeräusche und das wundervolle warme Schnauben aus Pferdenüstern heraufdringen. Ein Geruch von Heu und Mist und Pferdeschweiß liegt in der Luft. Männerstimmen klingen auf, gutwilliges Lachen, Kommandos, Satzfetzen, in denen Stolz und Anerkennung schwingen. Einverständnis. Scherze. Die ganze Symphonie angeregten Tätigseins, gesunder Aktivität im Einklang mit sich selbst und anderen, mit der Natur, mit den Tieren, mit der Bestimmung, die sie aufeinander verweist.

Zu ihrer Überraschung trifft die junge Frau hier den Hinkefuß vom Billardtisch wieder, und sie begreift, dass es Fegelein senior ist, Gretls Schwiegervater, der Leiter der SS-Remonteschule, die hier betrieben wird. Wieder wundert sie sich, wie behende er sich bewegt.

Er lässt seinen Blick vom Scheitel bis zur Sohle und wieder zurück über sie wandern. Er inspiziert sie, aber nicht wie ein Mann, sondern wie ein Reitlehrer. Er nimmt Maß an ihr und passt ihr in Gedanken eins der Pferde an.

Schneekönigin, sagt er.

Das ist ein Befehl für ihren jungen Begleiter. Kurz darauf tritt er mit einem Pferd am Zügel aus dem Stall. Die junge Frau kann sich nicht vorstellen, dass sie da hinaufsoll. Es ist einfach viel zu hoch. Außerdem ist ihr der feindselige Blick der Stute nicht entgangen. Sie weiß, dass es nicht gut gehen wird mit ihnen beiden. Sie weiß es und die Stute auch. Unwillkürlich weicht sie zurück, als das Pferd auf sie zukommt.

Aufsitzen, sagt der Hinkefuß.

Er ist ein Anhänger der sattellosen Methode des Reitunterrichts. Seiner Meinung nach muss die Anfängerin das Pferd unter sich fühlen, seine Wärme, sein Muskelspiel, sein Fleisch. Sie muss es zwischen den Schenkeln spüren. Er schwört darauf.

Sie ist starr vor Angst und Abwehr. Sie will keine Berührung der Innenseite ihrer Schenkel mit diesem Tier. Sie will nicht einmal so nah herangehen, dass sie die zuckende Flanke berühren kann, diese konvulsivisch arbeitenden Massen von Muskelfleisch, aus denen der scharfe Pferdegeruch aufsteigt, eines der großen Aromen des Lebens, in denen es sich kundtut, unmittelbar und gewaltig, vertraut und fremd zugleich.

Ihr Begleiter drückt ihr die Zügel in die Hand und hält ihr die eigenen Hände, verschränkt, zum Aufsitzen hin. Sie hat jetzt keine Chance mehr auszuweichen, und so tritt sie in diesen lebenden Steigbügel. Ihre Verzagtheit und Angst ist in Wut umgeschlagen. Sie weiß nicht worauf. Irgendetwas hat ihr Anlass zu Wut und Verachtung gegeben. Etwas Ungeheures, das die Ungeheuerlichkeit ihrer Wut bedingt.

Sie fühlt sich von den Händen erstaunlich mühelos emporgehoben. Für einen kurzen Moment empfindet sie sich tatsächlich als eine Reiterin, die mit dem Pferd im nächsten Augenblick davonsprengen wird, alles hinter sich lassend, frei und wild. Ganz kurz fühlt sie sich eins mit dem Schwung der Bewegung, die sie auf den Pferderücken hebt, empfindet das berauschend Neue und überraschend Vertraute der Situation. Dann lässt sie sich mit demselben Mutwillen, der die Reiterin in ihr beseelt, auf der anderen Seite des Pferdes wieder hinabgleiten.

Bei den Damen, hört sie Fegelein senior sagen, muss man einfach mehr Geduld haben. Das kennt man schon.

Bei die Weiber, sagt der Junge, is' halt immer was anderes.

Sie steht auf und geht einfach fort. Den Schmerz in ihrem Knie nimmt sie erst viel später wahr. In ihrem ganzen Leben wird sie niemand mehr je auf ein Pferd bringen.

Beim Abendessen spürt sie, welche Belastung sie für ihre Cousine ist. Ihr Scheitern macht Gretls Position, die an diesem Hof ohnehin schwach ist, nicht einfacher. Wer ist schon Gretl Braun? Ist sie Hitlers Schwägerin? Das ist sie nun eindeutig nicht. Trotzdem kann man sich nicht so verhalten, als wenn sie es nicht doch ein wenig wäre. Sie ist es gerade so viel, dass Hermann Fegelein nicht Nein sagen konnte, als man sie ihm antrug, obwohl sie, für sich genommen, ohne Eva, noch viel blasser in Erscheinung tritt. Und sie macht es nicht besser durch ihr Bemühen, nach allen Seiten gefällig und immer hübsch nett zu sein. Selbst Hermann Fegelein überhört es manchmal einfach, wenn sie mit ihm spricht, und erst beim wiederholten Mal reißt er sich zusammen und sagt:

Entschuldige bitte, Schatz. Du weißt, ich höre schlecht seitdem.

»Seitdem« ist ein Wort, das sie häufig gebrauchen, und jeder von ihnen versteht, wovon die Rede ist.

Du weißt doch, er hört schlecht seitdem, wiederholt Mama Fegelein dann, als sei es Gretl, die schwerhörig ist.

Das junge Paar kann man an diesen Tagen auf Fischhorn selten zusammen sehen. Das Leben im Schloss, auf dem Reitplatz, dem Meierhof, dem Gestüt, den Reit- und Parkwegen ist ein Männerleben. Frauen kommen darin nur als Marginalien vor, hingekritzelt an die Ränder, blass, kaum wahrnehmbar. Ihr Vorhandensein kann mühelos weggedacht werden, es würde nicht viel fehlen. Köchinnen, Zimmermädchen, ein paar Ehefrauen. Am unübersehbarsten ist Mama Fegelein. Sie hat das Zeug zur Schloss- oder Burgherrin, aber das ist ein Posten, der hier nicht vergeben wird. Auch sie scheint nicht zu wissen, was eigentlich geschieht und was Zentrum und Sinn all der Aktivitäten ist, die um sie herum entfaltet werden.

Autos fahren vor und fahren wieder ab, Neuankömmlinge betreten mit elastischen Schritten die Vorhalle, dünne Aktentaschen unter dem Arm, deren Inhalt von unschätzbarer Wichtigkeit zu sein scheint, Telefone schrillen, Stiefel knarren auf dem Parkett, doppelflüglige Türen schwingen auf und zu, geben für Momente den Blick auf Gruppen von schwarz uniformierten Männern frei, die hinter Schleiern von Zigarettenrauch über Tische gebeugt sind, lassen das gleichmäßige Summen beständigen Meinungsaustauschs heraus, das sogleich wieder gedämpft erscheint, wenn die Türen geschlossen werden, ein Brausen, das anschwillt und sich wieder entfernt, wie von einem Insektenschwarm, der irgendwo im Gebäude sein Wesen treibt, mal hier-, mal dorthin zieht, sich an irgendeiner Stelle niederlässt und gleich darauf wieder aufsteigt, ohne Verstand, ohne Sinn, ohne Ziel.

Meine Herren, hört man immer wieder darin als Leitmotiv. Meine Herren, darf ich bitten. Danke, meine Herren. Meine Herren?!

Es ist eine Welt, in der die Herren unter sich sind. Eine Welt, in der sie sich auf merkwürdige Weise aufeinander und auf sonst nichts beziehen.

Der junge Fegelein bewegt sich darin, wie ein Fisch im Wasser schwimmt, wendig, geschmeidig, flink. Er ist in seinem Element. Erst spät am Abend sieht man ihn die Treppe hinaufgehen und sich dem Schlafzimmer nähern, hinter dessen Tür Gretl schon vor Stunden verschwunden ist. Er scheint keine Eile zu haben. Es geschieht erst, wenn die letzte Billardpartie, das letzte Pokerspiel zu Ende sind. Er zündet sich im Gehen noch eine Zigarette an, die er halb geraucht in einer Blumenvase auf dem Gang ertränkt. Er ist ganz Straffheit und Glätte, wenn man ihn so sieht. Straff und glatt sein dunkles, nach hinten gekämmtes Haar, aus dem sich außer beim Reiten niemals eine Strähne löst. Seine Gesichtshaut glänzend vor Straffheit und sehr blass, so dass sich eine Empfindung von Kälte bei dem Gedanken einstellt, sie zu berühren. Glatt und makellos der Sitz seiner Uniformjacke, körpernah.

Jetzt, in der Nacht, trägt er den Kragen geöffnet, nur den obersten Knopf, was seiner Erscheinung jenen gewissen Hauch von Nachlässigkeit verleiht, ohne den wahre Eleganz nichts wäre. Der unnachahmliche Schwung der Reithosen, die er darunter trägt, ihre Betonung von Schenkeln und Gesäß. Das Versprechen von Kraft und Unnachgiebigkeit, das sich darin ausdrückt. Der ganze Sexappeal martialischer Männlichkeit. Und, ach, die Stiefel. Schwarz und glänzend und glatt auch sie. Der Gang, den sie verleihen. Breit, sicher, nachdrücklich. Selbst die mächtigen Stufen der eichenen Treppe im Schloss Fischhorn ächzen unter diesem Tritt.

Allein Gretl weiß, wer er ist, wenn er sie auszieht. Vielleicht weiß sie es auch nicht. Vielleicht ist immer das Licht aus, wenn er sich ihr nähert. Dunkelheit bekommt der Liebe von zweien, die sich so fremd sind, gut. Vor zwei Monaten haben sie in Salzburg geheiratet. Hitler war dabei. Bormann und Himmler als Trauzeugen. Das sind die Paten dieses Glücks. Eine Traumhochzeit für Gretl Braun, die damit ihre Schwester gesellschaftlich überflügelt hat. Ein angetrauter SS-Gruppenführer sticht einen nicht angetrauten Reichskanzler und obersten Kriegsherrn. Das ist gewiss.

Gretl hat diesen Sieg für sich nicht gewollt. Aber was Gretl will, ist hier nicht ausschlaggebend. Auch nicht im Hinblick auf das, was nach der Hochzeit kommt. Die dunklen Nächte, in denen sie allein im Doppelbett liegt, bis auf der Treppe die Stiefel knarren und kurz darauf in ihrer Nähe ein Koppelschloss aufspringt, während eine Wolke von Pferdegeruch zu ihr dringt, in den sich der Duft von Leder, kalten Zigaretten und den Ausdünstungen eines Mannes mischt, der zuviel Cognac getrunken hat. Signale aus einer Welt, an der sie nicht teilhat. Die sie ängstigt. In der sie etwas wie Verachtung, ja Feindseligkeit sich gegenüber spürt.

Damals hat sie nur eine Nacht mit ihm erlebt, ihre Hochzeitsnacht. Dann ist er abgereist. Es ist die Zeit der Trennungen, Zeit des kurzen Glücks und kurzen Unglücks auch. Den Rest des Lebens für eine einzige Nacht. Oder zwei. Oder drei. Und auch das Gegenteil: Noch drei Nächte. Noch zwei. Noch eine Nacht. Dann ist es – vielleicht für immer – doch auf jeden Fall erst einmal vorbei.

Lass es nie aufhören!

Oder: Mach, dass es vorbei ist!

Es ist die Zeit, in der die stummen Gebete der Frauen erhört werden. Die Männer kommen und gehen, und beides wird erfleht.

Die junge Frau ist in dieser Welt überflüssiger Frauen die

überflüssigste. Trotzdem beschäftigt man sich mit ihr, ohne dass sie begreift, wieso. Warum kann sie nicht einfach spazieren gehen? Man muss sich nicht bemühen, ihr die Zeit zu vertreiben.

Dass man es trotzdem tut, lässt in ihr die Vermutung entstehen, dass sie es ist, die vertrieben werden soll. Vertrieben? Wovon? Vertrieben vom Ort des Geschehens. Welchen Geschehens? Sie weiß es nicht.

Kümmere dich um sie!, hat Fegelein junior seiner Mutter befohlen. Und das tut sie jetzt.

Wie wäre es mit einer Bergtour am nächsten Tag?

Die junge Frau will keine Bergtour machen. Sie hat Schmerzen im Knie und Angst vor Bergtouren à la Luis Trenker, bei denen Frauen in Gletscherspalten stürzen, um halb tot von unerschrockenen Naturburschen gerettet zu werden, denen sie dann auf Gedeih und Verderb ausgeliefert sind. Sie mag Bergfilme, aber nur wenn sie dabei gemütlich im Kino sitzt.

Außerdem würde es wieder ein Schuhproblem geben. Sie hat nur ihre Halbschuhe aus Jena dabei, die ganz berguntauglich sind.

Doch leider stellt sich heraus, dass Gretl die gleiche Schuhgröße hat wie sie und ihr ihre Bergstiefel leihen kann.

Ja, will denn Gretl nicht mitkommen auf den Berg?

Nein, Gretl war da schon. Aber Mama Fegelein wird sie begleiten. Sie ist durch nichts von diesem Vorhaben abzubringen, als gehe es um die Ableistung einer vaterländischen Pflicht. Die junge Frau sieht ein, dass sie sich ergeben muss.

Trotzdem ist ihr innerer Widerstand noch aktiv, als sie am nächsten Morgen in aller Frühe aufbrechen, die beiden Frauen und ein unvermeidlicher Begleiter, der zu seiner Uniformhose Bergstiefel trägt, was, wie die junge Frau findet, ziemlich albern aussieht, irgendwie malplacé. Ohne die kniehohen Reitstiefel büßen sie viel, ja fast alles von der Eleganz ein, deren sie sich sicher sind, viel, ja fast alles von der einschüchternden Wirkung, die von ihnen ausgeht und die sie selber als eine Art Fluidum spüren, das sie umgibt, ihre Haltung festigt, jeden Muskel strafft, ihre Körper zu einer Größe aufrichtet, die nicht ihre eigene ist, sondern ihnen als Gliedern des Kollektivs verliehen wird. So wirkt der Mann ziemlich overdressed für eine Bergtour.

Der Unwille, der die junge Frau beherrscht, reduziert ihre Kraft, teilt sich ihren Muskeln mit. Kein Aufschwung ihrer Seele beflügelt sie, wie er beim Wandern und Bergsteigen unerlässlich ist. Man läuft sich selbst hinterher, dem Teil von sich, der zum Gipfel vorauseilt und immer schon ein Stück weiter ist. Sie bleibt eher hinter sich zurück, mürrisch und lustlos wie ein ungezogenes Kind, das gegen seinen Willen mitgeschleppt werden muss.

Der Hundstein, sagt Mama Fegelein, die mit einer bemerkenswerten, ihrer Sofakissenstatur unangemessenen Behendigkeit vorausläuft, der Hundstein ist der schönste Aussichtsberg weit und breit. Bei klarer Sicht kann man sogar bis ins Alpenvorland sehen.

Die junge Frau hat kein Bedürfnis, das Alpenvorland zu sehen. Sie möchte trödeln und lästig sein. Ein Hindernis auf dem Weg von Madame Fegelein, die jetzt schon innerlich probt, wie sie bei der Rückkunft von den Naturschönheiten schwärmen wird, die sie genossen hat.

Trotzdem bewirkt der Aufstieg auch bei ihr die Entfesselung von Übermut, Leichtigkeit und dem Gefühl von Freiheit und Trunkenheit, die jede Bergbesteigung auslöst. Auch ihre Seele breitet die Flügel aus, als sie Schloss Fischhorn, den See und die Ortschaften im Tal, Bruck, Taxenbach und Maria Alm zu ihren Füßen liegen sieht, den See wie eine Pfütze, glitzernd im Sonnenlicht, das Schloss wie ein Spielzeug und schon bald ganz aus dem Blick verschwunden. Aber ihr Übermut, das Gefühl, freier zu sein, als es drunten im Tal erlaubt ist, äußert sich in dem Mut zur Ungezogenheit.

Ich kann nicht mehr, sagt sie, und wie sie es so sagt, ist es auch wahr.

Zu ihrer Überraschung stellt sich der Mann, der sie begleitet, als Ausbund an Ritterlichkeit heraus. Er nimmt ihr den Rucksack ab, den sie trägt, besteht auf einer Rast, damit sie sich ausruhen kann. Mama Fegelein dagegen bequemt sich nur ungern zu einer Rast. Ihr Busen wogt, ihr Gesicht ist von einer Besorgnis erregenden Röte, aber die kleine Person lässt keine Anzeichen von Müdigkeit erkennen. In ihr wohnt die Energie der kompromisslos Herrschsüchtigen, die gewohnt sind, ihren Willen durchzusetzen, und sei es gegen sich selbst. Die junge Frau wird sehr viel später erst begreifen, welcher Wille sie beseelt und welches der Plan ist, den sie diesmal mit einer Anstrengung umsetzt, die sie selbst an den Rand ihrer Kräfte treibt.

Am frühen Nachmittag erreichen sie eine Almhütte, und die junge Frau erklärt, dass sie nicht mehr weiter will. Irgendetwas an ihren beiden Begleitern gefällt ihr nicht. Es ist die Art, wie sie ihr beide zu Willen sind, wie sie sie bewirten, wie sie besorgt sind, wie sie ihr stets den besten Platz zuweisen und dem alten Senn, der Milch und Käse bringt, zu verstehen geben, welch strahlender Glanz mit ihr in seiner armen Hütte eingekehrt ist. Was ist das, was sie eint? Sie wissen irgendetwas über sie, das sie selbst nicht weiß.

Auf jeden Fall wissen sie, wohin es geht, und sie versichern ihr, es sei jetzt nicht mehr weit.

So macht sie sich mit ihnen auf die letzte Etappe. Der Weg führt sie jetzt fast eben über einen schmalen Kamm, von dem aus zu beiden Seiten steile Geröllfelder sich nahezu senkrecht nach unten erstrecken.

Dies sei das Schönste, sagt Mama Fegelein, dieser grandiose Blick auf die Hohen Tauern und das Dachsteinmassiv in der Ferne. Sicher ausschreitend blickt sie nach allen Seiten um sich, weist auf die zerklüftete Schönheit der Leoganger und Loferer Steinberge hin.

Da! Da!, ruft sie. Sehen Sie nur! Ist das nicht grandios!

Phantastisch, murmelt die junge Frau, wunderbar, indem sie mit übermenschlicher Wachsamkeit auf den Pfad vor sich blickt. Sie ist ganz darauf konzentriert, nicht zu sterben, während Mama offensichtlich zu den Menschen gehört, die völlig schwindelfrei sind. Sicher wohnt sie in der Mitte ihrer runden Körperlichkeit, die sie zielbewusst und geschickt durchs Leben steuert, aus Mangel an Phantasie ahnungslos, wie tief man stürzen kann.

Achtung, sagt der Begleiter, der vorausläuft, manchmal.

Dann liegen ein paar lose Geröllsteine auf dem Weg, oder, was zunehmend häufiger vorkommt, der Pfad weist kleine Einschnitte auf, Schründe, die sich bis in seine Mitte eingekerbt haben, kleine Schluchten, über die sie den Fuß setzen müssen und die sich unter ihnen bis in den Abgrund der Hölle erstrecken.

Ihr Leben lang wird sie von dieser Bergpartie träumen, wird diesen Pfad über dem Abgrund gehen, vor sich den Rücken eines Mannes, den sie nicht kennt und der trotzdem Schutz und Halt gewährt, den einzigen Schutz und Halt, den sie hat. Und hinter ihr wird jemand kommen, eine Person, die sie schiebt und drängt und sie hindert umzukehren. In diesen Träumen wird sie ein ungeheures Schwindelgefühl haben, das Gefühl einer Gefahr, die gleichzeitig Verlockung ist, und während sie dem dunklen Rücken folgt, wird in ihrem Traum das Wort »Obersturmbannführer« Gestalt gewinnen, ein ungeheures Wort, ein Wort voll dunkler Gewalt, voll lauernder Gefährlichkeit. Der Name für eine rätselhafte, verhüllte, gesichtslose Männlichkeit, der sie folgt.

In den Bergen kommt der Abend, obwohl vorhersehbar, immer als böse Überraschung daher. Er kommt schnell. Ein Schatten rast aus dem Tal an den Berghängen zum Gipfel hoch, und wie der Finger Gottes verwandelt er, was ist, als habe jemand gesagt: Es werde Dunkelheit.

Wie alle Flachländer hat sie bisher geglaubt, der Abstieg

eines Aufstiegs sei kinderleicht und vollziehe sich von allein, indem man sich einfach ohne Anstrengung den Weg hinab treiben lässt. Wie alle Flachländer muss sie lernen, dass das nicht so ist. Trotzdem findet sie, man hätte ihr das vorher ankündigen dürfen.

Aber meine Liebe, sagt Mama Fegelein, Sie wollen doch nicht im Ernst heute noch zurück. Wir sind doch gleich bei der Hütte. Wir bleiben über Nacht.

Dies ist kein Pferderücken, auf dessen anderer Seite man sich hinabgleiten lassen kann, es ist der Hohe Hundstein, und die junge Frau begreift, dass sie die Nacht mit diesen beiden, die ihr fremd sind, in einer Berghütte verbringen wird.

Sie sind die einzigen Wanderer an diesem Tag. Sie finden den Schlüssel, und ihr Begleiter macht ein Feuer im Kamin. Die junge Frau hat bis jetzt vermieden, ihn mit seinem Dienstgrad anzusprechen, wie es im Tal unten üblich ist. Jetzt stellt sie verwundert fest, dass Mama Fegelein ihn Hans nennt. Ein Verwandter vielleicht? Erst jetzt fällt ihr die Vertrautheit der beiden auf, eine Vertrautheit, die sie gern einbeziehen will, wie sie spürt. Sie ist zu müde, um noch so wachsam zu sein, wie sie es am Morgen war. Hier oben sind sie nun doch eine Art Seilschaft, aufeinander angewiesen und unter den Sternen allein wie der Rest eines Stamms, der sich vor dem Krieg in den Tälern auf Bergeshöhen gerettet hat.

Der Koller ergreift auch die junge Frau, die Ekstase, das Gefühl, dem Himmel so nah zu sein. Die trügerische Reinheit, in der man sich allem, was beschmutzt und niederzieht, enthoben fühlt. Jetzt, da sie vor der Hütte sitzen, ihren Proviant verzehren und der rasch einfallenden Nacht zusehen, kann sie nicht mehr schmollen und nicht mehr abseits sein.

Mama Fegelein findet in der Hütte einen Enzianschnaps. Sie trinken alle drei aus derselben Flasche. Ein Akt, der sie einander näher bringt. Der Obersturmbannführer erzählt aus seiner Kindheit an einem Flussufer. Geschichten von

Wildenten, Biberburgen und Barschen, die er geangelt hat. Kein Wort über Wilna, über Kiew und Minsk. Man nimmt nur leichtes Gepäck mit auf den Berg. Und überhaupt reicht der Krieg nicht so hoch hinauf.

Ist das nicht schön, Kinder?, sagt Mama Fegelein. Sie verfügt über die Welt zu ihren Füßen, als handle es sich um ihren Vorgarten. Sie verfügt auch über die Nacht, die Sterne, das Firmament.

Es ist Anfang August, eine Nacht der Sternschnuppen. Das kleine Lichtwunder begibt sich mit inflationärer Häufigkeit. Weit draußen im All sind Welten in Bewegung, Möglichkeiten offen.

Wünschen Sie sich denn nichts?, fragt Mama Fegelein.

Doch, sagt die junge Frau.

Was?, fragt der Obersturmbannführer.

Einen Mann, sagt Mama Fegelein.

Sie sagt es in einem Tonfall, als sei sie zur Entgegennahme von Wünschen bei etwa fallenden Sternschnuppen autorisiert. Als hinge es nur von ihr ab, ob sie erfüllt würden.

Ein schönes Kind wie Sie, sagt sie, muss gut auf sich aufpassen. Es muss der Richtige sein. Passen Sie auf sich auf! Werfen Sie sich nicht weg, mein Kind! Als deutsche Frau haben Sie nicht nur Verantwortung für sich selbst, sondern für unser Volk, Sie verstehen?

Daraufhin zieht sie sich zurück, unwiderruflich, entschieden, wie sie gesprochen hat.

Gute Nacht, Kinder.

Die junge Frau bleibt etwas benommen mit dem Obersturmbannführer unter dem nächtlichen Sternenzelt zurück. Dann steht auch sie auf.

In der Hütte gibt es einen Raum mit vier Betten und eine Kammer mit einem Bett. Die Kammer steht ihrem Rang gemäß der älteren Dame zu. Die junge Frau legt sich stumm auf das Bett nah der Tür. Sie behält alles an, was sie trägt, außer den Stiefeln, und zieht die dunkle Wolldecke bis unters Kinn. Von dem Kamin im Hauptraum, in dem noch ein Feuer brennt, dringt ein schwacher roter Lichtschein herein.

Lassen Sie bitte die Tür auf, sagt sie zu dem Mann, der nach ihr den Raum betritt. Es ist so kalt hier drin.

Sie macht die Augen zu, hört mit geschlossenen Augen das Klicken des Koppelschlosses, vielen Frauen ihrer Zeit so wohl bekannt, sie hört es zum ersten Mal, kurz darauf das Geräusch, mit dem es zu Boden fällt, das dumpfe Poltern der Stiefel, das Gleiten von Stoff auf Stoff, das Knistern eines Strohsacks, auf den sich ein Männerkörper niederlegt. Sie riecht den fremden Geruch fremder Männlichkeit neben sich, der auch aus dem Stroh und der Decke des Bettes steigt, in dem sie selber liegt. Sie hält den Atem an, hört, wie neben ihr umso lauter geatmet wird. Sie liegt starr auf dem Rücken und bewegt kein Glied. Aus angehaltenem Atem, Bewegungslosigkeit und geschlossenen Augen versucht sie einen Schutzraum um sich zu errichten, ihre Nichtanwesenheit zu simulieren.

Was sie nicht ändern kann, ist die Anwesenheit des Mannes neben sich.

Eine Art Atemduell entsteht zwischen ihnen. Je lautloser und flacher ihr eigener Atem geht, desto hörbarer und tiefer geht der seine. Dazu wispert und raschelt es aus dem Stroh der Matratze, auf der er liegt. Sie weiß, ein einziger Atemzug, die leiseste Bewegung von ihr könnte das Duell zu seinen Gunsten entscheiden. Jedes Knistern im Stroh unter ihr würde sie ihm ausliefern.

Es ist ein langer Kampf. Ihre Muskeln verkrampfen sich, in ihr pocht das Blut mit dumpfen Schlägen, die zwischen ihren Schläfen mit solchem Lärm widerhallen, dass sie nicht glauben kann, man könne es nicht auch außerhalb ihres Körpers hören. Manchmal meint sie zu merken, dass er einhält und still zu ihr hinüberlauscht, ob sie sich nicht an ihn verrät. Dann setzt sein Atem, die verhasste Bewegung neben ihr wieder ein.

Die ganze Nacht lang versucht sie, nicht einzuschlafen. Aber immer wieder gleitet ihre Wachsamkeit in einen Traum hinüber, einen Traum, der davon handelt, dass sie nicht einschlafen darf, ein seltsames, leichtes Schweben über sich selbst, die auf ihrem Bett liegt und tief und von dem ungewohnten Aufstieg erschöpft schläft.

Als sie aufwacht, erschrickt sie über die Schönheit der Welt, in die sie blickt. Von Morgensonne rosig angehauchte Bergspitzen, der Himmel im Übergang von nacht- zu tagesblau, ein letzter Stern, verblassend, der über dem Gipfel steht. Das Bett neben ihr ist leer, die Decke glatt zusammengelegt, als habe dort niemand gelegen in der Nacht.

Sie geht nach draußen, wäscht sich das Gesicht an einer jetzt im Hochsommer spärlich tröpfelnden Wasserrinne, die neben dem Haus in ein Becken führt.

Niemand da.

Kurz darauf tritt Mama Fegelein aus dem Haus.

Ach ihr jungen Leute, sagt sie. Schon auf?

Die junge Frau läuft um die Hütte herum, folgt ein Stück weit einem Pfad, der sich zwischen Geröll und Bergdisteln verläuft. Mit Staunen nimmt sie die überwältigende Reinheit der Welt hier oben wahr, die Magie eines vollkommen weißen Lichts, das aus dem Gestein selber zu dringen scheint. Es gibt keinen Schmutz mehr, wenn man so weit nach oben gedrungen ist. Hinter einer Biegung taucht eine schwarze Gestalt im Weißen auf, der Mann, neben dem sie die Nacht verbracht hat. Sie kann nicht ausweichen, umkehren will sie nicht. Also geht sie ihm entgegen, wie sie auch einer Gefahr lieber entgegengeht, statt ihr den Rücken zuzukehren.

Guten Morgen, sagt der Obersturmbannführer.

Guten Morgen, sagt sie.

Ich war am See, sagt er. Wussten Sie, dass es hier oben einen kleinen Karsee gibt?

Nein, sagt sie.

Wollen Sie ihn sehen? Es ist nicht weit von hier.

Ist da etwas anderes als Wasser drin?, sagt sie.

Schauen Sie selbst, sagt er.

Hinter der nächsten Biegung sieht sie etwas unterhalb des Weges den See liegen. Er ist von einem tiefen Schwarz, das, während sie auf ihn niedersieht, langsam zu Grün hintendiert, ein Auge, das, nie geschlossen, direkt in den Himmel blickt.

Dann merkt sie, dass sie alleine ist. Ihr Begleiter steigt links vom Pfad ein Geröllfeld hinauf. Sie läuft hinab zum Ufer. Sie möchte einmal die Hand in dieses Wasser tauchen, seine schwarzgrüne Tiefe sehen. Es ist eiskalt, viel zu kalt, um zu baden. Wie immer verliert sie augenblicklich das Interesse an einem Gewässer, als sich herausstellt, dass es nicht zum Baden geeignet ist.

Als sie auf dem Pfad zurückläuft, stellt sie mit Verwunderung fest, dass der Obersturmbannführer den Aufstieg in die Steilwand, die sich oberhalb des Geröllfelds erhebt, begonnen hat.

Hat er ein Seil?, denkt sie.

Es ist das Einzige, was sie als Flachländerin vom Bergsteigen weiß: dass man ein Seil dazu braucht, wenn man in der Steilwand ist.

Dann achtet sie nicht weiter auf ihn und läuft zur Hütte zurück, wo Mama Fegelein bereits beim Frühstück ist.

Wissen Sie, wo Hans ist?, fragt sie sie.

Sehen Sie das da?, sagt die junge Frau. Diesen schwarzen Punkt da oben in der Wand? Das ist er, glaube ich.

Um Himmels willen!, ruft Mama Fegelein. Ist er verrückt geworden?

Sie lässt alles stehen und rennt den Pfad hinauf.

Die junge Frau setzt sich in Ruhe hin und frühstückt. Brot. Milch. Käse. Ein hartgekochtes Ei aus ihrem Rucksack. Sie hat dabei die Wand im Blick, als sähe sie einer Sportart zu, die sie nicht interessiert und hinter deren Regeln sie nicht kommen will. Sie weiß nicht, wie sie in diesen Luis-Trenker-Film geraten ist, jedenfalls nimmt sie dabei jetzt die richtige Rolle ein, die der Zuschauerin, und wie im Kino vertraut sie auf die Macht, die Figuren am Leben lässt, die für den Fortgang der Handlung noch gebraucht werden.

Langsam bewegt sich der schwarze Punkt wieder abwärts, gerät ihr schließlich aus dem Blick, und mit wogender Brust, um Fassung ringend, taucht Mama Fegelein wieder auf.

Ich versteh das nicht, sagt sie. Ich versteh nicht, was in Hans gefahren ist.

Als er zurückkommt, legt er wortlos ein Edelweiß vor die junge Frau.

Die Blume des Führers!, ruft Mama Fegelein außer sich. Mein liebes Kind, wie mir scheint, haben Sie eine Eroberung gemacht!

Wie konnten Sie sich nur einer solchen Gefahr so leichtsinnig aussetzen!, sagt sie mit gespielter Entrüstung zu ihm.

Sie ist hingerissen, beglückt, jungmädchenhaft geschmeichelt, als habe er sich für sie in die Wand gewagt.

Sind Sie mir böse?, sagt er zu der jungen Frau.

Lassen Sie uns gehen, sagt sie.

Während des Abstiegs schweigt sie, verweigert die Hand, die sich ihr dann und wann helfend entgegenstreckt, und am selben Abend reist sie wieder ab.

Das Edelweiß hat sie unterwegs verloren. Absichtlich? Unabsichtlich? Sie weiß es selber nicht mehr genau. Die meisten Dinge geschehen einfach so.

Später, zurück am Berghof, begriff ich, was mir widerfahren war. Das heißt: Ganz begriff ich es nie. Es blieb eine Vermutung, und je länger ich darüber nachdachte, desto ungereimter erschien es mir.

Warum hatte mich Eva überhaupt fortgeschickt?

Was sollte ich auf Schloss Fischhorn?

Warum war Mama Fegelein so außerordentlich um mich bemüht, dass sie sich selbst der Strapaze einer Bergtour unterzog?

Als ich zurückkam, spätabends von den Männern der Fahrbereitschaft vor der Haustür des Berghofs abgesetzt, die mir kurz darauf von einem der Hausmädchen geöffnet wurde, sagte man mir, dass meine Cousine in ihrem Zimmer sei und auf mich warte. Sie habe sich schon Sorgen gemacht und telefoniere gerade mit Schloss Fischhorn, um zu erfahren, wann ich abgefahren sei.

Durch die geschlossene Tür hörte ich, dass sie sprach, und trat, ohne anzuklopfen, rasch ins Zimmer, sicher, dass sie bei meinem Anblick erleichtert sein würde.

Ich hörte, wie sie erregt rief: Und wenn sie jetzt schwanger ist?!

Dann, plötzlich leise: Ich muss aufhören.

Unser Begrüßungsgespräch fiel matt und nichtssagend aus. Ich erklärte ihr, dass ich müde von der Bergtour sei, die ich gemacht hätte.

Erst später in meinem Zimmer kam mir der Verdacht, der an den folgenden Tagen nicht abließ, mich zu beschäftigen. Ich versuchte den Gedanken daran zu verdrängen, so oft er mir ins Bewusstsein kam, aber plötzlich, bei der Lektüre von Storm-Novellen, die ich damals las, beim Schwimmen im See oder mitten in einem der Filme, die man in der großen Wohnhalle für uns gab, stieß etwas an mein Bewusstsein, etwas, das mich nicht in Ruhe ließ, wie ein Hund, der dann und wann mit leichtem Stups seiner Schnauze darauf besteht, dass er nicht vergessen wird. Da war noch etwas. Und ich wusste: Eva hatte mich verkuppeln wollen.

Ich wendete die Hypothese um und um, probierte ihr alles an, was ich erlebt hatte, und sah, dass es einen Sinn ergab. Ich war an einem der Höfe angeboten worden.

Arme Eva. Ihr fiel nichts anderes ein, als ein kleines Netz der Verwandtschaft zu knüpfen, um sich darin einzuspinnen. Da ihr die eine, die große Hochzeit nicht gelang, die sie für sich selber ersehnt hatte – wollte sie mit ein paar kleinen Hochzeiten dagegenhalten? Hoffte sie vielleicht, dass auch Hitler sich in diesem Netz verfing? Oder wollte sie die eigene Stellung bei Hofe unabhängig von ihm festigen?

Es war die einzige Intrige, die sie je gesponnen hat, ihr einziger und gründlich misslungener Versuch, ein bisschen Hausmachtspolitik zu betreiben. Heirat das einzige Mittel zum Zweck, auf das sie sann. So wie sie auch für sich selber kein anderes Ziel kannte, als Hitler zu heiraten. Keinen anderen Traum. Keine anderen Pläne. Nur dies eine: Hitlers Frau zu sein.

Dabei ging es ihr nicht einmal um ihre Stellung, nicht um die Macht, die es ihr verleihen würde, nicht um den Reichtum, der ihr dadurch zufiele. Sie dachte nicht an all das. Außer vielleicht manchmal in schwachen Momenten gerade durchlebter Herabsetzungen, wenn ihr befohlen worden war, einen der Nebeneingänge der Reichskanzlei zu nehmen, während vorne gerade Frau Goebbels in großer Garderobe hereingerauscht kam, oder wenn man sie im Berghof auf ihr Zimmer wies, durch dessen Gardinen sie sah, wie Emmy Göring neben Hitler am Kopf der Treppe stehend hohe Gäste empfing. In solchen Momenten mag sie davon geträumt haben, wie sie einmal mit kleinem Lächeln zu ihnen sagen würde: Dieser Hut, meine Liebe, glauben Sie nicht, dass er ein bisschen aus der Mode ist? Man trägt jetzt diese kleinen, schräg gezogenen – Sie wissen schon.

Doch weiter reichte ihre Phantasie nicht, wenn es darum ging, sich für erlittene Unbill zu rächen. Ihr heftiger Wunsch, Hitler zu heiraten, hatte nur zum kleineren Teil mit dem Wunsch nach gesellschaftlicher Rehabilitation zu tun, es war vielmehr der Wunschtraum vom definitiven, dem uneingeschränkten, dem großen Ja! Ihr heftiger Wunsch, den schlimmsten Mann der Welt zu heiraten, war ein durch und durch romantischer Wunsch.

Es war ein Kinowunsch. Er nährte sich aus den Filmen, die wir sahen. Filme von Veit Harlan, Carl Froelich und den anderen Regisseuren unserer kollektiven Lebensführungsphantasien. Sie waren unsere Liebeslehrmeister. Sie hatten unsere Träume vorgeträumt. Ihnen träumten wir sie allabendlich auf dem Berghof nach.

Morgens beim Frühstück brachte man uns die Liste der im Berghof-Archiv vorhandenen Filmrollen. Wir kannten sie auswendig. Trotzdem gingen wir sie mit wichtigen Mienen durch und einigten uns oft erst nach langen Diskussionen, welchen Film wir am Abend sehen wollten.

Wir hatten ungefähr zweihundert Filme zur Auswahl, aber wir haben davon nur den kleineren Teil gesehen. Immer wieder haben wir uns für dieselben Lieblingsfilme entschieden, immer wieder dieselben berückenden Träume nachbuchstabiert, wenn am Abend der Vorführer kam, der einzige Mann in Zivil, an den ich mich erinnere, und den großen Gobelin in der Halle aufrollte, hinter dem die Leinwand von Hitlers Privatkino zum Vorschein kam, worauf er in der Kabine hinter der gegenüberliegenden Wand verschwand, aus deren Projektionsfenster bald ein heller Lichtschein drang.

Ich denke an das weiße Flimmern, das sanft summende Geräusch des Vorführapparats, die ersten Harmonien der Chöre, die aufklangen, wenn der Vorspann kam. Ich schließe die Augen. Ich kenne die Filme noch. Ich kenne sie Bild für Bild, Einstellung für Einstellung, Dialog für Dialog. Ich habe in mir ein kleines Repertoirekino der Nazizeit, das mir Nacht für Nacht Filme von Liebe und Tod vorführt, wenn ich will.

Und immer wieder bin ich Kristina Söderbaum. Ich bin ein Wildfang. Unbezähmbar. Eine Kindfrau. Meine Stimme klingt schrill, hoch, durchdringend. Ich bekomme alles, was ich will, und was ich nicht bekomme, das nehme ich mir einfach. Die Männer mögen mich. Meine kindliche Unschuld fordert den Beschützer in ihnen heraus. Ich kann kokett sein, aber ich bin keine Femme fatale, niemals. Am Ende mache ich nicht sie, sondern mich selbst unglücklich.

Ich bin verrückt nach dem Leben. Ich will es ganz. Ich will es ohne Kompromisse, wie man es nicht haben kann. Das Kind in mir kann unglaublich glücklich sein. Ich bin es direkt, frenetisch, ungeschützt. Wie ein aufflammendes Streichholz kann ich strahlen im Glück.

Da muss eins schon das Herz festhalten, sonst springt's raus!, rufe ich beim Anblick des Hradschin, der Moldau, des ganzen Prag.

Man kann sehen, dass nach der Szene mein Regisseur mich in die Arme schließen und für die Intensität meines Ausdrucks loben wird. Im Leben ist er mein Ehemann. Er fordert mich keineswegs zu mehr Distanz auf, zu mehr Verhaltenheit, sondern er feuert mich an, aus mir herauszugehen. Er ist sicher, dass ich die beste Filmschauspielerin der ganzen Welt bin.

Ich bin nicht schön. Ich bin nur so intensiv. Ich habe etwas Muskulöses, Kraftvolles, Geerdetes. Doch man versteht es nur, wenn man gleichzeitig den Keim einer tragischen Krankheit tief in mir wahrnimmt, einer Krankheit zum Tode, die mich in fast allen meinen Filmen befällt und für die große, die alles verzehrende Liebe anfällig macht.

Das ist es, was ich dem Publikum biete, dies Schauspiel zu sehen: Wie es mich trotz aller Blauäugigkeit und Robustheit schließlich doch hinmäht. Wie jeder Rettungsversuch am Ende doch zu spät kommen muss.

Habe ich euch getäuscht? Hat denn nicht einer gesehen, wie sehr ich eure Hilfe gebraucht hätte? Dass die Lebendigkeit, die ihr an mir geliebt habt, meine Kraft, meine Unbändigkeit nur die Kehrseite der unbeschreiblichen Zartheit, die mich beseelt, ihr Schutz, ihre Tarnung sind?

Ich bin die Frau, für die man in den Krieg zieht, nicht Zarah Leander, noch weniger Lida Baarova oder Marika

Rökk. Sie sind es, zu denen die Männer eines Tages zurückkehren wollen. Lockendes Weib. Stetige Beunruhigung. Ich bin es, die in ihnen den Wahn weckt, dass es sich zu sterben lohnt.

Ich bin mit dem Tod auf Du und Du. Je stärker die Versuchung, mit der das Leben an mich herantritt, desto näher kommt er mir. Harmlose Unternehmungen, unschuldige Wünsche werden furchtbar an mir gestraft. Eine Kurzreise nach Prag geht tödlich aus.

Ich will nur einmal die Stadt sehen, aus der meine Mutter stammt, wo sie so glücklich war, bevor sie ins Moor gegangen ist.

Diese goldene Stadt! Dieser hinreißende Farbfilm auf Agfa-Color, in den ich geraten bin! Das sünden-rote Fähnchen, das ich dort statt meines züchtig-blauen Trachtenkleids trage!

In mir streitet mächtig das Blut meiner Mutter, das mich für die urbanen Verlockungen anfällig macht, mit dem Blut meines Vaters, das mich zur Heimat, zur Scholle zurückruft.

Der Gegensatz zwischen Stadt und Land. Ihre Unverträglichkeit. Die definitive Grenze, die man ungestraft nicht überschreiten darf. An ihr werde ich zugrunde gehen.

Mein Ende ist langwierig, von Engelschören und Leinwandmonologen begleitet, wie sie das Publikum seitdem nicht mehr zu hören bekommen hat.

Mütterchen, sage ich, du rufst mich. Ich komme zu dir. Ich muss gehen den gleichen Weg wie du.

Das Mütterchen teilt mir im Gesang der Engel mit, dass ich recht tue.

Vergeb dir Gott, sage ich, meinen Verführer betreffend. Ich habe dir vergeben.

Mein Antlitz schwebt bereits als Überblendung über dem Moor. Ich bin so gut wie verewigt. Deshalb kann ich jetzt großzügiger sein, als angesichts dessen, was mein Verführer mir angetan hat, erlaubt sein dürfte: Er hat mich entehrt, geschwängert und verlassen. Schande über ihn! Fluch über ihn!, sollte ich eigentlich sagen. Doch das passt nicht zu dem Engel, in den ich mich gerade verwandeln will.

Vergib mir, Vater, sagt der Engel, dass ich die Heimat nicht so liebte wie du. Vergib mir, Vater, dass ich dir so wehtun muss.

Und ich sehe das Licht noch, das über das Moor kommt. Die Retter sind nah! Aber ich halte es schon, so will es das Drehbuch, unterstützt von den Chören, für eine Art Himmelslicht.

Blau, in der Bläue des Todes und meiner wiedergewonnenen Unschuld, liege ich schließlich auf der Bahre da. Und nun begreift mein Vater die Botschaft seines Verlusts und des ganzen Films:

Schafft das faulige Moor weg, sagt er. Und mit der ausgestreckten Hand des Propheten:

Roggen soll da stehen!

Und so geschieht es. Schnitt. Zur Musik von Smetana sieht man das Korn um meine Sterbestätte wogen. Wo ehemals Moor war, steht es bis zum Horizont. Das echte Gold der Ähren gegen das falsche Gold der Stadt!

Heute brauche ich keinen Vorführer mehr, keinen Projektor, keine Leinwand, um den Film zu sehen. Er ist in mir. Ich bin für immer in dem Kino, in dem er gegeben wird.

Ich sitze darin mit meiner Cousine Eva. Es ist Hitlers Wohnzimmer. Der Filmvorführer knipst in seiner Kabine das Deckenlicht wieder an. Eine Zeit lang hören wir noch das Summen des Apparats, mit dem die Rollen zurückgespult werden. Wir wagen kaum, uns anzusehen. Wir haben geweint. Und wie wir geweint haben.

Die paar Hausangestellten, die sich manchmal zu unseren Filmvorführungen einfinden – selbst wenn der Hausherr zu Hause ist, wird das erlaubt –, haben sich schon aus dem Raum gestohlen. Auch sie haben geweint.

Wir schämen uns, doch wir wissen, dass es erlaubt ist, zu weinen. Es ist erwünscht. Es ist beabsichtigt. Wir sollen erschüttert werden. Ergriffen. Aufgewühlt. Wir sollen einsehen, dass es etwas gibt, das mit dem Leben erkauft werden muss.

Oh, wir sehen es ein. Wir verstehen zutiefst, dass ein Mädchen vom Land nicht ungestraft eine Großstadt besuchen kann. Wir wissen, dass dort das Laster wohnt. Wir vermuten Spelunken, in denen man Hüfte an Hüfte zur Musik aus Saxophonen tanzt. Alkohol. Schlechte Gerüche. Sex in ungemachten Betten. Schmutz.

Das Gute, Echte und Wahre dagegen ist auf dem Land beheimatet. Der Schmutz der Viehställe, der Misthaufen vor den Höfen ist ein sauberer Schmutz. Etwas Uraltes, Solides. Etwas, das wir für die Zukunft erhalten wollen. Etwas Vertrautes, Heimatliches für uns. Selbst diejenigen unter uns, die nicht vom Land sind – und weder Eva noch ich stammen vom Land –, glauben, dass es sich um einen Teil ihrer Seele handelt, den wahren, den besseren Teil. Unsere innere Heimat ist der Bauernhof.

Wir sind die geborene Landjugend. Unsere Städte, diejenigen, die wir nach dem Krieg errichten werden, um für immer darin zu wohnen, werden sauber sein. Wir sehen breite Alleen vor uns. Bauwerke, aus großen Quadern errichtet, wie Erbhöfe. Darin werden wir niemanden außer uns selbst dulden. Ein gesundes Geschlecht, stark, arbeitsam und bis zur Dusseligkeit verlässlich und aufrichtig. Nur Deutsche können so sein. Nur ihre Wurzeln reichen tief genug hinab.

Darauf kommt es an: seine Wurzeln zu kennen und, wenn man sie kennt, zu verteidigen. Wir möchten es Kristina zurufen, wenn wir sehen, wie sie sich verführen lässt. Wir lassen uns auf die Tragödie ein, die daraus entsteht. Wir erfahren sie, als sei es unsere eigene Tragödie, die sie stellvertretend erleidet, auf dass wir verschont werden.

Wir begreifen, dass es gefährlich ist, wenn Blut mit Blut sich mischt, das Blut der Bodenständigen mit dem Blut dessen, der seine Wurzeln nicht kennt. Wir wissen, dass der

Verführer ohne Gewissen ist. Es empört uns, zu sehen, dass er nach der Reinen, dem Mädchen vom Lande greift. Wir verfluchen ihn. Wir verfluchen die Stadt, die solche Ausgeburten hervorbringt. Wir kehren aufs Land zurück. Wir nennen es Heimat. Wir wollen lieber tot als woanders sein. Wir geloben zu sterben für unser Land. Unsere Augen sind feucht, ein Kloß sitzt uns im Hals. Wir singen in den Chören der Engel mit, die Kristina vom Himmel hört, als sie stirbt.

Das Gefühl, das uns beseelt, die tiefe Empfindung, ist ein aufrichtiges Gefühl. Nichts ist uns ferner als Heuchelei. Wir sind wirklich ergriffen. Wir ersehnen für uns selber etwas Veit-Harlan-Film-Ähnliches. Schicksal, ich komme.

»Heimat«, »Der Berg ruft«, »Opfergang« oder »Romanze in Moll« lauten die Titel, die wir auch unseren eigenen Lebensopern geben wollen. Die Metaphysik des Küssens halten wir für universal. Ebenso wie die Magie des Satzes »Ich liebe dich«. Beides kommt mit unabwendbarer Endgültigkeit daher, beglaubigt durch die Tragödie, die dadurch in Kraft tritt, oder die totale Glückseligkeit.

Es ist etwas unendlich viel Höheres als Kitsch, denn es ist die wahre Substanz unserer Träume. Hätte uns jemand gesagt, dass drei Jahrzehnte später die Liebe freigegeben sein wird, dass sie nicht mehr als die Macht des Schicksals auftritt, sondern einfach so – wir hätten geglaubt, dass von einem anderen Planeten die Rede ist.

Wir Nazis waren eine durch und durch melodramatisch gestimmte Generation, und erst, als im letzten Akt die Engelschöre ausblieben, merkten wir, in welchem Film wir waren und dass es nicht irgendeine böse Tragödie, sondern die Hölle war, was wir sahen. Und es war gar kein Film. Es war das Stück, in dem wir selbst mitgespielt hatten. Plötzlich befanden wir uns leibhaftig im Showdown und begriffen, dass es darauf ankam, unser Leben zu retten und sonst nichts, und das taten wir, und als es schließlich vorbei war, zogen wir uns ganz still daraus zurück.

Wir erinnern uns an alles. An die großen Verbrechen, die in unserem Namen begangen wurden. An den kleinen Verrat, die Feigheit, die unser eigener Anteil daran war. Wir erinnern uns an die Lügen, die wir hörten, an den strengen Befehl, zu ihrer Verbreitung beizutragen, und daran, dass wir ihm Folge leisteten. Wir erinnern uns an graugesichtige Menschen, die wir vorübergehen sahen und von denen wir wussten, dass sie verloren waren. Wir erinnern uns.

Aber etwas gibt es, woran uns zu erinnern zu beschämend ist, auch nach den vielen Jahren, die seitdem vergangen sind. Man verlange das nicht von uns! Es ist leichter, eine Schuld einzugestehen als eine Peinlichkeit. Die Erinnerung an ein falsches Gefühl ist entsetzlich, schamvoll, erniedrigend. Und ganz tief verborgen, bis zur Unkenntlichkeit getarnt und maskiert, liegt darin auch das Böse, zu dem wir fähig waren. Es versteckt sich dort.

4

Als ich von Schloss Fischhorn zurück war, nahmen wir wieder unsere alten Gewohnheiten auf. Unsere Ausflüge zum Königssee, die abendlichen Spaziergänge zum Haus am Mooslahner Kopf. Hier war es, wo ich eines Abends eine seltsame Entdeckung machte.

Eva besaß einen Schlüssel vom Teehaus. Sie hatte dort ein kleines Zigarettendepot angelegt und inspizierte es wie ein Eichhörnchen seine Wintervorräte. Es befand sich in einem Schrank im Vorraum des runden Teezimmers, zu dem von da aus ein paar Stufen hinaufführten. Manchmal saßen wir dort und rauchten, während unsere Bewacher vor dem Haus standen und ebenfalls rauchten.

Das Teehaus lag etwas tiefer als der Berghof verborgen in einem Waldstück. Zum Tal hin gab es einen kanzelartigen Vorplatz, unterhalb dessen der Felsen senkrecht abfiel. Der Blick von hier hatte nichts von der alpinen Grandiosität, die Hitler und seine Besucher so sehr bewunderten. Es war ein idyllischer Blick. Er war begrenzt durch die hohen Bäume rechts und links, ein freundliches Bild einer freundlichen Welt, ein Flusstal mit saftigen Wiesen, mit weidenden Kühen dekoriert, gesäumt von dem Wald, der am Fuße des Untersbergs begann, dessen mäßige Erhebung den Horizont begrenzte. Dann und wann, wie von einem Sonntagsmaler hingetupft, die Dächer der Heustadl. Dies war der Platz, an dem Hitler mit seinen Gästen Einkehr hielt. Hierher zog es ihn, nicht zum Kehlsteinhaus. Dort ist er selten gewesen. Hierher kam er jeden Tag.

Nirgendwo ist er so privat bei sich gewesen wie hier. Hier geschah es, dass er manchmal in einem der geblümten, leinenbezogenen Sessel einschlief, während das Gespräch um ihn herum zum Erliegen kam, bis alle nur noch in peinvoller Ungeduld seinen Atemzügen lauschten und versuchten, nicht hinzusehen, wenn ihm die Mimik verrutschte und der untere Teil des Gesichtes wegsackte.

Das Nickerchen eines Tyrannen, auch wenn es nur wenige Minuten währt, kann für die Umsitzenden endlos sein, und es war Eva, die ihn irgendwann sanft am Unterarm fasste und ihm half, den gefährlichen Moment zu bestehen, in dem auch er ein Kind war, hilflos und verletzlich, den Moment, den jeder bestehen muss, der, während man ihm zusieht, aus dem Schlaf zurückkehrt. Um ihn zu überbrücken, führte er die Hand zur Stirn und strich sich die Haare glatt. Er strich sie nicht aus der Stirn, wie es jeder getan hätte, dem sie beim Schlaf in die Augen gefallen waren, sondern er legte sie mit der flachen Hand dorthin, wo sie für immer und ewig hingehören würden, quer über seine Stirn. Eine Haartracht sui generis, für alle Zeit das Erscheinungsbild des Bösen in der Welt auszeichnend. Ein Meisterstück des Weltgeistes als Friseur.

Es war eine Bewegung, die, obwohl sie energisch und diszipliniert gedacht war, doch seltsam linkisch und affektiert ausfiel. Für einen unbedachten, unbewachten Moment wurde der Mangel an Grazie, an Eleganz in ihm sichtbar und mit ihm die ganze Anmaßung des herrscherlichen Gestus, mit dem er auftrat. Er war weder Bär noch Gott. Seine Pranke war weiß, fleischig, ohne Kraft. Wäre es erlaubt gewesen, hätte man gelacht. Aber nicht einmal im Teehaus durfte gelacht werden.

Ein Teil von Hitlers Macht bestand in seiner Unverwechselbarkeit. Sie war überwältigend.

Kein Bild von ihm überrascht. Keines lässt erkennen, dass da noch etwas anderes ist, ein Gesicht hinter der Maske, eine Person, die sich selbst über die Schulter blickt. Er bleibt sich immer gleich. Kein Lächeln, keine Geste, kein Kleidungsstück, keine Gemüts- oder Körperverfassung können seinem Erscheinungsbild noch das Geringste hinzufügen. Auch das Alter nicht, auch nicht der gesundheitliche Verfall, den man an ihm wahrnimmt – er verändert sich nicht. Niemals wieder hat man ein derartig dominantes Erscheinungsbild gesehen. Ein Erscheinungsbild, an dem jeder einzelne Zug durchschnittlich war und von Durchschnittlichkeit zeugte – es hat die Zeit überdauert. Sein physischer Tod konnte ihm nichts anhaben. Durch die Jahrzehnte starrt es uns an. Unverwechselbar Hitler. Ein Gesicht als Erscheinungsform. Wenn wir alles vergessen, selbst wenn der Tod unser Gedächtnis löscht und wir in die Unterwelt nichts an Erinnerung mitnehmen – ihn werden wir auch in der Hölle wiedererkennen. Es gibt keinen Trank des Vergessens für diese Erinnerung. Und obwohl ich ihn niemals wirklich gesehen habe, war er damals am Obersalzberg so gegenwärtig für mich wie ein Hausherr, der eben einen Spaziergang macht und zum Essen zurück erwartet wird.

An diesem Tag stellten wir fest, dass die Zigaretten in Evas Depot fehlten. Der Schrank im Vorraum stand auf. Es musste jemand da gewesen sein.

Als erstes ließ sich Eva eine Zigarette von unseren Bewachern geben. Dann erlag sie einer Art detektivischem Wahn.

Sie befahl unseren Bewachern, das umliegende Terrain abzusuchen, während wir uns auf die Suche nach Spuren im Haus machten.

In der Teeküche fand ich die Tür des Kühlschranks angelehnt. Ich schloss sie schnell, bevor Eva etwas bemerkte. Es war außer ein paar Dosen Milch ohnehin nichts darin, wie ich wusste, und ich wollte nicht, dass Eva neue Nahrung für ihren kindischen Verdacht bekam, dass eingebrochen worden war. Kein Fenster war beschädigt, auch nicht die Tür, die von der Talseite ins Kellergeschoss führte. Die Fenster im Kellergeschoss waren ohnehin vergittert. Ich wusste, wie gern Eva eine kleine Geschichte daraus gemacht hätte. Ich wusste, dass sie schon an dem Text arbeitete, mit dem sie Hitler davon erzählen würde.

Einbruch am Mooslahner Kopf. Das war's, was sie brauchte, um die abendliche Telefonkonversation mit ihm zu würzen. Als geschähen auch bei uns geheimnisvolle Dinge. Als seien auch wir ein kleines Hauptquartier, aus dem Befehle erteilt, wo Entschlüsse gefasst wurden.

Vielleicht ist irgendjemand noch im Haus, sagte sie.

Im selben Augenblick hörten wir beide die Stimme, die aus dem angrenzenden Zimmer kam.

Es war eine leise, eine gleichförmige Stimme, männlich und monoton. Nach kurzen Pausen setzte sie wieder ein, um ebenso monoton weiter zu sprechen. Zuerst schien es uns, als spreche sie ein Gebet. Dann begriffen wir, dass es ein Radio war.

Eva fasste sich als erste und machte die Tür auf. Vor uns in einem Raum, der als Einzelschlafzimmer eingerichtet war, stand auf dem kleinen Tischchen am Kopfende des Bettes ein Radio. Wie von unsichtbarer Hand eingeschaltet, spielte es, und die Stimme, die daraus zu uns sprach, war die Stimme unseres Feindes. Zwar sprach er deutsch, aber deutlich so, wie Briten, wenn sie gebildet sind, deutsch sprechen, fast ohne Akzent, doch mit um eine Spur zu langen Vokalen und leicht genäselten A's und E's.

Unser Feind sprach darüber, dass wir den Krieg verlieren.

Wer hat dieses Radio angemacht?, rief Eva, und ich sah wieder den Stierkämpferblick an ihr, weit aufgerissene Lider, unter denen ein Blick hervorschoss, der diesmal nicht von gespielter, sondern von echter Angriffslust kündete. Ich erklärte ihr, dass es, als wir das Haus betreten hatten, schon eingeschaltet gewesen sein musste. Denn die BBC sendet in Intervallen ihr deutschsprachiges Programm.

Bis vor ein paar Minuten war Sendepause, erklärte ich ihr, darum haben wir zunächst nichts gehört.

Woher weißt du das?, fragte Eva, streng, als habe sie mich als Lehrerin bei einem Täuschungsversuch ertappt.

Mein Vater, sagte ich. Mein Vater hört BBC.

Ich wusste, dass sie ihn nicht verraten würde.

Aber irgendwer muss es doch irgendwann angemacht haben, sagte sie.

Ja, sagte ich, irgendwer hat es irgendwann angemacht.

Wann war mir das aufgefallen, dass es in Hitlers Berghof kein Radio gab? Jedenfalls nicht für uns. Nicht solange ich da war.

Kein einziger Volksempfänger in Hitlers Privathaus. In jedem Wohnzimmer in Deutschland, aber nicht bei ihm. Da herrschte Funkstille.

Nie wieder habe ich mich an einem so stillen Ort aufgehalten. Da war nichts als der Wind, wie er einzeln stehende Häuser auf Bergeshöhen umstreift, ein an- und abschwellendes Pfeifen auf stets demselben Ton, und obwohl es immer da ist, immer zu hören, ist es der Gesang des Nichts, kündet von nichts als der Leere, die jedes Haus, das hoch über einer Talsohle liegt, umfängt, dein Nachbar der Abgrund und die Luft über ihm, adlerflügeweit nichts als Luft. Man gewöhnt sich daran. Man nennt es Stille und hört doch zuweilen den Pfeifton wie Wellensalat, übersteuert, schrill, eine Nachricht aus dem Äther, die nicht empfangen wird.

Doch da war noch etwas. Ein wiederkehrendes Grollen, das aus der Tiefe kam. Manchmal schien der Boden unter uns zu beben, als kündige sich ein Erdstoß an. Der Berg schien zu arbeiten.

Was ist das?, fragte ich Eva.

Keine Ahnung, sagte sie. Achte einfach nicht darauf.

Es hatte gar keinen Sinn, Eva Fragen zu stellen.
(Liebst du ihn?
Na klar.
Liebt er dich?
Doch. Ich glaube.
Wärst du gern mit ihm verheiratet?
Warum nicht?
Hast du denn keine Angst?
Angst? Wovor?
Dass wir den Krieg verlieren. Und was danach passiert.
Lass uns von etwas anderem reden, Kleines, du bist so ernst.)

Manchmal schien das Grollen aus der Tiefe direkt unter uns zu sein. Es war, als wolle der Berg selbst mir etwas sagen, was ich hätte wissen sollen.

Warum man uns kein Radio gab?

Wir erhielten sonst alles, worum wir baten, geräucherte Gänsebrust, streng verbotene Schallplatten mit Duke Ellington (wir hatten nämlich ein Grammophon), Tiroler Hüte, einen für Eva, einen für mich, Maiglöckchenparfum, uns war egal woher, frische Feigen aus Meran, Mozartkugeln aus Salzburg, so viele wir wollten. Nur ein Radio nicht.

Die Wahrheit ist, wir baten nicht darum.

Wollten wir denn nicht wissen, was geschah?

Wir wussten es doch. Wir waren doch dabei. Wir waren selber die Nachricht. Ihr Zentrum, ihr geheimer Sinn. Konnte man näher dabei sein als wir? War es nicht hier bei uns, wo alle Fäden des Weltgeschehens zusammenliefen, sein End- und Ausgangspunkt? Ein jeder Kriegsschauplatz, ob im Osten oder Westen, war doch ein Nebenkriegsschauplatz. Jeder Gefechtsstand konnte zur Not als aufgebbar betrachtet werden, nur nicht der Ort, an dem wir uns befanden.

Es war die innerste, die eigentliche Festung, um die der Zweite Weltkrieg geführt wurde, die »Alpenfestung«, der tiefste, kostbarste Kern von Hitlers Reich und zugleich der sicherste Ort darin. Jeder, der einen Eroberungskrieg führt, bricht von irgendwo her auf und gedenkt, dorthin zurückzukehren, siegreich, mit der Welt im Gepäck, oder geschlagen. Dies war der Ort.

Bei jedem Gefecht, jedem Schusswechsel in diesem Krieg, jeder Attacke, jeder Verteidigung ging es um ihn. Für ihn wurde all der Männermut aufgebracht, der blinde Wille zur Leistung, mit dem die Soldaten in fremde Länder aufbrachen, nach Afrika, auf den Balkan, nach Russland, nach Finnland und Norwegen, überallhin, wo sie nichts verloren hatten, außer zu töten und zu sterben. Wo man sie einen Hügel hinaufrennen ließ, während über ihnen die Scharfschützen postiert waren, die sie im Visier hatten und ihren Finger am Abzug, all das verbleibende Leben zusammengedrängt in diesen Augenblick. Es ging nicht um diesen Hügel, es ging um den Berg, von dem aus ihr Kriegsherr zur Eroberung der Welt aufgebrochen war und wohin er am Ende zurückkehren wollte. Dafür starben sie. Hier, wo ich war, war das Zentrum, alles andere Peripherie. Außenwerke, vorgelagert. Verteidigenswert, weil dies verteidigt wurde.

Das letzte Zuhause der Nazis, ihr innerer Fluchtpunkt, ihr Heim. Hier wollten sie alle sich selbst überleben. Hier wollten sie sein, wenn es je mit ihnen zu Ende ging. Sie konnten sich nicht vorstellen, dass die Vergeltung sie jemals hier aufspüren würde. Immer wenn sie sich bei Lagebesprechungen und neuen Frontberichten ein wenig beunruhigten, dachten sie an den Berghof und ihre Nachbarschaft zu ihm, an die gefüllten Keller, die blumenbewachsenen Balkone, die Holzvorräte hinter dem Haus. Ihnen konnte nichts passieren. Nicht wirklich, solange sie einen todsicheren Ort für sich wussten. Was gingen sie letzten Endes die Frontberichte an?

Nein, wir brauchten kein Radio. Wir waren die Botschaft selbst. Wenn es eine Vision vom Sieg gab, den wir nicht Sieg, sondern »Endsieg« nannten – warum »Endsieg«? Klingt das nicht wie »Untergang«, wie die teuflische Umkehrung all dessen, was »Sieg« meint? Ein Sieg, der das Ende ist? – wenn es etwas gab, woran wir dabei dachten, dann waren es lauter Berghöfe, hingestreut in die Weiten des Ostens, mit düsteren Wehrgängen, von Fackeln erleuchtet, die in eisernen Schäften an hohen, aus mächtigen Quadern erbauten Mauern steckten. Das jeweils nächste Fort, auf einer Erhebung liegend, am Horizont sichtbar, eine Tagesreise zu Pferd entfernt, während sich in den Ebenen die Vorwerke ausbreiten, untadelige Stätten der Agrarwirtschaft, wo ein subalternes Volk den Dienst tut, für den es geschaffen ist: unter der strengen Anleitung geborener Herren in harter körperlicher Arbeit den Boden zu bebauen. Auch sie würden zufrieden, ja, sie würden dankbar sein.

O das Leben auf den Berghöfen, das man sich zuchtvoll und streng und von sanften Frauen in Dirndlkleidern mit Haarkränzen auf dem Kopf verschönt vorstellte: Erntefeste, Sonnwendfeuer, Winterabende am flackernden Kamin, von schwermütigen Gesängen begleitet, für die man slawische Kehlen und deutsches Gefühl kultivieren würde. Etwas braucht der Soldat, wofür es sich zu kämpfen, das Leben zu geben lohnt. Es war die Berghof-Idee, für die sie starben. Sie geisterte durch die Reden, die Joseph Goebbels hielt, und noch in den bescheidenen, rhetorisch einfachen Ansprachen der Offiziere vor dem Kampf klang sie an.

Etwas Altehrwürdiges, Kachelofenwarmes, etwas Gediegenes, Verlässliches, etwas Fensterlädenbewehrtes, etwas Alpenländisches, sonntäglich Adrettes, Sommergeblümtes, Natursteinerbautes, etwas aus Stroh und Schnitzwerk, aus alter Tracht und neu herausgeschmetterten Liedern Bestehendes – ihr Bollwerk gegen die Zumutungen der Moderne war die Berghof-Idee.

Sie entdeckten, dass es das Wort »gemütlich« nur in ihrer Sprache gab. Sie froren bei dem Gedanken an eine Welt, die herandrängte, wurzellos, unbehaust, ganz und gar zukünftig und neu. Sie waren schon so lange, so weit von zu Hause fort, dass ihr Heimweh ihnen mehr zu schaffen machte als ihre Angst zu sterben. All die *Ungemütlichkeit*, der sie ausgesetzt waren, dies Leben in Schmutz und Gefahr und Erniedrigung war nur erträglich, solange sie ein Kriegsziel wie die Verteidigung des Berghofs vor Augen hatten. Etwas Behagliches, Warmes. Etwas Gemütliches.

Wir waren da. Die eine ersehnte Stelle des Universums bewohnten wir, Fluchtburg und Kriegsziel in einem. Den Ruhepunkt. Wir brauchten kein Radio.

Von jetzt an standen unsere Gänge zum Mooslahner Kopf im Zeichen unserer Ermittlungen. Ich liebte sie. Ich liebte die undichte Stelle in der hermetischen Welt, die uns umgab. Die überraschend erfahrene Durchlässigkeit des geschlossenen Systems, in dem wir lebten. Zog es mich deshalb zum Teehaus? War das der Grund, warum ich mich in meinen Wohnphantasien dort einzurichten begann?

Es war ein hübsches Haus, klein und wie geschaffen, um mich zu beherbergen. Es gab einen Raum für die Wachen wie überall, wo der Tyrann sich aufzuhalten pflegte, ein kleines Schlafzimmer, die Küche, ein Vorzimmer, von dem aus man in den Rundbau gelangte, der als massiver Turm vorgelagert war und in dem sich der Teesalon mit seinen schmalen hohen Panoramafenstern befand. Es war der Traum eines kleinen Privathauses, und der Teil in mir, der eine Klause sucht, ein Haus am Berghang, das mit dem Rücken zum Wald und mit der Vorderfront hoch über dem Tal erbaut ist, von wo die Menschenwelt mir spielzeugartig zu Füßen liegt, ein kleines Haus, in dem ich ganz bei mir und nur ich allein ganz zu Hause bin, haben von hier ihren Ausgang genommen, und noch heute ertappe ich mich manchmal dabei, wie ich es mir in Hitlers Teehaus gemütlich machen will. Eine der heimlichen Kammern meines Herzens ist ihm nachgebaut. Ich kehre dort ein. Ich fürchte mich nicht. Ich fühle mich dort geborgen. Ich bin allein, obwohl ich weiß, dass dort noch jemand mit mir anwesend ist. Ich erschrecke nicht, als ich ihm gegenüberstehe. Mein Geheimnis und ich bewohnen das Haus.

Die Wohnungen unseres Lebens sind unseren inneren Wohnungen nachgebaut, und immer wenn wir uns plötzlich an fremden Orten zu Hause fühlen, in Zelten, Herbergen, an einem nächtlichen See, dann haben wir eine unserer inneren Kammern betreten, und manchmal sehen wir ein Haus am Ende der Straße in einer fremden Stadt und wissen, dass wir den Schlüssel dazu bei uns tragen, immer schon, und dass wir eintreten könnten und alles so finden, wie wir es nie verlassen haben.

Hitlers Teehaus ist mehr als eine Erinnerung in mir. Es ist begehbar. Ich besitze den Schlüssel noch dazu. Ich schließe auf, trete ein. Ich öffne ein Fenster. Wie alle Häuser, die nicht ständig bewohnt werden, riecht es nach sich selbst. Ich habe jederzeit Zutritt zu diesem Haus. Eines meiner ungelebten Leben hat sich in ihm abgespielt. Und manchmal erschrecke ich über die Deutlichkeit, mit der sich etwas als Teil davon zu erkennen gibt: Ein Schneebrett rutscht vom Dach, ein auf hellem Grund geblümter Leinenvorhang bewegt sich im Wind. Ich höre jemanden atmen, aber da ist niemand …

Das Detektivspiel schien für Eva, wie alles, was sie begann, schon bald seinen Reiz zu verlieren, zumal es bei unseren Besuchen am Mooslahner Kopf nichts Verdächtiges mehr gab. Jedenfalls glaubte Eva das, denn aus irgendeinem Grund sagte ich ihr nichts davon, dass bei unserem nächsten Besuch ein Handtuch im Bad auf dem Boden lag. Ich hob es auf und hängte es wieder hin. Es fühlte sich feucht an. Es war gebraucht. Vielleicht hatten die Putzfrauen es einfach vergessen.

Ein anderes Mal suchte Eva nach den Pralinen, die es hier immer gab, wie sie mir versicherte. Berge von Pralinen. Hitler liebte es, die anwesenden Damen mit Konfekt zu beschenken. Es entsprach seiner Vorstellung von Galanterie, seiner Vorstellung, dass Frauen in einer mentalen Kaffeehauswelt leben. Doch da waren keine Pralinenvorräte mehr, nur eine Packung, die angebrochen war.

Angebrochene Pralinen schmeißen wir immer weg, sagte sie, als verkünde sie damit einen Grundsatz Hitlerscher Politik.

Ich will trotzdem eine, sagte ich.

Sie sah mir angewidert dabei zu, wie ich sie aß.

Der August war vorbei, und die Tage wurden jetzt merklich kurz. Der Berchtesgadener Sommer verabschiedet sich früh. Die Sonne erreichte uns nur noch am Nachmittag, und am Berghof würde schon bald die Zeit der Sonnenlosigkeit beginnen. Hitler war ein Mensch der Nacht. Frühmorgens, wenn der Tag sich nahte, ging er zu Bett. Der Herbst war seine Jahreszeit. Der Berghof, an einem Nordwesthang gelegen, war sein Haus. Während die Häuser von Göring und Bormann sich auf Westflanken weit der Mittagssonne entgegenschoben, lag der Berghof total im Winterschatten. Es störte Hitler nicht. Er begriff nicht, was fehlte, und wenn sich die Zeit des Herbstanfangs näherte, begriff er Eva nicht, die ihrer Natur nach Sonnenanbeterin war und um diese Jahreszeit verrückt vor Schwermut wurde.

Lass uns nach München fahren, sagte sie, heroischer als je entschlossen, sich zu zerstreuen.

Durften wir das denn?

Dummerchen, sagte sie, wir dürfen alles, was wir wollen.

Ich hatte offenbar immer noch nichts begriffen von den Spielregeln, die unser Leben bestimmten.

Morgen?, sagte ich.

Morgen … sagte sie. Das kommt ganz darauf an.

Was meinst du?, fragte ich.

Wart's doch ab, sagte Eva.

Am Abend rief Hitler an.

Morgen geht's los, sagte Eva später. Ich habe uns einen Wagen bestellt.

Ich dachte, dass sie Hitler um Erlaubnis gebeten habe. Erst später begriff ich, worum es ging. Hatte er an einem Abend angerufen, so war sein nächster Anruf frühestens am übernächsten Abend zu erwarten, so dass wir bis dahin so gut wie frei waren. Dann allerdings musste Eva wieder zur Stelle sein. Es war einfach undenkbar, dass sie es nicht war, und ich glaube, es ist kein einziges Mal geschehen.

Sie hatte ebenso große Angst wie alle vor ihm. Wie alle wahren Despoten besaß er dies: die Fähigkeit, eine Angst zu verbreiten, die letzten Endes nicht die Angst vor drohender Strafe war, nicht die Angst v o r ihm, sondern die Angst u m ihn. Es war so überaus fürchterlich, ihn zu enttäuschen, seinen Erwartungen nicht gerecht geworden zu sein. Er konnte so maßlos, so fassungslos enttäuscht von jemandem sein, dass sein unbeherrschter Zorn, die bebende Empörung, die ihn erfüllte, gerecht erschienen, und gemessen an dem Leid, das Unzulänglichkeit und Ungehorsam in ihm selber auslösten, schien das Leid der Bestraften, wie erbarmungslos immer auch sie bestraft worden waren, gar nicht der Rede wert. Nichts erfordert mehr Mut, als einen Despoten zu enttäuschen. Nichts ist grausamer gegen ihn. Sollte er jemals erfahren, dass es freie Menschen mit freiem Willen gibt – das würde ihn umbringen.

Und es wird ganz bestimmt nicht seine Geliebte sein, von der er das erfährt. So improvisierten wir.

Am nächsten Morgen stand ein Wagen für uns bereit. Sie fuhren uns also tatsächlich auf unseren Befehl, wohin wir wollten. Wir waren gar keine Gefangenen.

Und wenn wir nach Paris wollen?, sagte ich.

Ich begriff, dass das im September 44 eine dumme Bemerkung war.

Oder nach Berlin?

Nach Berlin werde ich ohne dich fahren, sagte Eva.

Nach München! befahl sie dem Fahrer, und wir brachen auf wie zu einem Stadtbummel, einer kleinen Eskapade, wie Eva sie so liebte. Wir waren zwei junge Frauen, die nach einem längeren Aufenthalt auf dem Lande ein wenig Großstadtluft schnuppern wollen.

Im September 44 riecht die Luft in München nach Brandschutt. Sie riecht nach nassem Kalk, nach schwelenden Balken, nach dem, was aus den Kellern stinkt, wenn sie mit Grundwasser vollgelaufen sind. Sie riecht nach Tod.

Die Fahrt zur Wasserburger Straße ist ein Hindernis-Parcours. Ganze Straßenzüge sind gesperrt, unpassierbar, mit Bergen von Schutt verstopft, Blech, Glas, zerbrochenen Ziegeln, verbogenen Metallträgern. Die Häuser, die noch stehen, sehen unbewohnt aus, die meisten Fenster mit Brettern vernagelt, auch die Schaufenster. Es gibt keine Geschäfte mehr. Nur noch die alten Namen aus einer anderen Zeit, Damen-Oberbekleidung, Delikatessen, Orient-Teppiche. Sie stehen wie die Inschriften auf einem geschändeten Friedhof da. Die Stadt ist grau. Das Endprodukt jeder Zerstörung ist der Staub, der sich auf alles legt.

Grau sind auch die Menschen, die man vereinzelt sieht. Sie bewegen sich wie Flüchtende. Ein Geschlecht, das aus den Kellern kommt, für kurze Zeit sich ans Licht wagt, um eiligen Verrichtungen nachzugehen, den Blick zu Boden gesenkt, hastig, und wieder in den Kellern verschwindet. Sie tragen rasch etwas mit sich, eine Habseligkeit, die sie irgendwo bergen wollen. Etwas aus dem Schutt Gezogenes, etwas um einen Preis, der unnennbar ist, Erworbenes. So bewegen sich Diebe. Aber das sind sie nicht. Sie haben aufgehört, als die zu erscheinen, die sie sind. Es ist ihnen gleichgültig.

Kinderwagen werden nur im Laufschritt geschoben. Ihre Räder eiern. Die kleinen Körper darin werden durchgeschüttelt. Aber nicht in jedem Kinderwagen liegt ein Kind.

Es können auch Kohlköpfe sein, alte Kleider, Kochgeschirr. Glücklich, wer einen Kohlkopf zu fahren hat. Das zerstörte München ist eine Kinderwagenstadt. Sie sind Beförderungsmittel Nummer eins. Es sind die niedrig gelegten, weißen, korbgeflochtenen, mit massiven Rädern und Hartgummiprofil. Wenn sie zuschanden gefahren sind, reißt man den Inhalt heraus, Kind oder Habseligkeit, und lässt sie einfach stehen. Irgendjemand schmeißt sie dann zu dem anderen Schutt, zu zerbrochenen Standuhren, zerborstenen Klosettschüsseln, Badewannenarmaturen.

Das Schicksal der Bäume. Da und dort steht einer entlaubt, zerborsten, geschändet, tot. Sie teilen es mit uns. Die Ungeheuerlichkeit ist mir sofort bewusst. Das Einzige, was ich auf meiner Fahrt durch München begreife, ist die Ungeheuerlichkeit, die im Mitsterben der Bäume liegt. Vögel sitzen auf den versengten Ästen wie Boten aus einer anderen Welt. Es ist ein Bild aus dem inneren Bilderbuch des Schreckens, schauerlich und klar, auch wenn es keine Raben, sondern Zugvögel sind, wie sie jedes Jahr um diese Zeit in München einfallen.

Die Durchfahrt durchs Siegestor ist versperrt von den umherliegenden herabgestürzten Mauerteilen. Einer der Bronzelöwen liegt auf dem Rücken. Wäre das Tier aus Fleisch und Blut, unsere Teilnahme könnte nicht größer sein.

Das Leid von Tieren und Bäumen wühlt uns noch auf. Als der Elefant Wastl im November 43 im Berliner Zoo nach einem Bombenangriff unter Trümmern verschüttet starb, weinte das ganze Land. Das Bild des sterbenden Kolosses, hilflos auf der Seite liegend, erdrückt unter mehreren Stahlträgern, im Tode wieder den ganzen tollpatschigen Liebreiz eines Säugetierbabys verkörpernd, ging durch alle Zeitungen, und wenn das Volk einmal geeint durch eine Empfindung war, so war es die der Empörung über Wastls Tod als Folge der alliierten Luftangriffe auf Berlin. Um keinen der

Gefallenen ist so getrauert worden. Kein Leiden der Verschütteten ging uns so nah. Würden wir einen Krieg gegen Zootiere zulassen? Bomben auf Hellabrunn? Niemals! In unseren Mitgeschöpfen begreifen wir plötzlich, was menschliches Leiden ist.

Evas Haus ist unzerstört. In der Wasserburger Straße ist alles noch, wie es war. Der Kühlschrank ist gefüllt. Auch hier sorgt die SS für uns. Kaum sind wir über die Schwelle, schließt sich der Kokon des Beschütztseins wieder um uns. Wir sind unverletzlich. Wir sind in der grauen Todeswelt, die uns umgibt, die farbige Ausnahme, in eine schillernde kleine Seifenblase gehüllt, lebhaft dahintreibend. Uns kann nichts passieren. Wir amüsieren uns.

Wir turnen mit dem Rhönrad im Garten herum. Eva ist eine große Meisterin des Rhönrads. Sie umrundet einmal das Rasenrondell mit dem Kirschbaum in der Mitte, während ich froh bin, wenn ich eine einzige Umdrehung schaffe. Unser munteres Schreien klingt weithin durch die Nachbarschaft.

Des Führers Liebchen ist wieder da.

Wir laden Evas Freunde ein. Die Mitzi kommt, der Mandi, die Kathi und der Schorsch. Sie kommen zum Mittag und bleiben bis in die Nacht. Ihre Gespräche kreisen um Kleider, um Leute, um Modezeitschriften. Am Nachmittag gibt es Pralinen und zum Abendbrot Bündner Fleisch, das wir im Kühlschrank gefunden haben. Dazu trinken wir Sekt, der immer kalt steht, wenn Eva kommt.

Hast nix?, haben sie gefragt, kaum dass sie zur Tür herein waren.

Klar, hat Eva gesagt, für euch hab ich immer was.

Die Mitzi beißt die Pralinen an, spickt hinein, und wenn sie ihr nicht zusagen, schmeißt sie sie zu den Kippen in den Aschenbecher. Ich kämpfe die ganze Zeit mit mir, ob ich was sagen soll.

Schließlich sage ich: Da ist Butter drin.

Eben, sagt die Mitzi. I mag koane Butter net.

1944 klingt das wie eine Gotteslästerung.

Nachmittags ist Fliegeralarm. Es ist schon der zweite Alarm an diesem Tag.

Wir müssen runtergehen, sage ich.

Geh, sagt die Mitzi, bist an Angsthas, da passiert scho nix.

Mir bleibn heroben, sagt der Schorsch, da is's gemütlich.

Sie singen. Es ist ein Trinklied, das davon geht, dass die Gemütlichkeit in München nicht ausstirbt, solange der Alte Peter noch steht ...

Aber der Alte Peter steht gar nicht mehr, glaube ich.

Ich versuche, Eva mit Blicken zu beschwören. Aber sie reagiert nicht. Ihr Leichtsinn beleidigt mich. Ich habe das Gefühl, dass ich bei ihr abgemeldet bin, wenn sie mit ihren Freunden zusammen ist. Ich fühle mich ausgeschlossen. Ich weiß nicht, worüber sie lachen. Sie lachen fast immerzu. Ich merke, wie mein Gesicht sich zu einer Grimasse des Mitlachens verkrampft. Das Lachen der Frauen zeugt von ihrer sexuellen Bereitschaft, ich spüre das, ohne dass ich mir genau Rechenschaft davon ablege. Es ist ein entfesseltes, schrilles Koloraturlachen, das in seinen Spitzen ihre Orgasmusfähigkeit beweisen soll. Ich habe es seitdem bei vielen Frauen gehört, vor allem bei mittelalten. Im Alter über sechzig spätestens verliert es sich. Noch heute macht es mich wütend, es zu hören. Es macht mich wütend, weil ich mich mit blossgestellt fühle.

Damals passe ich mit dem Ingrimm der Ausgeschlossenen auf, ob ich Eva dabei erwische, wie sie in dieses Gelächter mit einstimmt. Mein Gesichtsausdruck soll machen, dass es ihr im Hals steckenbleibt.

Ich erwische sie nicht dabei. Trotzdem nimmt meine Angst vor Fliegerangriffen die Form tiefen Beleidigtseins und des Gefühls an, ausgeschlossen zu sein.

Ich gehe jetzt runter, sage ich.

Ich bin wie gelähmt vor lauter Beleidigtsein und bewege

mich mit steifen, staksigen Schritten auf den Kellereingang zu.

Gehst halt, sagt Eva. Kommst wieder, wenn Entwarnung ist.

Sie kann mich mal.

Während ich in Evas Bunker sitze, dem teuren, eigens für sie angefertigten Luxusluftschutzkeller, denke ich an Hitler. Wenn er wüsste, denke ich. Uns beide beleidigt sie, Hitler und mich. Hitler und ich sind beide nicht einverstanden mit dem Umgang, den sie in München pflegt. Aber ich begreife, dass Hitler zur Zeit andere Sorgen hat. Ich muss es allein durchstehen.

Wie zum Hohn für mich kommt bald darauf die Entwarnung.

Sieh an, sagt der Schorsch. Unser kleines Küken ist wieder da.

Auf dreißig, vierzig Luftwarnungen und Alarme kommt ein richtiger Angriff. Ich bin ein Küken, dass ich das nicht weiß. Eine Provinzlerin. Ich mit meinem Hochdeutsch. Ich Preußin. Ich lästiges Anhängsel.

Prost, sagt der Schorsch zu mir. Trink halt mal was, Mädel.

Von Schorsch weiß ich, dass er eine kriegswichtige Beschäftigung ausübt und deshalb sowohl vom Wehrdienst als auch vom Volkssturm freigestellt ist. Später erfahre ich, dass er in der Spirituosenbranche tätig ist. Der Beruf harmoniert mit seinen natürlichen Neigungen. Ich überlege, ob es meine vaterländische Pflicht ist, Hitler zu informieren.

Ich werfe Eva einen warnenden unbeachteten Blick zu und gehe ins Bett.

Bevor wir am nächsten Morgen wieder zum Berghof fahren, besuchen wir Evas Eltern. Ich bin überrascht zu erleben, wie herzlich Onkel Fritz uns begrüßt. Kein böses Schweigen mehr, kein vorwurfsvolles Verschwinden, wie ich befürchtet habe.

In Wahrheit hat er Hitler schon lange verziehen, dass er seine Tochter liebt. Tante Fanny scheint sogar an der Sonne der Macht, ihren wärmenden Strahlen, selber etwas aufgeblüht. Sie sieht deutlich jünger aus als vor sechs Jahren. Etwas Kokettes, Spitzbübisches ist um sie. Etwas um jeden Preis zum Glücklichsein Entschlossenes. Es hält den in immer kürzeren Abständen stattfindenden Bombenangriffen auf München stand.

Dann und wann geschieht es, dass der Liebeserfolg von Töchtern derartig auf die Mütter abstrahlt, dass sie sich mit ihrem eigenen bescheidenen Los aussöhnen und sich ungefragt zur sozialen Höhe der Töchter mit aufschwingen. Tante Fanny wäre nicht Tante Fanny gewesen, wenn es ihr nicht gelungen wäre, am Ende auch Onkel Fritz davon zu überzeugen, dass Widerstand gegen das Glück, zumal wenn es einen so hartnäckig verfolgt, zwecklos ist. Einen Ehemann anbringen kann jede Tochter. Aber einen Hitler. Das ist etwas anderes. Seit Onkel Fritz sich schließlich bereit gezeigt hatte, dann und wann am Obersalzberg zu Gast zu sein, hatte ihn Tante Fanny wieder mit sich selbst belohnt, einer von der sozialen und geographischen Höhenluft sichtlich verjüngten und verschlankten Tante Fanny, die einen zweiten Frühling erlebte.

Es war ein Werk der Verführung, das sie an ihrem Ehemann vollbrachte, der seiner Gästezimmerabstinenz wohl auch irgendwann überdrüssig war und dem vielstimmigen Sirenengesang der Frauen in seiner Familie nicht länger widerstehen mochte. Halb sank er hin, halb zog Tante Fanny ihn, und am Ende schlief er wieder bei ihr im Ehebett und trat in die Partei ein, was mit einer ehrenvoll niedrigen Mitgliedernummer belohnt wurde, einer, die ihn den altgedienten frühen Parteigenossen im Rang an die Seite stellte. Und wenn Fritz Braun sich nicht mit aller Kraft darauf besann, wer er gewesen war, glaubte er manchmal tatsächlich, dass er schon immer dazugehört habe, und seit der leichten Verletzung, die er bei dem Attentat Georg Elsers im Bürgerbräukeller im November neununddreißig davongetragen hatte, zählte er sich zu den Märtyrern der Bewegung. Mit anderen Worten: Er gab sich auf. Er alterte. Niemand nahm ihn sehr ernst.

Anders Tante Fanny. Noch im Herbst 44 war sie groß in Form. Das Schiff ihres Lebens hatte Rückenwind. Längst war sie darüber hinaus, von einer Hochzeit ihrer Tochter Eva mit dem Diktator zu träumen. Sie mochte es, wie es war. Ja, das Frivole der Situation gefiel ihr. Es färbte auf sie selber ab. Sie flirtete. In Gegenwart ihrer Töchter führte sie das Gespräch mit den anwesenden Männern. Ihre Bemerkungen waren treffsicher und von manchmal kühner Respektlosigkeit. Keine ihrer Töchter hatte ihren Mutterwitz geerbt. Am meisten noch Ilse, die Klügste von den dreien. Ihre Klugheit gebot ihr jedoch, sich früh aus dem Nest zu stehlen, und sie hielt sich auch jetzt davon fern. Von ihren jüngeren Töchtern hatte Fanny Braun keine Konkurrenz für sich zu erwarten. Sie erwartete auch sonst nicht viel von ihnen. Sie lachte etwas zu laut.

Der größte Tag ihres Lebens war die Hochzeit ihrer jüngsten Tochter mit Fegelein. Im Grunde war sie die Braut. Sie war es, die mit unnachahmlich sicherer Geste die Glückwünsche der Mächtigen entgegennahm, die schließlich so viel galten wie ein Glücksversprechen, eine Art Legat, das man sich, wenn die Zeit da ist, auszahlen lässt.

Aber es war nicht eigentlich der materielle Vorteil, den meine Tante Fanny Braun sich auf Grund der Verbindungen ihrer Töchter versprach, es war vor allem der Umstand, dass es ihr, spät, aber doch, vergönnt war, ihr Talent zu großen Auftritten zur Geltung zu bringen. Spürte sie nicht, dass der Boden unter ihren Füßen heiß zu werden begann?

Eva beschwor ihre Eltern, zu uns zum Obersalzberg zu kommen, wo sie vor den Bomben sicher sein würden, und ein paar Tage später trafen sie ein.

Mein Gott, sagte Tante Fanny, wie schön ihr Mädels es hier oben habt.

Aber ich merkte schon bald, dass wir sie langweilten. Sie trauerte den Zeiten nach, als hier noch Hof gehalten worden war. Staatsbesuche. Empfänge. Der ganze Zirkus, sagte sie träumerisch. Dabei war ich ziemlich sicher, dass Eva sie selten einlud, wenn Hitler anwesend war. Frauen wie Eva sind, wenn sie lieben, rücksichtsvoll. Sie sind es in einem Maß, das an Selbstverleugnung grenzt. Sie hätte nichts getan, was ihren Freund im Geringsten gestört, was eine Zumutung für ihn bedeutet hätte. Wenn nötig, war sie sogar bereit, ihm die Zumutung, die sie selber war, zu ersparen.

Auch diesmal blieben ihre Eltern nicht lange bei uns. Sie zogen es nach ein paar Tagen vor, nach Schloss Fischhorn zu ihrer jüngeren Tochter weiterzufahren. Ich stellte mir Tante Fanny vor, wie sie Reitstunden nahm und mit den jungen SS-Männern flirtete. Ich traute es ihr zu. Fegeleins würden ihre Meinung über die Frauen der Familie Braun revidieren müssen.

Mit der Zeit pflegten sie eine Art Pendelverkehr zwischen Schloss Fischhorn und dem Obersalzberg. Wenn sie zu uns zurückkehrten, erging Tante Fanny sich in seltsamen Anspielungen über mich. Ich hatte, so sagte sie, Eindruck hinterlassen. Ich war unvergessen in Fischhorn.

Ich fragte nichts Näheres.

Ich liebte sie immer noch. Immer noch wünschte ich mir, dass meine Mutter wäre wie sie. Aber sie enttäuschte mich. Ihr unbeugsamer Wille, sich zu amüsieren, ihre agile Munterkeit faszinierten und stießen mich gleichzeitig ab. Staunend erkannte ich darin die Ähnlichkeit von Mutter und Tochter. Dieselbe Entschlossenheit, dem Unglück mit der Behauptung entgegenzutreten, dass man nie glücklicher gewesen sei als jetzt. Dieselbe Kraft, die für den Beweis der Behauptung vergeudet wird. Ich habe es seitdem bei vielen Frauen beobachtet.

Dabei hätte damals doch ein Tagesausflug nach München ausreichen müssen, um die Munterkeit zu dämpfen, an der auch ich teilhatte. Sahen wir das Maß der Zerstörung nicht? Hatten wir keine Angst? Trauerten wir nicht um die Toten? Hatten wir kein Mitleid mit den Versehrten, den Verwundeten, Verschütteten? Mit den Hungernden? Fast alle außer uns gehörten dazu. Mit den in Lager Deportierten? Ihren Leiden, die für uns namenlos waren? Aber ist »namenlos« nicht gleichbedeutend mit dem Äußersten, das erlitten werden kann? Wir ahnten, dass es so war. Auch meine Cousine Eva und meine Tante Fanny ahnten es.

Doch nichts von alldem vermochte die Unternehmungslust meiner Tante und meiner Cousine zu bremsen. Nichts ihr Vergnügen an einer Bootsfahrt, einer Schneeballschlacht, einer Bergpartie zu dämpfen. Nichts den kindlichen Eifer, mit dem sie sich einem Mühle-Spiel widmeten oder einen Rock absteckten, den Eva gerne geändert haben wollte. Tante Fanny konnte zaubern mit Nadel und Faden. Sie war Schneidermeisterin.

All ihre Leidenschaft, alles, was in ihnen an Schöpferischem schlummerte, floss in diese nichtigen Vorhaben. Aller Ernst, dessen sie fähig waren, wurde dem Spaß gewidmet. Es blieb nichts übrig für anderes. Sie achteten streng darauf. In ihrer Oberflächlichkeit, dem sträflichen Mangel an Wahrhaftigkeit und Verantwortung lag ein Kern von Heldenhaftigkeit. Darf ich es Tapferkeit nennen? Die Tapferkeit, mit der ein Kind nicht in Tränen ausbricht, obwohl es Grund genug hätte?

Es gibt nichts Gutes im Falschen. Also nicht Tapferkeit. Nur vielleicht hinsichtlich der Kraft, die es sie kostete, nie anders als gut gelaunt zu sein. Witzig. Munter. Voller Scherze und Unternehmungsgeist. Wir lachten den ganzen Tag. Es war grauenvoll.

Das Haus, in dem das Böse geschieht, liegt mit dem Rücken im Wald. Es ist nicht einsam und doch ein Stück weit entfernt von anderen Behausungen. Man sieht ihm an, dass es leer steht. Die Sommergäste, die es einst beherbergt hat, sind längst abgereist. Es hat etwas Verwahrlostes. Die Terrasse und die Stufen, die zu ihr hinaufführen, sind von Herbstlaub bedeckt. Das Haus ist kalt. Sein Wesen ist Unbeheizbarkeit. Dunkelheit wohnt darin, auch bei Tag. Manchmal knarrt leise die Treppe. Das Entsetzen lauert hinter Vorhängen, angelehnten Türen, in den Winkeln zwischen Schrank und Wand. Das Haus hat einen Keller, an den zu denken man sich nicht erlauben darf. Trotzdem ist er da. Vielleicht birgt er gar kein Geheimnis. Doch um zu wissen, dass es so ist, müsste man erst hinab.

Manchmal, im lächelnden Süden, unweit eines Dorfes mit Weinreben, Hundegebell, Geranientöpfen, Gelächter, sieht man solch ein Haus. Sie bieten es den Touristen als Ferienhaus an. Ich erkenne es sofort. Ich weiß, wie es darin aussieht. Warum fürchte ich mich so davor? Warum kann ich mir nichts Schlimmeres vorstellen, als allein darin zu sein? Es ist, als hätte dort jemand ein Stelldichein mit mir, jemand, an den ich mich nicht mehr erinnern kann, nicht mehr erinnern will, der sich jedoch an mich erinnert und die ganze Zeit weiß, dass ich früher oder später kommen werde. Er wartet dort auf mich. Er hat Zeit. Er ist geduldig. Das Böse hat immer Zeit.

Dies ist die andere, die bedrohliche Seite des Hauses am Mooslahner Kopf. Wie jedes Haus hat es ein Tag- und ein Nachtgesicht, beherbergt seine Gespenster, seine eigene Finsternis. Es ist ein Sterbensort.

Hast du denn keine Angst, ganz allein dort zu schlafen?, fragt Eva mich.

Sofort nach unserer ersten Rückkehr von München habe ich ihr meinen Entschluss mitgeteilt, von jetzt an im Teehaus zu wohnen.

Angst? Nein. Wovor?

Gibt es sieben Quadratkilometer irgendwo auf der Welt, die besser bewacht sind als diese? (Natürlich habe ich Angst.)

Dass jemand merkt, welche Sender du heimlich hörst, sagt Eva lachend.

Sie weiß natürlich, dass ich Feindsender hören will. Ich will wissen, was geschieht. Seit ich in München gewesen bin, kommt es mir vor, als hätte ich all die Wochen, seit ich auf dem Berg bin, nur geträumt. Wie konnte ich so lange ohne Nachrichten sein? Wenn ich ehrlich bin, muss ich mir eingestehen, dass ich noch nie eine Zeitungsleserin, eine Rundfunkhörerin gewesen bin. Meine politische Information ist bisher, solange ich in Jena war, die Sache meines Vaters gewesen. Durch ihn habe ich erfahren, was geschah. Durch ihn habe ich gehört, wie darüber zu denken war. Ich bin noch nicht entwöhnt, noch nicht fähig, in dieser Hinsicht für mich selbst zu sorgen. Ich muss das lernen, und jetzt ist die Zeit dafür. Mein Entschluss, im Teehaus zu wohnen, ist ein erster Schritt dazu. Ich tue ihn mit einer gewissen Selbstüberschätzung wie jeden ersten Schritt. Ab jetzt will ich Bescheid wissen.

Ich will erfahren, was unsere Feinde mit uns vorhaben. Dem Feind entgegensehen. Besser, als ihn im Rücken zu haben. Es ist mehr ein Instinkt als eine Einsicht. Im Grunde weiß ich, dass Eva einverstanden ist. Ich bin ihre kleine Vorhut, ihre Spionin. Sie selber kann es nicht tun.

Was sie interessiert, wie ich später begreife, ist nicht, wie man sich retten kann, sondern wie man es macht, dass man dabei ist, wenn das Ende kommt. Auch sie will jetzt nicht mehr getäuscht werden. Von mir will sie erfahren, wie weit wir schon sind, wie fortgeschritten im Sterben, im Vernichtet- und Ausgelöschtwerden. Sie stellt ab jetzt ihre Lebensuhr nach den Nachrichten, die sie von mir in den nächsten Wochen erhalten wird:

Rumänien, ehemals verbündet, hat Deutschland den Krieg erklärt und in Moskau einen Waffenstillstand mit den Alliierten geschlossen.

Bulgarien wechselt die Front.

Aufstand gegen die deutschen Truppen in der Slowakei.

Rückzug aus Griechenland.

Aus Albanien. Makedonien. Serbien. Die Rote Armee nimmt Belgrad ein.

Finnland schließt einen Waffenstillstand mit den Russen und Großbritannien.

Die Ostfront rückt näher.

Das letzte deutsche Schlachtschiff, die »Tirpitz«, versinkt im Tromsö-Fjord.

Und meine Cousine Eva steuert ihr Brautbett an. Solange der Kriegsverlauf ein sieghafter war, ging er sie nichts an. Das zählte zu den rätselhaften, wilden Spielen, die Männer fern von zu Hause irgendwo festhalten. Aber ab jetzt muss sie wachsam sein. Jetzt muss sie selber sich rüsten, um im richtigen Moment bereit zu sein. Es ist eine Art Mobilmachungszustand, in den meine Cousine Eva sich versetzt, als sie merkt, dass Deutschland den Krieg verliert. Und ich bin ihre Kundschafterin.

Daher weiß ich, dass sie nichts dagegen hat, wenn ich ins Teehaus umziehe. Vielleicht glaubt sie sogar, dass ich es für sie tue. Von ihr habe ich nichts zu befürchten, wenn ich BBC höre. Im Gegenteil. Wenn wir uns treffen, fragt sie mich aus. Sie will alles genau wissen.

Nimm dich in Acht vor den Wachen, sagt sie. Sie patrouillieren auch bei Nacht ums Haus herum.

Klar, sage ich.

Ich ziehe eine Decke über mich und das Radio. Wir sind wie in einem Zelt, das Radio und ich. Wir flüstern. Wir konspirieren. Der Suchknopf, den ich bewege, fordert Fingerspitzengefühl von mir. Die Stimmen unserer Feinde sind nur mit äußerster Sorgfalt herauszuhören. Eine minimale

Drehung, und ich habe nichts als ein kleines Knacken von ihnen. Hier in den Bergen ist es ohnehin nicht so einfach, sie zu empfangen. Außerdem werden sie von unseren eigenen Sendern gestört, verzerrt, überlagert. Oft höre ich nichts als das Rauschen, das alle Frequenzen enthält, die für das menschliche Ohr hörbar sind. Die Nachricht, auf die ich aus bin, verbirgt sich darin. Ich weiß das. Ich belausche es. Ich ahne, dass ich die Musik der Zeit darin höre. Das weiße Rauschen ist die Gegenwart. Es enthält sie ganz und gar. Die Detonationen, die Schreie, die Befehle, das Prasseln der Feuer, die Sirenen, das Pfeifen kurz vor dem Einschlag, die Flüche, das Stöhnen, das Motorengeheul der Lancasterbomber, Psalmen, Gebete, Lügen, barmherzige und unbarmherzige, geflüsterte Abschiedsworte, Marschlieder, der Ruf »Sieg heil! Sieg heil!«, zu dem sie geronnen sind, die vor Wut fistelnde Stimme eines Gerichtspräsidenten, die wie ein Peitschenschlag durch den Volksgerichtshof fegt: »Schämen Sie sich nicht!?«

All das verbirgt sich in dem beharrlichen Rauschen, das ich die meiste Zeit hören kann. Doch dann und wann, immer plötzlich, gelingt es mir einzelne Stimmen herauszuhören:

Der Vorhang ist aufgegangen über dem letzten Akt der deutschen Tragödie, sagt Hugh Carleton Greene, der Leiter des deutschsprachigen Dienstes der BBC.

Er spricht über den Volkssturm, unser letztes Aufgebot.

Deutsche Knaben und alte Männer, fährt er fort, sollen sich Armeen entgegenstellen, die mit modernsten und schärfsten Waffen ausgerüstet sind. Die Tatsache, dass alle zwischen sechzehn und sechzig einberufen und in den Kampf geworfen werden sollen, sagt er, beweist, dass Hitler und Himmler das ganze deutsche Volk mitreißen wollen in einen selbstmörderischen Untergang.

Aber, sagt Hugh Carleton Greene in seinem korrekten britischen Germanistendeutsch, Hitler und Himmler haben den Deutschen damit einen Ausweg geschaffen: Wer eine Waffe trägt, sagt er, ist nicht mehr wehrlos. Für ihn gilt keine Ausrede mehr. Wer eine Waffe trägt, kann sie gegen die wahren Feinde im Innern richten.

Die wahren Feinde im Innern – da spricht er von mir. Im Geiste sehe ich ein Heer von Kindern und Greisen den Obersalzberg stürmen. Einen ungeordneten Haufen Wahnsinniger, die zuviel BBC gehört haben. Sie kommen nicht mal bis zur untersten Wachstation. Sie fallen im Maschinengewehrfeuer unserer Bewacher. Sie fallen, wie ich es in Filmen vom Ersten Weltkrieg gesehen habe, ruckartig, zappelnd, buchstäblich hingemäht. Ich hoffe für sie, dass sie den Einflüsterungen von Hugh Carleton Greene widerstehen. Sie wissen, hoffe ich, wie gut wir hier, die »im Innern«, bewacht und verschanzt sind.

Ich denke an Hugh Carleton Greene in seinem Londoner Studio. Er soll auf sich aufpassen. Seit dem 8. September beschießen wir London mit V2-Raketen, gegen die es keine Abwehrmöglichkeit gibt. Ich habe Angst um Hugh Carleton Greene, Lindley Fraser und die anderen bei BBC, weil ich sie brauche. Ich wünschte mir, ich könnte mit ihnen reden. Ich hätte so viele Fragen an sie. Ich fühle mich so allein in Hitlers Teehaus. Was wird mit mir geschehen, wenn wir den Krieg verlieren? Wer werde ich dann sein? Wenn es geht, wäre ich gerne Dienstmädchen bei Hugh Carleton Greene. Es würde mir nichts ausmachen. Aber vielleicht wird es schlimmer, viel schlimmer kommen. Ich kann mir einfach nicht ausmalen, was geschehen wird, wenn wir den Krieg verlieren. Ich höre, wie mein Vater sagt: Diesmal geht nichts weiter.

Aber das ist doch nicht möglich. Ich glaube nicht, dass Hugh Carleton Greene dafür ist, dass ich erschossen werden soll. Ich glaube es einfach nicht. Seine Stimme klingt sympathisch. Ich würde mich bestimmt gut mit ihm verstehen.

Sehr geehrter Mr. Greene, erlauben Sie mir eine Frage …

Ich stelle ihn mir als einen Mann um die Fünfzig vor, etwas jünger, als mein Vater ist, aber alt genug, um mein Vater sein zu können. Er wäre streng mit mir.

Haben Sie eine Waffe?, würde er sofort zurückfragen.

Nein, natürlich nicht.

Tun Sie trotzdem etwas.

Aber was, Mr. Greene? Was kann ich tun?

Öffnen Sie die Augen.

Das versuche ich ja.

Was, wenn er wüsste, dass ich mit Eva zusammen bin?

Wie bitte?, sagt Hugh Carleton Greene, Eva Braun? Hitlers Geliebte? Die Frau, mit der er abends telefoniert? Und da fragen Sie mich, was Sie tun können?

Ich fürchte, Hugh Carleton Greene stellt sich das zu einfach vor, wenn er glaubt, dass Eva sich dem selbstmörderischen Untergang, von dem er gesprochen hat, entgegenwerfen würde. Eva wirft sich hinein. Das ist es, was sie tun wird.

Ich frage sie beim Abendessen: Was wirst du tun, wenn die Alliierten hierher kommen?

Hierher?, sagt sie. Du meinst, hier auf den Berg?

Ja.

Das amüsiert sie.

Hierher kommen sie nicht.

Und wenn doch?

Was ich tun werde? Nichts. Aber pass auf, dass niemand deine defätistischen Reden hört.

Eva lacht und sieht sich nach der offenen Tür des Speisezimmers um.

Im Ernst, sage ich. Glaubst du nicht, dass wir den Krieg verlieren?

Doch, sagt Eva. Glaube ich.

Und du?, sage ich. Wo bleibst du dann?

Ich bleibe bei ihm, sagt Eva. Auf jeden Fall.

Sie schickt dem Satz einen kleinen Lacher nach, wie man es macht, wenn man sagen will: Ich habe das zwar ernst gemeint, aber wenn ihr es als Witz auffassen wollt – bitte sehr.

Ich teile ihr mit, dass Aachen gefallen ist. Die Amis stehen vor Düren.

Eva seufzt.

Weißt du, was Hugh Carleton Greene gesagt hat? Die Stadt Aachen existiert nicht mehr. Und dass es mit anderen deutschen Städten auch so gehen wird. Er sagt, man hätte die Stadt lieber gleich übergeben sollen, als solche Verluste in einem Kampf, der sowieso aussichtslos ist, zu riskieren. Ein Befehl, der zur Zerstörung der deutschen Heimat führt, hat Hugh Carleton Greene gesagt, ist ein landesverräterischer Befehl.

Jetzt reicht's aber, Kleines, sagt Eva. Ich glaube, du hast vergessen, wo du hier bist.

Aber sie sagt es im Tonfall des heiteren Geplänkels, das zwischen uns üblich ist.

Jetzt!, sagt Carleton Greene. Jetzt!, sagt er. Tu etwas!

Glaubst du, der Führer weiß von alledem?, sage ich scheinheilig zu Eva.

Alles weiß der, sagt Eva. Da würd'st du dich wundern, was der alles weiß.

Sonst würdest du es ihm sagen, gell?, sage ich zu Eva und nicke dazu, als wenn das ganz außer Zweifel steht.

Einen Moment lang glaube ich, es ist mir gelungen, eine Verbindung zwischen Hugh Carleton Greene und Adolf Hitler herzustellen, eine Art Konferenzschaltung, über die sie miteinander ins Gespräch kommen, so dass vielleicht Mr. Greene eine Chance hat, Herrn Hitler zu überzeugen.

Du spinnst, sagt Eva, plötzlich ernst. Du glaubst doch nicht, dass ich ihm ins Politische reinrede? Du bist vielleicht naiv.

(Sehen Sie, Herr Speer, wenn ich nun noch eine Frau hätte, die mir in meine Arbeit hereinredet! In meiner freien Zeit will ich meine Ruh' haben ...)

Das war's dann, Mr. Greene.

Um diese Zeit lag der Berg in schweren Herbstnebeln. Es war die Jahreszeit, in der man ans Überwintern denkt. Der Herbst verführt zum Bleiben. Wenigstens bis Frühling ist.

In Jena hatte das Wintersemester begonnen. Ich war immer noch entschlossen, bald zurückzukehren. Doch jedes Mal, wenn ich zu Eva davon sprach, beschwor sie mich zu bleiben, als hinge davon Gott weiß was für sie ab. Ihre Angst, allein zu sein, ohne den Vorwand zu Zerstreuungen, den ich ihr bot, muss grenzenlos gewesen sein. Und etwas davon hatte auch mich erfasst. Unser Leben zweier Prinzessinnen, diese seltsame Mischung aus Stumpfsinn und Amüsement, dazu der Luxus, der uns umgab, all das hatte etwas Verführerisches für mich, etwas, das mich lähmte und in den Sog täglicher Wiederholung des immer Gleichen zog, so wie vor Jahren die Nachmittage beim Kartenspiel in Evas Münchner Haus. Man kann nicht damit aufhören.

Manchmal telefonierte ich mit meiner Mutter. Mein Vater legte den Hörer jedes Mal wortlos auf, und mit meiner Mutter konnte ich nur sprechen, wenn er nicht zu Hause war. Sonst beschränkte sie sich auf kurze Antworten.

Uns geht's gut.

Ist halt Krieg.

Sie traute sich nicht zu fragen, wie es mir ging, wenn er in der Nähe war.

Wenn sie allein war, beschwor sie mich heimzukommen.

Bring die Eva mit, sagte sie. Da, wo ihr seid, könnt ihr Mädchen doch nicht bleiben, wenn der Krieg zu Ende geht!

Ich bat sie, mir warme Winterkleidung zu schicken. Sie versprach es mir. Aber ich wartete vergeblich auf das Paket. Mein Vater musste es ihr verboten haben, und sie war keine Heldin im Heimlichtun vor ihm.

Die soll nach Hause kommen, wenn sie friert, hörte ich ihn sagen. Ich wusste, dass es ihm das Herz brach, zu wissen, wo ich war.

Schließlich lieh Eva mir alles, was ich brauchte, aus ihrem Kleiderschrank. Es war genug, und niemals in meinem Leben war ich so chic wie im letzten Kriegswinter.

Seit ich am Mooslahner Kopf eingezogen war, verbrachte ich die Vormittagsstunden mit dem Studium der Physiklehrwerke, die ich mitgebracht hatte. Die Badesaison war vorbei. Eva respektierte es, dass ich mich nach dem Frühstück wieder ins Teehaus zurückzog. Sie fragte nie, was ich tat. Aber sie stellte mich von der Aufgabe, ihr Gesellschaft zu leisten, frei. Ich wusste nicht, was sie selber während dieser Stunden tat. Zum Mittagessen trafen wir dann wieder im Berghof zusammen, um den Rest des Tages gemeinsam zu verbringen.

Ich hatte mir in dem runden Turmzimmer mit Blick ins Tal meinen Arbeitsplatz eingerichtet, und mein Leben lang habe ich nie wieder ein so schönes Arbeitszimmer gehabt. Aus den Lärchen vor meinen Fenstern tropfte der Nebel herab. Im Grau leuchtete das Gelb ihrer Nadeln, und kurz bevor sich der Nebel ganz auflöste, trat hinter Schleiern der Watzmann vor meinen Blick, während sich mit majestätischer Klarheit der Lösungsweg für eine der Aufgaben in meinem Lehrbuch zu erkennen gab und ich mit einem nachprüfbar richtigen Ergebnis belohnt wurde.

Ich liebte diese Stunden, die ich ganz für mich hatte. Das unzerstörbare Glück, das sie mir ermöglichten, ein Glück, über jedes Zwielicht, jede Unsicherheit, jeden Zweifel erhaben. Ich war sicher, dass ich es in den Wissenschaften weit bringen würde. Ich sah vor mir eine Zukunft als Forscherin. Versuche, Laboratorien, wissenschaftliche Tagungen, bei denen ich durch den Vortrag meiner Ergebnisse Erstaunen hervorriefe … Ich ahnte nicht, dass diese einsamen stolzen Stunden in Hitlers Teesalon meine letzten Ausflüge in die reine klare Welt der Naturwissenschaft darstellten, meine letzte Erfahrung eines Glücks, das mit nichts als einer schönen Anstrengung meines Geistes erkauft wurde.

Ich bedauerte Eva, dass ihr solches Glück zu erleben nicht möglich war. Immer wieder machte ich den Versuch, sie daran teilhaben zu lassen, indem ich gleichzeitig meine pädagogischen Fähigkeiten schulte, wenn ich ihr Interesse auf die Wunder der Polarisation des Lichts lenkte oder ihr erklärte, wie die Elektrophorese funktioniert – o nur ganz grundsätzlich, ganz metaphorisch-allgemein.

Sie erinnerte mich ein wenig an meine Mutter in ihrer Art, auf meine Versuche zu reagieren, sie mit missionarischem Eifer an die Wunder der Welt und des Lebens heranzuführen und ihr wenigstens so etwas wie Erstaunen über die wissenschaftliche Betrachtungsweise derselben zu entlocken.

Das freut mich für dich, Kind, pflegte meine Mutter zu sagen, dass du soviel Spaß daran hast.

Es war hoffnungslos.

Ähnlich reagierte Eva, vielleicht nicht ganz so mütterlich-betulich, aber mindestens genauso freundlich-indifferent. Dass ich studierte, hielt sie für »ausgesprochen vernünftig«, weil sich an ihr bewies, wie schwierig es sein konnte, sich zu verheiraten. Aber sie verstand nicht, dass das Fach, das ich gewählt hatte, mich wirklich interessierte, und als ich einmal über das Glück meiner Vormittagsstunden sprach, als ich versuchte zu erklären, was ich dabei empfand, Stolz, Unabhängigkeit, das Gefühl einer gewissen Unverletzlichkeit, als sei ich dadurch gefeit gegen jede Erniedrigung, als sei meine Beschäftigung mit Physik eine Art Drachenblut, in dem ich, so oft ich wollte, ein Bad nehmen konnte – da sah Eva mich an, als hätte ich den Verstand verloren. Sie begriff nicht das Geringste von dem, was ich ihr zu sagen versuchte.

Der Einzige, der mich verstand, war Albert Speer.

Er tauchte eines Tages bei uns auf, betrat die Halle im Berghof, wo ich mit Eva vor dem Nibelungenkamin saß – es war ein regnerischer Herbstnachmittag, und wir hatten ein

Feuer machen lassen –, er küsste Eva die Hand, machte ihr Komplimente, fragte, ob er etwas für sie tun könne, sie wisse, sagte er, wenn es etwas gebe, was er für sie tun könne, so dürfe sie es nur sagen, dann trat er zu mir und küsste auch mir die Hand. Ich glaube, er war der erste Mann, der mir je die Hand geküsst hat.

Was lesen Sie denn da?, fragte er, und ich sah, dass es sich um nichts weiter als Höflichkeit handelte. Den geistigen Aktivitäten von Frauen maß er unübersehbar keine Bedeutung bei. Dann fiel sein Blick auf: Werner Heisenberg, »Die Physikalischen Prinzipien der Quantentheorie«. Er sah mich verblüfft an und entschloss sich aus einer Art Verlegenheit, seine Überraschung an Eva zu adressieren, irgendetwas von der Art: Sieh an, Ihre Cousine ... Dann erst wandte er sich zu mir, fragte mich aus, woran ich arbeitete, wollte wissen, bei wem ich in Jena Vorlesungen gehört hatte.

Konnte ich vielleicht mit ihm über Hugh Carleton Greene sprechen? Ich war mir sicher, er kannte ihn. Ich war mir sicher, er wusste genauer als Greene Bescheid. Er war der klügste Mann, den ich seit langer Zeit getroffen hatte. Selbstsicher. Souverän. Eine Spur unruhig, zu eilig, zu abgelenkt, als habe da gerade jemand nach ihm gerufen und er sei schon auf dem Sprung. Wusste Hugh Carleton Greene, dass Hitler solche Männer um sich hatte?

Ich hoffte plötzlich, er habe irgendwelche Neuigkeiten für uns. Eine Botschaft, nur für uns bestimmt, die geheime Nachricht von der kurz bevorstehenden Wendung der Dinge zum Besseren. Irgendetwas wie: Meine Damen, sagen Sie's nicht weiter, aber bald ist der Krieg vorbei. Ich hätte es ihm geglaubt. Ihm zuallererst. Sein Lob, sein reges Interesse an meiner Arbeit hatten mich zur Selbstüberschätzung verführt. Sein Interesse war immer rege und immer schnell bei etwas anderem. Ich war ahnungslos.

Herr Speer, sagte ich, Eva und ich möchten gern die neuen Bunkeranlagen besichtigen.

Ihr Fräulein Cousine, sagte er und stand auf, weiß, an wen sie sich da wenden muss.

Er schien plötzlich verärgert.

Meine Zeit ist leider zu knapp bemessen, um Ihnen weiter zur Verfügung zu stehen.

Bist du verrückt?, fuhr mich Eva an, als er sich verabschiedet hatte. Spielst hier den Blaustrumpf. Speer hasst das. Alle Männer hassen das. »Physikalische Prinzipien«, sagte sie affektiert, und dieses Quantendings. Hast du nicht gesehen, wie er die Augen verdreht hat? Der denkt jetzt, so was liegt bei uns in der Familie. Und was soll das bedeuten: Herr Speer, wir möchten uns gern die neuen Bunkeranlagen ansehen? Hast du gedacht, dass er dich als Luftschutzexpertin betrachtet, wenn du das sagst?

Wusste sie überhaupt, was unter der Erde geschah? Wie ich hatte sie das Grollen des Berges gehört, hatte das Beben des Bodens unter uns gespürt. Wollte sie wirklich nicht wissen, was das bedeutete? Sah sie nicht wie ich die Lastwagen, die Tag und Nacht die Zubringerstraße zum Obersalzberg befuhren? Wusste sie wirklich nicht, wer in den Baracken, fünfhundert Meter Luftlinie von uns entfernt, auf dem Antenberg wohnte? Sah sie nicht manchmal von weitem die Züge der Männer, grau, im Gleichschritt, wie sie zur Arbeit geführt wurden oder zurück in die Baracken?

Von ferne. Wir sahen sie von ferne. Alles, was geschah, kriegte man da, wo wir waren – im Zentrum –, nur ganz von ferne mit.

Wenn du's genau wissen willst, sagte Eva, ich habe die Pläne gesehen, und das genügt mir. Schenk war da und hat gefragt, wie ich die Bäder gekachelt haben will und die Holzvertäfelungen in meinem Schlafzimmer, ob natur oder weiß. Ich hab ihm gesagt, mir sei das egal. Ich gehe sowieso niemals da hinab, habe ich ihm gesagt.

Schenk?

Das ist der Verwaltungsführer von Bormann. Wenn du

mich fragst, die ganze Idee mit den Bunkern ist ein Spleen von ihm. Du kennst Bormann nicht. Er ist ein Menschenschinder. Dem gefällt's, wenn andere sich für ihn zu Tode arbeiten. Wenn diese Katakomben, die er in den Berg schlagen lässt, endlich fertig sind, fällt ihm was Neues ein, um die Arbeiter zu quälen und die Ingenieure und Handwerker zu tyrannisieren. Weißt du, dass ihm fast der ganze Berg persönlich gehört? Nicht dem Führer. Ihm.

Einmal, sagte sie nachdenklich, vor dem Krieg, als alles noch anders war, stand da unten zum Tal hin das Freidinglehen, ein alter Hof, allerdings leer.

Wo waren die Bewohner?, unterbrach ich sie.

Keine Ahnung, sagte sie. Bewohner gab es hier oben keine mehr, als wir kamen. Das heißt, doch. Aber sie sind ... fortgezogen. Die Freidinglehenleute waren die letzten. Und das Haus lag direkt in unserem Blickfeld, wenn wir ins Tal sahen. Es störte uns, weißt du. Die Fenster waren kaputt. Irgendwie waren bei der Räumung, ich meine, beim Auszug der Bewohner, alle Fenster zu Bruch gegangen. Na ja, die Leute zogen halt nicht freiwillig aus, nicht so richtig freiwillig. Manche Familien hatten ja schon seit ein paar hundert Jahren hier oben gelebt. Also das Haus hat gestört. Fragt der Führer den Bormann, wie lange er braucht, um das Haus beseitigen zu lassen. Sagt der Bormann, drei Tage, mein Führer, genauer gesagt, drei Tage und drei Nächte. Gut, sagt der Führer. In drei Tagen kommt der Aga Khan. Und als der Aga Khan kam, wuchs grüner Rasen, wo das Haus gestanden hat. So ist der Bormann. Es gibt nichts, was der nicht kann. Der lässt an einem Tag den ganzen Berg abtragen, und am nächsten lässt er ihn wieder aufbauen, wenn er will. Ich mag den Bormann nicht. Hast du die Gerda schon gesehen?

Wen?

Gerda Bormann. Sie wohnt hier auf dem Berg. Ihr Garten reicht fast bis zum Teehaus hinunter.

Ich habe manchmal Kinderstimmen gehört, sagte ich.

Sie hat zehn, sagte Eva. Sie tut mir leid. Stell dir vor, du bist mit einem solchen Mann verheiratet. Das muss doch entsetzlich sein.

Und?, sagte ich. Ist sie unglücklich?

Kinderstimmen. Plötzlich fiel mir der Tag am Ende des Sommers ein, als ich das Schreien hörte. Es war kein Kinderschreien. Es war die schon gebrochene, brechende Stimme eines Jungen und die Stimme einer Frau, die »Martin! Martin!« rief. Ich trat vor das Teehaus. Ich hörte etwas wie Jagdlaute, das Geräusch, mit dem Äste gestreift werden, das Geräusch, mit dem sie brechen, die Tritte, das heftige Schnaufen, mit dem ein Stück Wild durchs Unterholz flüchtet. Dann war der Jäger über ihm. Ich hörte das schneidende Pfeifgeräusch einer Peitsche, den präzisen Laut, mit dem sie auf einen Körper trifft, das Aufheulen nach jedem Schlag. Und ich sah sie. Es geschah nicht weit von mir. Ich sah den Jungen, der sich an einen Stamm klammerte, ihn umarmte, ich sah den Mann, nicht größer als er, sein Züchtigungswerk tun. Ich sah, dass der Junge sich hätte zur Wehr setzen können, dass er längst stark genug war, seinem Vater die Peitsche zu entwinden. Ich sah, dass er es nicht wusste, noch nicht gemerkt hatte und sich schlagen ließ, wie er immer geschlagen worden war. Ich hörte sein Schreien: Aufhören! Aufhören! Und ich sah die Frau, die den Hügel hinuntergerannt kam und »Martin! Martin!« rief. Einen Moment lang sah sie auch mich. Sie blieb stehen, und wir starrten uns an, bevor ich mich umdrehte und ins Haus zurückging.

Sie ist die traurigste Frau, die ich je gesehen habe, sagte Eva. Und die schönste.

Die traurigste Frau, die ich je gesehen habe, bist du, wollte ich sagen. Aber ich sagte: Wie ist es? Sehen wir uns die Bunker an?

Wenn der Bormann die baut, sagte sie, dann geh ich schon gar nicht rein.

Dabei gab es dort alles für sie, was sie brauchte. Sie hätte einen großen Kleiderschrank gehabt. Einen Schrank mit verspiegelten Innentüren und indirekter Beleuchtung. Sie hätte sich in der Hölle siebenmal am Tag umziehen können. Aber in der Hölle gibt es keinen Tag. Dort ist immer Nacht. Ich muss es wissen. Ich war darin.

Abends nach der Filmvorführung machte ich mich auf meinen Weg zum Mooslahner Kopf. Irgendwo hinter mir hörte ich die Stimmen meiner Begleiter. Sie waren immer da. Im Dunkeln sah ich das Glimmen ihrer Zigaretten. Mir konnte nichts passieren. Wenn ich die Tür hinter mir schloss, hörte ich die Schritte, mit denen sie um das Haus herum patrouillierten.

Ich wusste, dass sie einen Schlüssel zum Teehaus hatten. Ich war die bestbewachte Jungfrau im deutschen Reich. Am frühen Morgen, wenn ich im Halbschlaf lag, hörte ich sie wieder.

Darum erschrak ich nicht sehr, als ich eines Vormittags plötzlich hörte, dass jemand das Haus betrat. Ich dachte an Eva, daran, dass sie mir vielleicht eine Botschaft geschickt hatte. Aber die Frau, die im Vorraum stand, hatte ich noch nie gesehen.

Wie sind Sie hereingekommen?, sagte ich.

Als erstes spürte ich ihre Aufgebrachtheit, ihren Hass auf mich.

Genau wie Sie, sagte sie. Ich habe noch den Schlüssel.

Wer sind Sie?, sagte ich.

Die Frau war durch den Regen gelaufen. Ihr Hütchen troff davon. Ihr Mantel, etwas zu kurz, klebte an ihr. Sie zitterte. Sie trug sehr hochhackige, viel zu dünne Schuhe. Ich fragte mich, wie sie den Weg zum Teehaus bei diesem Wetter damit geschafft hatte. Sie war nicht mehr sehr jung, so schien es mir damals, vielleicht doppelt so alt wie ich.

Statt einer Antwort starrte sie mich einfach an.

Was wollen Sie?, sagte ich.

Nichts, sagte sie. Ich wollte nur sehen, wer es jetzt ist.

Ihre Rede ging in ein unverständliches Murmeln über. Verwünschte sie mich? Verriet sie mir ein Geheimnis, dessen Sinn ich nicht begriff?

Dann drehte sie sich um und rannte fort. Ich hörte das Klack-Klack ihrer Absätze auf den Holzdielen und wie die Haustür ins Schloss fiel. Ich folgte ihr.

Wie bitte?, rief ich hinter ihr her.

Doch sie war schon hinter einer Wegbiegung verschwunden.

Es war eiskalt. Der Regen strömte jetzt herab. Er würde im Laufe des Tages in dickflockigen Schnee übergehen. Die Frau war viel zu dünn angezogen. Die Seidenstrümpfe. Ihre Schuhe. Alles an ihr war für den falschen Anlass gewählt. Auch ich war der falsche Anlass, um ihre Wut und Enttäuschung an jemanden zu adressieren. Ihre – was? – Eifersucht? Aber warum auf mich? Und warum war sie ins Teehaus gekommen? Woher hatte sie den Schlüssel?

War ich wirklich so sicher hier, wie ich geglaubt hatte? Oder gab es in dieser lückenlos bewachten und hierarchisch geordneten Obersalzbergwelt doch Schlupflöcher für das Unvorhergesehene? Eine Parallelwelt unkontrollierbarer Leidenschaften, von der ich bisher nichts geahnt hatte? Die Bormannsche Familienszene. Die lauernde Aufsässigkeit unseres Dienstpersonals. Eine fremde Frau im Teehaus. Ich nahm mir vor, Eva nichts davon zu erzählen und mehr auf der Hut zu sein.

An diesem Tag fiel der erste Schnee. Es war die Zeit, als die in Albanien stehenden deutschen Verbände Tirana aufgaben. Amerikanische Einheiten nahmen Metz und Straßburg ein. Ein Sonderbefehl von Hitler verfügte, dass Truppenführer von abgeschnittenen Truppenteilen, die den Kampf aufgeben wollten, ihre Befehlsgewalt an jeden untergebenen Soldaten abgeben mussten, der zum Durchhalten entschlossen war. Man kann sich denken, was Hugh Carleton Greene dazu meinte: Hitler setzte jetzt auf die letzten Verrückten in seinem Heer. Ihnen hatte er das Kommando anvertraut. Denen, die wie er waren, wahnsinnig und gnadenlos.

Als ich ein Kind war, sah ich den ersten Schnee mit Kinderaugen an. Die Welt verkleidete sich mir zu Gefallen. Ich war entzückt. Aber seit dem Krieg, bis heute, sehe ich das Leichentuch, wenn er fällt. Die Unendlichkeit verschneiter Steppen da draußen. Die Müdigkeit von Männern, für die es keinen Schutz, kein Obdach gibt. Ihre verlangsamten Schritte. Ihre Einsamkeit. Den weißen Sturm, gegen den sie sich eine Zeit lang noch zur Wehr setzen und der sie schließlich fällt. Keine Rettung. Nichts.

Seit dem Krieg, bis heute, kenne ich nichts Traurigeres als den ersten Schnee. Die nassen tiefschwarzen Spuren von Schritten, die verräterisch darin sind. Hungrige streunende Tiere, die einen gejagt, die anderen auf der Jagd. Schwarze Muster im Schnee, plötzlich sichtbare Spuren einer sonst verborgenen Welt, in der es um etwas Nahrung, etwas Herrschaft und Wärme geht. Der Welt der streunenden Katzen, der Füchse, Marder und Menschen, die kein Dach über dem Kopf haben.

In der Nacht wache ich aus schrecklichen Träumen auf. Ich habe geträumt, dass ich in Hitlers Teehaus bin.

Ich *bin* in Hitlers Teehaus. Wenn dies kein Traum ist, wie entkomme ich dann den Schrecknissen meines Traums? In ihm war noch jemand mit mir im Teehaus anwesend. Jemand, der mich mit dem Blick einer heimlichen Kamera sieht. Ein fremdes Bewusstsein, das mich beobachtet. Es war da.

Es *ist* da. Ich kann seine Schritte hören. Es bewegt sich über den Gang vor meiner Zimmertür. Es trägt keine Schuhe. Es versucht so leise wie möglich zu sein. Trotzdem kann ich hören, dass es zur Küche schleicht. Leise knarrt die Tür.

Ich möchte aufwachen, aber wie kann ich das, wenn ich weiß, dass ich schon wach bin? In meinem Traum schiebe ich mich vorsichtig aus dem Bett, darauf achtend, dass auch ich kein Geräusch verursache. Dann höre ich ein Poltern, mit dem in der Küche etwas zu Boden fällt. Plötzlich bin ich hellwach. Gleichzeitig fällt mir die Frau vom Vormittag ein. Die Frau, die mich hasst. Sie ist zurückgekommen, denke ich. Sie will mich umbringen. Warum weiß ich nicht. Aber aus meinem Traum bringe ich die Vermutung mit, dass es so sein muss.

Ich habe nichts bei mir, was ich als Waffe verwenden kann. Es muss mir gelingen, bis zum Teesalon zu kommen, bevor sie mich entdeckt. Dort ist der Feuerschürhaken, mit dem ich mich verteidigen will. Es ist immer noch die Traumlogik, nach der ich handle. Aber die Dinge, die außerhalb von mir geschehen, folgen ihr ebenso. Ich schiebe mich an der Wand entlang bis zum Teesalon. Erst als ich ihn in der Hand halte, weiß ich, dass der Schürhaken eine Mordwaffe ist. Ich bleibe im Dunkeln stehen, horche. In der Küche bleibt es still, dann höre ich deutlich, wie ein Stuhl bewegt wird. Wenn sie mich umbringen will – was tut sie in der Küche?

Ich kann jetzt im Dunkeln sehen. Meine Angst sorgt dafür, dass meine Pupillen weit geöffnet sind. Vom Gang her sehe ich, dass die Küchentür offen steht. Ich sehe auch die Gestalt, die am Tisch sitzt.

Was tun Sie hier?, sage ich.

Sie antwortet nicht.

Was wollen Sie von mir?, sage ich.

Eine Zeit lang geschieht gar nichts. Es ist, als wüssten wir beide nicht, wie es weitergehen soll. Dann höre ich etwas, das ich zunächst nicht deuten kann. Ein tiefes Ein- und Ausatmen, in dem eine Art Zittern ist, ein zurückgehaltenes Schluchzen, und ich begreife, dass jemand weint. Ich mache das Licht an, und dann sehe ich ihn.

Es ist ein Junge. Er kann nicht älter als vierzehn sein. Er hält den Kopf gesenkt und halb von mir abgewandt. Mit einem Arm versucht er sein Gesicht zu verdecken wie ein Angeklagter auf der Gerichtsbank, der sich seiner Taten schämt. Sein Kopf ist kahl geschoren. Er ist unbeschreiblich schmutzig. Fast erkennt man die Applikation auf seiner Jacke nicht vor lauter Schmutz. Aber ich sehe sie. Es ist ein ovaler Sonnenblumenkranz, das Zeichen der Ostarbeiter.

Ich kenne das Zeichen, jeder kennt es, und ich weiß auch sofort, was es bedeutet, dass er es vorn auf seiner Jacke trägt: Es heißt, dass er ein schlechter Sklave ist. Wäre er ein guter Sklave, trüge er das Zeichen auf seinem linken Oberärmel.

Man musste damals nur einmal hinsehen, um zu wissen, wen man vor sich hatte, Herrenmenschen oder Sklaven, Volksgenossen oder Fremdvölkische. Oder Juden. Wenn ich heute die Zeichen auf den Brusttaschen sehe, Eismann oder McDonald's, erschrecke ich immer noch im ersten Moment. Immer noch denke ich: Was hat man mit ihnen vor? Dann fällt mir ein, dass es keine Sklaven mehr bei uns gibt. Es ist egal, ob das Zeichen auf der Brust oder dem Ärmel ist, sage ich mir. Es bedeutet nichts. Damals entschied es darüber, ob jemand Mensch oder Nichtmensch war. Nur Nichtmenschen trugen die Zeichen ihrer Zugehörigkeit auf der Brust. Alle anderen trugen sie auf dem Ärmel.

Im Erfinden von Rang- und Erkennungszeichen waren wir Nazis unschlagbar in der Welt. Wäre es mit uns weitergegangen, niemand würde mehr ohne Erkennungszeichen auf der Kleidung aus dem Haus gehen. Der Judenstern war nur ein Anfang und ein Auslaufmodell zugleich. Wir selber sahen ja sein Verschwinden aus dem Straßenbild. Aber wir waren damit auf dem Weg. Sollte man einer Frau nicht gleich ansehen, wie viele Kinder sie geboren hat? Vielleicht in Form von entsprechend vielen Streifen am Oberärmel, den militärischen Rangabzeichen nachempfunden? Die Applikation der Kinderlosen trüge man dagegen auf der Brust, irgendetwas Abscheuliches. Ein kleiner Doktorhut für Studierte auf dem Ärmel? Ein M für den Millionär? Ein S für Sozialhilfeempfänger? Und natürlich das A für Ausländer in den jeweiligen Nationalfarben des Herkunftslandes (auf der Brust zu tragen)?

Wir arbeiteten daran. Wenn es ein bisschen länger mit uns gedauert hätte, vielleicht würde ich die stilisierte Silhouette des Kehlsteinhauses als Emblem auf meinen Jacken und Mänteln getragen haben, das Zeichen für Gäste des Führers. An meinem Oberärmel, wo sonst?

Damals, in Hitlers Teehaus, sehe ich den Jungen an und weiß, wohin er gehört. Er gehört in das Barackenlager am Antenberg. Und ich weiß auch, was mit ihm geschieht, wenn sie ihn finden. Es ist ein Wissen, das ich mit großer Selbstverständlichkeit in mir trage: dass sie die Arbeiter erschießen, die versuchen zu fliehen. Es hat mir bisher nichts ausgemacht, das zu wissen. Es gehört zu dem Regelwerk, das in Geltung ist. So leben wir.

Was ich bisher nicht wusste: dass unter den Sklaven, die für uns arbeiten, auch Kinder sind. Später stellte sich heraus, dass er schon sechzehn war. Aber ein Sechzehnjähriger, der nie genug zu essen bekommen hat und seit zwei Jahren Zwangsarbeit leistet, sieht eher wie zwölf als wie vierzehn aus.

Was machst du hier?, sage ich so freundlich, wie es mir möglich ist.

Meine Angst klingt nur langsam ab. Immer noch bin ich alarmiert. Ich mache ein paar Schritte auf den Jungen zu. Plötzlich nimmt er den Arm herunter und sieht mich von unten an. Sein Gesicht ist verzerrt vor Angst, verschmiert von Schmutz, Rotz und Tränen. Er starrt mich an, wie ich noch niemals angestarrt worden bin. Niemandem hat mein Anblick je Todesangst eingeflößt, und mir wird bewusst, dass ich noch immer den Schürhaken in der Hand trage. Ich lasse ihn fallen. Der Lärm, mit dem er auf den Fliesen aufschlägt, erschreckt uns beide mehr, als wir zu diesem Zeitpunkt ertragen können. Der Junge springt auf. Er ist wie ein Tier in der Falle. Ich versperre ihm den Weg zur Küchentür hinaus. Ich sehe ihn sichern. Ich sehe, wie sein Blick zwischen Fenster und Tür hin- und herschweift. Er sucht einen Fluchtweg. Ich spüre, dass er bereit ist, sich auf mich zu stürzen.

Ich tue dir nichts, sage ich.

Ich hebe die Hände. Ich zeige ihm meine Handflächen. Ich mache es, ohne gewusst zu haben, dass ich über diese uralte Geste gebiete, mit der sich einander Fremde ihrer friedlichen Absichten versichern.

Setz dich hin, sage ich. Da draußen kriegen sie dich sofort.

Ich weiß gar nicht, ob er mich versteht. Vielleicht begreift er, was er begreifen muss, auch nur auf Grund der Schlüsse, die er zieht. Ich sehe, dass er wieder zu weinen beginnt.

Weine nicht, sage ich. Willst du etwas zu essen?

Ich habe Brot, etwas Butter und Milch im Kühlschrank. Alles, was ich für mein Frühstück brauche. Jetzt erst sehe ich, dass ein Stuhl umgefallen ist. Das muss der Lärm gewesen sein, den ich gehört habe.

Wir lassen einander nicht aus den Blicken, als ich das Brotfach öffne und einen Teller mit Brotscheiben vor ihn auf den Tisch stelle. Er schnappt sich davon, wie eine hungrige Katze nach etwas schnappt, was man ihr hinhält, gierig, hemmungslos, gewöhnt, dass da immer andere sind, die es ihr wegreißen. Er schlägt sofort seine Zähne hinein, verschlingt, soviel er verschlingen kann.

Ich richte den umgefallenen Stuhl wieder auf und stelle ihm Butter hin. Er sieht mich ungläubig an, als sei er Zeuge eines Wunders geworden. Aber bevor er auch sie verschlingen kann, ziehe ich sie wieder zu mir her, nehme ein Messer und streiche etwas von der Butter auf eine Brotscheibe. Ich halte sie ihm hin. Ich fühle, wie sein Misstrauen, seine Vorsicht nicht standhalten können, wie seine Wildheit kapituliert. Es ist des Wundervollen zuviel, was ich ihm biete. Langsam, weit entfernt von aller Katzengier, greift er danach, staunend, überwältigt. Er beißt hinein, sieht mich an, beißt noch einmal hinein. Dann gibt er sich ohne weiteren Vorbehalt ganz dem Genuss des Brotes hin, während ich ein weiteres für ihn schmiere.

Wie heißt du?, sage ich.

Er antwortet mir nicht.

Ich wiederhole die Frage. Ich halte ihm eine Butterbrotscheibe hin und ziehe sie zurück, als er danach greifen will. Ich weiß jetzt, wie ich ihn mir gefügig machen kann.

Michail, sagt er.

Ich belohne ihn.

Ich bin Marlene, sage ich.

Lene, wiederholt er.

Michail, sage ich, wie bist du hier reingekommen?

Er scheint mich nicht zu verstehen. Aber vielleicht tut er auch nur so, als verstünde er nicht. Ich nehme ihm das Brot wieder weg.

Wie bist du hier reingekommen?, wiederhole ich.

Da greift er in seine Tasche und legt einen Schlüssel auf den Tisch.

Ich nehme ihn sofort an mich. Ich greife danach, wie Michail nach dem Brot gegriffen hat, hastig wie nach einem Beutestück. Es ist das zweite Mal an diesem Tag, dass jemand Unbefugtes im Besitz eines Schlüssels zum Teehaus ist.

Woher hast du diesen Schlüssel?, sage ich.

Aber ich merke, dass er für eine Fortsetzung des Verhörs nicht mehr hungrig genug ist. Und da wird mir klar, dass er mein Gefangener ist. Ich kann ihn noch so oft verhören, wie ich will. Er wird mir gehören. Mir oder der SS, die ihn töten wird.

In dieser Nacht versteckte ich ihn im Keller. Er folgte mir willenlos, und ich merkte, wie erschöpft er war. Ich gab ihm eine Matratze und alle Decken mit, die ich entbehren konnte. Ich zeigte ihm einen Abfluss im Boden für seine Bedürfnisse. Ich sagte ihm, dass er sich ganz still verhalten müsse, kein Licht machen und nur, wenn ich es ihm erlaubte, nach oben kommen dürfe. Ich hoffte, dass er alles verstanden hatte. Dann schloss ich die Kellertür ab, nahm den Schlüssel an mich und legte mich wieder ins Bett.

Bis zum Morgen hatte ich mir alles genau überlegt. Ich würde ihn im Keller versteckt halten. Den Schlüssel zur Kellertür würde ich immer bei mir tragen. Die Putzfrauen hatten dort nichts verloren. Gegen Morgen, wenn die Wachen den ersten Kontrollgang getan hatten, würde ich ihn nach oben lassen, damit er das Bad benutzen konnte. Ernähren würde ich ihn von Essensresten aus der Berghofküche, soweit es mir gelang, sie heimlich mitzunehmen. Ich konnte das Personal auch um Sonderrationen für mich bitten unter dem Vorwand, dass ich nachts im Teehaus manchmal hungrig sei.

Wenn er vernünftig wäre und die Gefahr begriff, in der er sich befand, würde es gehen. Wie lange? Bis Hitler zurückkam? Oder bis wir den Krieg verloren hatten? Bis ans Ende der Welt?

Bis dahin musste ich bleiben. Auch das wurde mir bis zum Morgen klar. Und ich blieb. Bis ans Ende der Obersalzbergwelt blieb ich dort.

Er war wie ein Wolf, der in eine Falle geraten ist, eine Grube, aus der er nicht mehr herauskann. Er wurde stumpfsinnig, böse, verschlagen, gefährlich und manchmal auch zutraulich, einschmeichelnd wie ein Kind. All das wurde er. Er blieb unberechenbar für mich. Ich wusste nie genau, wie ich ihn antreffen würde, wenn ich die Tür zum Keller hinab öffnete und ihn nach oben rief. Und nur ganz langsam gelang es mir, ihn zu zähmen. Aber ein Rest von Misstrauen blieb immer in ihm. Und in mir ein Rest von Vorsicht. Und als ich ihn am Ende verwandelt wiedertraf, nicht mehr gejagt, sondern Jäger, wunderte ich mich nicht.

Am ersten Morgen versuchte ich ihn dazu zu bringen, ein Bad zu nehmen. Er stank fürchterlich.

In Hitlers Teehaus gab es einen zentralen Kamin, von dem aus alle Zimmer durch Warmluftschächte geheizt wurden. Wenn das ganze Haus einmal warm war, blieb es lange warm. Es wurde mit Holz und Briketts geheizt, die ich nachlegte, wenn es nötig war. Die Vorräte wurden immer wieder aufgefüllt, die Asche entfernt. Ich musste mich nie darum kümmern. Das taten die beiden Putzfrauen, die jeden Nachmittag kamen, ob etwas zu putzen war oder nicht. Aber wenn ich warmes Wasser zum Baden brauchte, musste ich in einem kleinen Ofen im Bad selber Feuer machen. Das Holz dazu stand immer in einem Korb bereit.

Als der Junge sah, was ich tat, näherte er sich und nahm mir das Holzscheit aus der Hand, das ich auflegen wollte.

Ich gab ihm die Streichhölzer. Als ich ihn vor dem Ofen sitzen und in die Flamme blasen sah, kam er mir wie ein Kind aus den frühen Zeiten der Menschheitsgeschichte vor, ein Höhlenbewohner, der sich in meine Gegenwart verirrt hatte, ein paläanthropologischer Fund. Und für einen Augenblick fuhr es mir durch den Kopf, dass ich nur der Morgenpatrouille Bescheid geben müsste, um ihn los zu sein.

Da ist Seife, sagte ich. Weißt du, was man damit macht?

Ich war immer noch nicht sicher, wieviel er verstehen konnte.

Wir müssen auch deine Kleider waschen, sagte ich.

Er schüttelte wild den Kopf.

Später kam er mit den triefendnassen Sachen am Leib aus dem Bad. Ich glaube, er war mit der ganzen schmutzigen Kleidung in die Wanne gestiegen, und es tropfte noch immer mehr Schlamm als Wasser heraus. Doch immerhin war dies ein Anfang. Ich hatte inzwischen ein paar Scheite aufgelegt. In Hitlers Teesalon war es warm wie in der Sauna. Ich gab ihm eine Decke. Ich sagte: Zieh die nassen Sachen aus.

Plötzlich hörte ich die Schritte der Wachen vor dem Haus und gleich darauf ein Klopfen an der Tür.

Sie kamen nie herein. Sie machten nur ihre Gänge ums Haus herum. Sie respektierten, dass eine Frau allein hier wohnte. Auch jetzt wichen sie höflich zurück, als ich die Tür aufmachte.

Alles in Ordnung?, fragten sie.

Natürlich, sagte ich.

Wir haben Fußspuren im Schnee gesehen, die hierher führen, sagten sie. Wir wollten nur fragen, ob es in der letzten Nacht irgendwelchen Grund zur Beunruhigung gab?

Nein, sagte ich. Nein, das müssen meine eigenen Fußspuren sein.

Jetzt erst fiel mir ein, wie ich aussah: Ich trug einen verschmutzten Bademantel, war ungekämmt und machte wohl kaum den Eindruck einer Frau, die rasch noch ihr Make-up vollendet hat.

Sie blickten auf meine Füße und sahen, dass ich barfuß war.

Sie blickten in mein Gesicht und sahen die Spuren einer Nacht, die ich offenbar alles andere als schlafend verbracht hatte.

Es konnte nicht deutlicher in ihren Blicken geschrieben stehen, was sie dachten.

Entschuldigung, sagten sie. Nichts für ungut. Wenn Sie uns brauchen, Sie wissen ja, wir sind da.

Von jetzt an würde jeder Satz, den sie zu mir sagten, zweideutig sein. Von jetzt an bis zum Ende. Davon kam ich nicht mehr los. Ich hatte etwas in ihnen geweckt, das schlief. Es war, als ob man der Meute ein schweißgetränktes Kleidungsstück hinhält. Die Hunde waren von der Leine. Zwar waren sie auf der falschen Fährte, doch hatten sie jetzt meine Witterung. Es wurde gefährlich, auch für mich. In diesem Augenblick wurde mir das bewusst.

Am nächsten Tag bat ich eins der Dienstmädchen auf dem Berghof um Läusepulver.

Wie bitte?, sagte es.

Ich wiederholte meine Bitte und gab ihm zehn Reichsmark.

Du lieber Gott, sagte es und kam ein bisschen näher, aber nicht zu nah an mich heran. Tatsächlich. Man kann sie sehen!

Und da spürte ich auch plötzlich das Jucken auf meinem Kopf.

Ich gab ihr noch mal zehn Reichsmark, damit sie den Mund hielt.

Ich erinnerte mich, wie meine Mutter sich geschämt hatte, wenn ich mit Läusen aus der Schule kam. Ich war eine Schande. Ich hatte das Nest beschmutzt. Es war die Ansteckungsgefahr der Armut und Unsauberkeit, die man fürchtete. Das Schlimme an den kleinen Tierchen war nicht der Juckreiz, den sie verursachten, es war die Tatsache, dass sie sich nicht an die sozialen Spielregeln hielten, wenn sie von den Köpfen der Armeleutekinder auf die Köpfe der besser gestellten Kinder sprangen. Die Läuseangst, das war der Abscheu vor der Vermischung der sozialen Klassen, der bürgerliche Vorbehalt gegenüber der »Volksschule«. Ich hatte ihn selbst gespürt, ohne dass ich mir erklären konnte, warum meine Mutter mit derart fanatischem Eifer den Krieg gegen die Parasiten auf meinem Kopf führte, warum sie kein Mitleid zeigte, als mir das scharfe Zeug, mit dem sie mir den Kopf wusch, in die Augen kam, und mich mit dem Lausrechen folterte, dem scharf gezackten Kamm, der sich in meinem harten Kraushaar verfing und es büschelweise ausriss, bis mir die Tränen kamen, erbarmungslos auf der Jagd nach den letzten Nissen, den weißen Lauseiern, Brutstätten all dessen, was man sich holt, wenn man mit den falschen Kindern spielt.

Vielleicht hätte ich dem Mädchen noch mehr Geld geben sollen. Mein Prestige auf dem Berghof war ohnehin nicht hoch. Ich konnte mir nicht erlauben, in den Verdacht zu geraten, eine Ansteckungsgefahr, wer weiß für was, zu sein.

Vor allem durfte Eva nichts erfahren, weder von dem Gast im Teehaus, noch von den Gästen auf meinem Kopf. Ein geflohener Zwangsarbeiter hätte vielleicht sogar ihren Sinn für subversive Unternehmungen geweckt. Aber Ungeziefer hätte sie niemals toleriert. Gegen Kopfläuse hätte sie mir ihre speziellen Kammerjäger geschickt.

Manchmal, jetzt nur noch selten, nehme ich das Buch zur Hand. Ich kenne genau die Stelle in meinem Bücherregal, wo es steht. Es unterscheidet sich von allen anderen Büchern, weil es in Packpapier eingeschlagen ist.

Als ich ein Kind war, machte man das so: Schul- und Lehrbücher bekamen einen Schutzumschlag aus Packpapier. Am ersten Schultag nach den Ferien standen die Mütter nachmittags am Küchentisch und schlugen mit geübten Griffen und unnachahmlich akkurat die neuen Schulbücher in Packpapier ein. Nichts durfte überstehen. Nirgends verlief eine Kante anders als schnurgerade. Perfekte Symmetrie war oberstes Gebot. Später als Studentin muss ich es selbst so gemacht haben. Wir gingen noch davon aus, dass die Bücher, aus denen wir unser Wissen bezogen, uns durch das weitere Leben begleiten würden. Wir konnten uns nicht vorstellen, dass das darin gespeicherte Wissen auch sein Verfallsdatum hat. Wir glaubten noch an seine Dauer, seine verlässliche Gültigkeit. Wir waren davon überzeugt, dass es damit getan ist, die Bücher selbst, die Materie, aus der sie sind, vor Verfall zu bewahren.

Der bildungsbürgerliche Eifer, mit dem ich damals einen Schutzumschlag für dieses Buch gefaltet habe, rührt mich jetzt, als wäre es eine andere gewesen, die das tat. Ich bin mir so fremd wie eine Türkin, die ein Kopftuch trägt.

Das Papier hat seine Farbe im Laufe der Zeit mehrmals geändert, von einem hellen, fast weißen Grau zu einem fettigen, schwarz glänzenden Dunkelgrau an den Stellen, an denen es oft angefasst worden ist. Unter der Lichteinwirkung mehrerer Jahrzehnte ist es wieder ausgebleicht, so dass es jetzt wie speckiges, mehrfach gebrauchtes Butterbrotpapier aussieht. Falls es das überhaupt noch gibt: Butterbrotpapier, bis zur Durchsichtigkeit vollgesaugt mit Fett. An den Falzstellen ist das Papier samtweich und aufgerauht. Es ist dort mehrfach gerissen und reißt jedesmal, wenn ich es zur Hand nehme, weiter ein. Eines Tages wird es zu Staub zerfallen und den Einband des Buches freigeben: Werner Heisenberg, »Die Physikalischen Prinzipien der Quantentheorie«.

Ich habe mich nie davon getrennt. Es ist das Einzige, was ich aus jenem anderen Leben gerettet habe. Auf all meinen Irr- und Fluchtwegen trug ich es mit mir herum. Mein Kriegstagebuch. Mein Beweisstück. Mein geheimer Frontbericht.

»Die Experimente der Physik und ihre Ergebnisse können beschrieben werden wie die Dinge des täglichen Lebens: mit den Begriffen der Raum-Zeitwelt, die uns anschaulich umgibt, und mit der gewöhnlichen Sprache, die zu dieser Raum-Zeitwelt passt.«

Wenn Heisenberg recht hatte, konnten dann nicht die Dinge des täglichen Lebens wie die Experimente der Physik und ihre Ergebnisse beschrieben werden? Es war dieser erste Satz, der mich auf die Idee brachte:

Ich schrieb an den Rand des Textes kurze Kommentare, die nichts anderes als Tagebuchaufzeichnungen waren. Das Datum fixierte ich durch Unterstreichen von Zahlen in den Gleichungen der jeweiligen Textseite. Ich schrieb mit spitzem Bleistift in winziger Schrift. Heute brauche ich eine Lupe, um überhaupt entziffern zu können, was da steht. Ich durchsetzte es mit mathematischen Zeichen, deren Bedeutung in meinem Code ganz bestimmte waren. »Ich« war zum Beispiel das Zeichen für Unendlichkeit. Alle Formen von »sein« bezeichnete ich mit xx, alle Formen von »haben« mit yy. Eva war in meinem System das Zeichen für Wurzel. Der Berghof war »größer als«. Wer das Buch aufschlug, musste auf den ersten Blick denken, dass ich die Heisenbergschen »Prinzipien« mit Anmerkungen versehen hatte, und ich verließ mich darauf, dass Quantenphysik eher entmutigt, als zum Lesen inspiriert.

Heute finde ich mich selber oft nicht mehr zurecht in meinen Aufzeichnungen, eingefügt zwischen Gleichungen und Funktionen, die ich nicht mehr nachvollziehen kann, am Rande eines Textes, der einmal die Welt auf den Kopf gestellt hat und wieder vom Kopf auf die Füße:

»Es zeigt sich nämlich, dass ein und dasselbe mathematische Schema einmal als Quantentheorie des Partikelbildes, einmal als Quantentheorie des Wellenbildes interpretiert werden kann.« Und:

»Unsere Feinde«, steht am Rand, verschlüsselt und kaum lesbar wie der ganze Rest, »müssen unsere Retter sein.«

Manchmal, wenn ich es heute mühsam entziffere, scheint es mir plötzlich, als wenn beides dasselbe meint. Etwas, das schwer verständlich und ganz und gar einleuchtend ist.

5. 11. Er spricht noch immer nicht, versteht aber anscheinend alles, was ich sage. Wenn ich nur wüsste, wie er an den Schlüssel gekommen ist. Wenn es der Schlüssel der Frau ist, die morgens bei mir war – was hat er mit ihr gemacht?

9. 11. Er hustet. Ich habe Angst, dass ihn das verrät, wenn die Putzfrauen im Haus sind oder die Wachen patrouillieren. Ich brauche Hustensaft. Darum habe ich so getan, als sei ich selber erkältet, was ziemlich schwierig ist. Wenn ich meine Mandeln mal brauchen kann, lassen sie mich im Stich. Aber Eva hat den Apotheker angerufen. Er will uns morgen etwas heraufschicken lassen. Ich hoffe, dass er nicht

ernsthaft krank wird. Einen Arzt kann ich nicht kommen lassen. Im Keller ist es zu feucht. Vielleicht lasse ich ihn in der Nacht herauf.

10. 11. Er hat mit dem Rücken am Kamin die Nacht verbracht. Russische Bauern schlafen so. Ob er wohl ein Russe ist? Ich habe ihn gefragt. Er wirkte empört. Er versteht mehr, als er zugibt. Die meisten Ostarbeiter sind Polen. Wahrscheinlich ist er das auch.

14. 11. In der Berghofküche fangen sie an, es seltsam zu finden, wie hungrig ich immer bin. Ich kann ihn nicht nur von Keksen ernähren. Er braucht Gemüse und Fleisch. Ich packe von meinem Teller, soviel es geht, in Servietten ein, wenn Eva es nicht sieht. Es ist ziemlich unappetlich, aber das stört ihn nicht. Was soll ich nur auf die Dauer mit ihm machen?

15. 11. Er fiebert. Ich versuche seine Symptome zu simulieren, um Medikamente zu bekommen. Aber mein Hals ist so glatt und gesund wie schon lange nicht mehr. Ich bin mit bloßen Füßen durch den Schnee gelaufen. Aber davon habe ich mir nur die Blase erkältet. Das nützt ihm nichts.

17. 11. Ich gebe ihm Bromtabletten, die der Arzt mir verschrieben hat, und Aspirin, das ich Eva entwendet habe. Sie hat den Vorschlag gemacht, dass wir morgen nach München fahren. Aber ich kann nicht weg. Wie bringe ich sie nur davon ab?

22. 11. Zwei Tage in München. Ich hatte ihm Vorräte hingestellt und ihm den Schlüssel der Kellertür ausgehändigt, damit er ins Bad konnte. Es schien ihm besser zu gehen. Kein Fieber mehr. In München Schnee. Wie weiße Asche über den Brandstätten. Menschenleer. In der Wasserburger Straße wurde gefeiert wie eh und je. Wir haben den Teppich

aufgerollt und getanzt. Es glimmt unter der Asche. Jung sind wir nur einmal. Aber warum ausgerechnet jetzt? Als ich zurückkam, saß er auf meinem Bett und hörte Radio. Zur Strafe hat er zwei Tage nur Wasser und Brot gekriegt.

23. 11. Heute vormittag war Eva überraschend hier. Sie kommt sonst nie, seit ich hier wohne. Sie sagte, sie glaubt, dass sie besser auf mich aufpassen muss. Ich weiß nicht, wie sie das meint. Man sagt so etwas ja, ohne dass es etwas bedeutet. Das meiste, was Eva sagt, bedeutet eigentlich nichts.

25. 11. Aus Hitlers Bibliothek im Berghof habe ich mir, ohne dass Eva es gemerkt hat, ein deutsch-polnisches Wörterbuch besorgt. Vielleicht ist er bereit, in seiner eigenen Sprache mit mir zu sprechen. Es ist nur ein Versuch.

26. 11. Heute hat er zum ersten Mal mit mir gesprochen. Ich habe es mit etwas Polnisch aus meinem Wörterbuch versucht. Zum ersten Mal sah ich, dass er lächelte. Meine polnische Aussprache war offensichtlich ein Witz für ihn. Er fing an, mich zu verbessern, und auf einmal waren wir mitten im Gespräch. Er kann viel besser Deutsch, als ich erwartete, und wenn ihm ein Ausdruck fehlte, sahen wir im Wörterbuch nach. Er ist Ukrainer. Aber seine Mutter ist Polin, und deshalb können wir uns mit Hilfe des polnischen Wörterbuchs verständigen. Seit ich weiß, wer er ist und wo er herkommt, habe ich noch viel mehr Angst um ihn. Und um mich.

5

Die ganze wirre Geschichte, die er mir erzählt hat, konnte ich unmöglich in meinem Buch notieren. Ich erfuhr sie in Bruchstücken. Manches erriet ich auch mehr, als ich es erfuhr. Vieles musste ich ergänzen, und erst im Laufe der Zeit stellte sich ein Zusammenhang für mich her. Aber noch heute ist mir manches davon so gegenwärtig, als sei das Dorf an der ukrainisch-polnischen Grenze, aus dem er kam, ein Ort, an dem ich selbst einst gewesen war. Ein Dorf am Fuß der Karpaten, umschlossen von Wäldern und Getreidefeldern. Ein kleines Dorf mit einem kleinen Fluss, wo man die Fische mit Stöcken aufspießen kann, während man bis zu den Hüften im ziehenden Wasser steht. Ein Dorf mit Holzhäusern, an denen im Winter der Schnee bis zur Dachtraufe reicht, und nur das Schloss hinter hohen Blutbuchen und Rhododendren ist aus Stein. Das Schloss bietet den einzigen Anlass zu träumen von einer anderen Welt, in der man ein Anderer sein könnte. Ein Dorf, in dem der Vater einen Fuhrbetrieb mit zwei Pferden hat und ein paar Äcker, auf denen Gerste und Kartoffeln angebaut werden. Ein Dorf, aus dem man an einem Tag, der die Kindheit für immer beendet, vertrieben wird. Und wohin man nie wieder im Leben zurückkehren wird.

An dem Abend, als er verschleppt wurde, im Oktober 1942, hatte er gerade den Hund füttern wollen. Es war ein junger Hund, und er gehörte ihm. Er gehörte ihm nicht wirklich. Niemand hatte ihn ihm geschenkt, und niemand wusste überhaupt, dass er einen Hund besaß. Es wäre auch nicht erlaubt, es wäre nicht einmal möglich gewesen. Aber wem ein Hund gehört, das entscheidet der Hund. Und hat er einmal entschieden, dann gehört er dir immer und immer und immer, ob du ihn willst oder nicht.

Der Hund entscheidet, wem er gehört, nicht mit dem Willen. Es ist eher, als wenn er sich gegen seinen eigenen Willen entscheiden müsste. Er fiept, er winselt, er jault. Er kriecht auf dem Bauch dahin, schiebt sich unter die Hand dessen, dem er ab jetzt gehören muss, ob er will oder nicht. Nimm mich, ich wähle dich. Dir bleibt nichts anderes übrig als von mir erwählt zu sein. Und während du noch versuchst, dich ein bisschen zurückzuziehen, na na, das wollen wir noch sehen, ich bin gar nicht sicher, ob ich einen Hund gewollt habe, weißt du schon nicht mehr genau, ob der Befehl zur Unterwerfung nicht doch von dir gekommen ist. Und du versuchst ein für alle Mal Klarheit zu schaffen. Du nimmst einen Stock und drohst ihm etwas damit. Schluss jetzt, ich will dich nicht. Aber kaum hast du dich umgewandt, legt er dir den Stock vor die Füße und zeigt dir, dass du keine Wahl hast. Auch du gehorchst dem Gesetz der Menschen und Hunde. Du staunst darüber und fügst dich. Am Ende siehst du ein, dass du einen Hund besitzt.

Es war ein junger Jagdhund, ein Setter mit rötlichem Fell, das trotz des Hungers, den er gelitten hatte, zart und glatt und wunderbar glänzend war. Es war ein Herrenhund. Keiner von den Bauern in Korcziw hatte einen solchen Hund. Ein fremder Hund. Und es gab nur eine Antwort auf die Frage, woher er kam: Die Jäger mussten ihn vergessen haben. Sie waren mit Autos gekommen. Deutsche Jäger in deutschen Autos, die ein paar Tage im Herrenhaus gewohnt und in den umliegenden Wäldern Wildschweine und Hirsche gejagt hatten. Als sie wieder abfuhren, führten sie einen ganzen Pritschenwagen voller Wild mit sich. Weiß Gott, wohin sie es brachten. Wie können drei oder vier Männer soviel Fleisch essen? Vielleicht brachten sie es zu den deutschen Soldaten, die sich daran kräftigten. Irgendwo mussten sie ja die Kraft zum Krieg hernehmen. Die Kraft zum Kämpfen und Siegen und Unbarmherzigsein.

Im Winter war sein Vater gestorben. Er hatte den Husten gehabt. Und obwohl seine Mutter ihm bei Tag und bei Nacht heißen Kartoffelbrei auf die Brust packte und auch der Priester kam und alle vier Ecken der Schlafstube mit geweihtem Wasser besprengte, war er nach Gottes Willen von ihnen gegangen, und sie mussten den Sarg im Schnee bestatten und konnten ihn erst im Frühjahr tiefer ins Erdreich eingraben. So war das, wenn in Korcziw jemand im Januar starb. Und im April hatten sie die Felder bestellen müssen. Bis dahin hatte der Tod auch noch eins ihrer zwei Pferde genommen, so dass nur noch sein Bruder Jossip und er und das letzte Pferd, eine ausgemergelte Stute, für die Arbeit da waren, Jossip fast siebzehn und er vierzehn Jahre alt. Sein Bruder Andrzej war erst acht und taugte kaum dazu, die Hühner zu füttern.

Sie nahmen in dem Jahr soviel unter den Pflug, wie sie nur schafften, die Stute, Jossip und er. Und das hätte auch gereicht, wenn nicht die Gerstenabgabe gewesen wäre, die nach der Größe der zu bebauenden Felder und nicht nach der Anzahl der zur Verfügung stehenden Arbeitskräfte zu entrichten war. Gerste für die Bierbrauereien, die die Deutschen in der Ukraine nach ihrem Sieg in Betrieb nehmen wollten, um für ihre Soldaten genügend Bier zu brauen. Deutsche Soldaten trinken lieber Bier als Kartoffelschnaps. Sie haben immer viel Durst vom vielen Marschieren, und schließlich können sie nicht ihr eigenes Bier aus Deutschland mitbringen. Sie tragen ohnehin schwer an ihrem Marschgepäck.

Das war nämlich der Grund dafür, dass im September die deutschen Jagdherren gekommen waren. Es waren die neuen Brauereidirektoren. Während sie auf die Pirsch gingen, kamen ihre Leute in jeden Hof und setzten die Gerstenabgabe fest. Dreißig Zentner Gerste für deutsches Bier, und seine Mutter riss vor Zorn ihr Kopftuch ab und warf es den Gersteleuten vor die Füße. Es war eine Geste der Auflehnung, das Äußerste, was ihr als Frau und Mutter zu Gebote stand. Hätte sie sich das jemals bei seinem Vater erlaubt, wäre sie ohne Zweifel von ihm verprügelt worden. Einen Augenblick lang hatte er große Angst um sie, als er es sah. Aber die Deutschen schienen nicht zu begreifen, was seine Mutter sich da herausgenommen hatte. Da!, hieß es. Seht ihr das? Ich entblöße mein Haupt. Denn was sollte mich Schlimmeres treffen, als was ihr mir antut?

Die Jungfrau möge uns helfen, sagte seine Großmutter, die genauso entsetzt war wie er.

Aber er hatte damals schon gewusst, dass die Jungfrau keine Gerste drischt.

Heilige Jungfrau Maria, bitt für uns. Und dann noch ein deutscher Hund, klapperdürr, unersättlich, was seinen Hunger betraf, und auch den anderen, den Hunger nach Erwiderung seiner Hingabe.

Er musste sich bei der Jagd verlaufen haben. Vermutlich war er zum ersten Mal mit dabei. Michail nahm sogar an, dass er Angst vor den Schüssen gehabt und darum das Weite gesucht hatte. Das kommt vor. Solche Hunde sind unbrauchbar für die Jagd, und sie werden gewöhnlich von den Jägern erschossen, wenn sie zurückkommen, winselnd, außer sich vor Freude und Wiedersehensglück.

Zuerst pflockte er ihn in einem Holzschuppen an, der ein Stück vom Hof entfernt lag. Dann, als er sicher war, dass die deutschen Jäger weitergezogen waren, ließ er ihn von der Leine und stieß einen kurzen Pfiff aus, wenn er morgens und abends zu dem Schuppen kam. Der Hund jaulte auf, sobald er sich näherte. Schließlich ließ er bei Nacht die Tür des Schuppens auf, und der Hund sprang ihm entgegen, wenn er sich näherte, früh, sehr früh am Morgen, damit sie niemand sah. Jeder würde sofort wissen, woher der Hund stammte, und keiner würde ihm glauben, dass es jetzt seiner war. Er kannte einige, die gern auf ihn geschossen hätten.

Es war nicht leicht für ihn gewesen, den Hund zu füttern. Er war selbst nie ganz satt und musste seine Mutter, der Jungfrau sei es geklagt, mehr als einmal bestehlen und belügen. Doch eines Morgens fand er ein totes Karnickel im Holzschuppen. Da lobte er den Hund und teilte gerecht mit ihm.

Am Abend schlich er sich manchmal in den Holzschuppen, legte seinen Kopf auf den Hund wie auf ein Kopfkissen, atmete seinen Dunst ein, lauschte den leisen Geräuschen aus dem Hundebauch und fühlte, wie dann und wann die feuchtwarme Zunge über seine Wangen und Nase fuhr, wobei ein ganz zartes Knurren, ein tiefer, sonorer Laut von da aufstieg, wo die Seele im Körper des Hundes wohnt. Er hatte ihn Fritz genannt, weil das der einzige deutsche Name war, der ihm einfiel.

Dann, um die Mitte des Monats Oktober, es war schon kalt, und der Nebel lag den ganzen Tag über den Flussauen, doch Jossip und er hatten schon genügend Holz für den Winter eingeschlagen – kam eines Tages der Fuhrknecht des Dorfältesten zur Tür herein, als sie gerade beim Abendbrot saßen. Der Dorfälteste war ein Cousin seines Vaters, und der Knecht richtete aus, dass der Jossip verschwinden müsse, sofort, er müsse sich verstecken. Die Deutschen hätten sich nämlich nach jungen Männern im Dorf erkundigt, die gesund und arbeitsfähig seien und in ihren Fabriken in Deutschland arbeiten sollten. Der Dorfälteste habe den Jossip angegeben, und sie würden bald da sein und ihn abholen, aber nur wenn der Jossip zu Hause sei, nicht wahr? Darum hat er ihn losgeschickt, denn der Jossip darf nicht zu

Hause sein. Sonst sei morgen schon wieder ein Mann weniger auf dem Hof, wenn man den Jossip überhaupt als Mann bezeichnen könne.

Aber die Mutter hat ihm schon seine Winterjacke angezogen und ihm etwas Brot und Wurst in die Taschen gesteckt. Der Jossip weiß wohin, und bald hört man nur noch die Stalltür im Wind schlagen, die der Jossip mal wieder nicht fest verschlossen hat. Michail geht und macht sie zu, und als er wieder in die Küche kommt, hören sie schon die Deutschen von der Straße her. Es sind drei Männer in SS-Uniformen. Sie treten zur Tür herein. Sie ziehen dabei ihre Köpfe ein. Zum ersten Mal sieht Michail, dass das Haus seiner Kindheit eine Hütte ist. Niedrig und armselig. Es bietet keinen Schutz.

Joseph Nowak?

Der Jossip ist nicht da.

Wann kommt er wieder?

Wer? Der Jossip. Ach der. Der kommt nicht wieder, der ist in die Stadt gegangen.

In die Stadt?

Nach Belz.

Und was macht er da?

Ach, wenn die Mutter das wüsste. Wird Arbeit suchen. Wer weiß? Die jungen Leute. Heutzutage fragt doch keiner mehr nach seiner Mutter. Machen doch, was sie wollen.

Und wen haben wir da?, sagte einer der Deutschen.

Michail stand noch in der Tür zur Futterküche. Er stand auf der Schwelle und wirkte vielleicht dadurch ein bisschen größer, als er war. Er trug die Stiefel, die seinem Vater gehört hatten. Sie waren ihm etwas zu groß, er liebte es aber, sie anzuziehen, weil er spürte, wie sein Gang darin schwer und fest wurde wie der eines Mannes, der Wichtiges zu bestellen hat.

In diesem Augenblick traf ihn der Blick seiner Mutter, und er sah darin eine aufflammende Angst, die ihn veranlasste, in die Küche zu treten und sich neben sie zu stellen. Denn es schien ihm, dass sie seinen Beistand brauchte, und schließlich war er jetzt der einzige Mann im Haus.

Der??, sagte seine Mutter. Das ist noch ein Kind!!

Aber er konnte schon etwas zu ihr hinuntersehen, wenn er in Stiefeln neben ihr stand. Seine Mutter war sehr klein.

Wie alt bist du?, sagte der Deutsche.

Bald fünfzehn, sagte er.

Er ist erst vierzehn Jahre alt!, rief seine Mutter. Er war im Sommer noch krank! Er hat Typhus gehabt! Sehen Sie sich an, wie dünn er ist!

Und sie streifte seinen Ärmel etwas zurück, umfasste sein schmales Handgelenk und hielt es den Deutschen zur Überprüfung hin.

Lass, Mutter, sagte Michail und zog seine Hand weg. Er schämte sich, dass seine Mutter ihn so zur Schau stellte.

Pack dein Zeug, sagte der Deutsche.

Er ist krank, rief seine Mutter. Bitte! Und Michail sah, wie sie sich auf die Knie warf und versuchte, einem der Deutschen die Hände zu küssen. Und er behielt die Stiefel an und ging hinauf, gefolgt von einem der Deutschen, der ihn nicht mehr aus dem Blick ließ. Die anderen beiden blieben unten bei seiner Mutter. Und seine Großmutter war es, die ihm half, ein paar Sachen einzupacken, Unterhosen, ein Hemd, ein Paar Wollstrümpfe, was man so braucht, wenn man für immer von zu Hause fortgeht. Sie sprach kein Wort zu ihm, sondern sie sprach mit Gott und mit der Jungfrau Maria, leise vor sich hinbetend. Er hörte, wie sie die beiden für alles, was mit ihm geschah und noch geschehen würde, verantwortlich machte. Wenn sie das zuließen, dann wussten sie ja wohl auch, dass sie für den Schutz des Jungen zu garantieren hatten. Wer sonst? Seine Großmutter hoffte, dass sie sich darüber im Klaren waren, Gott und die Jungfrau Maria. Hier würde einiges an Arbeit auf sie zukommen. Einen Jungen in diesem Alter von zu Hause fortzulassen, dreizehn Jahre alt!

Vierzehn, mischte sich Michail in die Gebete seiner Großmutter ein.

Er hörte, wie seine Mutter unten in der Küche fortfuhr, die Deutschen anzuflehen und ihn als ein kleines Kind hinzustellen, wofür auch sie den Herrgott und alle Heiligen als Zeugen anführte. Es war ihm sehr peinlich.

Gehen wir, sagte einer der Deutschen, als er wieder hinunterkam. Er trug sein Zeug auf dem Rücken. Seine Großmutter hatte es ihm in einen Kissenbezug gestopft.

Jetzt erst bemerkte er, dass die Männer seine Mutter zwischen sich auf einem Stuhl festgedrückt hielten. Als sie sahen, dass er bereit war, ließen sie sie los, und plötzlich schien sie ganz verwandelt zu sein.

Michail, sagte sie wie in dem Traum, den er seither immer wieder geträumt hatte. Es war ein Traum, in dem er frühmorgens in Korcziw in die Küche kam, um sein Frühstück zu holen, bevor er in die Schule ging. Seine Mutter gab ihm ein Schmalzbrot, das in Papier gewickelt war. Er steckte es in die Tasche und ging zur Tür. Aber immer, wenn er hinaustreten wollte, rief seine Mutter ihn zurück.

Michail, du hast etwas vergessen, sagte sie.

Und er wusste, dass er etwas vergessen hatte. Aber er wusste nicht, was es war. Und er öffnete seine Tasche und holte seine Schiefertafel heraus, und er sah, dass alles, was er darauf geschrieben hatte, verwischt war. All die Aufgaben, die er am Vortag gemacht hatte. Das, woran er sich nicht mehr erinnern konnte, hatte auf der Tafel gestanden. Aber es war nicht mehr lesbar, durch nichts wiederbringlich. Was folgte, war eine quälende Suche, ein quälender Kampf um Zeit, um Wiedergewinnung des Unwiederbringlichen, der damit ausging, dass er viel zu spät zur Schule kam, wieder einmal mit verwischter, unlesbarer Schrift auf seiner Tafel.

Michail, du hast etwas vergessen.

Sie ging zum Küchenschrank, als wolle sie ihm nur ein

Schmalzbrot für die Schule schmieren. Sie schien ganz ruhig geworden zu sein, jetzt nur von einer großen, wachsenden Geschäftigkeit erfüllt. Sie packte Brot und Wurst für ihn ein.

Michail, vergiss nicht deine Mütze.

Michail, hast du ein Taschentuch?

Komm jetzt, sagte der Deutsche. Die anderen beiden standen schon im Hof.

Michail, warte, die Strümpfe, die ich dir gestrickt habe. Sie sind nicht fertig geworden. Ach. Es dauert nicht lange, wandte sie sich an den Deutschen. Ein halbes Stündchen, ein Viertelstündchen vielleicht. Kommen Sie noch einmal wieder. Ja, kommen Sie doch in einem Viertelstündchen noch einmal wieder.

Michail war schon in der Tür.

Es dauert doch gar nicht lange, sagte sie, als spräche sie zu sich selbst.

Und erst, als der Deutsche ihn am Arm packte und durch das Hoftor zog, fiel ihm auf einmal der Hund ein und dass er ihn nicht mehr gefüttert hatte.

Michail, rief seine Mutter von der Haustür her, du hast etwas vergessen!

Aber da schoben sie ihn schon auf die offene Ladefläche des Lastwagens, auf dem bereits ein paar andere Jungen aus seinem Dorf saßen.

Der Hund!, rief er.

Und seine Mutter: Was?

Man muss den Hund füttern!, rief er.

Aber der Wagen fuhr schon an, und das Motorengeräusch verschluckte seine Worte. Obwohl er sich nicht mehr umdrehte, wusste er sein Leben lang, dass seine Mutter hinter dem Lastwagen hergelaufen war, bis er aus ihrem Blick verschwand. Er sollte sie nie wieder sehen.

An dem Abend brachte man sie, etwa zwanzig Jungen, alle älter als er, ins Gemeindehaus, wo sie auf dem Boden schliefen, ihr Gepäck, um den Kopf darauf zu legen. Die ganze Nacht dachte er daran, dass es möglich sein müsse zu fliehen und wenigstens einmal, bevor sie ihn wieder einfingen, zum Hund zu gelangen. Er hatte das Brot und die Wurst von seiner Mutter, das konnte er ihm geben. Er horchte in die Nacht hinaus. Aber er hörte nur das Atmen der anderen Jungen um sich herum. Dann wieder stellte er sich vor, der Hund würde am Morgen auftauchen und mit ihm fahren. Das war schon spät in der Nacht, wenn die Wachträume den Träumen im Schlaf ähnlich zu werden beginnen, auch wenn man die Augen aufhält und die bittere Sorge einen nicht schlafen lässt. Der Hund würde ihn begleiten, wo immer sie ihn, Michail, auch hinbrächten. Und er würde für sie beide arbeiten. Sie wären unzertrennlich. Der Hund ginge überallhin, wo auch er hinginge, und würde niemals dulden, dass ihm ein Leid geschähe, wie auch er, Michail, den Hund beschützen würde. Er würde seine Ration immer mit ihm teilen, und dann und wann brächte der Hund für sie beide ein Karnickel, das sie an einem kleinen Feuer zusammen verzehren würden. Nachts brauchte er kein Bett, wenn er den Hund hätte. Sie würden einander wärmen und niemals alleine sein.

Gegen Morgen musste er doch geschlafen haben.

Später machte er sich die bittersten Vorwürfe, dass er die letzte Nacht in Korcziw, wo er einen Hund besaß, nicht zur Flucht genutzt hatte. Denn nun trieben sie sie, bevor es hell wurde, wieder auf den Lastwagen. Es geschah wegen der Mütter, die die ganze Nacht vor dem Gemeindehaus gewartet hatten, nachdem es sich im Dorf herumsprach, dass sie noch dort waren, und die alle ihren Söhnen noch etwas Vergessenes mitgeben wollten, Mützen, Gebetbücher, einen Kuchen, den sie noch rasch gebacken hatten … Sie hatten sich erst lange nach Mitternacht heimschicken lassen und würden bei Tagesanbruch wieder zur Stelle sein. Man hatte ihnen versichert, dass das früh genug wäre. Nur so waren sie bereit gewesen, sich zu zerstreuen.

Darum brach man jetzt im Schutze der Dunkelheit ein bisschen früher auf. Alle Jungen hatten die Nacht mit Fluchtplänen zugebracht, über denen sie schließlich kurz eingeschlafen waren, und merkten erst, als sie wieder auf dem Wagen saßen, dass es zu spät dazu war.

Ich habe einen Hund, sagte Michail, als der Wagen eben zum Dorf hinaus war. Es war ein Geständnis, die Wahrheit, die er wochenlang in sich verschlossen hatte. Es war so weit gekommen, dass er sie preisgab.

Halt die Fresse, sagte der Junge, der ihm gegenübersaß.

Ich wollte ihn eigentlich mitnehmen, sagte Michail.

Hast du nicht gehört, dass du die Fresse halten sollst, sagte ein anderer der Jungen, der älteste von ihnen.

Haltet die Fresse, sagte einer von den Deutschen, der etwas Polnisch sprach.

Michail überlegte, wie man vom fahrenden Wagen herunterspringen könnte. Alle Jungen überlegten, wie man vom fahrenden Wagen herunterspringt.

Sie brachten sie nach Belz, wo sie von zwei Ärzten untersucht wurden.

Sieh dir dieses Bürschchen an, sagte ein Arzt zum anderen, als Michail an der Reihe war.

Du liebe Güte, sagte der andere Arzt.

Michail stand nackt vor ihm. Ohne die Stiefel seines Vaters und die wattierte Jacke, die er während des Transportes trug, sah er erbärmlich aus.

Krankheiten? fragte der erste Arzt.

Michail sagte ihm, dass er im Spätsommer Typhus gehabt hatte.

Den können wir wieder nach Hause schicken, sagte der andere Arzt. Sieh dir das an. Der kann doch nicht arbeiten.

Und er griff nach seinem Handgelenk, wie seine Mutter es gestern getan hatte. Dann zog er Michails Unterlid herab und sah ihm durch ein Glas in die Augen.

Wenn du mich fragst, sagte er und schüttelte den Kopf.

Diesmal wusste Michail, worauf es ankam.

Mir wird manchmal ganz schwindlig, sagte er.

Das wird schon, sagte der erste Arzt. Bei uns wirst du richtig verpflegt, dann kannst du auch arbeiten.

Die haben doch nichts zu fressen, sagte er zu dem anderen Arzt. Der ist vierzehn. Der wächst noch.

Moment mal, sagte der andere Arzt. Joseph? Ist das wahr? Du bist schon siebzehn Jahre alt?

Das ist mein Bruder, sagte Michail. Das ist eine Verwechslung. Ich bin aus Versehen hier.

Plötzlich sah er, wie alles wieder gut wurde. Er konnte zu Fuß zurückgehen. Es machte nichts aus. In zwei Tagen würde er wieder zu Hause sein. Ein Hund ist nach drei Tagen noch nicht verhungert.

Lüg uns nicht an, Joseph, sagte der erste Arzt. Mein Gott, die lügen doch alle wie gedruckt. Hör mir zu, Joseph, sagte er, du warst krank und du bist nicht der Allerkräftigste. Aber ein bisschen Arbeit wird dir gut tun. Davon wirst du groß und stark. Ein richtiger Mann, Joseph.

Er boxte Michail in die Rippen. Seine Untersuchung war beendet.

Joseph?, sagte er, als Michail sich nach seinen Kleidern bückte und begriff, was geschehen war. Eins noch: Gewöhn dir das Lügen ab. Lügen haben kurze Beine.

Und Michail hatte lange darüber nachgedacht, was das bedeutete. Was hatten seine Beine mit der Tatsache zu tun, dass er anstelle von Jossip mitgenommen worden war? Irgendetwas hatte er falsch gemacht, und er kam nicht dahinter, was es war. Wenn er doch wenigstens Jossip gesagt hätte, dass man den Hund füttern musste.

Man brachte sie in die Kaserne nach Hrubieszów. Dort schliefen sie auf Stroh, und er fand in den Gerüchen, die daraus aufstiegen, seinen einzigen Trost. Doch damals war sein Heimweh, dreißig Kilometer von Korcziw entfernt, schon so fürchterlich, dass jeder Trost es nur verschlimmerte. Er lag auf dem Stroh, grub sein Gesicht hinein, sog den Geruch ein und fand darin alle Gerüche von Korcziw wieder. Einzeln spürte er ihnen nach, dem Geruch des reifen Weizens auf dem Halm, dem Geruch von Kartoffeln, wie sie langsam in Fäulnis übergehen, dem Geruch einer feuchten Kiefernholzbretterwand, von der vielleicht ein paar Holzsplitter kündeten, die ins Stroh geraten waren, dem Salmiakgeruch von Pisse, wie er in jedem Stall jeden anderen Geruch überlagert, dem Geruch von ganz leicht angefaulten Kohlblättern, weiß Gott, woher er kam, dem Schweißgeruch eines unglücklichen, seiner Freiheit beraubten Tieres, in dem er seinen eigenen Geruch wiedererkannte, und schließlich, von Tag zu Tag vorherrschender, das Aroma seiner Tränen, die er ins Stroh weinte.

Sie blieben eine Woche in Hrubieszów, und jeden Tag wurden neue Jungen von irgendwo hergebracht, Jungen, die Tag und Nacht von Flucht phantasierten und das Stroh nassweinten. Sie sprachen wenig, und wenn einer jammerte, hieß es sofort: Halt die Fresse. Er war jetzt in einer Welt, in der es kein Mitleid gab.

Am sechsten Tag sah er Stepan, einen Jungen aus Korcziw, kaum älter als er, mit dem er zur Schule gegangen war.

Er fragte ihn nach dem Hund.

Stepan hatte keinen Hund gesehen. Aber er sagte ihm, dass er ohnehin fliehen wolle. Auf keinen Fall würde er nach Deutschland mitfahren und, in Korcziw zurück, versprach er, sich um den Hund zu kümmern. Michail fühlte sich auf einmal schon als alter Hase in der Gefangenschaft. Darüber war er auf jeden Fall schon hinaus. Trotzdem beschrieb er Stepan den Weg zum Holzschuppen und fand einen gewissen Trost darin, einen Mitwisser zu haben.

Am nächsten Tag ging der Zug, und er und Stepan versuchten, zusammen in einen Wagen zu kommen, was ihnen sogar gelang, wenn auch nicht nebeneinander. Aber als sich seine Augen an die Dunkelheit gewöhnt hatten – es fiel nur etwas Tageslicht durch die vergitterten Luken in den Schiebetüren –, konnte er Stepan sehen, und Stepan sah auch manchmal zu ihm hinüber. Das tröstete Michail etwas über den Verlust des Strohlagers auf dem Kasernenboden hinweg. Sie versuchten ein bisschen näher zueinander zu rutschen, aber an ein Wechseln der Plätze war gar nicht zu denken.

Sie waren den ganzen Tag und die ganze Nacht unterwegs, ein Waggon voller Jungen zwischen vierzehn und zwanzig Jahren. Keiner von ihnen war je auf Reisen gewesen, nie weiter als bis zur nächsten Kreisstadt von zu Hause entfernt. Die meisten von ihnen waren auch noch nie mit dem Zug gefahren. Sie lauschten dem Rollen der Räder und fassten es einfach nicht. Sie waren mit Ochsengespannen, mit Pferdefuhrwerken gereist. Dies war ihr Aufbruch ins Maschinenzeitalter. Unerbittlich riss es sie von allem, was sie kannten, fort. Weiter und weiter und weiter in jedem Moment. Und sie fühlten nicht den Hunger, den Durst, den Harndrang, all das, worunter sie noch genug leiden sollten, sie fühlten nur, dass sie nichts waren. Vor ein paar Tagen noch Söhne, Enkelsöhne, Brüder, zukünftige Kleinbauern, wurden sie in diesem Mahlstrom von Eisen auf Eisen zu nichts zermahlen. Fremde, die sie ab jetzt waren, Fremdarbeiter, fühlten sie, wie sie sich selbst immer fremder wurden, Ungekannte, die eine viel zu große Last an Erinnertem, Geliebtem, Vertrautem mit sich führten. Sie fühlten, wie es sich zu einem harten kleinen Kern zusammenballte, den sie von nun an in sich tragen und mit nichts als ihren frierenden, schwachen Körpern schützen würden. Das versteckte schmerzende Zentrum ihrer Verlassenheit.

Einmal, gegen Abend, machten sie an einem Bahnsteig Halt, an dem es Suppe und kalten dünnen Tee für sie gab. Man forderte sie auf, auszusteigen und sich an den Kübeln anzustellen. Es gab keinen unter ihnen, der nicht vorhatte zu fliehen und zu Fuß wieder nach Hause zu gehen. Dies war die Gelegenheit, auf die sie alle gewartet hatten.

Aber es war nicht einmal wegen der Bewacher, die mit entsicherten Waffen zu beiden Seiten des Bahnsteigs postiert waren. Es war etwas anderes, was sie daran hinderte, einfach wegzurennen. Ein paar von ihnen hätten es vielleicht geschafft, wenn es alle versucht hätten. Die Wahrheit war, dass sie sich bereits verwandelt hatten. Sie waren nicht mehr die Jungen, die es mit jeder Gefahr, mit jeder Herausforderung aufgenommen hatten. Sie waren schon Gefangene, ein trostloser Zug von Entrechteten, an die nicht ein Löffel mehr Suppe verschwendet wurde, als zum Erhalt ihrer Arbeitsfähigkeit nötig war. Beschämt und halb satt zwängten sie sich wieder in den Wagen. Michail und Stepan sahen sich nicht mehr an. Sie versuchten zu schlafen.

Denn es war auf einmal wichtig, dass man bei Kräften blieb. Eine Spur mehr an Nahrung, an Wärme, an Schlaf konnte ausschlaggebend sein. Die Jungen drückten sich eng aneinander. Jeder Versuch, eine Zone der Unberührbarkeit um sich zu behaupten, was bei der herrschenden Enge ohnehin unmöglich war und sich nur dann und wann in abweisendem Knurren, einem Steifmachen der Glieder geäußert hatte, einem Knuffen und Zurückstoßen dessen, der seinem Nachbarn zu nah gekommen war, möglicherweise den Kopf im Einschlafen auf seine Schulter sinken ließ, jeder Versuch dieser Art stellte sich jetzt als vergebens, ja als schädlich heraus. Sie krochen einander fast unter die Steppjacken, atmeten an den Hälsen und Armbeugen des Jungen neben sich. Gib mir von deiner Wärme, dann geb ich dir von meiner. Sklaven verhalten sich so. Sie wissen, dass sie nichts mehr außer sich selbst haben. Alles, was bisher die Bemessungsgrundlage ihres sozialen Ranges ausgemacht hatte, das Fluidum ihrer Siege und Niederlagen, der Besitzstand ihrer Väter, das Einschüchterungspotential älterer Brüder, die Schönheit begehrter Mädchen, die ihre Schwestern und Bräute gewesen waren, all dieses Unwägbare, nach dem der Wert einer Person gewogen wird und das sie wie eine Aura, einen unsichtbaren Hof mit sich trägt, zählte hier nicht mehr. Das erste Gebot des Sklaven lautet: Du sollst nicht stolz sein. Sonst lebst du nicht lange.

Auch Michail hatte es bald gelernt. Als der Zug das nächste Mal hielt und man sie hinaustrieb, sah er schon vor sich auf die Erde, wie Sklaven es tun, die wissen, dass es sie nichts angeht, wo sie sich befinden. Kein hastiges Hin- und Herschauen mehr, kein Absuchen des Terrains nach möglichen Fluchtwegen. Und den Namen der ersten deutschen Stadt, in der sie ankamen, würde er niemals wissen. Zwar konnte er die lateinische Schrift lesen, weil sie in der Schule Polnisch gelernt hatten. Aber er sah gar nicht hin.

Hier wurden sie entlaust, geschoren und nach ihrer Brauchbarkeit sortiert. Die Kräftigen, Ausgewachsenen für Bauarbeit und Industrie, die übrigen für die Landwirtschaft.

Schließlich stand da noch Michail, nackt, kahl, frierend, vor Verzagtheit und Kälte in sich hineinschrumpfend wie sein Glied, das kaum noch an ihm zu sehen war, ein blasser Junge, zu schwach, zu klein, zu unbrauchbar, weder für die Industrie noch für die Landwirtschaft geeignet.

Der Mann im weißen Kittel und der in Uniform schienen beide nicht zu wissen, was sie mit Michail anfangen sollten. Die anderen jungen Männer waren schon dabei, sich wieder anzuziehen. Wie ihre nackten Körper waren auch ihre Kleider mit Gift eingesprüht worden, und bevor sie sie wieder anzogen, mussten sie sie kräftig ausschütteln, damit die Flöhe herausfielen, die sie bewohnt hatten.

Da, plötzlich, sah Michail, wie einer der Jungen nach seiner Jacke griff. Sie war das Kostbarste, was er besaß. Nicht nur, dass sie seinem Vater gehört hatte und immer noch nach ihm roch – sie war dick und weich und fast so lang wie ein Mantel für ihn. Sie war sein einziges Zuhause, sein Winterquartier.

Er rannte, nackt, wie er war, zu der Gruppe von Jungen – es waren die starken, die Bauarbeiter unter ihnen – und riss die Jacke an sich. Dieb, sagte er auf Ukrainisch. Der Junge bückte sich und nahm eine andere Jacke auf. Auch er war bereits ein Sklave, gleichgültig, ohne Stolz.

Als Michail zu den beiden Männern zurückwollte, sah er, wie sie ihr Buch zuklappten, aufstanden und zur Tür hinausgingen, und er begriff, dass die Sache für sie beendet war. Er hatte selbst gewählt. Das kleine Problem, das er darstellte, war gelöst. So einfach kann das sein.

Er war jetzt bei denen, die für die härteste Arbeit ausgesucht worden waren. Die meisten von ihnen waren sogar freiwillig nach Deutschland gekommen. Sie hatten nichts anderes gewollt als Arbeit für guten Lohn, den man ihnen in Aussicht gestellt hatte und von dem sie ihren Familien zu Hause ein Gutteil versprochen hatten. Auch glaubten sie an ihr Recht auf Heimaturlaub einmal im Jahr. Sie hatten Verträge unterschrieben, in denen ihnen beides zugesichert worden war. Aber was sie nicht wussten: Für Angehörige einer Feindmacht galten die Bestimmungen in den Arbeitsverträgen nicht. Niemand hatte ihnen das gesagt.

Er war auf der falschen Seite, Michail wusste das. Aber so, wie es stand, gab es hier niemanden, der Beschwerden entgegennahm. Also schüttelte Michail, so gut es ging, die toten Flöhe aus den Kleidern und zog sich an. Immerhin hatte er die Jacke. Er nahm sich vor, sie nie wieder aus den Augen zu lassen.

Der Zug, dem er zugeteilt wurde, fuhr nach Süddeutschland. Aber Michail war das gleich. Was zählte, war die Entfernung von Korcziw, nicht wo er war. Und mit jeder Umdrehung der Eisenbahnräder nahm die Entfernung von Korcziw zu.

Er versuchte, nicht an den Hund zu denken. Doch der Hund dachte an ihn. Michail wusste das. Und es würde von jetzt an das Einzige sein, was ihn auszeichnete. Das war sein heimlicher Rang. Sein tief nach innen versteckter Stolz bestand darin, zu wissen, dass der Hund seiner war. Er würde wildern und streunen, böse und misstrauisch werden, wie auch Michail von jetzt an misstrauisch, böse und ganz auf sich gestellt sein musste. So würden sie nicht aufhören, Herr und Hund zu sein, und in all ihrem Elend würde ein winziger, hart verkapselter Kern von Hoffnung übrig sein. Er, Michail, und sein Hund hatten allen Grund, am Leben zu bleiben.

Und viele Jahre später noch würde Michail manchmal ausrechnen, wie alt der Hund jetzt war und ob er wohl noch am Leben sein könnte. Siebzehn, achtzehn Jahre? Wie alt wird ein Hund? Und wie alt wird sein Gedächtnis? Und seine Verlassenheit, sein Jammer, wie alt werden die?

Auf der Ladefläche eines Lastwagens sah er Stepan zum letzten Mal. Er schien zu winken, und Michail winkte ihm zurück. Dann setzte sich der Lastwagen in Bewegung, und Michail blieb, seinen Arm in die Höhe gereckt, die Handfläche ausgestreckt, stehen, solange er noch den Wagen sehen konnte. Ein bewegungsloses Winken, ein erstarrter Gruß in die Richtung, in die es Stepan von ihm wegtrug. Da spürte er einen Stoß in die Rippen. Nazischwein, zischte ihm jemand auf Polnisch ins Ohr, und auch er wurde auf einen Lastwagen geschoben.

Sie fuhren in die Berge. Es war Oktober, schon kühl, etwas Schnee auf den Gipfeln, als Michail in Hitlers Sperrgebiet ankam.

Ich habe nie genau von ihm erfahren, was geschehen war, bevor er sich zu mir ins Teehaus flüchtete. Er sprach nicht gern darüber. Aber mit der Zeit, als wir vertrauter wurden – obwohl sein Misstrauen immer wach blieb, immer auf dem Sprung –, gelang es mir manchmal, ihn zum Reden zu bringen. Und aus allem, was er mir davon erzählt hat, Bruchstücken ohne Zusammenhang, unbegriffenen Beobachtungen, kleinen Geschichten, die abbrachen, bevor erkennbar war, wo die Pointe lag, vorgetragen in der Sklavensprache, mit der er sich auch vor mir zu schützen versuchte, den kurzen Infinitivsätzen, hinter denen er seine fortgeschrittenen Deutschkenntnisse verbarg: Ich Hunger. Ich nix verstehen – aus all dem habe ich mir seine Geschichte selbst erzählt, als wenn es meine Geschichte gewesen wäre.

Und in gewisser Weise war es meine Geschichte. Ich trat darin die Reise zur Erforschung dieses Ortes an. Durch Michail lernte ich die andere, die unsichtbare Seite des Obersalzbergs zu sehen. Durch ihn begriff ich, dass die Welt voller Schlupflöcher ist, durch die man in andere Welten, andere Wirklichkeiten gelangen kann, und dass von dort aus betrachtet die Dinge sich im Licht ihrer ganzen Entsetzlichkeit zeigen. Hätte es Michail nicht gegeben, ich hätte ihn mir erfinden müssen, um zu sehen, wo ich mich befand.

Aber da war er: schmutzig, voller Gier auf alles Essbare, vorsichtig und verschlagen wie ein Fuchs, lautlos wie eine Katze, verzweifelt wie ein wildes Tier in der Falle, angstvoll und misstrauisch.

Er hatte kein Wort für die Krankheit, an der er litt. Kein deutsches Wort, aber auch kein ukrainisches oder polnisches. Eine Sprache für etwas, das die Seele befällt und krank macht, hatte er nicht. Aus allem, was er mir im Laufe der Zeit zu verstehen gab, habe ich mir das Wort selber herausbuchstabiert: Heimweh. Er war verrückt, er war krank davon. Er würde daran sterben. Er wusste es. Er wollte vorher nur noch ein einziges Mal zu Hause sein. Sehen, ob der Hund noch da war. Den Geruch der Kartoffelfeuer von Korcziw im Herbst riechen. Seiner Mutter sagen, dass man den Deutschen gehorchen muss, immer und unbedingt. Sie lehren, dass man begreifen muss: Sie haben kein Erbarmen. Sie sind die Stärkeren. Sie werden es immer sein.

Er zweifelte nicht daran, dass sie ihn aufgreifen würden und entweder erschießen oder wieder zurückbringen. Er wusste nichts davon, dass sie in seiner Heimat den Krieg längst verloren hatten und auf dem Rückzug waren. Die

SS-Leute, die Brauereiinspektoren, die endlosen Kolonnen von Wehrmachtslastwagen, alles fort wie ein Spuk. Er wusste nichts davon, dass Soldaten der Roten Armee sie abgelöst hatten und dass sie es waren, vor denen man sich in Korcziw jetzt fürchtete. Er wusste nichts davon, dass sie ihn töten würden, wenn er noch einmal zurückkäme, weil er für sie ein Kollaborateur wäre, und dass sie nicht danach fragen würden, ob er freiwillig mit den Deutschen gegangen war. Er ahnte nicht, dass seine Mutter darum betete, dass er um Gottes willen bliebe, wo er war. Er konnte nicht wissen, wie tief und unrettbar er in eins der schwarzen Löcher der Geschichte dieses Jahrhunderts gefallen war.

Es gab keinen Ort für ihn, keine Zuflucht, keine Heimat, nicht einmal ein Land, dessen Bürger er war. Sein altes Dorf auf der Grenze, zuerst polnisch, dann ukrainisch, dann zur Union der sozialistischen Sowjetrepubliken gehörend, war schließlich nur noch die Welt, die er in seinen Träumen sah. Eine Stalltür. Eine Treppe. Ein kopfloses Huhn, das über den Hof flattert, bis es mitten im Lauf einhält und zuckend liegen bleibt.

Manchmal, in den Baracken, suchte er nach dem Geruch des alten Holzhauses in Korcziw, in dem er zu Hause war. Steine riechen nicht. Aber in Holzhäusern bleibt etwas vom Atem der Bäume, aus denen sie gemacht sind. Etwas von dem Aroma ihrer Herbste und Frühlinge. Am stärksten ist es in der Sonne, wenn sich das Holz mit leisem Knarren dehnt. In Korcziw hatte es mit einer Stimme gesprochen, die ihm vertraut war wie das Rascheln der Röcke seiner Großmutter. Im Winter ist es das Feuer im Küchenherd, das das Holz zum Sprechen bringt. Im Verlauf einer Nacht, wenn es herunterbrennt, verstummt das Holz. Man hört nur den Wind, der an den Dachschindeln zerrt. Aber morgens, wenn das Feuer wieder entfacht wird, dann dehnt und streckt sich das Haus.

Im Dunkeln der Baracke im Lager Antenberg hatte

Michail nach dem Geruch von Korcziw gesucht und auf die vertraute Stimme sich dehnender Holzbalken gehorcht. Er hatte sich betrogen, so gut es ging, und mit geschlossenen Augen ein Korcziw-Gefühl in sich aufkommen lassen. Immerhin war es kein Steinhaus, in dem er sich befand. Das Schnaufen und Rascheln der anderen Männer – sie schliefen zu achtzehn in einem Raum –, das konnten unter gewissen Bedingungen Jossip und Andrzej sein. Er nahm sein Heimweh zu Hilfe und schloss jede Wahrnehmung aus, die störend sein würde. Mit einer kühnen und schönen Anstrengung der Seele filterte er sie heraus, er zwang seine Sinne zur Ungenauigkeit – und da war er, der Holzgeruch, da war das Knarren der Balken, das Atemgeräusch der Brüder neben ihm, das Scharren, mit dem auf dem Dach ein Schneebrett ins Rutschen kam. Und er weinte.

Er weinte fast immerzu. Er roch nach Tränen wie ein feuchter, muffiger Stollen in einem Salzbergwerk. Und sie verachteten ihn dafür. Unter Männern ist der Dunst von Tränen abstoßend. Nicht viel besser als Uringeruch, eine Nässe, eine Körperabsonderung, etwas, das in seinen Kleidern, seinem Atem hing und vor dem sie angewidert zurückwichen wie vor etwas Ekligem. Sie waren viel gewöhnt, die Männer in den Baracken. Es stank nach Schweiß und Urin und allen Körperausdünstungen bei ihnen. Aber den Geruch von Tränen, der an ihm haftete, hassten sie.

Flenn nicht, sagten sie zu ihm. Sei ein Mann.

Er wollte gerne ein Mann sein. Er wusste, dass es an der Zeit wäre, ein Mann zu sein. Er wuchs. Er sah es an den Kleidern, der Hose und der Jacke, die er trug. Sie wurden ihm zu kurz. Er merkte auch, dass sein Geschlecht sich veränderte. Er stellte ein eigenes Wachstum an ihm fest. Aber der Trost, den ihm das verschaffte, hielt niemals lange vor.

Sein Heimweh war grenzenlos. Es zehrte jede andere Empfindung in ihm auf. Heimweh ist ein Gefühl, das weich und schwach macht statt hart und stark. Es war, als ob eine

Spinne in seinem Herzen säße, die ihn durch die Gabe ihres giftigen Speichels langsam von innen verflüssigte, um ihn sich einzuverleiben, in dem sie sog und sog und sog. Er konnte ihr nichts entgegensetzen. Sei ein Mann, sagten die Männer.

Warum geht ihr nicht nach Hause, wenn ihr Männer seid?, dachte er. Wenn ich ein Mann wäre, würde ich nach Hause gehen.

So kam er in unzähligen durchweinten Nächten, die Hand auf dem großen Geschlecht, das ihm gewachsen war, zu dem Umkehrschluss: Dass er nach Hause gehen musste, weil er ein Mann geworden war.

Sobald der Entschluss in ihm feststand, hörten die Tränen auf. Er erkannte darin die Bestätigung, dass richtig war, was er tat.

Er wusste nicht, wo er sich befand. Er sah dieselben Uniformen, die er in Korcziw gesehen hatte. Er hörte um sich herum die Sprache sprechen, die er als Sprache der Herren kannte, die Sprache der Befehle, denen man zu gehorchen hatte, oder der Strafandrohungen für den Fall, dass man es nicht tat. Die Sprache, in der die Tage gezählt wurden, die jemand im Arrestbunker zubrachte. Die Sprache, in der die Lebensmittelrationen zugeteilt wurden:

Fünf Uhr früh Kaffee, ein Stück trockenes Brot, zehn Uhr ein Stück Brot mit Marmelade, mittags Suppe, zwanzig bis dreißig Gramm Fleisch mit Kartoffeln, abends vom Mittag Gewärmtes, falls etwas übrig geblieben ist.

Er verstand alles. Er konnte wie alle anderen viel besser Deutsch, als vermutet wurde. Sie verstellten sich. Es ist immer besser, die Sprache der Herren nicht zu genau zu verstehen. Warum sollte man es ihnen unnötig leicht machen? Aber es war nicht einmal nur bewusste Verstellung, was ihnen eingab, kein Wort herauszubringen und die Stirn in Falten zu legen, wenn sie von einem der Deutschen nach etwas gefragt wurden. Es war auch echte Schüchternheit, wie sie die Sklaven angesichts ihrer Herren befällt. Wie konnten sie sich der Sprache der Deutschen bedienen? Es gehörte sich nicht für sie. Es kam ihnen selbst wie eine Anmaßung vor. Und so blieben sie dabei, auf idiotische Weise in Zweiwortsätzen von der Art »Du Chef« zu reagieren, während die Schere zwischen ihrer gesprochenen Sprache und ihrem Sprachwissen sich immer weiter öffnete, und selbst Jahre nach dem Kriegsende würde Michail noch sein Sklavendeutsch sprechen, auch wenn er längst dazu in der Lage sein würde, deutsche Zeitungen zu lesen, und wüsste, was für ein Land das war, in dem er sich befand.

Damals jedoch, im Herbst 1942, glaubte er sich an einem beliebigen Ort in Deutschland zu befinden. Die Wachhäuser an den Straßen, die hohen Drahtzäune, die dichte Präsenz von SS-Leuten, die Kasernen, die Schießstände, wo, wie er wusste, für die Erschießung von seinesgleichen geübt wurde, die gepflegten Grundstücke der Mächtigen, ihre wundervollen Häuser, die er mehr irgendwo in der Nähe ahnte, als dass er sie wirklich sah, die eskortierten Limousinen, in denen sich die Herren über Leben und Tod auf dem Berg einfanden, all das hatte Michail erwartet, als er nach Deutschland kam. Ihm fiel nicht auf, dass dies ein besonderer Ort war. Er hatte sich Deutschland als einen einzigen Obersalzberg vorgestellt, eine Art bewachtes Freigehege für Nazis.

Die schneebedeckten Berge, die es umstanden, gehörten für ihn dazu. Ihre Schroffheit, ihre Ferne, ihre Unzugänglichkeit. In den Karpaten pflegte man die Gipfel zu meiden. Den Deutschen war kein Berg zu hoch, kein Fels zu steil, um noch ein Haus darauf zu bauen. Er sah mit Entsetzen zum Kehlsteinhaus hinauf. So leben sie, dachte er.

In der ersten Zeit waren sie zu Bau- und Erdarbeiten für eine Wohnsiedlung eingesetzt. In seinem Trupp gab es ein paar Landsleute, die darauf achteten, dass er die leichteren Arbeiten bekam, Gräben ausheben, Schutt abräumen, Speis mischen. Kleiner, sagten sie zu ihm auf Ukrainisch, wenn du dich ein bisschen ausruhen willst, ich mach das schon für dich. Und sie zeigten ihm, wie man für kurze Zeit in einen Graben abtauchen kann, bis die deutschen Aufseher ihre Zigaretten geraucht und ihre Kontrollgänge wieder aufgenommen haben. Ein rascher Fußtritt von ihnen weckte ihn dann aus dem Schlaf, in den er immer und überall fallen konnte. So erschöpft war er.

Als der Winter kam, mussten sie bei strengem Frost weiterarbeiten. Sie bekamen Handschuhe. Aber die Handschuhe gingen bei der Arbeit kaputt, und wenn dann einer der älteren Arbeiter, die Hände in den Taschen, zu ihm kam: He, Kleiner, kannst du mir mal deine Handschuhe leihen?, wusste er, dass er keine Wahl hatte, und er gab sie ihm und bekam sie niemals zurück. Also versuchte er immer wieder einmal, die Hände in seine Taschen zu bekommen. Das war nicht leicht. Denn ein Sklave, der die Hände in den Taschen hat, muss wissen, dass er gefährlich lebt. Selbst seine Beschützer herrschten ihn manchmal an: Steh hier nicht einfach rum. Wer nicht arbeitet, der kriegt auch nichts zu essen. Klar?

Denn auch das kannte er: Kannst du mir mal dein Stück Brot leihen, Kleiner?

Dieselben standen ihm bei und missachteten ihn, je nachdem. Das ist das Recht der Stärkeren.

Da, sagte er und reichte es ihnen hin.

Und das Äußerste, was er sich erlaubte, war manchmal noch ein großes Stück abzubeißen, bevor er es ihnen gab. Dann lachten sie.

Ist in Ordnung, Kleiner, sagten sie. Von irgendwas muss man ja groß und stark werden.

Obwohl der Winter in den deutschen Bergen ebenso streng wie in seiner Heimat war, kannte man hier nicht die Ruhe, die er in Korcziw immer mit sich gebracht hatte. An eine Einstellung der Arbeiten war nicht zu denken. Die

Deutschen waren schnell. Sie waren rastlos. Sie wollten alles sofort, was sie wollten. Kaum war ein Anfang gemacht, wollten sie das Werk schon fertig sehen. Es war, als wüssten sie, dass sie nicht mehr lange Zeit haben würden, zu vollenden, was begonnen war. Michail konnte sich ihre Unrast nicht erklären. Hätte die Welt ihm gehört, wie sie ihnen gehörte, als Erstes hätte er sich genügend Zeit genommen. Doch je mächtiger die Deutschen waren, die er sah, Aufseher von Aufsehern und deren Aufseher, desto rastloser trieben sie das Werk voran, das andere für sie schufen.

So errichteten sie große Zelte über den Baustellen und stellten Öfen darunter auf. Als es noch kälter wurde, so dass man keinen Beton mehr bereiten konnte, hielten sie die Kies- und Sandvorräte durch darin verlegte Heizschlangen warm. In riesigen Kesseln wurde das Anmachwasser vorgewärmt, und auf die Verschalungen richteten sie große Heizstrahler. Damit der frische Beton keinen Schaden litt, musste bei Tag und Nacht geheizt werden, und die Arbeit auf den Baustellen war bei den Männern in den Baracken auf einmal sehr begehrt. Sie hatten den Winter mehr als alles andere für sich gefürchtet, und als der nächste Herbst kam, dachten sie beruhigt an die Heizstrahler für den Beton.

Aber um diese Zeit wurden sie plötzlich anderweitig gebraucht. Die Deutschen hatten damit begonnen, ihren Berg von innen auszuhöhlen. Es war, als wenn sie ihre Häuser nun in die Erde hineinwachsen ließen statt aus ihr heraus. Michail begriff nicht, was sie damit bezweckten, aber es machte sie noch unheimlicher für ihn. Sie errichteten ihr Reich jetzt auch unter der Erde.

Sie waren in der Luft. Er hatte sich in Korcziw oft genug unter dem Donner ihrer Flugzeuge geduckt.

Sie waren im Wasser. Er hatte Bilder von ihren U-Booten gesehen, mit denen sie aus den Tiefen der Meere die Schiffe beschossen, die sich noch hinauswagten.

Sie waren in der Luft, zu Wasser, zu Lande und jetzt auch unter der Erde. Sie waren überall.

Er sah die riesigen Hallen, die sie sich unter dem Berg geschaffen hatten. Thronsäle der Unterwelt, die durch ein Labyrinth von unterirdischen Gängen miteinander verbunden waren. Er begriff, dass sie daran arbeiteten, sie mit allem zu versehen, was man dazu braucht, um tief unter der Erde leben zu können: mit frischer Luft, mit elektrischem Strom, mit Telefonleitungen, Wasser, Zentralheizungen ... Jetzt wusste er, dass ihnen einfach gar nichts unmöglich war.

Er hatte schon immer Angst gehabt zu ersticken. Es war eine ganz und gar unbeherrschbare Angst. Die Vorstellung, dass man ins Grab muss, war für ihn das Schlimmste am Tod, und als sie seinen Vater begruben, war Michail sicher, dass er da in seinem Erdloch, der engen Kiste, in die man ihn eingesperrt hatte, um seine Befreiung rang, dass er bis ganz zum Schluss hoffte, er, Michail, würde ihm zu Hilfe kommen. Und als sie ihm die Schaufel gaben und er tat, was sie von ihm erwarteten, da kam es ihm plötzlich so vor, als seien alle, die zur Bestattung seines Vaters versammelt waren, in Wahrheit gekommen, um ihn daran zu hindern, ins Leben zurückzukehren, eine verschworene Gemeinschaft von Unbarmherzigen, zu denen unbegreiflicherweise auch seine Mutter, seine Brüder, die besten Freunde seines Vaters gehörten – und er. Auch er gehörte dazu. Alle standen sie da und schnitten dem Toten den Rückweg ins Leben ab.

Die Angst zu ersticken, das war für Michail die Angst, im Stich gelassen zu werden, verraten, ausgesetzt, allein in der Dunkelheit. Alles, was unter der Erde lag, ängstigte ihn. In Korcziw lagen nur die Gräber unter der Erde. Die Bauernhäuser aus Holz waren nicht unterkellert, und in der Umgebung gab es außer den Fuchs- und Dachsbauten nichts Unterirdisches. Jetzt aber sollte Michail unter Tage arbeiten.

Da er der Kleinste von allen war, ließen sie ihn in die parallel zu den Hauptstollen verlaufenden kleineren Versorgungsstollen kriechen, wenn es dort Schutt wegzuräumen oder nachzusehen galt, wo ein Durchgang verstopft war. Es war oft so eng, dass er sich nicht einmal auf die Knie stützen konnte, sondern sich flach auf dem Bauch liegend, die Arme voraus, wie eine Schlange voranbewegte, sein Gesicht an der Erde, den Mund voller Staub und hustend vor Atemnot. An seinem Fußgelenk war ein Seil befestigt. Er fühlte es oft nicht mehr, wusste nicht, ob es noch da war. Von weitem hörte er die Rufe, die ihm galten.

Kleiner?! Hast du's? Beeil dich!

Hallo, Kleiner! Lebst du noch??

Und er versuchte, mit seinem Fuß an dem Seil zu ziehen, seiner einzigen Verbindung zur Welt der Lebenden. Aber sie gaben ihm dann sofort mehr Spiel. Sie verlangten, dass er weiterkroch. Der Biss des Berges war fest um ihn geschlossen.

Wenn sie ihn endlich herausließen, flehte er sie an, das nächste Mal einen anderen dafür zu nehmen.

Was ist denn, Kleiner?, sagten sie dann. Kannst dich auf uns verlassen. Wir passen auf dich auf. Du hast's doch bequem da drin. Kannst auf dem Bauch liegen. So bequem wie du hätten wir's auch gern mal. Oder willst du vielleicht lieber an der Steinfräse arbeiten?

Ja!, sagte er, und sie lachten ihn aus.

Am schlimmsten war es nach Sprengungen, wenn die Luft voller Steinstaub war und der Berg noch daran arbeitete, seine Wunden zu schließen. Hier und da gab es einen Geröllsturz. Platten verlagerten ihre Schwerpunkte, verschoben sich. Alle wussten: Die Möglichkeit, dass es einen von ihnen verschüttete, war mit einkalkuliert.

Vielleicht sollte der Kleine mal nachsehen, wie tief diese Spalte ist. Keine Angst, Kleiner, wir gurten dich an. Wir ziehen dich wieder rauf.

Er wusste, dass es keine Möglichkeit gab, sich zu weigern. Sklaven haben kein Recht dazu. Sie kommen auch gar nicht darauf. Irgendwo gab es immer ganz nah einen der bewaffneten deutschen Aufseher. Und so ließ er sich ein Seil oder, wenn es senkrecht hinabging, einen Gurt umlegen und begab sich in den Rachen des Bergs.

Einmal, den Kopf nach unten, wurde er ohnmächtig. Als er aufwachte, kniete ein deutscher Sanitäter neben ihm. Die dich retten und verhöhnen, sind ein und dieselben. Da war niemand, der half.

Vielleicht gewöhnte man sich an das Schreckliche. Aber er gewöhnte sich so wenig daran, wie ein Gefolterter sich an die Folter gewöhnt. Im Gegenteil. Wie ein Gefolterter wünschte er sich zu sterben, nur nicht auf diese Art. Das Dilemma der Folter. Er kostete es aus, bis eines Tages im Herbst 1944 die Lösung vor ihm lag.

Er war so tief in den Berg gekrochen, dass er die Stimmen nicht mehr hörte. Da plötzlich sah er den schwachen Schimmer eines Lichts vor sich. Es war ein weißes Licht, nicht das gelbe Licht der Berglampen, von denen auch er eine an seinem Helm trug. Das Licht vom anderen Ausgang der Welt konnte er sehen.

Er kroch darauf zu, bis er spürte, dass sie dem Seil an seinem Fußgelenk kein Spiel mehr gaben. Er bewegte sich zurück und versuchte, sein Knie so weit unter den Leib zu ziehen, dass er mit seinen Händen das Seil erreichen konnte.

Er hatte plötzlich das Gefühl, dass er dies, ganz genau dieses, schon einmal erlebt hatte und dass ihm damals alles so gelungen war, wie es sein musste. Das machte ihm Mut, obwohl seine Lage die denkbar engste war und er nur Millimeter um Millimeter vorankam, bis er sich endlich von dem Seil befreit hatte.

Im selben Augenblick bereute er das auch schon. Wie sollte er ohne die Hilfe der anderen, ohne das Seil wieder zum Eingang des Stollens zurückfinden? Die ganze Panik, das Entsetzen, die Todesangst kehrten zurück. Er versuchte, ein Stück weit rückwärts zu kriechen, um sein Seil wiederzufinden. Aber da war nichts mehr. Sie hatten es ohne ihn zurückgezogen. Sie wussten jetzt, was er tat. Dass er versuchte, den Ausgang zu finden. Dass er sich auf den Weg nach Korcziw gemacht hatte. Und er beeilte sich wieder, vorwärts zu kommen. Er kroch auf das Licht zu, das immer noch sehr weit weg vor ihm war. Niemand, das wusste er, würde hinter ihm herkriechen. Niemand war so klein und schmal wie er. Und wie er langsam, mit den Händen voraus, den Körper nachziehend, sich vorwärts bewegte, wie er sich an scharfen Kanten die Kleider, die Haut aufriss, spürte er, wie das Licht heller um ihn wurde. Er hörte draußen den Regen niederrauschen, hob den Blick, und dann sah er, dass die Öffnung, die sich vor ihm auftat, viel zu eng für ihn war. Es war eine Falle, in die er gekrochen war.

Er war viel zu erschöpft, um zu versuchen, den Rückweg anzutreten. Nicht jetzt. Mit der Hellsicht des Hoffnungslosen wusste er plötzlich, dass die Arbeitskameraden ihn nicht verraten würden. Beim Appell am Ende der Frühschicht würden sie den Wachen das Seil zeigen. Sie würden ihm einen Tod erfinden, das wusste er. Einen der vielen Tode, die er jeden Tag gefürchtet hatte. Verschüttet. Zerquetscht. Erstickt. Einen der vielen Tode, die ihm zugedacht waren. Nur kein Fluchtversuch. Dafür hätte man sie stellvertretend bestraft. Das riskierten sie nicht.

Und war er nicht so gut wie tot? Mussten sie lügen, wenn sie ihn aufgaben? Michail begriff plötzlich, dass es ihn nicht mehr gab. Selbst wenn er dies überleben, wenn er einen Weg nach draußen oder zum Hauptstollen zurückfinden würde – es gab ihn gar nicht mehr. Seltsamerweise erfüllte ihn diese Erkenntnis mit einem Frieden, den er seit langem nicht mehr gekannt hatte.

Er fühlte sich wie ein Fuchs, der nach langer Verfolgungsjagd plötzlich ein sicheres Versteck entdeckt und sich darin verbirgt, während die Meute über ihn hinwegstürmt und weiterjagt. Er war unauffindbar. Mehr verlangte er nicht.

Seit einem Tag vor zwei Jahren hatte sein Unglück damit begonnen, dass er nicht wie sein Bruder Jossip unauffindbar gewesen war.

Er legte den Kopf auf einen Stein und schlief ein.

Er träumte von seinem Hund. Die Felder von Korcziw. Gemeinsam durchstreiften sie sie. Gemeinsam jagten sie das Reh, das vor ihnen floh. Sie waren gleich schnell, gleich wild, gleich beute- und blutgierig.

Als er aufwachte, hatte der Regen für kurze Zeit aufgehört. Er begriff sofort, was ihn umbringen würde: die Kälte und seine erzwungene Haltung. Beide verbündeten sich gegen ihn. Sie waren überwältigend. Zwischen Schmerz und Empfindungslosigkeit konnte er nicht unterscheiden. Beide waren grenzenlos. Er hätte sich bewegen müssen, um sie zu spüren. Um zu wissen, wo das eine aufhörte und das andere begann.

Dann konnte er den Hund wieder hören. Er war ganz nah. Er hechelte. Michail hörte ihn fiepen, wie Hunde es bei der Jagd tun, wenn sie die Beute aufgestöbert haben. Ein Äußerstes an Triumph, an Jagdglück, an Tötungslust.

Er war da. Er konnte ihn wirklich hören. Er hielt es für möglich, dass er bereits wahnsinnig vor Kälte, vor Schmerz, vor Todesangst geworden war. Dann hörte er Stimmen, die nicht aus seinem Traum kamen, Stimmen, die einen Hund riefen, streng und gebieterisch. Michail hörte, wie der Hund sich ein Stück weit entfernte. Er konnte die Anstrengung spüren, die Willenskraft, die es ihn kostete, dem menschlichen Befehl Folge zu leisten. Er fühlte die Enttäuschung, die Demütigung des Hundes mit. Das ganze Ausmaß des Missverständnisses war ihm klar. Und obwohl er, Michail, hier die Beute war, das Stück Wild, das in seinem Versteck aufgestöbert worden war, der Fuchs in seinem Fuchsbau, war es doch der Hund, dessen Niederlage er mit empfand.

Er wildert, sagte eine Stimme. Wenn er nicht aufhört damit, lasse ich ihn erschießen.

Wär schade, sagte eine andere Stimme. Ich mag ihn ganz gern.

Zwei uniformierte Männer traten in Michails Blickfeld, und zwar so, dass er nur ihre Köpfe sah. Er sah ihre Gesichter im Profil. Er sah zwischen ihnen ein Feuerzeug aufleuchten, sah, wie die beiden Gesichter sich nacheinander darüberbeugten, sah zwei Zigaretten aufglimmen, roch den Zigarettenrauch. Michail begriff, dass unter ihm ein Fußweg entlangführte. Er war genau dort angekommen, wo die Wachen ihre täglichen Patrouillengänge machten. Sie waren hier. Sie waren überall. Sie würden ihn am Ende der Welt aufspüren. Es ging ihm wie jemandem, der nach einem langen Fluchtweg auf einmal wieder seine Peiniger vor sich sieht.

Hast du wirklich geglaubt, dass es ein Entrinnen gibt? Denkst du, es gibt einen Ort, wo wir nicht sind?, sagen sie. Weißt du nicht, dass unser Reich überall ist, wo du bist?

Es ist die tiefste Quintessenz jedes Albtraums, die gefürchtetste Stelle in jedem Film, die alarmierendste Erfahrung, die man machen kann. Es ist der Schock schlechthin.

Michail war auf einmal wieder hellwach, als er die beiden SS-Männer vor sich sah. Seine Geistesgegenwart, seine gespannte Kraft, sein Überlebenswille, all das kehrte plötzlich wieder zurück, und kaum, dass sie weitergegangen waren, begann er sich langsam nach innen zurückzuziehen. Dies war kein Ort, an dem er bleiben konnte, nicht einmal, um zu sterben.

Und während er sich Zentimeter um Zentimeter zurückkämpfte, den wunden Leib durch Schutt und Stein zwängend, auf dem Rücken liegend, rieselte ihm von oben, wo er mit den Händen über sich Halt gesucht hatte, Staub und Schutt in die Augen. Er fühlte nach, woher das kam, ertastete eine Spalte, die sich nach innen verbreiterte, musste jedoch die Augen geschlossen halten und sich blind weitertasten, während er sich langsam rückwärts bewegte. Er war sicher, dass man ihn nun nicht mehr von außen entdecken konnte, was ihm im Augenblick einen durch keine reale Hoffnung gerechtfertigten Schub von Mut gab, weiterzumachen. Der Spalt wurde breiter. Er konnte jetzt seinen Arm nach oben durchstrecken, und nach ein paar Minuten spürte er, dass er sich aufsetzen konnte.

Er rieb seine Augen, kniff sie sogleich wieder zu, und während er sich an den Ratschlag seiner Mutter erinnerte, nie anders als von außen nach innen zu reiben, wurde ihm plötzlich bewusst, dass helles, bräunlich gefiltertes Licht um ihn war, und mit tränenden Augen wurde er gewahr, dass der höher gelegene Arm des Ganges, in den er gedrungen war, einen von Ranken und Farn überwachsenen Ausgang hatte, durch den er hindurchpasste. Er zog sich auf die Plattform hinauf und sah, dass sie die Größe und sanft gerundete Form der Ofenbänke in Korcziw besaß.

Er schlief fast immerzu. Er war mit dem Winter gekommen und blieb einen Winter lang. Im Keller von Hitlers Teehaus hielt er seinen Winterschlaf, eingerollt in die Decken, die ich ihm besorgt hatte, versteckt unter dem Federbett, das ich im Berghof unter dem Vorwand, dass es im Teehaus bei Nacht empfindlich abkühle, ausgeliehen hatte. Er hatte seit zwei Jahren nie genug Schlaf gekriegt. Einfach liegen zu bleiben, dafür hätten sie in den Baracken, besonders im Winter, ihre Seelen verkauft, wenn sie um vier Uhr früh geweckt wurden. Jetzt konnte er es, sein Herzschlag, sein Kreislauf, sein Wärmehaushalt auf Winterschlafwerte abgesenkt. Er schlief und schlief. Er wachte nur auf, um zu essen. Dann schlief er bald wieder ein.

Und etwas geschah mit ihm. Als ich ihn mehr als ein halbes Jahr später noch einmal wieder traf, eine Pistole in der Hand, die Mütze eines GIs auf dem Kopf, sah ich es: Er war gewachsen. Plötzlich sah er wie ein Mann aus. Die ganze Kraft aus seinem Winterschlaf war in ihm.

Mit der Zeit hörte ich auf, ihn einzuschließen. Ich überließ ihm den Schlüssel für die Kellertür, und nach Einbruch der Dunkelheit konnte er sich im Haus bewegen. Er wusste selbst, dass er niemals Licht machen durfte, und lernte, sich mit der Gewandtheit eines Nachtsehers im Dunkeln zu orientieren.

Auf seinen ersten Streifzügen durch Hitlers Teehaus entdeckte er das Radio. Er drehte an den Knöpfen. Er erschrak, als er so nah eine menschliche Stimme sprechen hörte. Doch mit der Zeit wurde es sein einziges Spielzeug. Seine Leidenschaft. Und wenn ich abends spät vom Berghof zurückkam, wusste ich, wo ich ihn antreffen würde: auf den Knien vor dem Tischchen in meinem Zimmer, wo das Radio stand, sein Ohr an den Stoff des Lautsprechers gepresst. Er lernte, es leise, ganz leise einzustellen.

Zuerst begriff er nicht richtig, dass da von der Welt die Rede war, in der auch er lebte. Dann hörte er Namen. Warschaw. Beograd. Er versuchte herauszubekommen, was ihm über diese Städte gesagt wurde. Und Lwow? Und Belz? Und Hrubieszów? Daraus, dass ihm von diesen Städten nichts gesagt wurde, schloss er, dass bei ihm zu Hause alles beim Alten war.

Er konnte die Musik der Deutschen hören. Sie war wundervoll. Sie war entsetzlich. Es trieb ihm die Tränen in die Augen, ihre Musik zu hören. Es war Sturm darin, ein Lachen, ein Fest, ein Sieg. Wie eine große Flutwelle riss sie alle Dämme, auch die seiner Seele ein. Wenn er die Musik der Deutschen, ihr Siegessignal, hörte, wusste er, dass er ihnen für immer unterworfen war.

Eines Abends hörte er die Stimme, die zu ihm selber sprach. Er erschrak furchtbar, aber es bestand kein Zweifel: Er war gemeint, er, Michail, auch wenn sein Name nicht genannt wurde.

Und jetzt für dich, sagte die Stimme, für dich, der allein und fern seiner Heimat ist, jetzt kommt dein Lied. Dein, mein und unser Lied. Jetzt kommt: Lili Marleen.

Vor der Kaserne, vor dem großen Tor
stand eine Laterne und steht sie noch davor …

Michail kannte das Lied. Jeder kannte es. Die Männer in den Baracken hatten es manchmal vor sich hingesummt. Aber er hatte bis jetzt nicht gewusst, dass es sein Lied war, ein Lied, das in seiner Seele bis zu diesem Augenblick geschlafen hatte. Jetzt wachte es in ihm auf, und er merkte beglückt, dass er es Wort für Wort und Ton für Ton kannte und dass er in die Frauenstimme, die es sang, mit der Stimme seiner Seele einfallen konnte.

Es geschah ihm zum ersten Mal. Er war sechzehn. Er hatte nie eine Frau singen hören außer den Frauen in Korcziw, wenn sie manchmal beim Wäschewaschen am Fluss eine Art Sprechgesang anstimmten, in dem es um die Verwünschung untreuer Männer ging. Michail hatte noch nie etwas derartig Schönes gehört wie das Lied, das Lale Andersen für ihn alleine sang:

Aus dem stillen Raume, aus der Erde Grund
hebt sich wie im Traume dein verliebter Mund.
Wenn sich die späten Nebel drehn,
werd ich bei der Laterne stehn
Wie einst Lili Marleen …

Und er sah es: die Nebel, die aus dem Grund stiegen, den Regen, wie er sich langsam in dichte, watteähnliche Schneeflocken verwandelte. Er sah die Frau, wie er sie an jenem Morgen gesehen hatte, als er geflohen war und einen Ausstieg aus dem Berg gefunden hatte. Dort, hinter Ranken und Farn verborgen, sah er sie. Den kurzen grauen Mantel, der sich nass und schwer um ihre Schenkel wand und sie beim Laufen behinderte, die kleinen Stöckelschuhe, das Hütchen, das sie mit einer Hand auf ihrem Kopf fest hielt, damit der Wind es nicht forttrug. Und dann sah er ihr Gesicht, das Gesicht eines Engels, das sie zu ihm aufhob. Er sah den Schmerz darin, das Gemisch aus Regen, Schnee und Tränen, das darüber rann. Und er sah, dass sie sich rasch ihrer Gabe für ihn entledigte. Sie warf sie zwischen die Ginsterbüsche am Wegrand, als wolle sie sagen: Da! Hast du es gesehen? Hol es dir selber ab! Und er merkte sich die Stelle.

Er wusste, dass sie ihm geschickt worden war. Er führte es auf die Gebete zurück, die sie in Korcziw für ihn beteten. Plötzlich fügte sich alles zu seiner Rettung, das Irdische, das er selber vollbracht hatte, indem er durch den Berg geflohen war, und das Himmlische, das dazukommen muss, wenn etwas gelingen soll. Und als sie bald darauf verschwunden war, in ihren Schuhen, die nicht erlaubten, dass ihre Fersen den Boden berührten – er hatte so etwas noch nie gesehen –, eher schwebend, als dass sie lief, stieg er sogleich hinunter auf den Weg und fand, was sie ihm gebracht hatte. Es war ein Schlüssel. Der Schlüssel zu seiner Rettung. Er zweifelte nicht daran.

Aber er war nicht wahnsinnig. Er wusste, dass er vorsichtig sein musste und sich bis zur Dunkelheit versteckt halten. Er hatte die SS-Wachen gesehen. Er wusste, dass es ihr Weg war, der an seinem Versteck vorbeiführte. Er wusste, dass der, dem ein Engel zu Hilfe kommt, klug sein muss. Dass er den ganzen Rest allein bewältigen muss, mit äußerster Vorsicht und, wenn es nicht anders sein kann, diebischer Verschlagenheit.

Er suchte wieder sein Versteck auf. Er machte sich ein Bett aus Herbstlaub, aus Erde, aus abgeschilferten Steinen, so gut es ging. Er war vorerst sehr zufrieden mit dem Gang der Dinge und schlief sofort fest ein.

Als er aufwachte, war es dunkel. Er wusste nicht, wie lange er geschlafen hatte. Es schien ihm, dass alles in Ordnung war, alles bereits getan. Er fühlte sich gerettet, auf wunderbare Art dahin geführt, wo er sein sollte. Dann, plötzlich, mit einer Anstrengung seines Geistes, die dieser allein, losgelöst von ihm zu erbringen schien, nahm er sich selber wahr, wie er in einer Felsspalte, einer Art Höhle lag, und er begriff, dass er dabei war zu erfrieren. Mit großem

Kraftaufwand öffnete er die Augen und sah, dass es immer noch schneite. Er sah, dass der Schnee inzwischen liegen geblieben war, und ihm fiel ein, dass er noch ein Stück Weges vor sich hatte.

Mehrmals schaffte er es bis zum Ausgang der Höhle, merkte dann aber, dass er in Wahrheit liegen geblieben war und nur sein Traum-Ich sich aufgemacht hatte. Irgendwann gelang es ihm mit ungeheurer Anstrengung, seinen Körper mit auf den Weg zum Ausgang zu nehmen. Er ließ sich hinab und sah mit dem ganzen Entsetzen, zu dem sein Geist fähig war, dass seine Spuren im frischen Schnee sichtbar sein würden.

Er schlug den Weg in die Richtung ein, aus der sein Engel gekommen war. Er vermied es, auf dem Weg zu gehen, wusste aber, dass es unmöglich war, keine Spuren zu hinterlassen, und als er das Haus sah, war ihm klar, dass er die letzten Schritte zur Tür hin über den Weg gehen musste. Er hoffte, dass seine Spuren bald zugeschneit sein würden.

Das Haus war dunkel. Es schien ihm leer. Es musste leer stehen. Hätte ihm sonst ein Engel den Schlüssel dazu gebracht? Er steckte ihn ins Schloss und wunderte sich nicht, dass die Tür aufging. Im Dunkeln tastete er sich an einer Wand entlang, gelangte durch eine angelehnte Tür in einen schmalen Gang, stieß an dessen Ende eine weitere Tür auf und roch sofort, dass Brot in der Nähe war. Er wurde wild vor Hunger. Seine Hand strich über eine Tischfläche. Er drehte sich zur Wand, wo er einen Schrank vermutete, und ein Stuhl fiel um. Plötzlich innehaltend, hörte er die Schritte nackter Füße auf dem Gang. Sie entfernten sich. Dann kamen sie wieder näher. Er hatte sich nicht geirrt. Da war jemand außer ihm.

Er wusste, dass er zu schwach sein würde, sich zu wehren. Die Angst, die in ihn fuhr, machte ihn noch schwächer. Er fühlte eine Stuhllehne. Er setzte sich. Er war am Ende. Er weinte. Das Licht ging an.

Woher hast du den Schlüssel? Sag mir, woher du den Schlüssel hast?

Ich legte ihn auf den Küchentisch zwischen uns. Nachts, wenn ich vom Berghof zurück kam, machte er sich über das Essen her, das ich ihm mitgebracht hatte. Die Küche lag an der Talseite über dem Steilhang, das Fenster uneinsehbar. Wir konnten dort Licht machen.

Schlüs-sel?, wiederholte er.

Sein Jungengesicht zerfloss zu der Lügengrimasse, die ich an ihm kannte. Etwas zwischen Weinen und Grinsen, zwischen Verschlagenheit und erbarmungswürdiger Verletzlichkeit. Jungen in der Pubertät lügen den ganzen Tag. Sie können nichts anderes. Sie üben sich ins Verbergen des Wesentlichen ein. Es ist der Pakt, den sie mit ihrer Zukunft schließen. Er beruht darauf, dass das Wesentliche im Verborgenen bleiben muss. Sie besiegeln ihn mit den Lügen, die sie auftischen.

Ich gefunden, sagte er.

Es war die dümmste, die meistgebrauchte aller dümmsten Ausreden. Es ärgerte mich, dass er glaubte, mir so kommen zu können.

Michail, sagte ich, wenn du mich weiter anlügst, bringe ich dir nichts mehr zu essen mit.

Aber er blieb dabei.

Wo hast du ihn gefunden?

Bei Weg, sagte er.

Es machte mich wirklich wütend. Ich riskierte alles für ihn, und er war nicht einmal bereit, mir die Wahrheit zu sagen.

Dann ist der Schlüssel also vom Himmel gefallen, sagte ich. Ich hätte ihn angeschrien, wenn nicht das oberste Gebot gewesen wäre, leise zu sein.

Ja!, sagte er.

Ein Engel hat ihn dir gebracht, sagte ich. Es sollte absurd klingen.

Ja!, sagte er. Ja!

Und?, sagte ich. Wie sah er aus? Hatte er Flügel?

Und da, stockend, verschämt, beschrieb er ihn mir. Der Nebel. Der Regen. Die schönste Frau, die er je gesehen hatte. Ihre Tränen. Die Schuhe, auf denen sie nicht gehen, mit denen sie nur schweben konnte.

Ich wollte nur sehen, wer es jetzt ist, hatte sie zu mir gesagt. Und jetzt begriff ich es. Die Spuren einer fremden Anwesenheit im Teehaus, die Eva und ich bemerkt hatten, bevor ich hier eingezogen war. Einer der SS-Männer hatte es nach Hitlers Abreise als Liebesnest genutzt. Er hatte der Frau, mit der er sich hier traf, den Schlüssel gegeben, damit sie ihn erwarten konnte. Das erklärte möglicherweise auch, warum es ein Radio im Teehaus gab. Vielleicht gehörte es zur Ausstattung dieses Paares, das zur Liebe gedämpfte Musik liebte. Denn hatten wir es nicht im Schlafzimmer gefunden? Und konnte es nicht sein, dass sie in aller Heimlichkeit auch ein wenig Feindsender gehört hatten?

Dann war ich gekommen, und wahrscheinlich hatte die Frau geglaubt, dass ich der Grund für das Ende ihrer Affäre sei. Dass ihr Liebhaber sich jetzt eine andere im Teehaus hielt. Und sie hatte sich dazu hinreißen lassen, bei mir einzudringen. Sie war außer sich gewesen. Außer sich vor Hass und Eifersucht. Ich hatte es gesehen.

Ich sah sie in den Schneeregen hinauslaufen, sah, wie sie auf halbem Weg zur Straße hin in die Manteltasche griff und in ihrem Liebeszorn den Schlüssel ins Gebüsch am Wegrand schleuderte. Ich sah, wie sie stehenblieb, einen Moment ihr Gesicht dem Regen entgegenhob und versuchte, dem Schmerz standzuhalten, dass es zu Ende war. Ich sah den Jungen, wie er sie aus seinem Versteck heraus beobachtete. Sah, wie er kurze Zeit später zwischen den Büschen am Wegrand etwas suchte, wie er es fand und rasch an sich nahm. Wie er damit sein Versteck wieder aufsuchte.

Auf einmal hatte ich selber das Gefühl, einer Art höherem

Plan zu dienen, einem Plan, der ohne mein Zutun und lange vorher schon beschlossen war. Es gab nichts mehr zu entscheiden. Ich war darin.

Im schlimmsten Fall, dachte ich, wird Eva mir helfen.

Sie hätte es nicht getan.

Heute, nach so vielen Jahren, weiß ich, dass sie mir auf die Art half, die ihr eigen war, die einzige Art, auf die sie sich dem Schrecklichen gegenüber verhielt, das um sie herum geschah: Sie sah nicht hin. Sie gab vor, es nicht zu bemerken. Ich glaube, Michail hätte an ihr vorbeilaufen können, sie hätte nicht einmal gefragt, wer er sei.

Das ist die Art, auf die Menschen wie Eva Braun helfen. Sie helfen auch, dass das Schlimme geschehen kann.

Von ihr war nichts zu befürchten. Im Grunde wusste ich das. Aber als bald darauf jemand auftauchte, der mir gefährlich werden konnte, wusste ich auch, dass im Grunde nichts von ihr zu erhoffen war.

6

Am 20. November hatte Hitler sein Hauptquartier »Wolfsschanze« in Ostpreußen verlassen und führte seinen Krieg wieder von Berlin aus.

Dass es sich um ein Zurückweichen vor der sich nähernden Ostfront handelte, schien Eva nicht zu beunruhigen. Schon im Oktober waren sowjetische Truppen auf ostpreußisches Gebiet vorgedrungen. Ich wusste es von Hugh Carleton Greene. Aber Eva schien plötzlich wieder voller Hoffnung.

Ich bin so froh, sagte sie, dass er wieder zurück ist.

Es klang so, als spräche sie von jemandem, der nach langer Abwesenheit nach Hause gekommen ist. Und langsam begriff ich, worauf sie zusteuerte. In Rastenburg war er für sie unerreichbar gewesen. Da war er im Felde. Nach Berlin konnte sie ihm nachreisen. Da hatte sie Zutritt. In der Reichskanzlei konnte er sie nicht zurückweisen. Ich spürte ihre Unruhe, ihre Bereitschaft zum Aufbruch.

Ich konnte mir denken, welche Mühe es Hitler am Telefon kostete, ihr auszureden, sofort die Koffer zu packen und zu ihm zu reisen. Womöglich hat er ihr sogar ein einziges Mal von der militärischen Lage gesprochen. Denn sie erging sich mir gegenüber in Andeutungen, dass eine Wendung der Dinge im Westen zu erwarten sei.

Weihnachten, sagte Eva mit glänzenden Augen wie ein Kind, das es nicht erwarten kann. Du wirst sehen, Weihnachten …

Doch ich erfuhr nichts Genaueres von ihr, während Hugh Carleton Greene mir und allen Deutschen das traurigste Weihnachten in Aussicht stellte, das wir je erlebt hatten.

Und es war Hugh Carleton Greene, der Recht behalten sollte.

Als am 16. Dezember die Ardennenoffensive begann, war Eva nicht mehr zu halten. Sie begann für ein Weihnachtsfest mit dem siegreichen Feldherrn in Berlin zu rüsten, und zu diesem Zweck mussten wir nach München fahren, denn sie beschäftigte dort – immer noch – eine Schneiderin.

Ist das möglich? Wurden zwischen den Ruinen noch Kleider genäht? Entwarf da noch irgendwer ein neues Schnittmuster? Wurden Locken gewickelt? Wurde Cello geübt? Wurde Christbaumschmuck gebastelt? Ein Tanzschritt trainiert? Taschentücher umhäkelt? Kissen bestickt? Gedichte geschrieben? Puppenhäuser gebaut? War man noch liebevoll? Eitel? Intrigant? Gekränkt wegen einer Bemerkung, die jemand unbedacht fallen ließ? War man noch verrückt vor Liebe? Vor Ehrgeiz? Vor Eifersucht? Gab es das noch: die Angst sich zu blamieren? Oder die Vorfreude? Blühte noch der Klatsch? Die Missgunst? Die Lüsternheit?

So war es. Eifersucht. Ehrgeiz. Ängstlichkeit. Die großen Sehnsüchte und die kleine Besorgnis. Partys. Spaziergänge. Die Sorge, dass ein Kleid zu kurz oder die Haare zu lang geworden waren. Das ganze Alphabet der kleinen Bedürfnisse, das die großen Ereignisse buchstabiert.

Die einfachste Lektion ist die schwierigste. Später erst, als ich die Tagebücher von Goebbels las, begriff ich es. Wie gekränkt er ist. Wie verliebt. Wie begeistert. Wie stolz, wenn ihm etwas besonders gut gelingt, eine seiner Brandstiftungen, seiner Lügen. Wie aufgewühlt von Empfindungen. Liebesleid. Herzensweh. Vaterglück.

Wusste er nicht, dass ihm die großen Gefühle nicht zugestanden sind?

Von wem?

Von der Geschichte.

Hat er nicht gemerkt, dass sie ihm über die Schulter blickt, wenn er nach seiner Affäre mit Lida Baarova »Mein Herz ist todwund« schreibt, und sich vor Hohnlachen windet?

Er hat es nicht gemerkt. Nicht einmal er, der ihr die Lügen diktierte, die sie als Vorwände brauchte, um zu geschehen. Würden wir jemals gewahr, dass sich gerade Geschichte ereignen will, wir würden es ihr verwehren zu geschehen. Mit aller Kraft würden wir sie zu verhindern suchen. Nicht nur diese Geschichte, sondern Geschichte überhaupt. Sie ist so taktlos. Sie blamiert uns. All unsere großen Gefühle und kleinen Bedürfnisse gibt sie der Lächerlichkeit preis. Sie macht sie klein. Sie vernichtet sie. Sie lässt von ihnen nichts als ein Gespött zurück. Den faden Geschmack einer begangenen Peinlichkeit, die, bei Licht besehen, plötzlich ein Verbrechen war.

Im Rückblick erscheine ich mir selber unglaublich, wie ich mit Eva durch das in blasser Dezembermittagssonne liegende München gehe, vorbei an den Schuttbergen, den schwarz verbrannten Fassaden, den mit Brettern zugenagelten ehemaligen Schaufenstern, den Bekanntmachungen: »Klopfzeichen geben! Wie sich Verschüttete verhalten sollen ...«, vorbei an der Frauenkirche, die ein Sprengloch im Chorgewölbe hat und deren ganzes Dach mehr oder minder abgedeckt ist. »Einsturzgefahr!« steht an dem notdürftig errichteten Bretterzaun, an dem wir uns schnell vorbeidrücken, um bald darauf am Viktualienmarkt in einen Kellereingang zu treten, von dem ein paar Stufen zum Modeatelier hinabführen, wo Eva ein malvenfarbenes, eng tailliertes, am Kragen mit etwas Nerz abgesetztes Kostüm probiert und ihrem Ärger darüber Luft macht, dass der Rock zu kurz geraten ist.

Erregt sagt sie: Schon wieder! Schon wieder! Verstehen

Sie nicht? Ich in meiner Position kann es mir nicht leisten, soviel Bein zu zeigen. Begreifen Sie das denn nicht?

Und die Schneiderin, auf den Knien: Gnädige Frau, selbstverständlich. Wir hatten es so abgesteckt. Aber wenn gnädige Frau es wünschen, das ist eine Kleinigkeit.

Sie hat den Mund voller Nadeln. Ich bewundere sie, wie sie damit sprechen kann.

Gnädige Frau wissen doch, dass wir uns immer bemühen, alles zu Ihrer Zufriedenheit zu richten. Wenn heute Nacht kein Fliegerangriff ist, können wir es morgen früh vorbeibringen. Selbstverständlich. Heil Hitler, gnädige Frau.

Als es um kurz vor halb zehn den ersten Alarm gibt, haben wir mit Evas Freunden, die sich, wie üblich, sofort nach unserer Ankunft in der Wasserburger Straße eingefunden haben, schon ein paar Flaschen Sekt geleert. Die Fenster im Erdgeschoss sind mit eigens dafür angefertigten dichten Rollos verdunkelt. Wir sitzen bei Kerzenlicht. Es ist ja bald Weihnachten.

Schade, sagt die Mitzi. Immer wenn's gemütlich wird.

Lass nur, sagt der Schorsch. Das ist nur ein Störangriff. Die sind bald wieder weg. Und wenn die wieder in Perlach und Harlaching angreifen, kriegen wir sowieso nix mit.

Eva holt noch eine Flasche aus der Küche. Gleichzeitig mit dem Knall des Sektkorkens kommt die erste Detonation.

Werd nicht blass, Kleines, sagt Eva. Das war weit weg von hier.

Mitzi sagt: Einmal wieder durchschlafen, das wäre schön. Die Amischweine wollen uns einfach durch Schlafentzug weich machen. Aber das schaffen die nicht mit uns. Ist 'ne bekannte Methode, um Leute zu foltern. Wusstet ihr das? Prost! Das ist meine Antwort. Prost, ihr Amischweine da oben. Ich hoffe, dass ihr verreckt.

Als sie ihr Glas in die Richtung der Zimmerdecke hebt, bebt plötzlich das ganze Haus. Das Geschirr in den Schränken klirrt, und Hitlers »Asamkirchlein« fällt von der Wand, eine Skizze, die er Eva geschenkt hat und die für sie vor allem materiell wertvoll ist. Kunst vom Führer, hat sie mehr als einmal zu mir gesagt, dafür kriegst du in zwanzig Jahren ein Vermögen. »Meine Altersversorgung« nennt sie das kleine Bild.

Ich höre etwas pfeifen.

Das pfeift so, sage ich.

Die man pfeifen hört, sagt der Schorsch, schlagen woanders ein.

Plötzlich ein mächtiges, durchdringendes Jaulen, das ganz aus der Nähe kommt, ein entsetzliches Krachen – ich weiß nicht, wie wir in den Keller gekommen sind. Die Tür zum Luftschutzraum muss erst aufgeschlossen werden. Aber der Schlüssel hängt zum Glück an einem Haken neben der Tür.

Als sie hinter uns zufällt, sagt der Schorsch: Verdammt, jetzt hab ich die Flasche oben gelassen. Hast du hier unten nix?

Sei einmal still, sagt die Kathi, die seine Frau ist, ein einziges Mal!

Der kleine Luftschutzraum bietet Platz für vier Personen. Wir sind sechs. An jeder Wand gibt es zwei aufklappbare Bänke, auf denen wir eng aneinander gedrängt sitzen.

Wie sie nicht aufgeben! Wie sie wieder und wieder im Anflug auf unsere Leben sind! Der anschwellende Lärm der Motoren, wie sie sich aus dem Himmel auf uns stürzen! Das Pfeifen! Das Jaulen! Das Krachen um uns herum! Mittendrin treibt unsere kleine Arche mit uns dahin.

Ich sehe in die Gesichter von Mandi und Schorsch, von Mitzi, Kathi und Eva, selbstvergessen, entrückt, ganz auf das kostbare, unwiederbringliche Leben in sich konzentriert. Die Gefahr macht uns einander gleich. Es ist nicht mehr die Frage, ob wir uns sympathisch sind. Wie in einer Vision sehe ich uns mit den Augen, mit denen die Götter uns ansehen mögen, Exemplare einer Gattung, die ihr Los miteinander teilen, sterblich zu sein, Wanderer zwischen den Welten, Wartende in diesem Raum, der ein Vorzimmer des Todes ist wie jeder Raum, in dem wir uns jemals aufhalten. Jetzt, mit durch die Angst entsiegelten Augen, sehe ich es. Es ist nichts Vermessenes an diesem Blick, eher das Gegenteil. Gedemütigter als Menschen in einem Bunker bei einem Luftangriff kann niemand sein. Ich sehe in den weit aufgerissenen Augen der anderen, dass auch sie es sehen. Wenn die Ewigkeit beginnen will, dann tut sie es jetzt. Wir wissen nicht genau, ob dies noch das Diesseits ist. Das Gefühl für die Zeit haben wir schon verloren. Sind wir seit mehreren Stunden oder seit ein paar Minuten hier? In dem Vernichtungslärm gibt es keine Intervalle, kein Maß mehr. Er ist total.

Als gegen zwanzig vor elf die Entwarnung kommt, sitzen wir einen Moment starr wie die Passagiere eines Flugzeugs, das gelandet ist. Dann schlüpfen wir wie in Mäntel in unsere alten Rollen zurück.

Von der Terrasse aus sieht man die Brände ringsherum. Am hellsten ist es von der anderen Isarseite, von der Richtung des Bahnhofs her. Am nächsten Tag werden wir erfahren, dass es am schlimmsten um den Viktualienmarkt herum gewesen ist, und Eva wird ihr malvenfarbenes Kostüm nie wieder bekommen. Aber auch ganz in der Nähe schlagen Flammen auf, steigt Rauch in den Nachthimmel. Die Signale der Löschzüge hört man jetzt, Prasseln, Rufen, Schreien. Der Mandi ist schon beim ersten Ton der Entwarnung zum Löschen fort. Schorsch trinkt da weiter, wo er vor dem Angriff stehen geblieben ist.

Komm, sagt die Kathi, komm, Schorschi, wir gehen ins Bett.

Au ja, sagt der Schorsch. Hoffentlich steht unser Bett noch.

Mach keine Witze, sagt die Kathi.

War ein netter Abend, sagt sie zu Eva, ehrlich, Schatz. Aber sag deinem Führer, es reicht uns jetzt. Gell, Schorsch? Sag ihm das!

Mach ich, sagt Eva.

Aber sag nichts von uns, sagt der Schorsch. Ich bin kein Defätist.

Ist doch klar, sagt Eva müde. Ich sag nichts von euch.

Mal ehrlich, sagt die Kathi, wenn ich dem Schorsch sag, es reicht, dann reicht's auch. Gell, Schorschi?

Sonst erleb ich was, sagt der Schorsch. Aber ich sag nicht, was.

Saukerl, sagt die Kathi.

Sie legt ihm den Arm um die Mitte, und er stützt sich auf ihren Schultern ab.

Gema, sagt der Schorsch.

So ziehen sie, leicht schwankend, in die Nacht hinaus, geradewegs in den Rauch, in den flackernden Feuerschein hinein, in dem am Ende der Straße Silhouetten rennender Menschen sichtbar sind, Löschfahrzeuge auf der Kreuzung, ein Pritschenwagen, Leitern. Eine junge Frau im offenen Mantel rennt ihnen entgegen, darunter nichts als einen Unterrock, beide Hände an die Schläfen gepresst. Sie bleibt stehen, kehrt wieder um, rennt in die andere Richtung, vom Stupor gejagt.

Am nächsten Morgen sehen wir noch die Rauchsäulen. Schwarz steigen sie in den grauen Dezemberhimmel auf.

Der Beppo wollte gestern Abend noch kommen, sagt Eva.

Der Beppo hat zweiundvierzig bei El-Alamein einen Arm verloren, erfahre ich. Aber der Beppo ist auch einarmig ein lustiger Kerl. Früher war er ein Tänzer, wie es keinen zweiten, gab. Er war der Tanzstundenherr von Ilse, doch auch Eva kennt keinen, mit dem man so tanzen kann wie mit ihm. Jetzt will er nicht mehr tanzen. Er sagt, mit einem Arm hat man ein ganz anderes Körpergefühl als mit zweien. Dabei, sagt Eva, ist es nur der linke Arm, der ihm fehlt. Ihr macht es gar nichts aus. Hauptsache ist, dass sie einen mit dem rechten Arm führen. Aber der Beppo sagt, ihm ist, als ob er mit dem nicht vorhandenen linken eine Partnerin aus

Luft im Arm hielte. Er könne das nicht beschreiben. Auch sei es sehr dumm, sich mit einer Hand ein Brot zu schmieren, von anderen Verrichtungen ganz zu schweigen. Die rechte Hand wisse nämlich genau, was die linke tue, und wenn die linke nicht mehr vorhanden sei, tue auch die rechte nicht mehr, was sie soll. Der Beppo lebt bei seiner Mutter am Böhmerwaldplatz, seit er einarmig ist. Doch wenn die Eva in München ist, das lässt der Beppo sich nie entgehen.

Nach dem Frühstück gehen wir zum Böhmerwaldplatz. Es ist die Richtung, in der die Rauchsäulen stehen. Der Brandgeruch verstärkt sich, als wir näher kommen. Von weitem erinnert er an schwelende Herbstfeuer. Doch bald geraten wir tiefer in gelblichgrauen Dunst, der uns wie Nebel einhüllt und sich auf die Lungen legt. Wir versuchen nicht zu husten. Wir drücken uns Taschentücher auf den Mund. Als wir zum Böhmerwaldplatz einbiegen, ist der Himmel über uns verdunkelt. Die Menschen bewegen sich durch eine Schatten- und Unterwelt. Wir können nicht unterscheiden, ob hinter den Fassaden, die wir sehen, noch Häuser stehen. Ohnehin ist es keine bewohnbare Welt mehr, wird es nie wieder sein.

Ein Mann mit der NSV-Binde der Volkswohlfahrt rennt auf uns zu, fuchtelt mit den Armen. Zurück!, ruft er. Gleich darauf stürzt eine der Fassaden in einer Wolke aus Schutt und Staub zusammen. Wir stehen und sehen es. Wie sich der Staub langsam legt, enthüllt sich das Relikt, dramatisch, feierlich, aus dem Dunst hervortretend: ein Türsturz, ein Stück Wand mit einer Fensterhöhle, hinter der ein Stück abgerissener Gardine weht.

Eine Frau schreit: Roswithaaa … Ein paar NSV-Männer rennen zu der eingestürzten Wand, machen sich zu schaffen, graben in dem Schutt. Dann tragen sie etwas zum Ambulanzwagen, der am anderen Ende des Platzes steht. Roswithaaa!, ruft die Frau.

Andere Frauen tragen jeweils zu zweit Wassereimer herbei. In ihren geblümten Kleidern, karierten Schürzen, bunten Kopftüchern scheinen sie noch aus der Welt zu sein, die letzte Nacht untergegangen ist. Das bisschen Wasser, das sie herbeischleppen, ist ein Tropfen auf den heißen Stein. Trotzdem schüttet ein Mann es unermüdlich durch ein Fenster, hinter dem dann und wann noch Flammen aufzucken, Qualm hochsteigt.

Hier können Sie nicht weitergehen, sagt einer der NSV-Männer, Einsturzgefahr! Er breitet die Arme aus und drängt uns zurück.

Nur dahin, sagt Eva und zeigt zur Mitte des Platzes, wo einiges liegt, was, wie ich vermute, Matratzen und Teile von Betten sind, die aus den brennenden Häusern geborgen wurden.

Sind Sie Angehörige?, fragt der Mann von der Nationalsozialistischen Volkswohlfahrt.

Freunde, sagt Eva.

Meinetwegen, sagt der Mann. Aber halten Sie Abstand zu den Häusern!

Während wir uns einen Weg durch die umherliegenden Trümmerstücke bahnen, nimmt ein seltsamer Geruch zu, den ich nicht deuten kann. Ein ganz und gar unmöglicher Gedanke schießt durch meinen Kopf: Wie kann es sein, dass jemand jetzt und hier Fleisch brät?, denke ich. Doch es gibt nichts, was ich in diesem Moment nicht für möglich zu halten bereit bin. Ich bin neu in der Hölle. Alle außer mir wissen, was vor sich geht, bewegen sich mit der Sicherheit von Gespenstern durch das Inferno. Ich folge Eva, die sich zielstrebig auf die Mitte des Platzes zu bewegt, wo ein Lastwagen mit leerer Ladefläche aufgefahren ist.

Ich sehe die Toten. Wie eine Jagdstrecke hat man sie nebeneinander auf das Pflaster gelegt, dreißig oder vierzig. Es sind die ersten Toten, die ich in meinem Leben sehe. Es sind versehrte Tote. Manche haben gebrannt, als sie starben. Bei anderen starben die Köpfe, die Rümpfe, ein Bein … getrennt voneinander. Eine Frau hält ihr Baby fest. Die beiden starben zusammen. Das Feuer hat sie zu einer Muttergottes mit dem Kind gemacht, eine Statue von dunkel gebeiztem Holz ähnlicher Oberflächenstruktur. Das Totenkopfähnliche der Frau rührt daher, dass ihre Zähne im Feuer frei geschrumpft sind.

Suchen Sie jemanden?, sagt der Mann, der aus dem Wagen ausgestiegen ist, zu uns.

Jemanden, dem ein Arm fehlt, sagt Eva.

Ach, sagt der Mann, da sind viele, von denen noch etwas fehlt. Darum liegen sie hier. Wenn man noch etwas findet, schaut man, zu wem's gehört. Sie müssen sich beeilen. Die komplett sind, lade ich jetzt auf.

Beppo, sagt Eva und bleibt vor einem der Toten stehen.

Es ist einer von denen, die nicht gebrannt haben und deren Kopf noch da sitzt, wo er angewachsen war. Beppo sieht unversehrt, er sieht sogar glücklich aus, als habe er bis zum Ende mit einer Partnerin aus Luft getanzt.

Wenn Sie sagen, dass der schon vorher einarmig war, kann ich ihn ja mitnehmen, sagt der Lastwagenmann, und er beginnt mit Beppo, als er die Toten vom Böhmerwaldplatz verlädt.

Lass uns heimfahren, sagt Eva, als wir auf dem Rückweg sind.

Heim?

Zum Berg.

Wo sonst war ich noch zu Hause?

Zur großen Weihnachtsfeier für die SS sind im Saal des Hotels Platterhof festliche Tafeln gedeckt. Der Weihnachtsbaum reicht bis zur Decke. Er ist mit Lametta und Silberkugeln geschmückt wie jeder deutsche Weihnachtsbaum überall.

Damals gibt es noch keine Moden, kein spezielles Design für Weihnachtsbäume. Das wird erst im Laufe der Fünfziger aufkommen. Dann werde ich meine Familie in jedem Jahr mit einer neuen Kreation überraschen. Mit dem Goldlamettabaum werde ich beginnen. Es werden der Holzfigurenbaum, der Strohsternebaum und der Rote-Äpfel-Baum folgen, bis ich irgendwann beim Alles-in-Violett-Baum angekommen bin, violette Kerzen, violette Glaskugeln, die mit violetten Taftschleifen befestigt sind. Nach den Fichten werden auch Blautannen passé sein, und es wird die Zeit der Kiefern und Douglastannen kommen.

Irgendwann werde ich mich fragen, wohin diese Suche zielt, und ich werde mich an eine schlecht beleuchtete Straße erinnern, an eine Straße, die vielmehr gar nicht beleuchtet war. Im Dunkeln stand ich vor einem Schaufenster, in dem nichts als ein paar Flaschen Kölnisch Wasser ausgestellt waren, mit etwas Silberlametta an einem Tannenzweig dekoriert. Ich las die Worte Johann Maria Farina, Glockengasse … Auch sie klangen silbern, weihnachtlich, über die Maßen wohllautend und zauberhaft. Etwas ergriff und bezauberte mich ein für alle Mal und sollte mich für den Rest meines Lebens mit ausreichend Weihnachtsgefühl erfüllen. Ich würde nur zu diesem Bild zurückkehren müssen: die dunkle Straße, das kleine Schaufenster, das notdürftig von innen erleuchtet war, die türkisfarbene Verpackung, der Tannenzweig, die verschlungenen Schriftzüge. An der umgebenden Dunkelheit kann ich erkennen, dass es im Krieg gewesen sein muss, und ich weiß plötzlich, wie sehr, wie unwiderstehlich, wie ein für alle Mal damals Weihnachten war. Die Erinnerung daran hat etwas von dem herzzerreißenden Zauber einer frühen Liebeserinnerung.

Vielleicht auch nur, weil tatsächlich die Liebe im Spiel war. Eine Liebe allerdings, die nichts mit Liebe zu tun hatte. Eher mit Angst, mit Verwirrung, mit Zwiespalt, mit der Empfindung, dass ich für immer verdorben worden bin, nicht moralisch, sondern verdorben für das Leben, das ich sonst gehabt hätte.

Es begann bei der großen Weihnachtsfeier im Platterhof. O der verteufelte Charme der Naziweihnachten. Da draußen die dunkle Welt, starrend von Waffen und Feinden, und hier drinnen wir in unserer Tannen-mit-Lametta-Welt, nah beieinander, gewärmt, umhüllt von all den Düften, die dazugehören. Es war wunderschön. An der Stirnseite des Saals auf einem großen, dunklen, handgewebten Wandteppich das Adolf-Hitler-Bild, flankiert von zwei Hakenkreuzen rechts und links, etwas versetzt davor der große Weihnachtsbaum, an der Seite das Klavier für die Liederbegleitung.

Jeder von den Männern bekam seinen Weihnachtsteller: Auf weißen Papierservietten mit Tannenzweigdekor Spritzgebäck und Zimtsterne und eine Schachtel Zigaretten, so dass der Weihnachtsduft langsam vom Zigarettenrauch überlagert wurde, der sich mit ihm und dem Dunst von Leder und Männerschweiß zu etwas verband, das ihnen beim ersten Akkord die Tränen in die Augen trieb:

Deutschland, heiliges Wort, sangen sie, du voll Unendlichkeit, über die Zeiten fort seist du gebenedeit …

Und: Ich hatt' einen Kameraden …

Und als der Kommandeur seine Ansprache geendet hatte, in der von der Dunkelheit die Rede war, die das Licht in ihrem Schoß gebiert, der Wintersonnenwende, die gleichsam die Wende in dem Völkerringen anzeigt, das unser Schicksal ist – Deutschland erlebt seine Winternacht, sagte er, um am Ende desto herrlicher daraus hervorzugehen –, und die Männer fühlten, wie sie im Bauch dieser Nacht saßen, wie es sich darin so eng, so warm, so verteufelt gemütlich saß, so gemütlich, wie nur ein Haufen von Männern beisammen sitzen kann, so eng, wie nur sie Gemeinschaft haben können, da stimmte im Überschwang seiner vorbehaltlosen Zustimmung, seiner weihnachtlich gestimmten Kameraderie, seines ihn bis in die Knochen wärmenden Wohlgefühls, des Trotzes, der ihn im Hinblick auf Feinde und Kriegsverlauf erfüllte, einer von ihnen das schöne alte

Lied ›O du fröhliche‹ an, und sogleich fielen alle ein, und der Mann am Klavier griff in die Tasten.

O du fröhliche, sangen sie aus vollen Kehlen, o du selige, gnadenbringende Weihnachtszeit …

Und soweit war alles gut. Doch dann hörten sie sich plötzlich weitersingen.

Welt ging verloren …, sangen sie laut. Freue dich, freue dich, o Christenheit …

Es war ein durch und durch defätistisches Lied. Aber da niemand: Aufhören! rief, sangen sie weiter, und auch die höheren Dienstgrade sangen mit. Das Lied war einfach stärker als sie. Und als es zu Ende war, präludierte der Mann am Klavier, einer der Ihren, das nächste Lied. Ein paar Takte lang ließ er »Stille Nacht, heilige Nacht« anklingen, und sie fühlten alle, dass sie unfähig sein würden, nicht mitzusingen. Doch dann modulierte er von Cis-Dur nach D-Dur hinüber. Etwas hatte sie flüchtig gestreift, eine Erinnerung, eine Versuchung, ein Gefühl, etwas von alledem, und nun stimmten sie, froh, dass es an ihnen vorübergegangen war, ein in das vertraute, politisch unbedenkliche, ideologisch neutrale, in ihr Weihnachtslied:

O Tannenbaum, sangen sie …

Eva und ich saßen an diesem Spätnachmittag in der Hotelhalle und ließen uns den Fünfuhrtee mit Christstollen servieren. Draußen lag tiefer Schnee. Seit der Bergwinter eingezogen war und wir nur noch auf den geräumten Straßen spazieren gehen konnten, fanden wir uns fast täglich zum Nachmittagstee im Platterhof ein. Dort war ein Tisch in der Halle für uns reserviert.

(»Wie immer, gnädiges Fräulein?«

»Danke. Wie immer, Heinz.«)

Manchmal begleiteten uns auch Evas Freundin Hertha, die mit ihren beiden kleinen Mädchen immer wieder einmal für ein paar Tage auf den Berghof kam, oder Tante Fanny und Onkel Fritz, wenn sie es nicht vorzogen, auf Schloss

Fischhorn zu sein. An keinem Tisch wurde so viel gelacht wie an unserem im Platterhof. Nie traf man uns aufgeräumter, entschiedener zum Scherzen aufgelegt als hier. Wir brauchten dazu etwas Cognac und das Gefühl, dass man uns beobachtete. Vor allem Tante Fanny verstand es dann meisterhaft, auf dem schmalen Grat der zwiespältigen Rolle zu balancieren, die es ihr gleichzeitig erlaubte, als Hitlers Schwiegermutter zu repräsentieren und die Narrenfreiheit auszukosten, die daraus entsprang, dass sie es nicht war. Sie scherzte mit den Kellnern und kommandierte sie doch ein bisschen mehr herum, als nötig war.

An diesem Nachmittag vor Weihnachten waren wir aber alleine, Eva und ich. Durch eine geöffnete Flügeltür konnten wir die Weihnachtsfeier im Saal beobachten. Wir summten die Lieder mit und verständigten uns durch ironische Blicke. Es ist immer leicht, der Ergriffenheit zu entgehen, wenn man etwas abseits sitzt.

Ich glaube, wir gehen, bevor die alle zur Bar strömen, sagte Eva. Die richtige Weihnachtsfeier fängt nämlich danach erst an.

Im Platterhof gab es noch alles, was anderswo nicht mehr zu haben war: italienische Weine, französischen Cognac, Champagner, elsässische Obstschnäpse, Sherry aus Portugal, russischen Wodka, rumänischen Sliwowitz, bayrische Kräuterliköre und Bier bis zum Umfallen …

Eva bedeutete Heinz, dass wir bezahlen wollten.

Es war immer dasselbe:

Die Rechnung, sagte sie.

Die Rechnung?, sagte Heinz. Sehr wohl, gnädiges Fräulein. Wir setzen es darauf.

Ich weiß nicht genau, wessen Gast ich war. Hitlers? Der NSDAP? Ich habe mir nie die Mühe gemacht, es für mich herauszufinden. Alles verlief so reibungslos, so selbstverständlich. Ich bin sicher, dass Eva es auch nicht genau gewusst hätte, hätte ich sie gefragt. Auf jeden Fall aber hätte

Eva meine Frage als Fauxpas betrachtet. Sie gehörte zu den Fragen, den unzähligen, die nicht gestellt wurden. Eva besaß ein großes Geschick darin, Fragen nicht zu stellen. Es war Teil ihrer Begabung zur Eleganz. Sie stellte niemals unpassende Fragen, wie sie niemals unpassende Hüte trug. Es war, außer zu sterben, die vielleicht stärkste Begabung, die sie besaß. Taktvoll zu sein, ist die Tugend derer, die es anderen überlassen, die Spielregeln zu machen.

Als wir uns in unsere Mäntel helfen ließen, kam plötzlich einer der Männer aus dem Saal auf uns zu, und ich erkannte den Obersturmbannführer von Schloss Fischhorn. Er begrüßte zuerst Eva, dann nahm er Heinz meinen Mantel aus der Hand, und ohne dass er mir die Hand gegeben hatte, half er mir selbst hinein. Ich spürte seine Hände auf den Schultern, seinen Atem im Nacken.

Hier sehen wir uns wieder, sagte er.

Ich sah Evas amüsierten Blick, und ich wusste, dass ich rot geworden war.

Sieh an, sagte ihr Blick.

Und mein vegetatives System spielte verrückt, irgendein verdammtes Signal, unkontrollierbar, setzte die Reaktion in Gang, mein Blutdruck schnellte hoch, die empfindlichen Gefäße dicht unter meiner Gesichtshaut weiteten und füllten sich mit dem Blut, das in einer gewaltigen Welle in mir nach oben stieg, mich mit sich riss und weit, weit von mir selber fortspülte an ein Gestade, an dem ich sicher und unauffindbar war, während mein anderes Selbst, preisgegeben, durchschaut, verharrte, wo es war.

Aber das bin doch gar nicht ich, hätte ich zu Eva sagen müssen. Du irrst dich.

Doch der Augenschein spricht immer gegen die, die rot werden. Er verrät sie. Und wo ein Verrat ist, ist auch etwas, das verraten werden kann. Das ist das Dilemma des Rotwerdens und gleichzeitig der Sachverhalt, der das Signal auslöst.

Darf ich Sie zum Berghof begleiten?, sagte der Obersturmbannführer.

Aber gern, sagte Eva, während ich aus der Absence des Errötens zurückkehrte.

So traten wir zu dritt in die sternhelle Winternacht hinaus. Über uns wölbte sich derselbe klare Himmel, der für den Verlauf von Hitlers Westoffensive in den Ardennen ausschlaggebend sein sollte: Nachdem die anfänglich das Unternehmen »Herbstnebel« begünstigende Wolkendecke einer Hochwetterlage gewichen war, konnten die feindlichen Jagdbomber die nach Westen vorrückenden Panzerdivisionen angreifen. Evas Traum von einem baldigen Wiedersehen mit Hitler in Berlin wurde gerade von alliierten Bomberverbänden im Angriff auf die fünfte Panzerarmee von Manteuffels bei Bastogne zerschlagen.

Ich erinnere mich nicht, worüber wir sprachen, als wir oberhalb der Kasernen zum Hintereck gingen, dem Platz, an dem sternförmig alle Wege am Obersalzberg zusammentrafen, die Straße zum Kehlsteinhaus hinauf, die Straßen zu den Wohnsiedlungen Klaushöhe und Buchenhöhe und zu den Privathäusern der Görings und Bormanns. Wir bogen links in die Straße ein, die talwärts verläuft, kamen an der Verwaltung Obersalzberg, am sogenannten Kindergartenhaus vorbei, am ehemaligen Gasthaus zum Türken, das jetzt den Reichssicherheitsdienst der SS beherbergte, und befanden uns kurz darauf auf der Zufahrtsstraße, die zum Berghof führte. Niemand war uns gefolgt. Unsere üblichen Begleiter waren durch diesen Ranghöheren offenbar abgehängt, das Gesetz, nach dem wir nicht unbewacht sein durften, durch ihn außer Kraft gesetzt. Ich wusste noch nicht genau, was daraus für mich folgte. Vorläufig nahm ich es mit einer gewissen Beunruhigung zur Kenntnis. Selbst Unangenehmes beginnt genehm zu sein, wenn es verlässlich ist.

Ich hätte Eva ermorden können, als sie mich an der Treppe fragte:

Und, Kleines (allein schon das!), kommst du noch mit?

Was mich zwang zu erklären, dass ich nicht am Berghof, sondern am Mooslahner Kopf untergebracht war.

Hatte ich jemals den Abend nicht im Berghof verbracht?

Natürlich, sagte ich.

Und plötzlich wusste ich, was mich beunruhigte.

Wie?, sagte unser Begleiter. Sie sind ganz allein im Teehaus am Mooslahner Kopf? Alle Wetter! sagte er. Ein Ausdruck, der wie viele andere seitdem aus der Mode gekommen ist. Wie »fesch«. Wie »schneidig«. Wie »kolossal«. Wie die Anrede »Fräulein«. Wie das Wort »Kamerad« – alle einmal befrachtet mit mehr oder weniger Gefühlsgewicht, alle einmal Bestandteile des Seelengepäcks, mit dem wir durch die Nazizeit reisten, die nicht nur ein Kapitel unserer politischen Geschichte ist, sondern auch der unserer Seelen, unseres Bewusstseins.

Alle Wetter, sagt der Obersturmbannführer Hans. Haben Sie denn vor gar nichts Angst?

Jetzt spüre ich die Gefahr. Jemand hat meine Fährte. Jemand will meinem Geheimnis und mir auf die Spur kommen.

Warum tun Sie das?, sagt er. Hat denn Ihr Fräulein Cousine im Berghof nicht genug Platz für Sie?

Es geht los.

Doch, sage ich. Aber sie will mich nicht.

Das ist nicht wahr!, ruft Eva. Ihre Augen schießen Pfeile auf mich ab. Glauben Sie ihr nicht! Sie lügt! Sie ist gefährlich! Nehmen Sie sich in acht vor ihr.

Wir sind jetzt am Fuß von Hitlers Treppe angekommen. Dezembersterne funkeln über uns. Unter uns knirscht der Schnee.

Ich erkläre, dass ich vormittags Physik lerne. Die Ruhe, sage ich. Der Frieden. Der schöne Blick. Die ganze Atmosphäre, sage ich.

Ich fühle, wie unbefriedigend meine Auskünfte sind.

Der Obersturmbannführer will Näheres wissen. Womit beschäftige ich mich?

Heisenberg, sage ich. Die Physikalischen Prinzipien der Quantentheorie.

Ich sage es nicht ohne Eitelkeit. Nicht ohne den Wunsch, ihn zu beeindrucken. Ich will, dass er Respekt vor mir haben soll. Ich möchte eine Mauer um mich errichten, die zu hoch für ihn ist.

Aber gleichzeitig kommt mir zu Bewusstsein, dass ich mich schon verraten habe. So schnell ging das. Mein heiligstes, dilettantisch verschlüsseltes Geheimnis schon preisgegeben. Mir wird ganz heiß vor Schreck.

Wollen Sie mit hereinkommen?, sage ich.

Ich sage es, um den Verdacht zu zerstreuen, dass ich etwas verberge. Bitte sehr, heißt das, sehen Sie sich ruhig bei uns um. Außerdem sage ich es, weil ich erwarte, dass Eva ihn sonst im nächsten Moment darum bitten wird. Es soll auch heißen, dass ich genauso erwachsen bin wie sie.

O nein, vielen Dank, sagt er. Nein (mit einem leisen Lachen), ganz bestimmt nicht.

Aus seinem Tonfall höre ich heraus, dass ich einen Fehler gemacht habe. Wir verabschieden uns hastig voneinander. Diesmal tritt er bei mir ebenso soldatisch-zackig wie bei Eva an.

Am Kopf der Treppe, noch außer Atem, zischt sie mich an:

Bist du verrückt geworden? Musst du dich diesem Mann so an den Hals schmeißen? Er hat uns nach Hause gebracht. Das war's. Weißt du nicht, dass man sich von Männern *vor* der Haustür verabschiedet?

Ich weiß, dass ich einen Fauxpas begangen habe. Es ist eine wiederkehrende Erfahrung. Ich bin als Frau zu weit gegangen und bereue es. Es ist eine Reue, die sich als Scham, als Zerknirschung, als Gedemütigtsein fühlbar macht. Ich bin von unsichtbaren Mauern umstellt, an denen ich mich so lange wund stoße, bis ich es begriffen habe: Man verhalte sich Männern gegenüber grundsätzlich abweisend. Man sei grundsätzlich spröde, grundsätzlich beleidigend. Die Regeln der Höflichkeit, ja, der Mitmenschlichkeit sind ihnen gegenüber nicht anzuwenden, es sei denn, man nähert sich ihnen in der Pose der Zuarbeitenden. Auch als Krankenschwestern dürfen wir helfende Engel sein und sind von dem Gebot der Sprödigkeit dispensiert. Die Bühne ist frei dafür. In den Lazaretten beugen wir uns über die Fiebernden, streichen stöhnenden Männern das feuchte Haar aus der Stirn, hören ihr Stammeln, ihre gemurmelten Bekenntnisse, verstehen, worum sie flehen, und sagen nichts als unser beschwichtigendes Na na oder Nicht doch – eine überraschend sich auftuende Welt leiblicher Zuwendung, in der die Konventionen außer Kraft gesetzt sind, eine unterschwellige Sphäre verzweifelter Leidenschaften, ausschweifender Träume, letzter Obsessionen, die nur an eine Schranke stoßen, den Tod, in dessen Nachbarschaft sie, wie jede wahre Leidenschaft, gedeihen. Der dunkle, verheimlichte Ursprung mancher Nachkriegsverbindungen.

Aber für mich am Obersalzberg, den geduldeten Gast der Mätresse Hitlers, die ihrerseits nicht viel mehr als ein geduldeter Gast war, für mich gab es keine Ausnahmen von der Konvention, nach der ich spröde zu sein hatte. Das Undefinierte unserer Stellung als Frauen in der von Männern dominierten Obersalzbergwelt erlaubte kein noch so geringes Abweichen von den Spielregeln. Unsere Nachbarschaft zur SS, die sich als eine Art männlicher Orden begriff, dem Ideal kompromissloser Männlichkeit verpflichtet, war eine prekäre Nachbarschaft. Eva wusste das, und sie verließ sich darauf, dass auch ich es begriff. Ihre Zurechtweisung traf mich zu Recht, so empfand ich es. Die Einhaltung der Spielregeln wird unter Frauen von Frauen kontrolliert. Und sie sind dabei nicht zimperlich.

Wenn du nicht weißt, wie du dich hier zu benehmen hast,

sagte sie, als die Tür des Berghofs sich für uns öffnete, kannst du gleich abreisen.

Das saß. Ich hatte die Botschaft verstanden.

Ich kannte sie ohnehin. Wie alle jungen Frauen kannte ich sie in ihrer ganzen Doppelbödigkeit. Ich wusste, dass ich attraktiv war. Ich wusste, dass ich nur anwesend zu sein hatte, um mir die Aufmerksamkeit der Männer zu sichern. Ein Teil davon war immer bei mir, wenn ich einen Raum betrat. Wenn ich ging. Wenn ich schwieg. Wenn ich lachte. Sobald ich die Augen aufschlug, sah ich die Augen, die sich in gespielter Gleichgültigkeit abwandten oder auch nicht. Ich wusste es, wie jede junge Frau es weiß. Das Wissen darum schlug sich nicht in meinem Bewusstsein nieder, sondern in der Bewegung, mit der ich mir die Haare aus der Stirn strich oder die Beine übereinander schlug. Es lockerte meine Hüften, spreizte mir die Finger, verlieh meinem Gang eine gewisse sieghafte Geschmeidigkeit.

Vieles davon war Nachahmung, bewusst und unbewusst gleichzeitig. Ich ahmte immer noch Eva nach, wie ich es mit vierzehn Jahren begonnen hatte. Eva, die es selbst aus den Filmen hatte, die wir sahen. Mit jedem Schritt, den wir taten, waren wir Greta Garbo oder Lida Baarova, um deren Skandalaffäre mit Goebbels wir wussten. Wir waren lasziv und unschuldsvoll zugleich, diese perfekte Mischung, die wir Nazifrauen so gut wie keine Generation vor uns und nach uns verkörperten.

Eva träumte von einer Nachkriegskarriere als Filmschauspielerin. Welche Rolle es war, die sie spielen wollte?

Sie wollte Hitlers Geliebte in einem großen Hollywoodfilm sein. Das war ihr Traum, das Äußerste, wozu sie sich in ihren Phantasien eines ehemaligen Ladenmädchens verstieg. Das Leben der Geliebten Hitlers als Leinwandmelodram. Sie machte kein Hehl daraus. Sie sprach wieder und wieder davon:

Wenn es nur nicht zu lange dauert, bis wir die Amerikaner besiegen. Verstehst du?, sagte sie. Dann gehört uns nicht nur die Ufa. Dann gehört uns Hollywood. All diese Studios. Warner Bros., Otto Selznik. Du weißt schon, sagte sie. Es war ihr klar, dass das der Olymp des Kinofilms war. Es war uns allen klar. Sie hoffte nur, dass sie bis dahin nicht zu alt sein würde, um sich selbst zu spielen.

Sie hatte früh das Prinzip der Reality-Show begriffen. Man stellt sich selber dar. Im Grunde gilt die Behauptung, dass Leben und Film auf dasselbe hinauslaufen. Die große Seifenoper Hitler und Eva Braun. Sie wusste, dass es ein Renner war. Sie plante das große Finale. Sie arbeitete bereits daran. Es würde eine Mischung aus Melodram und Wagneroper werden.

Als es geschah, muss ihr bewusst gewesen sein, dass keine Kameras liefen. Und doch. Und doch. Ich kenne sie. Sie hat gewusst, dass sie auf Livesendung war, als sie starb. Sie trug das dunkelblaue lange Taftkleid, das sie kurz zuvor zu ihrer Hochzeit getragen hatte. Der Schauplatz stimmte, der Partner. Live in den Tod. Die Geschichte war auf Sendung. Sie wusste es.

Ganz am Ende hat sie die Traumrolle in dem Kinofilm ihres Lebens doch noch erhalten. Nur war es nicht die tragisch angehauchte Gesellschaftskomödie, die sie für ihr Genre hielt. Es war zufällig das Drama des Jahrhunderts, in dem sie mitspielte. Ein Schurkenstück.

Jung, wie ich war, hatte ich sie mir als Lehrmeisterin ausgesucht. Eine gefährliche Lehrmeisterin, bei der ich gelernt habe, wie man sich unter Beachtung der gültigen Spielregeln in Szene setzt.

O ja, wir Nazifrauen wussten, dass wir sexy waren. Aber wir wussten auch, dass es geboten war, nichts davon zu wissen, was Sex bedeutete. Wir verhielten uns konsequent so, als gebe es keinen Sex. Wir sprachen niemals darüber. Nicht unter Frauen. Und mit den Männern schon gar nicht. Wenn er stattfand, überließen wir uns ihm wie einer Naturgewalt, von deren Vorhandensein wir bisher nichts geahnt hatten. Wir gaben uns überrumpelt von einem Verlangen, das über uns kam und uns hinriss und wehrlos machte. Das war nicht ohne Reiz, wie man sich denken kann. Nicht ohne ein gewisses Maß an Theatralik, das unserer sexuellen Performance durchaus zugute kam.

Wir redeten kaum dabei. Es hätte zum Darstellungsstil des Überwältigtseins nicht gepasst. Wir schlossen die Augen. Wir bogen uns zurück. Wir seufzten. Wir ließen uns in einen Zustand des Entrücktseins hineingleiten, der sich beliebig bis zur Ekstase steigern konnte. Wir mussten außer uns sein, denn wären wir bei uns gewesen, wie hätten wir der Tatsache, dass wir Sex trieben, entgegentreten sollen? So aber wussten wir nichts von uns. Nur in der stummen Ekstase ließ sich das Gebot unterlaufen, nicht wissen zu dürfen, was man da tat. Wir waren gewissermaßen gar nicht dabei, wenn wir Sex hatten.

Ich denke, dass wir reizende Geliebte waren. Sicher sind das alle Frauen. Aber wenn ich an unsere konsequent gemimte Unschuld denke, an den inneren Befehl zur Ekstase, der uns allein half, dieses streng und ausnahmslos Verbotene durchzustehen, weiß ich, dass wir Applaus verdient hätten.

O, es war eine große Zeit für die Liebe, als sie noch verboten war. Sie hatte noch etwas von einem schmutzigen Geheimnis. Das machte sie zwingender. Was geschah, das geschah, wie es heute geschieht. Aber was geschehen war, war etwas Unaussprechliches. Unaussprechlich schmutzig. Unaussprechlich wunderbar. Wir schlugen die Augen nieder, wenn wir demjenigen begegneten, mit dem wir ein solches Geheimnis teilten. Wir erröteten unter dem Wissen, dass er dieselbe Erinnerung hatte wie wir. Wir fühlten uns dadurch an ihn gekettet, wie nur ein unaussprechlich beschämendes Geheimnis aneinander ketten kann. So blühten neben der Liebe die Abhängigkeit, die Angst, die Erpressbarkeit. Die Unaufrichtigkeit feierte Triumphe. Auch unter uns Frauen.

Mit einer an Selbstverleugnung grenzenden Verlogenheit hielten wir die Behauptung der Ahnungslosigkeit aufrecht voreinander. Auch Eva, deren Schlafraum im Berghof an ein Bad grenzte, das sich auf der gegenüberliegenden Seite zu Hitlers Schlafraum hin öffnen ließ, eine notdürftig kaschierte und doch mit Eindeutigkeit angelegte Intimzone, hätte mir gegenüber niemals über ihr intimes Verhältnis zu Hitler gesprochen. Nicht nur, dass es undenkbar gewesen wäre, sich über Details auszulassen, sie tat alles, um den Eindruck zu erwecken, als gebe es nichts dergleichen.

Und nur ein einziges Mal ließ sie etwas durchblicken, vollendet beiläufig, das ihr sexuelles Verhältnis zu ihm wie mit einem Schlaglicht beleuchtete und als das enthüllte, was es wahrscheinlich war: eine vollkommen normale Intervallliebe, vermutlich monogam, auf jeden Fall, was Eva anbelangt. Eine durch häufige Trennungen sowohl erschwerte als auch beflügelte Bettliebesgeschichte. Nichts anderes.

Weißt du, sagte Eva eines Tages zu mir, als ich unter heftigen Menstruationsschmerzen litt – dies Thema, obgleich intim, wurde damals von uns Frauen ohne Scheu zum Gesprächsgegenstand gemacht –, weißt du, sagte sie, am schlimmsten ist es bei mir, wenn ich es verschoben habe.

Verschoben?, sagte ich.

Ja, sagte Eva. Wenn ich es krieg und der Führer kommt, lass ich mir vom Arzt etwas geben, damit ich es nicht kriege.

Gibt es das?, sagte ich.

Gibt es schon, sagte Eva. Aber empfehlen kann ich's dir nicht. Hinterher kommt's umso schlimmer. Aber was tut man nicht!

Dies war die einzige frivole Bemerkung, die ich von Eva jemals gehört habe: Aber was tut man nicht! Ich denke, dass es ihre ganze Liebe zu Hitler umriss und auf den Punkt brachte: Aber was tut man nicht!

Sonst nichts zu diesem Thema.

(Und für die Liebe, soll Hitler gesagt haben, halte ich mir ein Mädchen in München.)

So einfach war das.

Wir sprachen nicht über die Liebe, nie. Dafür hatte die Liebe uns fest im Würgegriff. Und niemals hätte ich mich meiner älteren und liebeserfahrenen Cousine anvertraut, als ich es bald darauf selber zu spüren bekam. So waren wir.

Als ich an diesem Abend spät meinen Weg zum Mooslahner Kopf ging, die Schultertasche, die ich dazu bei mir hatte, mit Brot und kaltem Braten gefüllt, sah ich sie mit einer gewissen Erleichterung, meine Begleiter, die wie immer aus dem Nichts auftauchten und mir folgten.

Der Weg zum Teehaus musste jetzt täglich vom Schnee freigeschaufelt werden. Sie stellten dazu zwei Männer aus den Arbeitskolonnen bereit, die von zwei weiteren Männern des Sicherheitsdienstes bewacht wurden.

Es gab nie ein Problem, wenn wir Arbeit verursachten. Damals erschien mir das nicht weiter nachdenkenswert. Heute aber kommt es mir unglaublich vor, dass zu einer Zeit, als angeblich alle Hände gebraucht wurden, als kaum jemand, der sich noch rühren konnte, nicht arbeitsdienstverpflichtet war, als man eine erschöpfte, hungernde Bevölkerung zu einer gewaltigen kollektiven Anstrengung aufforderte, vier Männer täglich damit beschäftigt waren, einen mindestens fünfhundert Meter langen Weg von Schnee freizuhalten, damit eine junge Studentin an ihrem Lieblingsplatz studieren konnte. Es gab niemanden, der etwas daran fand.

Der Winter ist eine gute Zeit für die Verfolgten, die Untergetauchten. Vorausgesetzt, dass sie im Warmen sind. Er hält sie fest. Er schützt sie vor dem eigenen Leichtsinn. Und er hält die Verfolger auf. Seit der Schnee hoch genug lag, patrouillierten die Wachen nicht mehr ums Haus herum, sondern näherten sich nur noch auf dem Weg und kehrten oft schon in Sichtweite des Hauses um.

Wir wurden leichtsinnig, Michail und ich. Er hielt sich jetzt immer öfter in den oberen Räumen auf. Die größte Gefahr blieben die Putzfrauen. Ihretwegen musste er die Nachmittagsstunden im Keller verbringen. Ich hatte ihnen gesagt, dass die Tür immer verschlossen sei und nur die Leute vom Sicherheitsdienst den Schlüssel besäßen. Ich deutete an, dass Geheimes dort lagerte. Auch ich selbst dürfe nicht hinab.

Diese Sprache verstanden die Putzfrauen gut. Überall am Obersalzberg gab es Geheimnisse. Verschlossene Türen. Unbetretbare Räume, in denen man wichtige Akten vermutete, kostbare Schätze, geraubte Kriegsbeute. Der ganze Berg war ein Geheimnis. Auch ich war ein Teil davon. Unbegreiflich. Geheim. Undurchschaubar, was die Gründe meiner Anwesenheit für die Putzfrauen betraf.

Später, als die Festung offen war, all die verschlossenen Türen aufgesprengt, die Mauern in Schutt gelegt, kamen all diese Frauen aus Berchtesgaden und Umgebung als Erste, um nachzuschauen, was man vor ihnen verborgen hatte. Es war mehr die Neugier als die Gier, die sie trieb. Aber als sie sahen, was hinter den Türen war, und dass es weniger geheimnisvoll als köstlich und verlockend war, all die mit Fleiß gehorteten Vorräte, das Silber, die Bilder, die Wäsche, die ganze Ausstattung der Mächtigen, griffen sie doch rasch zu.

Damals, im letzten Naziwinter, glaubten sie jedoch noch aufs Wort, dass man nicht jede Tür aufmacht. Wenn ich es heute bedenke, war es seltsam leicht, in Hitlers Teehaus einen Menschen zu verstecken, hier, im Zentrum seiner Macht, an seinem Lieblingsplatz, vielleicht einfacher als anderswo. Es war, als verstecke man sich im Pelz des Raubtiers, um nicht von ihm gefunden zu werden.

Wir lebten in einem Zustand vorläufiger Sicherheit, der sogar eine gewisse Behaglichkeit hatte. Wenn ich am Vormittag über meinen Büchern saß, draußen der Winter und drinnen bei mir Michail, der, an den Kamin gelehnt, auf dem Boden hockte und an einem Stück Holz schnitzte, wie ich sie ihm auf seinen Wunsch manchmal mitbrachte, dann glaubte ich manchmal, so würde es immer sein.

Er war um mich wie ein Haustier, und wie ein Tier kroch er auch auf allen vieren im Haus herum, damit man ihn nicht von außen sehen konnte. Er benutzte keine Stühle, sondern kauerte sich nah der Wände auf den Boden. Es schien ihm ganz in Fleisch und Blut übergegangen zu sein, und als ich ihn später, nachdem alles vorbei war, in voller Größe aufgerichtet sah, erschrak ich plötzlich vor ihm, als sei er ein anderer. Und das war er auch.

Damals jedoch hatte er noch statt der Waffe ein Schnitzmesser in der Hand. Er schnitzte Tierfiguren für mich. Eine Katze. Ein Eichhörnchen, wie er sie vor unseren Fenstern beobachtete. Einen Jagdhund. Den Jagdhund behielt er selbst. Das Eichhörnchen schenkte ich Eva zu Weihnachten. Süß, sagte sie und fragte mit keinem Wort, woher ich es hatte. Die Katze saß auf dem Kaminsims. Sie schlief. Sie wartete. Sie hatte sich in dem Bewusstsein zusammengerollt, dass im Leben nichts über ein warmes Plätzchen geht. Das war die Botschaft der Katze. Ich wusste, was sie meinte.

Am Weihnachtsabend schenkte Eva mir ein Set aus Kamm und Spiegel und Haarbürste mit versilberten Griffen. Es sah wie von dem Frisiertisch einer Hollywooddiva aus. Ich brauchte nur noch eine Zofe, die mir das Haar bürstete.

Wird gemacht, sagte Eva und bürstete mir das Haar, bis es elektrisiert war und mir wie ein Kranz vom Kopf abstand. Unter den Strichen spürte ich die Nervosität, die in ihr wuchs und kurz davor war, in Aggressivität umzuschlagen. Ich wusste, was los war. Sie wartete auf einen Anruf.

Das Personal hatte sie für den Abend entlassen, und auch der Filmvorführer hatte frei. Nur die beiden Männer vom Sicherheitsdienst saßen im Vorraum zur Küche und spielten ein Würfelspiel. Die Köchin hatte uns ein kaltes Essen bereitgestellt, bevor sie ging, norwegischen Räucherlachs, Geflügelsalat mit Mayonnaise und Toast. Dass wir den Toast selber rösteten und die Tabletts in die Halle trugen, war ein Äußerstes an Selbständigkeit, das man uns zumutete.

Beim Essen hatten wir die Wiener Sängerknaben aufgelegt. Danach wuchs um uns das aufdringliche Schweigen des Telefons, nur dann und wann durch das Klacken der Würfel in einem Lederbecher unterbrochen, der auf einen unbedeckten Holztisch geknallt wird. Der unterdrückte Triumphschrei eines Mannes, der einen Gegner in die Schranken weist.

Ich spürte das dünne Eis von Evas Gefasstheit, ahnte den dunklen Strom ihrer Verzweiflung, der darunter lag. Ich fühlte die Last der Aufgabe, sie abzulenken, merkte an ihrer Reaktion, dass sie sich von einer Art schlafwandlerischer Mechanik steuern ließ. Ich saß mit einer Selbstmörderin am Tisch. Fern, ganz fern von mir bewegte sie sich auf die Dunkelheit zu, die alles verschlingende Leere, die Macht über sie hatte. Sie war da. Sie war immer da. Evas Liebe zu Hitler war im Banne dieser Macht entstanden und gewachsen. Sie gründete darauf.

Von allem Anfang an war das in ihr gewesen, ein furchtbares Nichts, ein Vakuum, das sie in sich hineinsog, keinen Widerstand gelten ließ, keinen Versuch, sich ihm entgegenzusetzen. Sie war dieses Nichts. Sie konnte sich nicht erinnern, jemals etwas anderes als nichts gewesen zu sein.

O sie bekämpfte es. Sie errichtete Bastionen gegen dieses Nichts, das in ihr war. Sie schlug ihm ein Schnippchen, wenn sie kleine Streiche ausheckte, als Schülerin schon. Immer war sie bei denen, die ihren Spaß hatten. Sie brauchte keine guten Noten, sie brauchte Spaß, kleine Triumphe der Unbotmäßigkeit. Das »wilde, ungebärdige, faule Kind«, so gefiel sie sich im Urteil ihrer Lehrerinnen im Lyzeum in der Tengstraße.

Sie liebte den Sport, oder besser: sich selber als Sportlerin.

Alles, was sie von ihrem Körper verlangte, das leistete er auch. Sie turnte. Sie schwamm. Sie lief Ski. Sie beherrschte die Grundfiguren des Eiskunstlaufs. Sie zeigte sich gern dabei. Sie war stolz auf ihren Körper. Sie wohnte darin wie in einem prächtigen, repräsentativen Haus, in dem es bei Dunkelheit trotzdem spukt. Das Nichts, das in ihr war, fühlte sich wohl darin.

Sie tat ein Übriges, indem sie sich gut anzog. Sie wunderte sich über Frauen, die schlecht angezogen und fröhlich und offenbar trotzdem anziehend waren. Das Nichts in ihr bestand auf eleganter Garderobe. Sie richtete sich danach.

Sie kultivierte den Augenschein. Es befriedigte sie, ihn abzulichten und zu konservieren. Sie war eine leidenschaftliche Fotografin und Schmalfilmerin. Sie fotografierte, wie Mütter fotografieren. Auf ihren Bildern erschienen alle Personen wie fürs Familienalbum geknipst, und auch wenn sie zufällig die Geschichte vor ihre Kamera bekam wie an den Tagen vor Ausbruch des Zweiten Weltkriegs, klebte sie sorgfältig die Bilder in ihre Alben ein und versah sie mit kleinen Bildunterschriften wie

»... und dann fuhr Ribbentrop nach Moskau«

(Hitler, Bormann, Julius Schaub und Luftwaffengeneral Bodenschatz palavernd vor dem Kamin in der Berghofhalle)

oder

»... aber trotzdem, Polen will nicht verhandeln«

(Goebbels, wie Hitler mit einer verwischten Bewegung auf ihn zuzustürzen scheint, als wolle er ihn ans Herz drücken. Im Hintergrund vor dem geschlossenen Vorhang des großen Berghoffensters die ganze Entourage).

All das nimmt sich in Evas Fotoalben wie ein Kindergeburtstag aus.

Der Sport. Die Fotos. Die Kleider. Sie gab sich nicht kampflos preis. Und Hitler. Sie hatte ihn. Unter allen Geliebten hatte sie sich ihn gewählt. Den Diktator. Den Bezwinger. Den, vor dem alle, die sie kannte, erzitterten.

Konnte es eine stärkere Bastion gegen das Nichts in ihr geben?

Ich beuge mich über den Abgrund. Ich will verstehen, warum sie ihn genommen hat.

Ich sehe, dass der Abgrund tief ist. Ich erkenne nichts in ihm. Verworrene Sehnsüchte. Verschlungene Abhängigkeiten. Leere. Verwechslungen. Irrtümer.

Ich verstehe es nicht.

Aber ich erinnere mich. Ich erinnere mich an den Weihnachtsabend, den ich mit Eva verbracht habe. Ich weiß, dass ihre Verzweiflung, ihr Aufbegehren wie ein Fluidum im Raum waren. Ich spürte die Empörung, die in ihr wuchs. Ich ahnte, dass eine Nacht endlos sein kann, wenn das Telefon nicht klingelt, schwieriger durchzustehen als der Tod. Ich begriff, dass dies die Logik der Depressiven ist. Ich fühlte eine Leere, vor der mir selbst graute, ein Vakuum, gegen das auch ich mich wehren musste, das auch mich einsog. Ich fühlte die Gegenwart der Furie des Suizids im Raum. Sie hob ihre Flügel. Sie streifte uns leicht im Flug. Auch ich erschrak tödlich.

Ich ahne, dass dies die Antwort auf meine Frage enthält: Wie kann es sein, dass Eva diesen Mann liebte?

Ich habe die Antwort nicht. Sie verbirgt sich in den Falten meiner Erinnerung. Das Warten. Die Nacht. Der Tod. Das Fluidum der Empörung. Die Furie, die sich erhob.

Und das Wissen darum, dass Hitlers Bindung an Eva mit einem Selbstmordversuch begann. Sie hatte tagelang vergeblich auf einen Anruf von Hitler gewartet, der sich in der Endphase des Wahlkampfs für die Reichstagswahlen befand, als Ilse sie eines Abends beim Heimkommen auf dem Bett im Schlafzimmer ihrer Eltern sah, blutend, bewusstlos, eine Kugel seitlich im Hals, deren Konturen man deutlich sehen konnte.

So etwas darf nicht noch einmal vorkommen, soll Hitler zu Heinrich Hoffmann gesagt haben. Ich muss mich von jetzt an um sie kümmern.

Von Anfang an sprach der Tod mit in ihrem Verhältnis. Er sprach Unverständliches. Er drückte sich in Rätseln aus, wie er es immer tut. Verstehe es, wer will. Jedenfalls behielt er das letzte Wort.

Geh jetzt, sagte Eva. Lass mich allein.

Ich wollte sie unter keinen Umständen allein lassen.

Ich sagte ihr, dass ihr Geliebter gerade im Westen den Krieg verlor und dass er möglicherweise deswegen nicht dazu kam, sie anzurufen.

Es interessierte sie nicht.

Die Bodentruppen können nur noch bei Nacht zum Einsatz kommen, sagte ich. Tagsüber greifen die alliierten Bomber ein. Gleichzeitig werden die deutschen Nachschublinien bis zum Rhein und die Flugplätze der Luftwaffe angegriffen.

Das interessiert mich nicht, sagte sie mit Nachdruck.

Die Ardennenoffensive, sagte ich, ist gescheitert, meint Hugh Carleton Greene. Die deutschen Panzerverbände stecken vor der Maas fest. Sie schaffen es nicht, sagt er.

Hör endlich auf damit!, schrie Eva. Ich will es nicht mehr hören!

Ich versuchte es anders. Ich schlug ihr vor auszugehen. Im Platterhof würde die Bar noch geöffnet sein.

Und wenn er dann anruft?

Bist du nicht zu Hause, sagte ich.

Das verfing bei ihr. Cognac für ihre Qualen und für Hitler die beunruhigende Nachricht, dass sie nicht zu Hause war. Falls er noch anriefe. Schließlich blieb ihr diese Hoffnung noch. Mit ihr würde sie sich durch die Nacht behelfen.

Eigentlich keine schlechte Idee, sagte sie.

Die Furie schwand wie ein Vampir, dem man einen Holzpflock ins Herz gerammt hat.

Als wir in die glitzernde Nacht hinaustraten und unsere beiden Bewacher die Tür hinter uns schlossen, blieb Eva plötzlich stehen.

Hast du da etwas gehört?, sagte sie zu mir. War das das Telefon?
Komm jetzt! sagte ich.
Im Hotel Platterhof spielte eine Kapelle, und es wurde in allen Gesellschaftsräumen getanzt. Ich wusste nicht, woher plötzlich so viele Frauen gekommen waren. Junge, elegante Frauen in schulterfreien langen Abendkleidern mit Pelzstolen, die auf ihrer schimmernden Haut unablässig in Bewegung zu sein schienen. Sie ließen sie an sich hinabgleiten. Ein paar Schritte streiften sie am Boden entlang wie Tiere, die ihrer Besitzerin folgen. Dann, mit einer unnachahmlichen Bewegung, zogen sie sie wieder zum Hals empor. Ich war sogleich fasziniert davon.
Vielleicht hatten die Offiziere zu Weihnachten ihre Ehefrauen zu Besuch, vermutete ich.
Vielleicht auch nicht, sagte Eva.
Wir setzten uns an die Bar. Niemand schien uns zu beachten. Die Stimmung war offenbar schon nah ihrem Siedepunkt. Sekt war geflossen. Überall auf den Tischen sah man die silbernen Kübel stehen. Auch wir entschieden uns für Sekt.
Ich hatte nicht gewusst, dass man den Heiligen Abend als Tanzfest begehen kann. Das katholische, bürgerliche junge Mädchen, das ich war, wunderte sich.
Jetzt weißt du's, sagte Eva.
Wir hätten uns umziehen sollen, sagte ich.
Nein, sagte Eva. Das hätten wir nicht tun sollen. Du lässt dich nicht zum Tanzen auffordern, ist das klar?
Ist klar, sagte ich.
Kurz darauf steuerte uns schon der erste Tänzer an.
Wir tanzen nicht, sagte Eva, bevor er den Mund aufbekam. Liebenswürdig. Bestimmt. Wieder einmal war ich von der Sicherheit beeindruckt, mit der sie Benimmfragen entschied.
Ich sah, wie der Barkeeper sich über die Theke beugte

und dem Mann etwas ins Ohr flüsterte. Es war nicht schwierig, zu erraten, was es war. Vorsicht, sagte er. Das ist die Freundin des Führers.

Ich sah, wie der Mann zusammenzuckte und mit einer leichten Verbeugung in unsere Richtung, so schnell es ging, verschwand.

Das war eine Schnapsidee von dir, sagte Eva, hierher zu gehen. Aber jetzt sind wir da.

Mir gefiel es. Zum Teufel, dachte ich, mit der guten Erziehung und den Benimmregeln. All die langweiligen Weihnachtsabende mit meinen Eltern. Die Stille unseres Wohnzimmers. Die Ausschließlichkeit der Kernfamilie, die dies Fest beging, indem sie sich streng isolierte. Der dünne Gesang unter dem Weihnachtsbaum, von meiner Mutter am Klavier begleitet, die dafür wochenlang geübt hatte. Ich vermisste nichts!

Ich brauche keine Millionen,
mir fehlt kein Pfennig zum Glück,
ich brauche weiter nichts als nur: Musik! Musik! Musik!

sang die Sängerin im Saal. Sie trug ein kniekurzes Samtkleid und hatte ihr Haar zu einem Dutt winziger Löckchen am Oberkopf festgesteckt, die ihr in die Stirn rieselten. Ein Mann in einem hellblau glitzernden Anzug war neben ihr aufgetaucht und begann mit ihr zu steppen.

Halt deine Füße still!, zischte mir Eva zu.

Ich wollte tanzen. Und ob ich tanzen wollte. Stattdessen schüttete ich noch schnell ein Glas Sekt hinunter. Neben mir schob sich ein knalleng mit Seidenbrokat umspannter Hintern auf einen Barhocker. Ein Blaufuchs löste sich kopfunter von einem Frauenhals und glitt mit leicht schlängelnder Bewegung zu Boden, indem er die Wölbung der Hüften nachzeichnete. Ein Mann bückte sich, griff danach und sah mich an, während er den Blaufuchs wieder um den Hals legte, bedächtig, mit einer Zärtlichkeit, die mehr dem Blaufuchs als der Frau zu gelten schien.

Guten Abend, sagte er. Ich wusste nicht, dass Sie hier sind.

Wir sind auch gar nicht hier, sagte ich. Wir trinken nur ein Glas Sekt, und dann gehen wir wieder.

Schade, sagte der Obersturmbannführer. Ich hätte gern mit Ihnen getanzt.

Wir tanzen nicht, sagte ich tapfer.

Doppelt schade, sagte er.

Davon geht die Welt nicht unter,

sang die Sängerin im Saal.

sieht man sie manchmal auch grau.
Einmal wird sie wieder bunter,
einmal wird sie wieder himmelblau …

Der Obersturmbannführer und die Blaufuchsträgerin strebten zur Tanzfläche. Alles strebte dorthin, fügte sich zu einer Masse, die langsam zum Kochen kam, einzelne Strudel, die sich zu einem wabernden Zentrum vereinigten. Die walzertanzenden Paare drängten und stießen sich. Sie ließen sich von der Menge stützen und auffangen, lösten sich in ihr auf, verschmolzen miteinander, und auch die Stimmen der Tanzenden, die den Refrain mitsangen, verschmolzen mit der der Sängerin zu einer einzigen Stimme, der brüllenden Stimme, mit der die Lebenden gegen den Chor der Toten ansingen, die Angstvollen gegen die Angst in sich, die Schuldigen gegen die Stimme ihres Gewissens, die Schiffbrüchigen gegen das Tosen des Sturms, der sie bald vernichten wird.

Ich versuchte hinauszuhorchen. Ich versuchte, etwas von der Stille mitzubekommen, die uns umgab und die immer öfter auch bei uns durch Luftwarnungen unterbrochen wurde. Immer öfter flogen alliierte Bomberverbände über uns hinweg Richtung München. Immer öfter hüllten wir uns in künstliche Nebel ein. Noch hielten wir das für einen ausreichenden Schutz. Noch glaubten wir an die Magie des Bergs, daran, dass wir unauffindbar waren für unsere Feinde, an die Uneinnehmbarkeit der Festung, in der wir verschanzt waren. Wir glaubten noch, dass die Vergeltung andere träfe als uns.

Geht's mal drüber und mal drunter,

sangen die Tanzenden im Platterhof,

wenn uns der Schädel auch raucht,
davon geht die Welt nicht unter,
die wird ja noch gebraucht …

Lass uns gehen, sagte Eva.

Am Ausgang holte uns der Obersturmbannführer ein.

Warten Sie, sagte er. Ich begleite Sie nach Hause.

Als wir am Berghof waren, bot ich Eva an, diese Nacht bei ihr zu schlafen. Aber sie wehrte ab.

Mach dir keine Sorgen um mich, Kleines, sagte sie. Unkraut vergeht nicht, das weißt du doch.

Die beiden Bewacher, die wir zurückgelassen hatten, öffneten ihr die Haustür.

Du siehst doch, sagte Eva, mir kann nichts passieren.

Ahnte sie nicht, worum es ging? Konnte sie mir nicht dies eine Mal zu Hilfe kommen, indem sie mir erlaubte, diese Nacht im Berghof zu schlafen?

Ich sah den Obersturmbannführer mit den Männern sprechen. Ich wusste, worum es ging. Ich sah ihre Blicke. Das Einvernehmen darin. Die heimliche Mitwisserschaft. Die Befriedigung darüber, dass ein lang gehegter Verdacht, mich betreffend, sich bestätigte.

Ich bringe Sie zum Mooslahner Kopf, sagte er.

Es durfte nicht sein. Ich musste etwas finden, was ihn davon abbrachte. Wenn ich spät in der Nacht nach Hause kam, würde Michail da sein. Ich würde keine Möglichkeit haben, ihn zu warnen. Er würde die Stiefelschritte vor dem Haus hören. Er würde es nicht verstehen, dass einer von ihnen mit mir zusammen kam. Er würde sehen, dass ich mich umarmen und küssen ließ. Denn das würde ich. Es war so weit, dass das sicher war. Und Michail würde glauben, dass ich jetzt eine von ihnen war und dass ich ihn verriete. Ich würde sein Vertrauen nie wieder zurückgewinnen können.

Ich möchte wieder zum Platterhof zurück, sagte ich zu meinem Begleiter, als wir am Fuß von Hitlers Treppe angekommen waren.

Es war keine Lösung. Ein Aufschub, weiter nichts. Wie alles ab jetzt keine Lösung, sondern ein Aufschub war. Meine Lage war ab jetzt wie die militärische: Sie war aussichtslos, aber um keinen Preis durfte ich aufgeben. Ein hoffnungsloses Taktieren, ein Hinhaltekrieg begann, der nur noch durch einen Endsieg der Alliierten beendet werden konnte. Solange musste ich eine unhaltbare Stellung verteidigen. Solange dauerte es.

Sind Sie sicher?, sagte mein Begleiter. Haben Sie noch nicht genug davon?

Ich habe noch nicht getanzt, sagte ich.

Also gehen wir, sagte er und schlug den Weg zum Hintereck wieder ein. Nach wenigen Schritten legte er den Arm um meine Schultern, zog mich an sich und küsste mich. Es gab nichts, woran wir uns hätten lehnen können. Wir schwankten etwas im Schnee, hielten uns fest umklammert wie Kampfpartner, die nicht mehr wissen, wie sie sich aus der Umklammerung lösen sollen, ohne zu Boden zu gehen. Liebespaare. Kampfpartner. Es gibt einen Moment, in dem es so oder so weitergehen kann. Einen Augenblick zitternder Balance.

Seltsames Mädchen, sagte er.

Im Platterhof kamen wir zu spät an. Der Ball hatte sich in ein Saufgelage verwandelt. Frisuren waren verrutscht, Gläser umgefallen, Aschenbecher füllten sich schneller, als sie geleert wurden. Uniformjacken hingen schief über den Stuhllehnen. Die Bar, an der Eva und ich noch fast allein gesessen hatten, war jetzt von einer dichten Menschentraube belagert. Männer pressten sich an Frauen, Frauen an Männer und schoben ihnen sanft das Knie zwischen die Beine. Hände, die zuvor noch mit dem Feuerzeug gespielt hatten, lagen jetzt auf den Gesäßrundungen der Frauen und massierten sie. Make-ups verwischten sich. Zigaretten wechselten die Münder. Niemand gab mehr acht, wem das Glas gehörte, aus dem er trank. Für die deutschen Frauen, die hier versammelt waren, galt das dreifache Verbot des Rauchens und Trinkens und sich Schminkens nicht.

Die Kapelle hatte aufgehört zu spielen und war gerade dabei, die Instrumente einzupacken.

Halt, sagte mein Begleiter, indem er auf sie zutrat und dem Pianisten einen Geldschein gab – in welcher Höhe, konnte ich nicht erkennen. Diese junge Dame hat heute noch nicht getanzt. Ein Lied nur noch. Ein einziges.

Und sie packten die Instrumente wieder aus, schalteten die Mikrophone ein.

Für eine junge Dame, die heute noch nicht getanzt hat, sagte der Mann am Klavier mit seiner erotisch belegten Entertainerstimme. Sollen wir noch einmal für sie spielen? Sollen wir das?

Ja, ja, ja, riefen die Männer und Frauen von der Bar her. Ja, spielt für sie!

Ein Gutenachtlied für ein braves kleines Mädchen, wollt ihr das hören?

Ja, riefen sie, ja, das wollen wir hören!

Reich mir zum Abschied noch einmal die Hände,

singt der Mann am Klavier, von einer Geige und einem Bass begleitet, und die Männer und Frauen, die an der Bar stehen, fallen mit ihrem betrunkenen, gedehnten Gesang mit ein:

Good night, good night, good night,

singen sie. Und mein Begleiter und ich tanzen einen langsamen Walzer, mit dem unsere Körper vollkommen im Einklang sind. Es ist die Fortsetzung unserer langen Umklammerung, nur dass wir jetzt die Musik und unsere Tanzschritte haben, um die Balance zu halten, die eine Balance zwischen Zweikampf und Umarmung ist. Ich begreife, dass dafür der Tanz erfunden wurde. Ich überlasse mich ganz seinem Reglement.

Einmal, da wirst du an mich denken,

singt der Mann am Klavier,

einmal, da wirst du den Blick senken …
Good night, good night, good night,

fallen die Männer und Frauen von der Bar her ein. Ich fühle ihre Blicke. Ich weiß, dass ich mit meinem Faltenrock, meinem Pullover aus Evas Winterkollektion wie ein hässliches Entlein unter lauter Schwänen aussehe. Ich sehe aus wie ein Mädchen, in das ein Mann, der mehr als fünfzehn Jahre älter ist, sich gerade unsterblich verlieben will. Ich weiß, dass ich so aussehe. Ich kenne die Dramaturgie der Liebesbegegnungen nach dem Aschenputtelschema. Ich bringe dasselbe elementare Vorwissen wie meine Beobachterinnen mit, die in ihrer aufwendigen Abendgarderobe, ihrem inzwischen verwischten Make-up, auf einmal mit diesem abweichenden Muster konfrontiert werden, von dem sie wissen, dass es unbezwingbar ist. Es bleibt ihnen nichts anderes übrig, als gerührt zu sein, nichts anderes, als mitzusingen:

good night, good night, good night,

was einem Segenswunsch für mich und meinen Tänzer gleichkommt. Sie wünschen uns eine gute Nacht. Der Wunsch entfaltet seine ganze Anzüglichkeit, während wir tanzen. Sie sehen uns zu, und sie sehen, was wir in ihren Augen sind: ein Paar für diese Nacht. Sie sehen das Begehren im Blick meines Tänzers. Die Frauen an der Bar fühlen es am eigenen Leib. Sie denken an Nächte, lange zurückliegende, in denen ein Mann sie so angesehen hat, aus halb geschlossenen Lidern, unverwandt. Sie drücken sich etwas enger an ihre Begleiter. Sie können die Augen nicht von uns wenden. Sie klatschen frenetisch, als es zu Ende ist.

Als wir in dem Gedränge an der Bar stehen, höre ich, wie jemand fragt: Wer ist sie?

Eine Cousine des Führers, antwortet man.

Ich bin zu müde, um zu widersprechen. Zu müde und schon zu tief im Falschen, um etwas richtig zu stellen. Ich lasse geschehen, was geschieht. Ich bin zwanzig Jahre alt und werde jetzt die Liebe am Obersalzberg entdecken. Es wird eine Naziliebe sein. Eine Naziaffäre. Von Nazibegehren entfacht. Ihr Ende wird ein Nazizeitende sein. Kein Bruch, sondern ein Zusammenbruch. Wenn wir ihn überleben, werden wir uns nicht mehr wiedererkennen.

Ich sehe mich im Gedränge vor der Bar im Platterhof stehen. Ich sehe mich aus der Ferne der Jahrzehnte wie eine Tochter, die ich verloren habe, ein Kind, das mir abhanden gekommen ist. Ich kann sie nicht warnen, sie nicht zurückhalten. Ich weiß, was geschehen wird, und sie weiß es nicht. Ich sehe, wie sie zu dem Mann aufblickt, der seinen Arm um sie gelegt hat. Wie klein sie ist. Wie sie dies Beschützenswerte hat, von dem manche Männer an Frauen nicht genug kriegen können. Ich möchte ihr das Glas wegnehmen. Sie trinkt zu viel an diesem Abend. Ich sehe, wie der Mann es jetzt tut. Behutsam nimmt er es ihr aus den Händen, trinkt es selber aus. Sie wirft den Kopf zurück, lacht. Er ist viel größer als sie. Größer. Erfahrener. Älter. Im Besitz eines Maßes an Männlichkeit, das seinem militärischen Rang entspricht. Es versteht sich von selbst, dass er gut aussieht. Es folgt aus seiner Männlichkeit. Es gibt nichts an ihr, das ihm standzuhalten vermag. Jeder kann das sehen.

Doch zwischen ihnen beiden ist es ein anderes Spiel. Hier gilt, dass er stirbt vor Verlangen nach ihr. Dass er mit Haut und Haaren ihr gehört. Dass sie die Bedingungen diktieren kann. Sie möge befehlen. Alles, alles will er für sie tun.

Es sind die alten Spielregeln der Verführung. Sie gelten auch an diesem Ort. Es hätte überall auf der Welt sein können, wo sie die Liebe entdeckt. Aber es ist hier. Es musste hier sein. Auf Hitlers Berg. Naziliebe. Es lässt sich nie mehr ungeschehen machen. Es ist ein Teil von mir.

In dieser Nacht blieb ich noch Virgo intacta. Ich verbrachte sie in einem Zimmer im Hotel Platterhof. Man war mit mir, was man damals unter rücksichtsvoll verstand. Die Männer erwarteten von einer Jungfrau nicht, dass sie sich in der ersten Nacht ergab. Da sie grundsätzlich die Liebeserfahreneren waren, ließen sie sich Zeit mit uns.

Dies Hymen, das ich bis an die Grenze der Lächerlichkeit verteidigte, war, streng genommen, mein einziger Besitz, und ich hatte schon mehrere Nächte im Platterhof verbracht, als ich es immer noch besaß.

Es schulte unsere sexuelle Phantasie, förderte unseren sexuellen Einfallsreichtum, unsere Liebhaber wieder und wieder davon abzulenken, es zu zerstören. Sie auf andere Dinge zu bringen, auf andere Wege zu lenken. Es kam auch ihrem Einfallsvermögen zugute, ihrer Einfühlungsfähigkeit. Es geschah durchaus im Dienst der Zärtlichkeit im Bett, dass wir so lange mit uns geizten. Die Männer taten die ungeheuerlichsten Schwüre. Sie versprachen uns, was immer wir wollten. Sie flehten. Sie beschenkten uns. Sie konnten hinreißend sein, zärtlich, mit einem Wort: unwiderstehlich, solange wir uns ihnen nicht, wie man so sagt, hingaben. Irgendwann begriffen auch sie, dass es nicht von Bedeutung war, was wir ihnen vorenthielten, dass dieses Äußerste, das so hoch eingeschätzt wird, in Wirklichkeit eine Winzigkeit darstellt, etwas, das längst schon durch anderes Äußerstes übertroffen worden war, und dann – dann – wurde es Zeit dafür.

Ich erinnere mich genau an den Vormittag, an dem ich es verlor. Es geschah in einem Augenblick der Unaufmerksamkeit, einem Moment, in dem ich wirklich andere Sorgen hatte, andere Dinge meine Aufmerksamkeit beanspruchten.

Es muss im Januar gewesen sein. Silvester hatten wir im Platterhof gefeiert, Eva und ich. Es war mir gelungen, sie vom Telefon im Berghof wegzulotsen. Allerdings hatte mir Hitler im Tagesverlauf durch einen vorzeitigen Anruf geholfen. Sie war heiter, entspannt, als wir uns auf den Weg zum Platterhof machten, diesmal auch wir in großer Abendgarderobe. Ich trug ein blassblaues Abendkleid aus Evas Schrank, Eva selber einen Traum in Dunkelrot.

Ich bin so froh, sagte sie, dass sich jetzt alles wendet.

Was wendet sich?, fragte ich.

Was weiß ich, sagte Eva. Aber der Führer war so zuversichtlich am Telefon.

Wirklich?, sagte ich.

Weißt du, sagte sie, deine Engländer, die wissen auch nicht immer alles.

Da bin ich aber froh, sagte ich, dass ich es von dir erfahren kann: Und? Sind die Amerikaner auf dem Rückzug? Sind wir über die Maas?

Glaubst du, dass der Führer mir solche Details erzählt, sagte sie. Ich höre es an seiner Stimme, ob wir siegen oder nicht.

Vielleicht hat dein Führer ein bisschen Sekt getrunken, sagte ich.

Nie, sagte Eva. Da kannst Gift drauf nehmen. Der trinkt keinen einzigen Schluck, nicht mal an Silvester. Kein Alkohol, keine Zigaretten und niemals ein Stück Fleisch.

Muss schrecklich sein, sagte ich.

Wie man's nimmt, sagte Eva. Es gibt Schlimmeres.

Klar, sagte ich. Viel Schlimmeres.

Der Silvesterball im Platterhof wäre nichts für Hitler gewesen. Das war kein Fest für Kostverächter. Das Büfett war etwas für Hungrige: Gänseleberpastete, gespickter Rehrücken, Aal in Aspik, Parmaschinken, damals nur einer dünnen Schicht Eingeweihter bekannt ... Es war ein Fest für Schlemmer. Die Hungrigen befanden sich anderswo. Sie waren überall, in den Lagern, in den Städten, an den Fronten ... Es gab fast nur noch Hungernde. Aber hier waren die Tische für uns andere gedeckt, für uns Wenige. Hier stillten wir einen Hunger der anderen Art. Den Hunger nach Vergessen. Nach Amüsement. Nach Besinnungslosigkeit.

Wir tanzten bis zum Morgen. Auch Eva tanzte in dieser Nacht. Auch sie vergaß. Auch sie amüsierte sich. Wir tanzten mit den Offizieren, den Architekten und Bauführern der Bunkeranlagen, mit den Kreisleitern der NSDAP aus Südbayern, ich tanzte mit Hitlers Arzt Dr. Brandt, mit dem Leiter der Luftschutzbefehlsstelle Bredow, dem Stellvertreter Bormanns am Obersalzberg Schenk. Ich sah die traurige Frau Bormann, schöner, trauriger als je, im Festgedränge, ihr schweres dunkles Haar in der Mitte gescheitelt, die Augen schwarz und ernst, ohne den mindesten Ausdruck als den ihrer stets gleich bleibenden Traurigkeit, wie eine schon Ertrunkene, die nur noch als ihre eigene Erscheinung herumgeistert, die schönste Depressive, die ich je sah.

Anders als Eva, die sich hinter ihrer Fröhlichkeit verborgen hielt, ließ sich Frau Bormann im Gewand ihrer Traurigkeit sehen, und es kleidete sie. Es kleidete sie vollendet wie auf dem Porträt, das Pitthan 1940 von ihr gemalt und in München ausgestellt hatte: eine Nazi-Mona-Lisa im Brokatdirndl.

Um Mitternacht begrüßten wir jubelnd das Jahr unseres Untergangs. Das Jahr ungezählten Sterbens und einer Erschöpfung, wie sie ohnegleichen war. Das Jahr des Massenmords, den wir begingen, das Jahr der Hinrichtungen und des Endes davon. Das Jahr unzähliger Fluchten und Vergewaltigungen, das Jahr der Gefangenschaft, des Hungers, der Verzweiflungen. Das Jahr unserer mehr als nur militärischen Niederlage. Das Jahr unseres Hinweggefegtwerdens. Das Jahr unserer offenbar werdenden Schande. Das Jahr, in dem unsere Scham begann. Das Jahr, als wir noch nicht begriffen, wie in den folgenden, dass das für immer sein würde: diese Scham unser neues deutsches Nationalgefühl, ganz langsam in uns wachsend, ganz zaghaft, ganz vorsichtig sich an das Neue, das auf der Welt nie Dagewesene herantastend, so wie aus einer historischen Erfahrung eine Nation entsteht: die sich schämende Nation.

Das Jahr, an das wir uns nur erinnern müssen, um zu wissen, dass Grund genug für diese Scham besteht: das Jahr null, das wir damals noch 1945 nannten.

Heil, heil, heil, riefen wir. Heil unserem Führer. Sieg Heil!

Noch sehe ich Eva stehen, wie sie ihren Sektkelch den vielen entgegenhebt, die mit ihr anstoßen wollen. Lächelnd übernimmt sie die Rolle der Stellvertreterin, die für unseren obersten Feldherrn die Neujahrswünsche entgegennimmt.

Auf den Endsieg! Auf den Endsieg!

Wie immer ist ihrem Lächeln einer eigentlich Schüchternen etwas wie die Bitte um Entschuldigung beigemischt, dass sie im Mittelpunkt steht. Wie immer sehe ich, dass sie sich gern daraus fortschliche.

Auf den Sieg!, sagt sie lieb.

Es ist ihr letztes Silvester. Es ist ihr Sterbejahr, das beginnt. Es ist ihr Hochzeitsjahr. In ein paar Wochen wird sie die Koffer für ihre letzte Reise packen. Sie sieht reizend aus. So wie schüchterne Frauen reizend aussehen, wenn sie einen kleinen Schwips haben. So möchte ich sie in Erinnerung behalten. So. Auf diesem Schnappschuss meines Gedächtnisses. Wie sie das Glas hochhält.

Auf welchen Sieg?, sagt der Obersturmbannführer, der mich im Arm hält.

Überrascht blicke ich zu ihm hoch. Auch wir sprechen niemals über Politik.

Auf den Endsieg, sage ich ziemlich blöd.

Auf unseren Endsieg, sagt er sanft und drängt mich zur Tanzfläche.

Ich werde diese Nacht wieder im Hotel Platterhof verbringen. Der Mann, der mich liebt, wird mir am nächsten Morgen sagen, dass er nach Schloss Fischhorn zurück muss und dass es ungewiss ist, wann er wieder nach Berchtesgaden kommen kann. Ich spüre seinen Trennungsschmerz. Er verwirrt mich. Ich selber fühle mich eher erleichtert im Augenblick.

Aufschub, denke ich. Stellungskrieg. Hinhaltetaktik. Er darf niemals zu mir ins Teehaus kommen. Endsieg?

Währenddessen rücken die Fronten der Alliierten heran.

Die Rote Armee bewegt sich auf die Oder zu. Am 17. Januar hat sie Warschau erobert, am 19. Lodz, Krakau, Tilsit, am Ende des Monats steht sie zwischen Frankfurt und Küstrin. Berlin ist nun bedroht. Im Westen greift die US-Luftflotte jetzt die Rheinbrücken bei Koblenz, Neuwied und Remagen an. Der amerikanische Zangenangriff gegen den deutschen Frontvorsprung in den Ardennen bei Houffalize schließt sich. Plötzlich ist das alles schon ziemlich nah bei uns, was da kommt. Ein Zangenangriff auf unsere Angst.

Irgendwann Mitte Januar klopft es vormittags an der Eingangstür des Teehauses. Die Putzfrauen kommen erst nachmittags. Eva ist um diese Zeit noch nie da gewesen. Ich erwarte niemanden.

Ich weiß nicht, wo Michail ist. Ich hoffe, dass er das Klopfen genauso gehört hat wie ich.

Ich stehe von meinem Schreibtisch auf. Ich rufe die Geister der kalten Ruhe und der klugen Verstellung an. Ich gehe durch den Vorraum. Ich sehe, dass die Tür zum Keller geschlossen ist. Ich hoffe inständig, dass Michail sich da versteckt hält. Ich sage mir, dass es so sein muss. Er hat doch sicher gehört, sage ich mir, dass sich Stiefel genähert haben. Zwei Paar, vermute ich. Sie kommen immer zu zweit, wenn sie kommen. Ich mache die Tür auf, sehr langsam tue ich das, weil ich noch immer versuche, mir Klarheit über die Situation zu verschaffen. Wäre es besser gewesen, sich wie ein Kaninchen im Bau zu verhalten, zu tun, als ob ich nicht da wäre? Aber sie haben Schlüssel, geht es mir durch den Kopf, während ich langsam die Tür öffne, sie kämen doch herein. Besser, wenn ich sie an der Tür abfertigen kann.

Es ist nur ein einziger von ihnen, der vor der Tür steht. Es ist der Mann, der mich liebt. Der Gefährlichste. Keiner von ihnen kann so gefährlich werden wie der, der mich liebt.

Er sagt, er wisse, dass ich ihn gebeten hätte, nicht herzukommen, und er respektiere das. Aber er habe nur ein paar Stunden Zeit. Dann müsse er wieder nach Schloss Fischhorn zurück.

Es rührt mich zu sehen, dass er schüchtern ist. Es rührt mich auf eine Art, die nicht frei von der Befriedigung darüber ist, dass ich Macht über ihn habe. Über den Gefährlichen, Mächtigen, der in Wahrheit mich in der Hand hat, vollkommen, wenn er will. Ich erkenne seine Angst, zurückgewiesen zu werden von mir. Wenn ich die Tür jetzt wieder zumachte, täte ich nichts anderes, als was er während der Fahrt von Fischhorn hierher gefürchtet hat. Ich könnte es tun.

Lässt du mich rein?, sagt er.

Und einen Moment lang fühle ich mich so stark, dass ich so schwach bin, ihn hereinzulassen. Er küsst mich. Ich bin im Bann seiner Befangenheit. Es ist die Befangenheit, wie sie Liebende beim Wiedersehen befällt. Eine Befangenheit, die sich nur durch den Vollzug der Liebe besiegen lässt. Die Liebenden flüchten sich in den Vollzug. Sie erkennen darin den einzigen Weg, der Befangenheit zu entgehen.

Halb drängt er mich, halb ziehe ich ihn in den Teesalon.

Hier lebst du, sagt er.

Hier arbeite ich, sage ich.

Er blättert in meinen Notizen, die auf dem Tisch liegen, in Heisenbergs »Grundlagen«.

Das verstehst du nicht, sage ich und nehme ihm das Buch aus der Hand.

Er schüttelt den Kopf.

Kluges Mädchen, sagt er.

Mir fällt nur ein Weg ein, ihn abzulenken.

Warst du schon mal hier?, frage ich.

Wo denkst du hin, sagt er.

Er sagt es voller Bewunderung, geradezu andächtig. Ich merke, dass ihm bewusst wird, wo er sich befindet. Dieses kleine Heiligtum, des von ihm verehrten Gottes erklärter Lieblingsort, und ich seine Priesterin, die darin wohnt. Ich spüre, wie ihn die Aura, die mich umgibt, gefangen hält. Ich zeige ihm den berühmten Mooslahner-Kopf-Blick ins Achetal aus den Fenstern von Hitlers Teesalon. Die ragenden Gipfel, die Bläue, den Glitzerschnee. Ich verfüge über diesen Blick. Ich lasse ihn großzügig daran teilhaben wie an einem göttlichen Heilsvorrat, den ich verwalte und zuteile, wem ich will.

Mein Gott, sagt er, ist das schön hier.

Ich höre ein Geräusch im Hintergrund. Indem ich mich umdrehe, sehe ich Michail hinter dem Kamin kauern. Bewegungslos, tief in den Schatten zwischen Kamin und Wand gepresst, sieht er wie ein Waldgeist aus, ein kleiner listiger Kobold, der im nächsten Moment aufspringen und wie ein Irrwisch durchs Zimmer tanzen will.

Mein SS-Geliebter missversteht die Bewegung, mit der ich mich zum Raum umgedreht habe. Wir stehen jetzt voreinander. Die Dramaturgie des Augenblicks verlangt, dass wir uns küssen, leidenschaftlicher diesmal. Er presst mich gegen den Fensterrahmen. Ich muss zur Seite hin ausweichen, weil ich sonst über der niedrigen Fensterbank das Gleichgewicht verliere. Ich sinke in den geblümten Leinenvorhang. Ich fürchte, dass er reißt. Ich lenke meinen Geliebten zu einem der tiefen Sessel hin. Es sind ausladende Sessel mit schwerer Polsterung und tief liegender Sitzfläche. Sie scheinen für Riesen gemacht, riesige geblümte Schöße, in die man sich fallen lässt, zu groß für eine, zu eng für zwei Personen, so dass man teils neben-, teils übereinander liegt. Wir sinken hinein, wir suchen nach einer Stellung, die, wenn nicht bequem, so doch wenigstens erträglich ist. Mein Liebhaber versucht, uns frei zu bekommen. Er richtet sich auf. Er möchte woandershin. Er möchte sich auf die Suche nach meinem Bett machen.

Aber das darf er nicht. Konsequent schlage ich den Weg des Überwältigtseins ein, der Entrückung, der stummen Ekstase. Ich schließe die Augen, ich seufze, ich biege mich zurück, so weit das meine Stellung im Sessel erlauben will, ich bedeute ihm, dass ich außer mir bin, es nicht ändern kann, was geschieht. Und ich kann es nicht ändern! Ich bin außer mir! Ich darf nicht zulassen, dass er nur einen Moment weniger außer sich ist als ich. Er darf nicht zu sich kommen. Nicht eine Sekunde darf er das. Ich weiß, dass der Weg vom Kamin zur Tür nur am Fußende unseres Sessels vorbeiführt. Anders geht es nicht. Aber als die, die unten liegt – falls überhaupt bei dem Knäuel, das wir bilden, von oben und unten gesprochen werden kann –, ist es doch meine Position, die den Fluchtweg kontrolliert, und während ich unter halb geschlossenen Lidern die Bewegung zur Tür hin beobachte und für den Bruchteil einer Sekunde in Michails weit aufgerissene Augen sehe, spüre ich auf einmal den Schmerz, mit dem etwas in mir reißt, und mir wird klar, dass ich entjungfert worden bin.

Der nüchternste, tageslichthellste Moment im Leben einer Frau. Nichts könnte weiter vom Liebesrausch entfernt sein als dieser Augenblick. Ein Riss, ein Schmerz, ein Gedanke, glasklar: Das war's. Ein feiner Riss, eine haarscharfe Trennlinie. Ein Augenblick wie ein Messer. Apersonal. Egal wer's getan hat. Kein Mann glaubt uns das. Ein Schmerz, der wie ein Blitz die Szenerie erhellt: Hitlers Teesalon. Ein SS-Mann. Ein Junge, der Angst um sein Leben hat. Ich. Und kein Mythos, der sich darauf gründen will. Nur die Erinnerung.

Ich höre mich sagen: Ich will kein Kind!

Ich passe auf, flüstert mein Liebhaber.

Später wird meine Sorge dem Sessel gelten. Ich werde ihn mit Lauge bearbeiten. Zum Glück hat der Bezug ein Blumenmuster mit viel Rot. Ich arbeite mit dem Eifer der Lady Macbeth daran. Wieder und wieder widme ich mich dem Werk. Ich will ungeschehen machen, was geschah. Langsam muss ich begreifen, dass es dadurch schlimmer wird. An der betreffenden Stelle bleichen die Farben aus. Hitler wird es sofort sehen, wenn er nach Hause kommt.

Manchmal versuche ich mir vorzustellen, dass er plötzlich vor der Tür steht und in seinem Teehaus Tee trinken will. Allein die Vorstellung versetzt mich in einen Dienstfertigkeitswahn. Wo wäre die Tischdecke, die ich auflegen muss? Ist das Silber geputzt? Die Zuckerdose gefüllt? Habe ich noch genug Kekse, die ich ihm anbieten kann? Wo wäre das Tablett, das ich nehmen muss? Und wann wäre der Moment, ihm die Botschaft Hugh Carleton Greenes zu vermitteln? Selbst in meinen Tagträumen schäme ich mich der Eilfertigkeit, mit der ich ihm zu Diensten bin.

Es sind Hitlerzeittagträume. In der Nachhitlerzeit sieht derselbe Traum anders aus. Ich stelle mir vor, wie ich Hitler am Mooslahner Kopf eine Tasse Tee reiche. Warum nicht?

sage ich mir. Immerhin war es sein Haus. Es hätte sein können. In diesem Tagtraum bin ich alles andere als eilfertig, ich bin ganz kalt, zum Äußersten entschlossen. Seinen Tee habe ich mit Gift versetzt. Ich sehe, wie er die Tasse zum Munde führt, wie er trinkt ... Es hätte sein können, sage ich mir.

Die ungeschriebene Geschichte der Tagträume. Der Lügenwelten, die wir erwandern und bewohnen. Die Geschichte unserer Lügen enthielte vielleicht die wahre Geschichte. Aus ihnen könnte man sie vielleicht ablesen. Wie unsere Lügen sich wandeln. Wie sie uns als Veränderte hervorbringen. Nicht wir erschaffen die Lügen, die Lügen erschaffen uns. Flüchtige Subjekte einer Geschichte, die wir nicht kennen. Verblassende, einander überblendende Trugbilder. Bin ich das, die sich über einen blumenstoffbezogenen Sessel beugt und versucht, einen Blutfleck wegzureiben?

Etwas mehr als drei Monate später wird das Teehaus in einer aschfahlen, von Trümmern übersäten, von tiefen Kratern zerfurchten Mondlandschaft stehen, als eines der wenigen Häuser am Obersalzberg unversehrt wie das Kehlsteinhaus, das Atelierhaus von Speer und die Wohnhäuser am Hintereck, auch sie etwas außerhalb der Berghofnachbarschaft gelegen, wo sich der Angriff der Bomber konzentriert.

An diesem Vormittag werde ich nicht wie sonst an meinem Schreibtisch sitzen. Ich werde am Fenster stehen und hinausstarren, in meinem Rücken die Blicke zweier Männer vom Sicherheitsdienst, deren Befehl lautet, mich nicht aus den Augen zu lassen, keine Sekunde. Ich werde unter dem Verdacht stehen, ein politisches Verbrechen begangen zu haben. Ich werde auf das Eintreffen unserer Feinde, auf nichts anderes mehr warten. Wo bleiben sie?, werde ich unausgesetzt denken, während ich in das Tal der Ache hinabblicke.

Und dann kommen sie. Ohne Vorwarnung. Plötzlich sind sie da. Sie kommen über den Hohen Göll und gleichzeitig mit ihnen ertönt das Signal »akute Luftgefahr«, dem eigentlich eine »Luftwarnung« vorangegangen sein müsste. Mir wird auf einmal bewusst werden, wie weit es zum Bunkereingang am Berghof ist und dass sie möglicherweise die Türen dort verschließen.

In diesem Moment wird der Unterschied zwischen mir, der Gefangenen, und meinen Bewachern nicht mehr von Belang sein. Wir drei rennen einfach los. Und kaum aus dem Haus, werden meine Bewacher mich ohne weiteres hinter sich zurücklassen, indem sie mich im Laufen überholen, ja, sie werden mich sogar auf dem engen Pfad ein wenig zur Seite drängen, um an mir vorbeizukommen auf dem Weg zu ihrer Rettung. Es sind zwei junge Männer. Was sollen sie anderes tun? Hier geht es nicht um Tapferkeit vor dem Feind. Ich bin kein Gegner, nur eine Frau. Zudem eine Verräterin.

Und plötzlich, wenn ich schon ein paar hundert Meter vom Teehaus entfernt bin, wird mir einfallen, dass ich den Heisenberg haben muss. Ich werde mich nicht besinnen und wieder zurücklaufen, und wie ich mit dem Buch aus dem Haus komme, wird die erste Bombe irgendwo in der Nähe fallen.

Der Luftdruck wird mich ins Haus zurückwerfen, und da werde ich stehen und hinaushorchen in den brüllenden Lärm der Viermotorigen über uns. Ich werde wie gebannt hinter der Haustür stehen und nicht wissen, was ich tun soll. Ich kann da nicht hinaus, werde ich denken, und hier bleiben kann ich auch nicht. Ich werde mich fühlen wie das einzige Ziel, dem dieser Angriff gilt. Es kommt mir irgendwie sinnlos vor, mich zu verstecken. Sie werden mich doch treffen.

Dann wird der Lärm der Flugzeuge abebben. Ich werde auf die Entwarnung warten. Aber es wird sie nicht geben. Lange werde ich in die Stille hinaushorchen, aber im Kern dieser Stille wird etwas sein, das anschwillt und näher kommt, ein zutiefst bösartiger Ton wie von einem mörderischen Insektenschwarm, der im Anflug auf mich ist, und ich werde auf einmal begreifen, dass dies nur ein Anfang war und dass die nächste Welle kommt, und ich werde losrennen und wissen, dass ich um mein Leben renne, während sie über die Bergkämme im Süden auf uns heranstürzen, direkt auf uns. Dann wirft mich die erste Druckwelle zu Boden, und plötzlich wird Michail da sein. Er wird mich packen und mich die Böschung hinaufziehen. Von dort aus werden wir sehen, dass der rechte Flügel des Berghofs in Flammen steht. Vor unseren Blicken schießen einzelne riesige Erdfontänen hoch, steigen in den Himmel, verdunkeln ihn. Die Tageszeit der Verwüstung ist schwarze Nacht.

Wir werden tief in den Gang hineinkriechen, den Schoß des brüllenden, sich aufbäumenden Berges, und während ich mich an das bebende Gestein unter mir presse, fühle ich wie einen Panzer das Buch auf meiner Brust, das ich mir unter die Jacke gesteckt habe, und ich denke: Wenn wir verschüttet werden, wird es auch verschüttet sein. Niemand wird uns kennen. Niemand wird wissen, wer wir waren.

20. 1. M. will nicht mit mir sprechen. Er hat auch das Essen nicht angerührt. Ich finde, das geht zu weit.

23. 1. Ich habe versucht, ihm zu erklären, wie es dazu gekommen ist. Aber er ist zu jung, um mich zu verstehen. Andererseits ist er leider nicht mehr zu jung, um ein Mann zu sein. Ich glaube, er verachtet mich. Er hat ein einziges Wort gesagt. Ich ahnte, was es bedeutet. Ich habe im Wörterbuch nachgesehen. Wenigstens isst er wieder, aber nur, wenn ich ihn in der Küche allein lasse. Es tut mir leid. Ich hatte mich an die nächtlichen Gespräche gewöhnt. Das Wort bedeutet Hure.

29. 1. Eva sagt, dass sie sich Sorgen um H.s Gesundheitszustand macht. Sie glaubt, dass ihm sein Arzt Dr. Morell zu viele Medikamente gibt. Ob H.C.G. (*Hugh Carleton Greene*) das weiß? Ich mache mir Sorgen um sie.

1. 2. Gestern abend H.s Ansprache zum zwölften Jahrestag der Machtübernahme im Radio gehört. Sagt, dass er vor nichts zurückschrecke, um uns das grauenhafteste Schicksal aller Zeiten zu ersparen. Was ist das grauenhafteste Schicksal aller Zeiten? Und was kann ein kranker Mann, der am Tag über 20 Tabletten schluckt, tun, um es uns zu ersparen?

3. 2. Hans war wieder da. Er ist misstrauisch geworden. Er kann nicht verstehen, dass ich ihn nicht mehr ins Teehaus lassen will. Er sagt, er habe von Anfang an den Verdacht gehabt, dass da ein anderer Mann bei mir sei. Er habe Mittel, um das herauszufinden. Was soll ich nur tun? Ich habe Angst vor ihm.

4. 2. Seit H. wieder in Berlin ist, kann ich Evas Unruhe spüren. Sie wird wohl zu ihm fahren, auch wenn H. es nicht will. Obwohl wir wahrscheinlich den Krieg verlieren, scheint sie immer siegesgewisser, immer strahlender. Weiß sie mehr als wir anderen? Etwas stimmt nicht mit ihr. Sie will ihren Geburtstag in München feiern. Morgen fahren wir los.

7. 2. Eva übertreibt, finde ich. Ihr Geburtstag, als wenn der Endsieg zu feiern wäre. Bis in die Nacht gesungen und getanzt. Zwischendurch ein paar Mal in den Keller hinunter. Die Üblichen: Schorsch, Mitzi, Kathi und die anderen. Auch Tante Fanny und Onkel Fritz. Ich bin irgendwann nach oben gegangen. Warum bist du immer so still?, hat Tante Fanny gesagt. Auch sie. Ich verstehe es nicht. Niemand, der mit mir spricht. Niemand, mit dem ich sprechen kann.

Mein Gott, wie jung ich war. Wie versessen darauf, mich zu offenbaren. Wie ich das gebraucht hätte. Die Hilfe meiner Cousine. Ihr Ohr. Ihren Rat. Ihren Beistand. Ihre Bereitschaft, mir zuzuhören, weiter nichts. Zu wissen, was ich wusste. Zu verstehen, was ich verstand. Mit zwanzig ist man ganz wild darauf, sich jemandem anzuvertrauen. Beinah hätte ich es getan.

Es muss am Vorabend von Evas Geburtstag in München gewesen sein. Sie wird dreiunddreißig. Es wird ein Abschiedsfest. Jedes Fest in diesen Tagen ist ein Abschiedsfest.

Die Stadt ist jetzt eine Geisterstadt. Man zählt die Häuser, die noch stehen, nicht mehr die zerstörten. Es gibt kein Glas in den Fenstern mehr, nirgendwo. Die Fensteröffnungen sind mit rohen Brettern zugenagelt, wo sie nicht wie tote Augen offen stehen. Dahinter scheint nichts zu sein. Schwärze. Die Stadt ist blind. Sie ist dunkel. Sie sieht unbewohnbar aus, obwohl es immer noch Menschen in ihr gibt. Aber eine halbe Million Bewohner sollen aus ihr abgewandert sein.

Männer und Frauen unterscheiden sich nicht mehr voneinander. Ein graues Geschlecht, das Wollmützen, alte Wollmäntel und lange Hosen trägt. Die Kinder sind sehr brav. Sie haben gelernt, dass es einem nichts nützt, wenn man schreit. Sie sind entsetzlich still und sehr klein. Die älteren Kinder hat man schon lange ins Kinderland geschickt, wo sie angeblich sicherer sind und sich Nacht für Nacht vor Heimweh in den Schlaf weinen.

1945 wissen wir von keiner anderen Stadt als diesem München. Wir sehen die Zerstörung und glauben, dass sie endgültig ist. Das, sagen wir, ist München. Das ist es geworden. Das wird es sein. In dieser Stadt werden wir wohnen, sagen wir. Und wir wissen, dass die anderen Städte nicht anders sind.

Wir kennen das Wort »Wiederaufbau« nicht. Wir könnten es bilden. Aber das tun wir nicht, weil es für uns unvorstellbar ist, dass es das geben kann. Wir wüssten nicht, wer die Kraft dazu haben soll. Das Geld. Das Material. Vor allem die Arbeit, wer soll die tun? Wir werden, wenn das vorbei ist, einfach zu müde sein für diese Anstrengung. Wir werden Ratten sein. In den Kellern werden wir wohnen und dann und wann zu räuberischen Streifzügen ausschwärmen. Wir sind das Geschlecht, das übrig bleibt, wenn die Menschenwelt ausgestorben ist. Wir sind es, die in den gewesenen Städten, im Schutt, in den dunklen Ruinen leben müssen, rättisch und räuberisch. Niemand anders überlebt in solchen Städten. Wir sehen sie nicht als noch nicht Wiederaufgebaute. Wir sehen sie, wie sie sind.

Wir sehen uns darin.

Am Abend des fünften Februar müssen wir in den Luftschutzkeller hinab. Es gibt jetzt jede Nacht Alarm, wenn es sich auch oft nur um Störangriffe handelt. Man kommt in München nicht mehr zur Ruh'.

Diesmal sind wir allein. Wir sitzen nebeneinander auf den Klappsitzen an der Wand. Wenn es nicht so schrecklich wäre, könnte es gemütlich sein. Es verschafft mir die Illusion, dass es nur uns beide gibt, nur Eva und mich in unserem gepanzerten Schutzraum, aus dem ein Gang in den Garten, ins Freie hinausführt. Zwillingskinder im Bauch der Welt.

Eva zeigt mir ein goldenes Armband mit Perlen und Brillanten. Ich brauche nicht zu fragen, von wem es ist. Sie holt es aus einem Kasten, der unter dem Klappsitz der gegenüberliegenden Bank versteckt ist. Dort ist noch viel mehr von dieser Art.

Sie sagt, dass dies für mich sein solle, wenn sie nicht mehr lebt. Sie zeigt mir einen dazu passenden Ring und eine Anstecknadel. Sie habe, sagt sie, im Oktober schon ein Testament gemacht. Darin stehe dies für mich.

Aber pass auf, sagt sie, dass du es auch kriegst. Sie werden versuchen, dich zu betrügen, wenn ich nicht mehr da bin.

Ich frage nicht, wen sie meint. Ich sage: Was soll das? Du wirst nicht sterben. Du brauchst kein Testament.

Sie antwortet nicht.

Eva, sage ich, was hast du vor?

Das weißt du doch, sagt sie.

Du könntest zu meinen Eltern nach Jena fahren, sage ich.

Was soll ich da?, sagt Eva.

Da weiß niemand, wer du bist, sage ich.

Hast du eine Ahnung, sagt Eva. Jeder weiß, wer ich bin.

Ich merke, dass ich einen Fehler gemacht habe. Evas empfindliche Stelle. Ihr Mätressenstolz.

Eva, sage ich, du bist doch mit dem Führer nicht verheiratet.

Das weiß ich, sagt sie kurz.

Ich meine nur, sage ich, du kannst jederzeit Schluss mit ihm machen. Du bist nicht seine Frau. Und dann kannst du ein neues Leben anfangen.

Ich weiß genau, wie hohl meine Worte sind. Ich weiß, ich müsste ihr sagen, dass sie für den Falschen stirbt. Aber wer ist der Falsche für eine Frau? Einer, der ein Verbrecher ist? Ist das ein Argument? Ein Gigant des Verbrechens? Ein Anstifter zu Mord und Schändlichkeiten in unvorstellbarer Zahl? Verwüster eines Kontinents? Verursacher von Leiden ohne Maß? Ist das der Falsche? Ist das ein Argument?

Hätte ich das Eva gesagt, sie hätte es mir nicht übel genommen. Ich bin nicht einmal sicher, ob sie etwas davon abgestritten hätte. Es hätte gewissermaßen nicht an die Ehre des Weibchens in ihr gerührt. Es hätte nichts bewirkt.

Aber wenn ich zu ihr gesagt hätte: Ich mag ihn nicht. Er ist mir unsympathisch. Mehr noch: Ich finde ihn widerwärtig. Er ist alt. Er ist lächerlich. Er ist verbraucht. Er sieht wie ein Verlierer aus. Es ist mir unerträglich, mir vorzustellen, dass er dich berührt – dann hätte sie mich hassen können und verfluchen und aus dem Haus werfen, aber vielleicht hätte sie die Lust auf ihr großes Finale eingebüßt. Ein kleiner Nadelstich, und die ganze heiße Luft des heroischen Opfergangs wäre entwichen. Zurückgeblieben wäre eine obskure Affäre in der Biographie meiner Cousine Eva Braun, über die man besser kein Wort mehr verliert. Sie hätte mit

Hitler gebrochen, bevor es zu spät war. Sie hätte sich unbemerkt davonschleichen können. Der ganze peinliche Rest wäre Schweigen gewesen.

Aber ich tat es nicht. Ich brachte es nicht über mich, ihr das zu sagen. Alles, nur nicht dies.

Seitdem habe ich es wieder und wieder erlebt: die affirmative Macht, die der Partnerwahl innewohnt. Einmal getroffen und manifest, findet sie ihre Bestätigung unweigerlich durch Außenstehende. Kaum verbreitet sich die Kunde von einer Paarbindung, hagelt es Glückwünsche. Die Verliebten erfahren mit Rührung, welch wunderbarer Mensch der Erwählte ist.

Da ist niemand, der sagt: Sieh dir diesen Menschen genau an, in den du verliebt bist. Was fällt dir auf? Richtig: Dass er nicht sympathisch ist.

Braucht eine Liebe den Nährboden der Heuchelei der anderen, um zu gedeihen? Eine Art wortloser kollektiver Verschwörung, die nicht am Glück, am Gelingen, sondern nur daran interessiert ist, dass eine Paarbindung zustande kommt? Auch ich war ein Teil davon. Auch ich brachte es nicht über mich, das einzige Argument zu verwenden, das die Liebe aushebeln kann.

Und so wird Eva sich wenige Wochen später zu ihrer Hochzeit beglückwünschen lassen. Sie wird ihr Glas heben, lächeln, versonnen wird sie den Mann neben sich anschauen. Er wird kein Glas heben. Selbst wenn er Alkohol tränke, könnte er das nicht, weil seine Hand zu sehr zittern würde. Danke, wird Eva sagen. Danke. Vielen Dank. Und mit diesem leichten Anflug von Verlegenheit und Schüchternheit, der sie so reizend macht, wird sie den Gratulanten die Hand reichen. Glück. Glück. Glück, wird es durch den Raum hallen, der sechzehn Meter unter dem Erdboden inmitten einer Zone von Tod und Vernichtung liegt.

Und niemand von den Anwesenden im großen Konferenzzimmer des Bunkers unter der Reichskanzlei, nicht die Sekretärinnen Traudl Junge und Gerda Christian, nicht die Generäle Burgdorf und Krebs, nicht Axmann, nicht Goebbels und seine Frau, schon gar nicht Bormann, niemand wird meiner Cousine sagen, dass sie den Falschen genommen hat. Nicht irgendeinen Falschen, sondern den falschesten Mann, den je eine Frau geheiratet hat. Dass er für alle, die sich jemals mit ihm einließen, der Falsche war, falsch vom Anfang bis zum Ende, falsch, falsch, falsch. Und obwohl sie es längst wussten, obwohl kaum einer von ihnen davonkommen würde, beglückwünschten sie sie aufs Herzlichste. Sie gratulierten zu ihrer Wahl. Achtunddreißig Stunden später wird sie nicht mehr am Leben sein.

Auch ich beuge mich der affirmativen Macht ihrer Partnerwahl. Auch ich sage ihr nicht ins Gesicht, wie ich ihn finde. (Ich *finde* ihn alt. Ich *finde* ihn abstoßend. Ich *finde* es unerträglich, mir vorzustellen, dass er sie berührt. Den Rest ahne ich.)

Bring dich in Sicherheit – das ist das Einzige, worum ich Eva anflehe. Natürlich denkt sie gar nicht daran.

Aber du solltest gehen, sagt sie. Bleib nicht auf dem Berghof. Wenn sie dich da finden, dann gehörst du dazu.

Wozu?, frage ich dumm.

Zu uns, sagt sie.

Und das klingt lange nach. Zum ersten Mal habe ich die Ahnung von einer Welt, die nach uns sein wird. Einer Welt, in der wir nicht mehr dieselben sein werden. Vorsichtig probiere ich Zuordnungen aus. Wir. Ich. Sie.

Ich gehöre nicht zu euch, sage ich.

Und wie ich mich das aussprechen höre, erfasst mich plötzlich eine Welle von Zuversicht, Mut, trügerischem Selbstgefühl. Etwas streift mich, das ich später wieder erkennen werde, ein Zustand, in dem zwischen Kühnheit und Leichtsinn nicht mehr unterschieden wird: einmal alles sagen, einmal alles aussprechen. Einmal so frei sein, wie man sich fühlt.

Ich kann nicht weg, sage ich.

Bist du verliebt? sagt sie.

Ich weiß nicht, sage ich.

Was ist denn, Kleines?, sagt sie. Wenn ich dir helfen kann, helfe ich dir.

Ich höre mich plötzlich von der Verantwortung sprechen, einer Verantwortung, die zu schwer ist, als dass ich sie länger allein tragen kann.

Bist du schwanger?, sagt Eva.

Nein, sage ich. Nein.

In diesem Augenblick hören wir die Entwarnung und mir wird bewusst, dass ich im Begriff bin, Michail zu verraten. Gleichzeitig weiß ich auf einmal, wie Eva mir helfen kann, mir und dem Jungen, der sich zu mir geflüchtet hat und der durch meinen Liebhaber in Gefahr ist.

Ich sage ihr, dass ich mir über meine Gefühle für Hans nicht im Klaren bin. Dass ich Bedenkzeit brauche. Dass er mich bedrängt und alles leichter für mich wäre, wenn wir eine Zeit lang getrennt wären.

Das ist die Sprache, die sie versteht.

Fischhorn ist zu nah, sagt Eva nachdenklich. Wenn er in Berlin wäre.

Dann könntet ihr euch im Adlon treffen, fügt sie, plötzlich ganz in ihrem alten Fahrwasser, hinzu.

Eva, sage ich, vom Adlon soll nicht mehr viel übrig sein.

Ich will nicht, dass sie jetzt in Albernheiten ausweicht.

Berlin wäre schon richtig, sage ich.

Das liegt bei Hermann Fegelein, sagt Eva, der ist sein Vorgesetzter. Er hat schon zu dessen Brigade beim Russlandfeldzug gehört.

Eben, sage ich zu Eva. Wenn du nach Berlin kommst, vielleicht kannst du Fegelein bitten, dass er dir den Gefallen tut. Immerhin ist er dein Schwager.

Ich weiß nicht, sagt sie. Ich mache so was nicht gern.

Tu's für mich, sage ich.

Ich versuche es, sagt Eva.

Später, lange nach der Nazizeit, werde ich erfahren, dass die SS-Kavalleriebrigade unter dem Kommando von Hermann Fegelein im August 1941 in Pinsk sechstausend Zivilisten erschossen hat.

Ich gehöre nicht zu euch, höre ich mich sagen.

Ich habe dazugehört.

7

In diesem Jahr gibt es einen vorzeitigen Frühling im Februar. Wenn ich die Wetternotizen in meinen Aufzeichnungen lese, erinnere ich mich plötzlich daran. Der Geruch der Schneeschmelze. Der warme Wind aus Südwesten, der manchmal zum Sturm anschwillt. Die Farben am Horizont. Türkisblau. Gelb. Das Gebirge ultramarin und weiß.

Eintrag im Heisenberg auf Seite 103 (Quantentheorie der Wellenfelder): Die erste Amsel. Eva ist fort.

Eine Angabe des Datums fehlt.

Vierundzwanzig Stunden lang benehme ich mich wie ein verlassener Ehemann. Ich bin empört. Ich bin ratlos. Ich glaube es nicht. Ich sage: Das Schlimme ist nicht, *dass* sie gegangen ist. Das Schlimme ist, dass sie sich nicht von mir verabschiedet hat. Einfach so wegzugehen!

Ich warte, dass sie mich anruft. Aber sie ruft nicht an. Da es kein Telefon im Teehaus gibt, gehe ich mehrmals am Abend zum Berghof und frage nach.

Nichts, sagt die Verwaltersfrau.

Das gnädige Fräulein wird schon zurückkommen. Am Ende kommen's alle hierher, sagt sie.

Es ist das, was ich auch glaube. Was sonst soll geschehen?

Wenn sich Berlin nicht mehr halten kann, wird am Schluss nur noch die Alpenfestung übrig sein. Hier ist die Zuflucht. Hier werden wir uns gegen den Rest der Welt verteidigen.

Dann gehörst du zu uns, hat Eva gesagt.

Wir. Ich. Sie. Gegen den Rest der Welt.

Aber von Hugh Carleton Greene weiß ich, dass die Alliierten am Rhein sind. Am 27. Februar sind sie bei Kalkar. Der »Westwall« fällt. Irgendwann werden sie hier sein. Es dauert nicht mehr lange.

Ich weiß nicht, wovor ich mehr Angst haben soll: Dass die Alliierten oder dass die Unseren dahin kommen, wo ich bin. Weil ich es nicht weiß, hoffe ich nur, dass es schnell geht. Was immer. Es möge geschehen.

Es ist die Haltung der Eingeschlossenen. Die Haltung der vom Feind Belagerten. Wir sind eine auf die Dauer nicht haltbare Festung. Wir wissen nicht, was mit uns geschehen wird, nur dass es nicht so bleiben kann, wissen wir. Niemand wird entkommen. Wir ziehen die Köpfe ein. Wir schließen unsere Augen. Wir verhalten uns ganz ruhig. Wir lauschen hinaus. Sind sie schon da? Wir fallen in die Starre der schon Besiegten. Vielleicht nützt es, sich tot zu stellen? Alles, was uns aus diesem unhaltbaren Zustand erlöst, wird willkommen sein.

Wir können uns selber nicht mehr ertragen. Unsere Falschheit. Unsere Feigheit. Unsere Verdorbenheit. Wir möchten aus dem Geflecht falscher Loyalitäten erlöst werden. Egal von wem. Wir sind reif, endlich besiegt zu sein. Komme es über uns. Komme es bald.

Wie lange kann ich Michail noch verbergen? Wie lange kann ich noch den Mann, der mich liebt, und den, der mich braucht, voneinander fern halten? Wie lange kann ich mich selber vor beiden schützen? Wie lange noch? Wann werde ich jemals von diesem Berg wegkommen? Mir scheint es, als wenn ein Fluch mich hier festhielte. Ich selbst bin eine längst nicht mehr haltbare Festung. Sturmreif. Übergabebereit.

Müde, mich noch zu verteidigen. Gierig nehme ich die Nachrichten in mich auf, die vom Näherrücken der Westmächte berichten. Die Amerikaner! Ja! Sie sollen kommen. Wo bleiben sie?

Wir. Ich. Sie. Wenn du am Berg bleibst, dann gehörst du zu uns, hat Eva gesagt.

Ich gehöre zu ihnen. Ich gehöre zu uns.

Die Hausverwaltersfrau zieht ganz leicht eine Braue hoch: Und Sie bleiben?, fragt sie mich.

Plötzlich stehe ich da als das, was ich bin: Eine überflüssige Esserin, ein überfälliger Gast. Seit heute braucht meine Gegenwart am Berghof eine Rechtfertigung.

Hat Ihnen meine Cousine das nicht gesagt? frage ich.

Nichts hat sie gesagt, sagt die Verwaltersfrau. Von mir hat sie sich ja auch nicht verabschiedet.

Das wiederum verbindet uns. Sie hat uns beide beleidigt, indem sie gegangen ist.

Ich warte hier auf sie, sage ich, bis sie wieder zurückkommt. So ist es verabredet.

Und? Wollen Sie weiter am Mooslahner Kopf wohnen?, sagt die Verwaltersfrau.

Ja! Natürlich!, sage ich.

Dass Sie da so alleine keine Angst haben, sagt sie. Wenn Sie wollen, kann ich Ihnen Ihr Gästezimmer im Berghof wieder einrichten. Natürlich nur, solange keine anderweitigen Verfügungen getroffen sind.

Danke, sage ich. Aber machen Sie sich keine Sorgen um mich. Ich bleibe am Mooslahner Kopf. Mir gefällt es dort.

Ich spüre, dass das kein Argument für sie ist. Aber ein besseres fällt mir nicht ein.

Sie können selbstverständlich wie bisher im Berghof essen, sagt die Hausverwaltersfrau.

Mir wird auf einmal bewusst, dass das nicht mehr selbstverständlich ist. Gleichzeitig fällt mir seit langem zum ersten Mal ein, dass ich ohne Geld bin. Solange Eva bei mir war, schien mir das ohne Bedeutung zu sein. Mätressen brauchen kein Geld. Sie bezahlen keine Rechnungen. Dienstleistungen jeder Art sind umsonst für sie. Niemand fragt nach ihrer Fahrkarte, nach ihrem Ausweis, nach ihrer Eintrittskarte für die besseren Plätze, die Prominentenlogen dieser Welt. Plötzlich stand ich ohne Karte da. Plötzlich fiel mir ein, dass ich schon aus Mangel an Mitteln bleiben musste, wo ich war.

Selbst wenn man zu dieser Zeit, im März 45, noch mit dem Zug durch Deutschland hätte fahren können – was man nicht konnte, nirgendwo war man so gefährdet wie auf den Bahnlinien, unsere Feinde griffen sie nicht nur mit Bomben, sie griffen sie mit Tieffliegern und Bordkanonen an –, selbst wenn ich auf die Art mein Leben riskiert hätte, um nach Hause zu gelangen, ich hätte mir nicht einmal eine Fahrkarte am Bahnhof kaufen können. Ich glaube nicht, dass Eva sich das bewusst gemacht hat, als sie mich allein auf dem Berg zurückließ, um zu Hitler zu fahren. Es war nicht ihre Gewohnheit, sich allzu konkret die Konsequenzen ihrer Handlungweise vorzustellen. Nicht, wenn es nicht sie betraf und den Mann, um den ihr alles ging. Nicht, wenn es mit dem Finale nichts zu tun hatte, das sie jetzt ansteuerte.

Sie ließ mich einfach am Berghof zurück. So allein, wie ich gekommen war. Sie ließ mich im Stich. War sie eine Egoistin? Wenn sie ein Ego gehabt hätte, wäre sie es vielleicht gewesen. Aber da war nichts. Keine Instanz, die sich selbst zuarbeitet. Eher das Gegenteil. Der Egoismus von Menschen dieser Art ist die Selbstzerstörungssucht, die ebenso zuverlässig jede Hinwendung zu anderen verhindert. Es war mein Problem, dass ich Eva vertraut hatte. Dass ich immer wieder von ihr etwas erwartete.

Aber wir können für Sie allein nicht mehr servieren, sagt die Hausverwaltersfrau. Das Essen fürs Personal gibt es in der Personalküche.

Verstehe, sage ich.

Dann kommt der Winter wieder zurück. Unmengen nassen Schnees begraben uns unter sich. Sie fallen leise, heimtückisch. Auf einmal wächst eine Mauer vor unseren Fenstern hoch, die an der Bergseite liegen. Wir können nur noch aus ihrer oberen Hälfte in den Himmel sehen. Den ganzen Winter haben wir das nicht erlebt. Und es schneit immerfort.

Ich warte auf das Kommando, das uns frei schaufelt. Aber es kommt niemand. Der Vormittag geht vorüber. Ich weiß nicht, wie ich zum Berghof gelangen soll. Ich unterhalte das Kaminfeuer mit den vorhandenen Briketts. Sie gehen zur Neige. Ich weiß nicht, wie lange der Vorrat reicht. Einen Tag? Zwei Tage? Der Schnee liegt über einen Meter hoch auf dem Weg vor dem Haus. Es ist schwerer Schnee, eine konstante Masse, die lastet, wohin sie fällt. Es ist ein Schnee, der Dächer eindrückt, der Lawinen verursacht, ein böser Schnee.

Ich habe nicht einmal eine Schaufel. Ich versuche, mich ein Stück weit fortzukämpfen. Ich gebe es auf.

Michail versucht es. Ich halte ihn zurück.

Das geht nicht, sage ich. Ich muss durchkommen, nicht du.

Aber auch er könnte es so nicht mehr schaffen.

Er fragt mich, wo meine Freunde sind.

Ich höre alles heraus, was er damit sagen will.

Das sind nicht meine Freunde, sage ich.

Als es dunkel wird, beginnt es wieder zu schneien.

Zu Hause, sagt Michail, haben sie sich im Winter Fassbretter unter die Schuhe gebunden. Damit kann man auf dem Schnee gehen.

Ich sage ihm nicht, dass am Berghof ein Paar Ski für mich stehen. Eva, die keinen Sport ausließ, hatte manchmal darauf bestanden, dass ich mit ihr Ski fahren ging. Ich hasste es. Irgendetwas erschien mir falsch daran, und wenn ich heute die alten Filmaufnahmen sehe, dann weiß ich auch warum: Dieses neckische Herumpurzeln, diese von Gejuchz und Geschrei begleitete Tollerei, die kaum je anders als mit einem Sturz endete, kaum anders enden konnte, weil unsere Körper etwas Entscheidendes falsch machten und wir damals noch nicht wussten, was es war. Vorkriegsskisport, aus den skandinavischen Hügeln in die Alpen transponiert. Irgendetwas klappte noch nicht daran.

Erst in den Fünfziger Jahren erfanden sie am Arlberg den Skisport neu. Seltsam, dass unsere Körper das nicht von allein wussten: eine leichte Verlagerung des Körperschwerpunkts, eine Drehung in den Schultern, und da war sie: die himmlische, unübertroffene Eleganz des Skifahrens, die Beherrschung der alpinen Topographie und unserer Körper auf einmal. Ich brauchte lange, um die Erinnerung an meine Skierfahrungen mit Eva zu vergessen. Ihren unbeugsamen Willen, dieser Purzelei etwas abzugewinnen.

Ich habe mich oft geweigert, sie zu begleiten, und Schmerzen in meinem Knie vorgeschützt. Aber jetzt, eingeschneit, gefangen im Teehaus, gäbe ich etwas um ein Paar Ski.

Am Abend teilen wir uns eine Schachtel Kekse. Wir essen sie auf, bis noch zwei Stück übrig sind. Als Michail danach greifen will, nehme ich sie und sage: Für morgen früh.

Einen Moment lang habe ich Angst vor ihm, vor der Wildheit, mit der er sie mir aus der Hand reißt. Dann sehe ich, dass die Vernunft über das Wölfische in ihm siegt.

Du nicht essen, sagt er fragend.

Ich verspreche es.

Jetzt haben wir nur noch die Dosenmilchvorräte, die das Personal immer wieder aufgefüllt hat, als müsse mit dem Besuch des Hausherrn jederzeit gerechnet werden. Sechs Dosen Kondensmilch und Zucker. Das ist mehr, als manche andere Verschüttete als Überlebensration haben.

Es schneit vier Tage lang fast ohne Unterbrechung. Gegen Mittag glauben wir manchmal, dass der Schnee in Regen übergeht. Zur Talseite hin setzen sich Schneemassen vom Dach in Bewegung und rollen als Lawinen zu Tal. Wir hören es irgendwo tropfen. Es taut, sagen wir.

Aber am Nachmittag sehen wir die dicken, soliden Schneeflocken herabsinken, dicht an dicht. Ein lautloses Begräbnis. Ich weiß nicht einmal, ob man von der Bergseite her unser Haus noch sieht. Vielleicht ragt der runde Turm des Teesalons noch empor. Wir jedenfalls können dort nichts mehr sehen. Der Schnee reicht bis zum Dach und vielleicht darüber hinaus. Wenn der Hang zum Tal hin nicht so steil abfiele, gäbe es uns nicht mehr. Unsere Haustür lässt sich schon lange nicht mehr öffnen. Wir sind unauffindbar. Selbst wenn man uns retten wollte, wäre das schwer.

Doch wer sollte uns retten wollen? Außer der Hausverwalterin im Berghof weiß niemand, dass ich noch hier bin. Mit der Zeit nimmt sie für mich dämonische Züge an. Warum will sie mich ermorden? Warum tut sie das? Was weiß sie über mich? Oder entledigt man sich hier auf diese Weise der Gäste, die nicht von selber fahren? Was ist, wenn Eva anruft und nach mir fragt? Lügt sie dann?

Am zweiten Tag zerlegen wir einen Küchenstuhl und versuchen, daraus Schneeschuhe zu machen, die ich mir mit einem in Streifen gerissenen Betttuch an den Schuhen festbinde. Ich steige aus einem der Fenster an der Talseite aus. Aber es ist so steil, dass ich sofort kopfüber in die Schneemassen eintauche, und bei dem Versuch, mich wieder herauszuarbeiten, löst sich eins der Bretter von meinem Fuß. Ich stecke verrenkt im Schnee fest, während es unablässig weiter auf mich niederschneit. Ich sehe, dass Michail hinter mir hersteigen will. So werden wir beide nicht wieder ins Haus kommen!

Ich rufe ihm zu, dass er bleiben soll, wo er ist. Ich brauche etwas, woran ich mich festhalten kann. Unter mir spüre ich ein leichtes Wegsacken des Schnees. Es geht gegen Mittag. Lawinenzeit. Bei nur ganz leicht ansteigenden Temperaturen kann ich eine Lawine auslösen, als deren Kern ich zu Tal rutschen würde. Zum Glück wird mir das erst später klar. Im Augenblick habe ich eher das Gefühl, dass ich für immer hier feststecke, in dieser eiskalten Hülle, die durch die Wärme, die noch in mir ist, zu einer fest verbackenen Masse verschmilzt und sich exakt meiner Körperform anpasst, sie fest umschließend, als würde ich in Beton eingegossen.

Ich muss warten, bis Michail eine Diele aus dem Boden gebrochen hat. Er hat nicht viel mehr als seine bloßen Hände und etwas Küchenbesteck dazu. Es stellt sich heraus, dass die Diele nicht lang genug ist. Sie reicht nicht zu mir herab. Michail muss noch ein Betttuch zerreißen.

Endlich, als ich nach dem Knoten greife, sind meine Hände schon viel zu klamm. Michail befestigt das Betttuch irgendwie am Fenster, ich weiß schon nicht mehr wie. Ich achte jetzt nur auf dies leichte Wegsacken unter mir. Die Kälte fühle ich nicht mehr. Ich fühle nur noch die Strömung, wo meine Füße sind, stetig, unheimlich, sie zieht mich mit sich weg. Dann ist Michail bei mir. Er packt meine Hand. Er zieht mich. Das Betttuch hält. Es gelingt mir, meinen Fuß von dem verbliebenen Brett zu befreien. Ich erreiche einen der Knoten damit. Ich stoße mich daran ab. Dann fühle ich mich auf das Dielenbrett geschoben. Ich habe festen Grund unter mir, und irgendwann fallen wir beide durchs Fenster ins Haus zurück. Lieber will ich hier sterben als da draußen im Schnee.

Am dritten Tag geht unsere Heizung aus. Unser Brikettvorrat ist verbraucht. Es schneit noch immer. Ich habe nicht gewusst, wieviel Schnee der Himmel hat. Seltsam, denke ich, dass es auf diese Art ausgehen soll. Etwas Blamables ist dabei, mitten im Krieg vom Schnee begraben zu werden. Es kommt mir wie ein ungehöriges Sterben vor. Die Flieger, die ich höre, fliegen wie zum Hohn über uns hinweg. Sie werfen ihre Bomben woanders ab. Das hat nichts mehr mit mir zu tun. Nur die Stimmen aus dem Radio, die kommen noch zu uns.

Die Stadt Köln ist eingenommen. Die Rote Armee ist nach Pommern vorgestoßen. Die noch um Danzig kämpfenden deutschen Truppen sind abgetrennt. US-Bomber haben bei einem Großangriff ein Viertel der Stadt Tokio zerstört.

Köln oder Tokio. Von da, wo ich bin, ist das gleich weit entfernt. Der Krieg hat mich vergessen. Und ich habe den Krieg vergessen. Wenn der Schnee schmilzt, denke ich, werden sie hierher kommen. Hitler. Die Amerikaner. Egal wer. Es geht mich nichts mehr an.

Michail und ich tragen alle Decken, alle Kissen, alles, was wärmt, auf mein Bett. Dann legen wir uns zusammen darunter. Noch tut die Kälte uns weh. Das bedeutet, wir leben noch. Am Ende soll man sie ja nicht mehr spüren. Wir versichern uns das gegenseitig. Wir wissen das.

Ich sage, dass ich es irgendwo gelesen habe.

Michail sagt, das weiß doch jeder.

Gute Nacht, sage ich.

Gute Nacht, sagt Michail.

Aber am nächsten Morgen lebe ich immer noch. Es ist sogar richtig warm unter unseren Decken. Mir fällt ein, dass die Iglus der Eskimos angeblich warm sein sollen. Vielleicht kann uns die Hülle aus Schnee wärmen, die unser Haus umgibt? Schade nur, dass wir nichts mehr zu essen haben. Ohne Essen können auch die Eskimos nicht leben.

Dann höre ich Stimmen. Ganz nah höre ich sie. Ich höre, wie ein Mann einen anderen anbrüllt.

Hier!, schreit er. Hier! Das haben Sie doch gewusst! Ich werde Anzeige erstatten! Unglaublich!, schreit er.

Ich höre, wie die Eingangstür geöffnet wird. Und im nächsten Moment stürzt der Mann, der mich liebt, herein. Ich wühle mich aus dem Bett. Ich häufe, so gut ich kann, die Decken auf Michail. Er reißt mich in seine Arme.

Du lebst noch, sagt er.

Das Zimmer füllt sich mit SS-Leuten.

Los, schreit er, machen Sie Feuer! Den Badeofen an! Und bringen Sie ein Frühstück!

Zwei Frühstücke, sage ich.

Zwei Frühstücke!, schreit er.

Drei, sage ich.

Haben Sie das gehört? Doppelte Portionen!, schreit er die Leute an.

Ich versuche, ihn aus dem Zimmer zu bekommen. Im Vorraum sieht man, dass ein Dielenbrett im Fußboden fehlt.

Ich habe versucht, sage ich, aus einem der hinteren Fenster zu steigen.

Mein Gott, sagt er. Wie hast du das nur allein geschafft?

Kurz darauf sieht er mir zu, wie ich am Küchentisch frühstücke.

Er ist am Tag zuvor aus Fischhorn gekommen und hat im Platterhof erfahren, dass Eva und ich abgereist seien. Wohin, das wisse man nicht genau. Da ist er zum Berghof gegangen, um sich zu erkundigen, wo wir sind. Er hat erfahren, dass ich noch da bin, aber dass man mich seit Tagen schon nicht mehr gesehen habe. Sie nehme an, dass ich zum Essen in den Platterhof gehe, hat die Hausverwalterin gesagt, denn bei ihnen habe ich mich nicht mehr blicken lassen, seit Fräulein Braun abgereist sei.

Da sei ihm plötzlich ein schrecklicher Verdacht gekommen, sagt der Mann, der mich liebt. Er sei zur Straße gelaufen und habe gesehen, dass der Weg zum Mooslahner Kopf überhaupt nicht mehr vorhanden war. Es gab nur die meterhohen Schneewälle am Straßenrand. Sie hatten die ganze Nacht gebraucht, um sich bis zum Teehaus vorzuarbeiten.

Da waren wir jetzt, beide Helden, beide erschöpft. Ich eine Überlebenskünstlerin. Er mein Retter. Es schien unmöglich, sich der Logik zu entziehen, nach der wir einander nun angehören sollten, endgültig, besiegelt durch die Überwindung von Widerständen, durch schwere Prüfungen, die wir bestanden hatten, um zueinander zu kommen. Es schien danach nichts anderes möglich, als sich in die Arme zu fallen und für immer glücklich zu sein.

Wenn ich nur eher hier gewesen wäre, sagt mein Retter, dann wäre das nicht passiert. Aber es war auf den Straßen kein Durchkommen bei dem Schnee. Es wird auch immer schwieriger, Benzin zu bekommen, selbst für uns. Hab keine Angst mehr. Ich werde versuchen, hierher versetzt zu werden. Bei meinen guten Beziehungen zum Gruppenführer – er meint Fegelein – sollte das möglich sein. Dann kann ich mich um dich kümmern. Nach allem, was du auf dich genommen hast.

Er nimmt meine Hand. Er küsst sie. Er sieht mich zärtlich an. Mir wird bewusst, dass er glaubt, ich sei seinetwegen geblieben. Eva, denke ich, hilf mir. Vergiss dein Versprechen nicht. Und mach schnell.

Ich stehe auf. Ich muss handeln. Ich muss die Regie übernehmen, bevor er auf die Idee kommt, mein Bett anzusteuern, das Bett, in dem Michail noch unter den Decken liegt.

Dieses Haus, sage ich, kommt mir wie ein Gefängnis vor. Ich muss hier raus. Ich muss sehen, ob es noch Menschen gibt. Lass uns gehen.

Das verstehe ich gut, sagt er.

Das Frühstückstablett bleibt in der Küche zurück. Butter, frische Brötchen, alles noch reichlich da. Ich weiß, dass Michail sich sofort darüber hermachen wird, wenn wir aus dem Haus sind.

Der Weg, der vom Teehaus zur Straße führt, ist eine Schlucht zwischen Schneewänden. Zum ersten Mal seit Tagen reißt wieder der Himmel auf. Ein gewaltiges Tauen hat eingesetzt. Plötzlich frühlingshafte Lüfte umfangen uns, und auch der Krieg ist wieder da: Fliegeralarm. Rings um uns steigen die künstlichen Nebel auf. Sie hüllen uns ein. Sie verdunkeln die Sonne wieder für uns. Gleich darauf: Akute Luftgefahr. Da wir in der Nähe des Berghofs sind, suchen wir den Bunkereingang neben dem Altbau auf.

Dort, in einer der Kavernen sitzen sie alle, das Hauspersonal, die Chauffeure, die Wachen, auch die Verwaltersfrau. Ich nehme mich zusammen. Ich darf es mir nicht verderben mit ihr, denke ich. Außerdem ist ein Bunker bei Fliegeralarm kein Ort, um einen Streit auszutragen.

Ich frage sie, ob Eva angerufen hat.

Das gnädige Fräulein? Ja, sagt sie.

Und hat sie nach mir gefragt?

Nein, sagt sie, nur nach den Hunden. Mein Gott, ich habe die Hunde vergessen!

Welche Hunde?, fragt einer von den Chauffeuren.

Die Hunde von Fräulein Braun. Die beiden Zwergschnauzer, sagt die Verwaltersfrau. Stasi und Negus. Hoffentlich passiert ihnen nichts.

Scheißköter, sagt der Mann.

Er stößt das Wort mit präziser Verachtung hervor, als spucke er auf eine bestimmte Stelle am Boden und treffe sie haargenau. Es ist eine Verachtung, die meiner Cousine gilt und die, wie ich genau spüre, auch mich mit meint. Stasi, Negus und ich, wir sind die Hinterlassenschaft von Hitlers Hure am Berg.

Hat sie denn keine Nachricht für mich hinterlassen?, frage ich die Verwaltersfrau.

Warten Sie mal, sagt sie. Eine Nachricht? Nein. Nein, ich glaube nicht.

Denken Sie nach!, sage ich.

Herrgott, sagt sie. Vielleicht hat das gnädige Fräulein Grüße an Sie bestellt. Aber in Berlin, da geht es jetzt drunter und drüber. Da wird sie andere Sorgen haben.

Schon möglich, sage ich. Sie kommt ja auch bald wieder.

Scheißköter. An die hat sie gedacht.

Kurz darauf kommt die Entwarnung. Sie sind wieder nur über uns hinweggeflogen. Wir hier oben auf dem Berg erwarten nichts anderes. Wir sind die Alpenfestung. Sie werden es nicht wagen, uns zu bombardieren.

Draußen sehen wir eine der Arbeitskolonnen. Die Männer haben offenbar während der Luftgefahr bei den hohen Schneewällen am Straßenrand Deckung gesucht. Sie schlagen sich den Schnee aus der Kleidung und nehmen wieder unter den Kommandos der Aufseher Aufstellung. Manche von den Männern haben keine Schuhe. Ihre Füße sind mit Lappen umwickelt. Sie müssen nass sein. Auch die Jacken aus grauem Drillich mit den Zeichen der Ostarbeiter sind durchnässt. Die Männer stecken in ihnen, als wollten sie sich bis zur Unsichtbarkeit darin verkriechen. Dabei sind sie dünn genug. Die Jacken hängen wie nasse Säcke an ihnen herab.

Sieh dir das an, sage ich zu meinem Begleiter.

Das ist die Spätschicht, sagt er. Die sind im Bunkerausbau beschäftigt.

Wie lange dauert die Spätschicht?, frage ich.

Warum interessiert dich das?, fragt mein Begleiter. Das braucht dich nicht zu interessieren.

Die sehen so fertig aus, sage ich. Und kriegen die auch was zu essen?

Klar kriegen die was, sagt er. Sonst könnten die ja schließlich nicht arbeiten. Die kriegen alles, was sie brauchen. Die haben sogar ... Er verstummt.

Was haben die?, sage ich.

Die haben sogar ein eigenes Bordell, sagt mein Begleiter. Mit eigenen polnischen Huren, damit sie nicht die Sicherheit deutscher Frauen bedrohen. Alles da, siehst du? Für die wird gut gesorgt, sage ich dir. Entschuldige, ich sollte das einer Dame gegenüber nicht erwähnen. Ich sage es nur, damit du Bescheid weißt und dir keine falschen Vorstellungen davon machst, wie Fremdarbeiter in Deutschland behandelt werden. Denen geht es gut.

Mitteilungen von der sündhaften Seite der Dinge. Ich bin noch nicht so lange unter den Erwachsenen. So etwas schüchtert mich immer noch ein. Ich habe ja keine Ahnung, wie es in der Welt zugeht. In mir wird der Verdacht geschürt, dass das Böse die Regel ist. Ich bin nur zu behütet, zu naiv, mit einem Wort: zu jung, um die Normalität der Sündhaftigkeit und Verkommenheit zu kennen. Mir fehlt die Vertrautheit mit der Schlechtigkeit. Ich muss das noch lernen. Solange sollte ich mir keine Blöße geben.

Ach ja?, sage ich.

Die sind froh, sagt mein Begleiter, dass sie hier Arbeit haben. Was glaubst du, warum die ins Reich gekommen sind? Das sind keine Menschen wie wir, vergiss das nicht, sagt er, plötzlich sehr ernst und zu mir gewandt. Die haben nicht dieselben Empfindungen, dieselben Wünsche, dieselben – er überlegt – Visionen wie wir.

Visionen?, sage ich.

Ja, sagt er, Träume. Wie du und ich. Von einem Leben in Würde. Größe. Erhabenheit. Stolz. Tapferkeit. Das kennen die alles nicht. Wir schaffen eine Welt der Ideale und Werte. Diese Menschen sind nur für die gröbste Arbeit gut. Sie können nichts anderes. Sie wollen es auch nicht. Natürlich muss man sie hart anpacken, um sie zum Arbeiten zu bringen. Im Kern sind diese Ostmenschen faul. Sieh sie dir an, sagt er. Wie sie schon aussehen.

Ich sehe ihn an. Er sieht gut aus. Ich gehe mit ihm ins Hotel Platterhof. Den ganzen Nachmittag werden wir im Bett verbringen.

Ich lerne eine verhasste, verteufelte Lektion. Ich lerne sie zu früh. Ich bin zu jung dazu. Ich lerne es, meinen Körper von mir zu trennen und ihn allein in die Schlacht zu werfen. Ich lerne, ihm dabei zuzusehen. Ich lerne, ihm zu erlauben, zu tun, was er will. Ich benutze ihn. Ich lasse ihn benutzen. Ich lerne, dass es ihm gefällt, so von mir losgekoppelt zu sein. Ich lerne die Lektion, die mein Körper mir erteilt. Er hat kein Gewissen. Das lerne ich. Mein Körper liebt, was ich verabscheue. Er lässt sich lieben und straft mich mit Selbstverachtung dafür, dass ich ihn verachten will. Mein

Körper wird am Ende, erschöpft und verschwitzt, auf feuchten Laken doch ich selber sein.

Es ist eine Hurenlektion, die ich lerne. Ich lerne sie unter Abscheu, verzweifelt, entsetzt. Ich wollte das nicht lernen.

Ich werde nie wieder, denke ich, ich weiß nicht was sein: fröhlich, verliebt … Etwas anderes als einsam werde ich nie wieder sein.

Was ist los mit dir?, sagt mein Liebhaber.

Wenn er mich jetzt noch einmal anrührt, bringe ich ihn um.

Ich muss unbedingt nach Hause, sage ich.

Hitlers Teehaus kommt mir im Augenblick tatsächlich wie ein Zuhause, eine Zuflucht vor.

Du kannst doch hier bleiben, sagt mein Liebhaber. Wir können im Restaurant zu Abend essen.

Das geht nicht, sage ich.

Mein Liebhaber lacht. Er lacht zärtlich, entspannt, amüsiert.

Du bist doch keine Ehefrau, auf die zu Hause ein Mann wartet, sagt er. Manchmal könnte man glauben, da gibt es noch jemanden.

Willst du mich vielleicht bewachen lassen?, sage ich.

Ja, sagt er. Das mache ich doch schon. Du solltest besser keine Geheimnisse vor mir haben. Tu das lieber nicht.

Er liegt, die Arme hinter dem Kopf verschränkt, in dem zerwühlten Bett und sieht mir dabei zu, wie ich mich anziehe. Ganz mein befriedigter Liebhaber. Ganz mein Besitzer.

Was willst du heute Abend zum Beispiel im Teehaus?, fragt er mich. Ich habe Zeit für dich bis morgen früh.

Ich hasse diesen Berg. Ich hasse ihn. Ich will weg von hier. Ich hasse sie alle. Ich hasse Hitler. Ich hasse das deutsche Reich. Ich will, dass die Amerikaner kommen und mich befreien.

In Ordnung, sage ich. Ich will nur hin und mich umziehen. Dann komme ich wieder her.

Das ist aber schön, sagt er.

Auf dem Weg kann ich am Berghof vorbeischauen und meine Portion für Michail aus der Personalküche abholen.

Ich dachte, Sie essen im Platterhof, sagt die Hausverwalterin. Aber wir sind natürlich jederzeit für Sie da.

Vielen Dank, sage ich.

Mein Leben am Obersalzberg ist eine nicht mehr haltbare Festung. Sturmreif. Übergabebereit. Ich warte auf die Armee, die sie entsetzt. Ich warte auf die Hilfe, die Eva mir geben soll. Sie hat es mir doch versprochen, denke ich. Ich warte auf die Hilfe einer Frau, die sich zu ihrer Hochzeit mit dem Tod rüstet. Vergebens warte ich.

Im Laufe des Monats April änderten sich die Verhältnisse am Obersalzberg. Sie änderten sich unmerklich. Sie änderten sich, während sie auf beklemmende Weise gleich blieben. Das Vorgefühl der Katastrophe hinderte uns nicht, unseren täglichen Gewohnheiten nachzugehen. Einen Tag vor dem Weltuntergang wird noch gefrühstückt, auf Pünktlichkeit Wert gelegt, über Ausgaben Buch geführt.

Nach wie vor verbrachte ich die Vormittagsstunden mit meinen Physikbüchern, zeichnete Diagramme, löste die Musteraufgaben in den Beiheften, die zur Vorbereitung auf das Vordiplom anleiteten. Ich hätte die Prüfung bestanden. Ich war präpariert. Ich war richtig sattelfest. Ich verhielt mich, als sei die kommende Prüfung, die ich bestehen musste, ein Physikdiplom. Ich bereitete mich blindlings auf das Unbekannte vor, dem ich entgegenging. Irgendetwas muss man tun, um sich zu rüsten. Ich lernte mit einer Art wütendem Pflichtgefühl. Ich lieferte mich dem Leerlauf einer autistischen Unbestechlichkeit aus. Nichts ging über die Korrektheit meiner Ergebnisse. Ich ließ mir nicht die kleinste Nachlässigkeit durchgehen. Ich brauchte mich nicht zu zwingen. Ich stand unter einem Zwang.

Währenddessen trafen immer mehr Gäste auf dem Berg

ein. Plötzlich wurde es eng. Der Platterhof, der Berchtesgadener Hof unten im Ort waren ausgebucht. Die Gästezimmer im Bechsteinhaus und im Berghof füllten sich. Täglich brachten die Limousinen der Fahrbereitschaft neue Ankömmlinge: SS-Zugehörige, Begleitkommandos, Ordonnanzen ... Es sah immer so aus, als ob es sich um eine Vorhut handelte, die Vorhut einer Vorhut, Quartiermacher für die, die nach ihnen kämen, die eigentlich Wichtigen. Der Anhang stellte sich bei uns ein. Ehefrauen, nichts begreifend, desorientiert, noch fassungslos von dem Abschied von ihren Kindern, die sie irgendwo bei den Großeltern zurückgelassen hatten. Wozu? Warum war man hier? Was bedeutete das?

Auch meine Cousine Gretl, hochschwanger, sie sollte im Mai ihr Kind bekommen, und Tante Fanny mit Onkel Fritz fanden sich auf dem Berghof ein. Gretl abwesend, verstört, wie um den Verstand gebracht vor Angst. Sie war wie besessen von dem Gedanken, ihr Kind würde tot geboren. Tante Fanny durfte sie keinen Augenblick allein lassen. Sobald sie aufstand, griff Gretl nach ihrer Hand.

Auch Tante Fanny schien jetzt der Situation nichts Amüsantes mehr abgewinnen zu können. Sie sprach nur von Eva. Sie wartete auf sie. Ich habe nie wieder einen Menschen so warten sehen, wie Tante Fanny damals auf Eva wartete. Sie war wie eine Mutter, deren kleines Mädchen entführt worden ist und die jetzt auf eine Nachricht der Kidnapper wartet. Sie tat mir leid.

Auch Evas Freundin Hertha war plötzlich wieder da. Die Entourage war vollzählig. Nur Eva fehlte noch. Alles schien auf ihr baldiges Eintreffen hinzuweisen. Der Hof formierte sich neu. Es musste etwas bedeuten, dass er das tat.

Ein letztes Mal lebte die Berghofidee wieder auf, der unverletzliche Kern dessen, was wir verteidigten. Unser inneres Kriegsziel. Die Berghof-Idee war das Wahre, das Schöne, das für alle Zeit Beständige in der vor unseren Augen zusammenbrechenden Welt. Für das Böse, das geschah, sollte sie unantastbar sein. Das unbestreitbar Solide. Die Heimatanmutung. Erlebbar auch für die, deren Gefühlstraditionen nicht alpenländisch waren. Jetzt zogen sie sich hierher zurück. An diesen Ort, an dem sie in eine Zukunft hinüberwohnen wollten, von der sie glaubten, es müsse doch ihre Zukunft sein, wie man es von der Zukunft immer vermutet. Es gibt keine andere.

Sie glaubten, dass man auf dem Berg überleben könne. Sie waren froh, dass sie ihn so gut befestigt fanden. Sie lobten Bormann, der dafür gesorgt hatte, dass so viele von ihnen in seinen Bunkern Schutz finden konnten. Phantastisch, sagten sie, was er hier geleistet hat. Auch das gehörte zu ihrem inneren Überlebensgepäck: die Tüchtigkeit, das Wunder deutscher Effizienz. Wenn sie schon besiegt werden sollten, dann wenigstens hier.

Sie wollten nicht nur überleben. Sie wollten etwas von sich hinüberretten in das Neue, das nach ihnen sein würde und von dem sie wussten, dass es nicht mehr aufzuhalten war. Etwas sollte bleiben. Der Berghof-Kern ihrer Welt. Um ihn sammelten sie sich wie die Bewohner einer belagerten Burg um den letzten Kamin, in dem noch ein Feuer brennt.

Es war gleichzeitig das Zentrum ihres Nazi-Gemütslebens. Hier wärmten sie sich. Hier sammelten sie Kräfte. Hier fühlten sie sich bei sich. Sie hatten sich so tief dahin zurückgezogen, dass sie wider alle Vernunft, wider allen Augenschein glaubten, vor ihren Feinden geschützt und unauffindbar zu sein. Das Phantom einer Festung aus Alpengestein, die längst nicht mehr nur den Obersalzberg meinte, sondern das ganze gewaltige Bergmassiv im Herzen Europas, als könne man sich zum Schluss, jeder militärisch exakten Verteidigungsstrategie zum Hohn, wie eine Bande von Freibeutern in das Gebirge zurückziehen, dieses Wahngebilde entsprach so sehr dem Bedürfnis ihrer Herzen nach Wärme, Geborgenheit und etwas, das in allem, was sie zusammenbrechen sahen, Verlässlichkeit bot, dass sie ihm widerstandslos erlagen und sich zu der Sicherheit ihrer Fliehburg beglückwünschten, während in Wirklichkeit nichts als ein bisschen Theaternebel sie verbarg, wenn die feindlichen Aufklärer über sie hinwegflogen, an klaren Tagen deutlich die Stelle bezeichnend, wo sich ihr Refugium befand. Exakt da unten, wo sich die Nebel ausbreiteten.

Ich sage »sie«. Aber wie hatte Eva gesagt? Hier gehörst du zu uns.

Wir rückten zusammen.

Täglich kamen neue Besucher zum Berg. Sie kamen und blieben hier. Am 20. April war man am Berghof für den Fall einer Geburtstagsfeier gerüstet. Man glaubte zu wissen, dass Hitler an diesem Tag aus Berlin eintreffen würde. Die Gerüchte hielten sich hartnäckig. Blumen waren besorgt, die Tische gedeckt worden. Der Sekt war kalt gestellt. Die Küche des Platterhofs war auf die Ausrichtung eines Büfetts vorbereitet. Aber der Tag verstrich, einer der letzten vor der Auslöschung dessen, was wir den Berg nannten, ohne dass Hitler kam.

Ohne dass das Versteck in seinem Teehaus entdeckt wurde. Ohne dass ich entlarvt wurde. Ohne dass sie den Jungen abführten und töteten.

Ich sagte ihm, dass es nicht mehr lange dauern würde, bis seine Befreier bei uns seien.

Seit unserem Schneeabenteuer war er wieder zutraulicher.

Wer sind meine Befreier?, wollte er wissen.

Die Amerikaner, sagte ich.

Und die Polen?, sagte er. Kommen die Polen auch?

Die Polen? Nein, sagte ich. Die Russen. Die Russen kommen auch. Sie haben schon Wien, und Berlin werden sie auch bald haben.

Wien, sagte er. Ist das weit von hier?

Nicht so weit wie Berlin, sagte ich.

Ich merkte nicht gleich, wie entsetzt er war.

Die Russen – dann müsse er weg, sagte er.

Ich versprach ihm fest, dass die Amerikaner vor den Russen bei uns sein würden.

Wo sind die Amerikaner?

Nürnberg, sagte ich. Das ist ganz nah. Da können sie in zwei Tagen hier sein, sagte ich.

Ich hatte keine Ahnung, was dann geschehen würde. Ich erlaubte mir nicht mehr, darüber nachzudenken. Wie alle, die Generäle, die kämpfenden Truppen, die Stäbe, das Dienstpersonal, die KZ-Aufseher, Flakhelfer, Gestapobeamten, Gauleiter, Blockwarte, Luftschutzbeauftragten, Rotkreuzschwestern, Lazarettärzte, Sekretärinnen, nationalsozialistisch gestählte Landräte, Reichsfrauenschaftsbeauftragte, Mutterkreuzträgerinnen, Hitlerjungen, wie alle tat ich nichts anderes als weiterzumachen wie bisher. Hitler machte weiter. Bormann. Himmler. Goebbels. Keitel. Sie alle machten weiter wie bisher. Hitler erteilte Befehle, die niemand mehr ausführte. Bormann soufflierte ihm, half, wann immer es sich als nötig erwies, mit falschen Ratschlägen aus. Himmler stand seinen Todesschwadronen vor. Goebbels nahm den Mund voll und ließ sich vom eigenen Pathos zu Tränen rühren. Keitel war seit langem nur noch die äußere Hülle eines Generalfeldmarschalls, über Feldkarten gebeugt, die er nicht mehr zu lesen verstand. Sie waren schon die, als die sie in die Hölle einziehen würden, schon vollkommen im Bann eines höllischen Wiederholungszwangs, immer gleiche Aktionen von immer gleicher Sinnlosigkeit ausführend, Strafe und Straftat in einem. Erlösungsresistent.

Wer ist der Mann dort?, wird ein zukünftiger Dante einen zukünftigen Vergil fragen. Jener, der seine Fäuste vor dem Gesicht ballt, jener, der sich vor Wut heiser geschrien hat und nicht aufhören kann zu schreien? Und wer sind jene anderen?

Erkennst du sie nicht?, wird Vergil sagen. Jedem sind sie bekannt.

Und sie werden schnell weitergehen.

Damals, in den letzten Tagen der Nazizeit, waren wir alle im Bann dieses Wiederholungszwangs. Wir hatten Nazizeitgewohnheiten, Nazizeitsorgen. Nazizeitehrgeiz war noch genauso motivgebend und lebendig wie ehedem. Wehrmachtssoldaten empfingen noch immer das Eiserne Kreuz und waren fassungslos vor Stolz. Beförderungen standen hoch im Kurs. Vom Stabsfeldwebel zum Leutnant. Vom Oberst zum Generalmajor. Der soziale Rang weit verzweigter Familien hing noch davon ab. Die Missgunst wurde noch davon geweckt. Intrigen wurden gesponnen, Seilschaften gebildet.

Niemand sagte: Noch zwanzig ..., noch achtzehn ..., noch fünfzehn ... Tage, bis es uns nicht mehr gibt. Keine Kassandra erhob ihre Stimme, mahnte uns, unsere Vernichtung in Betracht zu ziehen.

Bei uns auf dem Berg, in unserer Königsburg, unserem Nazi-Troja, waren es noch vier Tage bis dahin, als am Tag nach Hitlers Geburtstag Göring eintraf. Er traf mit großem Gefolge ein, Chefadjutant von Brauchitsch, Reichsleiter Bouhler, Reichsminister Lammers, der ganze Satrapenhof. Auch Emmy und ihre Tochter waren bei uns auf dem Berg.

Zufällig sah ich am Hintereck, wie die Wagenkolonne kam und sich in Richtung Göring-Hügel bewegte. In einem der Wagen erkannte ich den Reichsmarschall. Auch er, dachte ich. Was hat das zu bedeuten, dass auch er zum Berg kommt? Was wollten sie alle hier? Sollten wir mit ihnen überleben oder sterben?

Ich hätte mir nur genau die Uniform ansehen sollen, die der Reichsmarschall trug. Dann hätte ich die Antwort, zumindest was Göring betraf, gewusst.

Hast du Göring gesehen?, wird mein Geliebter mich fragen, der sich am Ende auch bei uns einfindet. Ist dir nichts aufgefallen an ihm?

Was soll mir an Göring auffallen? Göring ist Göring. Alles an ihm fällt auf.

Eben, sagt mein Geliebter. Deshalb fällt am meisten auf, wenn er nicht auffallen will. Plötzlich trägt der Reichsmarschall statt der silbergrauen Uniform eine graubraune. Die Achselstücke, sonst fünf Zentimeter breit und aus Goldgeflecht, sind durch ein schlichtes Rangabzeichen ersetzt, den Reichsmarschall-Adler, so unauffällig wie möglich angebracht. Wenn man nicht genau wüsste, dass es Göring ist, würde man glauben, man habe einen amerikanischen General vor sich, sagt mein Geliebter. Oder einen, der es gern werden will, meinst du nicht?

Ich weiß nicht, sage ich.

Ich kenne keine amerikanischen Generäle.

Der Göring ist ein Verräter, sagt mein Geliebter.

Er muss es wissen. Er hat den Reichsmarschall arretiert. Göring steht unter seinem Kommando unter Hausarrest. Der ganze Berg scheint plötzlich unter dem Kommando meines Geliebten zu stehen. Er ist der Mann des Tages. (Es ist zwei Tage vor unserer Auslöschung, der 23. April.)

Es ist später Abend. Als ich den Berghof verlassen will, wo ich mit Gretl »Fang den Hut« gespielt habe, damit Tante Fanny einmal von ihrer Mutterpflicht unausgesetzten Händchenhaltens ausruhen kann, stellen sich mir ein paar Männer vom Sicherheitsdienst in den Weg.

Sie können hier nicht raus, sagen sie.

Ich sehe die Mündungen ihrer Maschinenpistolen. Ich glaube es einfach nicht.

Es ist das erste Mal seit dem vergangenen Sommer, dass man mich mit Waffen zwingt.

Das leichte Leben, der Luxus, den wir uns genehmigten, das Ferienparadieshafte unserer Existenz auf dem Berg – dennoch waren sie immer da gewesen: Waffen, jederzeit zum Einsatz zu bringen, auch gegen uns, und Männer, die das tun, wenn man ihnen den Befehl dazu gibt.

Wer ist Ihr Vorgesetzter?, frage ich.

Es kommt mir so vor, als sei das die rollengemäße Reaktion auf das, was hier passiert. Wahrscheinlich habe ich es aus einem Film.

Wir haben Befehl, sagt einer der Männer knapp.

Von wem?, frage ich. Ich bin ein Gast des Führers, füge ich hinzu. Mein Freifahrt-Ticket. Mein Sesam-öffne-Dich.

Aus dem Hintergrund tritt ein Mann herzu, ebenfalls bewaffnet, offenbar derjenige, der hier befiehlt.

Sogleich wechsle ich die Rolle. Ich tue es instinktiv. Ich bin ein unterlegenes Weibchen, das Hilfe braucht. Aber es rächt sich jetzt, dass ich die Dienstgrade nicht kenne.

Gruppenführer, sage ich. Das scheint mir angemessen. Es klingt nicht nach viel, aber auch nicht nach wenig Macht.

Scharführer, verbessert der Mann mich scharf.

Scharführer, sage ich. Entschuldigung.

Ich denke, dass ich ihn das erste Mal unterbewertet haben muss. Später werde ich erfahren, dass ich ihn mit meiner Anrede als Generalleutnant eingestuft habe. Das klang wie ein Hohn für ihn, wird der Mann, der mich liebt, mir umständlich erklären. Gruppenführer, davon kann er selber nur träumen. Das ist sein Lebensziel.

Bitte, sage ich, Scharführer. Ich muss zum Mooslahner Kopf.

Heute Nacht müssen Sie hier bleiben, sagt er. Alle Gebäude im Führersperrgebiet sind umstellt. Auch das Teehaus.

Ich muss jetzt ruhig bleiben.

Wer ist Ihr Vorgesetzter?, frage ich noch einmal. Wer hat den Befehl gegeben, uns unter Arrest zu stellen?

Der Führer, sagt er und lacht. Er ist offensichtlich nicht verpflichtet, mich ernst zu nehmen.

Ich bin eine Cousine des Führers, sage ich, so fest es geht. Ich verlange Aufklärung.

Als Antwort höre ich den Namen meines Geliebten.

Ich bin überrascht. Ich habe ihn seit Ende März nicht mehr gesehen und schon gedacht, dass Eva ihr Versprechen doch noch wahr gemacht hat.

Ich möchte mit ihm telefonieren, sage ich.

Das geht nicht, sagt der Scharführer.

Es geht, sage ich, Sie werden sehen. Bitte geben Sie die Nachricht durch, dass ich ihn sprechen will. Das können Sie doch tun.

Zehn Minuten später ist mein Geliebter da. Ich sehe, dass die Männer vom Sicherheitsdienst tief beeindruckt sind. Sie sind beeindruckt, dass der Obersturmbannführer mit einer Cousine des Führers verbandelt ist. Und sie sind beeindruckt von mir.

Zwei Tage später werden wir untergehen. Aber noch sind wir der Gegenstand bewundernder Blicke, Projektionsfläche für ein vielfach beneidetes Glück. Wir, so nah der Macht. Wir, so privilegiert. Wir, so verliebt ineinander, so jung, so attraktiv. Flüsternd miteinander, nachdem mir mein Geliebter den Arm um die Schultern gelegt, mich zur Seite gezogen hat.

Er hatte nicht viel Zeit. Aber er erklärte mir rasch, was geschehen war. Göring hatte versucht, den Führer zu entmachten, um sich selbst an seine Stelle zu setzen. Er wollte uns unseren Feinden kampflos überantworten, während der Führer sich ihnen in Berlin tapfer entgegenwarf, um unsere Hauptstadt vor den andrängenden Bolschewisten zu verteidigen. Darum war Göring verhaftet und unter Androhung der Todesstrafe gezwungen worden, auf seine Ämter zu verzichten.

Ich dachte kurz an Hugh Carleton Greene, Bruchstücke seiner Sendungen schossen mir durch den Kopf (»eine Clique von Verbrechern«, »kein Erbarmen mit dem eigenen Volk«). Aber Göring würde er bestimmt nicht als unseren Retter betrachten.

Später, als all dies Geschichte geworden war, eine andere Welt betreffend, in der wir andere gewesen waren, erfuhr ich erst, was tatsächlich geschehen war: Dass Göring an Hitler die telegraphische Frage gestellt hatte, ob er angesichts von dessen Entschluss, in Berlin zu bleiben und dort, wie es voraussehbar war, zu sterben, sich als seinen Nachfolger betrachten und die Amtsgeschäfte übernehmen solle, wie es ein Gesetz vom 29. Juni 1941 vorsah. Es war eine Frage gewesen, vorsichtig formuliert, mit dem Wunsch schließend, dass Hitler doch noch aus Berlin entkommen möge. Was hätte jemand wie Göring verraten sollen, was nicht längst schon verraten war?

Damals, aus der Nähe, begriff ich nichts. Ich begriff nicht, dass auf unserer schwankenden Bühne noch immer die alten Stücke gespielt wurden. Dramen von Verrat und Treue und Rache und Königsmord. Noch deklamierten sie sich durch die alten Konflikte, formierten sich die Gefolgschaften neu. Noch schürten Aufwiegler das Feuer der Insubordination. Intriganten spannen Netze, die andere zu Fall brachten. Getreue meldeten sich zur Stelle und boten bereitwillig geschuldete Loyalitäten dar. Anpasser rangen nächtelang um die Entscheidung, auf welche Seite man sich günstigerweise schlug. Speichellecker bückten sich. Halsstarrige blieben halsstarrig. Zurückgesetzte fuhren fort, unter ihren Zurücksetzungen zu leiden. Und, schon gemeinsam im freien Fall, versuchte einer den anderen zu stürzen, wenn es geboten war.

Auch ich stand auf dieser schwankenden Bühne. Auch ich, mit einer der Chargen der dritten Ordnung, einem jungen Wachoffizier, in eine Liebeshandlung verstrickt, eine Nebenfigur, ohne Frage reizend anzusehen, die Hauptaktion auf unserer untergeordneten Ebene spiegelnd und kommentierend.

Und jetzt?, frage ich etwas blöd.

Jetzt bin ich hier für alle Sicherungsmaßnahmen verantwortlich, sagt er. Festnahme aller Verschwörer, Ausgangssperren, Hausdurchsuchungen.

Hausdurchsuchungen? Auch am Mooslahner Kopf?

Auch dort.

Du musst heute Nacht im Berghof bleiben, sagt mein Freund.

Das kann ich nicht, sage ich. Ich habe kein Nachthemd, keine Zahnbürste ... Außerdem glaube ich nicht, dass sie im Berghof ein Bett für mich frei haben.

Die Frage, in welchem Bett ich heute Nacht schlafe, beschäftigt ihn. Ich merke das. Ich merke gleichzeitig auch, wie es ihn zu seinen großen staatserhaltenden Ordnungsaufgaben zieht. Die Doppelbotschaft des Mannes erreicht mich. Sie lautet: Es gibt unendlich Wichtigeres für mich als dich. Und: Obwohl es unendlich Wichtigeres für mich gibt, bist du das Wichtigste.

Es ist die Botschaft von seiner Macht und Machtlosigkeit zugleich. Sie betört mich. Ich habe noch nie einen so starken Mix davon genossen. Ich lehne mich mit dem Rücken an einen Türpfosten. Aber mein Geliebter bleibt unnahbar. Er reagiert auf meine choreographischen Vorgaben nicht. Er bleibt ohne Berührung vor mir stehen.

In diesem Augenblick würde ich alles tun, um ihn davon abzubringen, etwas anderes als mich zu wollen. Ich wünsche mir das höchste, das Machtopfer von ihm. Damit könnte er mich jetzt um den Verstand bringen. Gleichzeitig ist es das Fluidum seiner Macht, das in mir einen Anfall sexueller Begehrlichkeit auslöst, das und nichts anderes. Ich sehe die Pistolentasche an seinem Gürtel. Das Leder glänzt. Was würde er tun, fährt es mir durch den Kopf, wenn ich die Hand darauf legte, nur um es zu berühren? Nach allem, was wir schon getan haben.

Ich strecke meine Hand aus. Er tritt einen Schritt zurück.

Es tut mir leid, sagt er. Aber da ist nichts zu machen. Heute Abend bleibst du hier.

Ich verbringe die Nacht mit Gretl, die leise im Traum vor sich hin wimmert. Ich selber kann nicht schlafen. Ich muss die ganze Nacht an Michail denken. Wenn sie ihn gefunden haben, werden sie auch mich holen.

Am Morgen erfahren wir, dass noch immer niemand das Haus verlassen darf. Wir frühstücken im Erker des Speisesaals mit seinen bis zur Decke reichenden Paneelen aus Zirbelholz. Tante Fanny, Onkel Fritz, Gretl, Hertha Schneider, ihre beiden kleinen Mädchen und ich. Zu unseren Füßen Evas Hunde. Wir bieten das Bild einer großen schwatzhaften Familie, die den Frühlingstag mit einem ausgiebigen Frühstück beginnt.

Es ist ein schöner Frühstücksplatz in Hitlers Speisesaal. Bei sonnigem Wetter, wie es heute herrscht, ist er in unendlich warmes, angenehmes Licht getaucht, ein honigfarbenes Licht, das die fein gemaserten Wände wie durchglüht davon erscheinen lässt. Alles in diesem Raum vermittelt Gediegenheit. Alles spricht von einem Wohlgefühl, das nicht allein durch seine Ausstattung vermittelt wird, das edle Holz, den Blumenschmuck, noch für den Geburtstag des abwesenden Hausherrn arrangiert, die wohltuend abgestimmten Trottöne des riesigen Orientteppichs unter dem Esstisch, an dem vierundzwanzig Personen Platz haben, die im Rotton der lederbespannten Stühle und dem Honigton des Holzes gemusterten Vorhänge, sondern vor allem aus der kanzelartigen Höhe herrührt, in der man sich über dem Tal sieht, den berühmten Blick auf das Watzmannmassiv genießend, diesen Blick, den der Hausherr so liebt, besonders an solchen Tagen, an denen sich ein makellos blauer Himmel darüber spannt und der Schnee sich wie auf einem Alpenkalenderbild in die höheren Regionen der Berge zurückgezogen hat.

Die Halbhöhenlage des Berghofs verleitet dazu, sich mit den Bergriesen jenseits des weiten Tales auf Du und Du zu sehen, als sei man ebenso erhaben über die Niederungen wie sie.

Jemand macht ein Fenster auf, und in Hitlers Berghofspeisesaal dringt die linde Luft herein. Jetzt wird hier in den Bergen der Frühling Einzug halten, ohne lange Ankündigung, gewaltig, triumphal. Er wird es sein, der siegt. An dem Weg zum Teehaus steht schon königsblauer Enzian. Schlüsselblumen, Veilchen, Anemonen blühen. Buchen schlagen aus. Bald werden im Tal die Bäume in Blüte stehen. Von all dem ist etwas in der Luft, die zu uns herein dringt. Eine Botschaft ist darin, jedes Jahr dieselbe. Sie richtet sich an das arme Herz, das in uns überwintert hat. Sei nicht bang, lautet sie.

Teetassen klirren. Ein Vorhang bewegt sich sacht. Nun muss sich alles, alles wenden, behauptet das Herz in uns. Immer noch. Ich kann nicht glauben, dass ich verloren bin, und ich sehe um mich herum niemanden, der das von sich glaubt.

Im Laufe des Vormittags gibt es zweimal Voralarm auf dem Berg. Der blaue Frühling hüllt sich in schwarzgraue Nebel ein. Die Vögel schweigen. Bomber donnern über uns hinweg. Es ist wie eine unsaubere Vermengung der Jahreszeiten. Als dürfe man dem Frühling ungestraft seine Herrschaft streitig machen. Als dürfe man ihn besudeln, erniedrigen.

Am Nachmittag soll ich in den Platterhof kommen. Das ist ein Befehl, wie die Dinge stehen. Ich werde begleitet, diesmal, indem man mir nicht etwa mit Abstand folgt, sondern mich wie eine gefährliche Delinquentin zwischen sich nimmt. Ich weiß nicht, ob ich zu einem Verhör oder einem Stelldichein abgeführt werde.

Im Foyer des Platterhofs herrscht dichtes SS-Treiben. Man holt Anweisungen ein, wie mit mir zu verfahren sei, und führt mich zu einer der Zimmertüren im ersten Stock. Dort lässt man mich warten.

Als sich schließlich die Tür für mich auftut, betrete ich eine Zimmersuite, die offenbar zu einem Ad-hoc-Büro umgerüstet worden ist, der Kommandozentrale für die Sicherheitsmaßnahmen angesichts des Staatsstreichs, der dem Reichsmarschall a.D. angelastet wird.

Also kein Stelldichein.

Aber die beiden SS-Leute, die mich flankieren, werden wieder hinausgeschickt und die Tür zum Nebenraum geschlossen, in dem eine Schreibmaschine klappert. Ich bin mit dem Mann, der mich liebt, allein.

Was soll das?, sage ich.

Er sieht mich lange an, ohne dass ich seinen Gesichtsausdruck deuten kann.

Wir haben das Teehaus durchsucht, sagt er.

Durch das offene Fenster dringt der Berchtesgadener Frühling zu uns herein. Ein überflüssiger Frühling, der mich nichts mehr angeht. Er schließt mich aus. Er verhöhnt mich.

Und?, sage ich.

Ich versuche so gleichgültig auszusehen, wie es mir möglich ist.

Wir haben etwas gefunden, sagt mein Freund.

Er sieht übernächtigt aus. Wie jemand, der eine Last trägt, der er nicht gewachsen ist. Unser Gespräch ist eines mit langen Pausen und Blickduellen, die eher ich gewinne als er. Mir wird klar, dass es nicht gut für mich ist, einem offensichtlich überforderten Mann ausgeliefert zu sein, der mich zudem noch liebt.

Im Keller, sagt er. Da muss jemand im Keller gewesen sein. Jemand hat dort geschlafen. Sag mir nicht, dass du nichts davon weißt.

Keine Ahnung, sage ich. Das muss vor meiner Zeit im Teehaus gewesen sein. Das hätte ich doch gemerkt. Ich bin nie im Keller gewesen. Was sollte ich da?

Auf einmal kommt mir das alles wie eine Farce vor. Als spielten wir in einem mäßigen Kriminalstück auf einer Laienbühne vor leerem Haus.

Hast du irgendetwas beobachtet?, fragt er. Irgendetwas Verdächtiges.

Nein, sage ich. Eigentlich nicht. Das heißt …

Was?, fragt er.

Ich erzähle ihm von den verdächtigen Anzeichen, die wir

beobachtet haben, bevor ich ins Teehaus zog. Die offene Kühlschranktür. Die gebrauchten Handtücher im Bad.

Das muss er gewesen sein, sage ich. Der Mann, der im Keller geschlafen hat. Aber seit ich dort wohne, war niemand mehr da.

Bist du sicher?, fragt mein Freund.

Ich habe plötzlich das Gefühl, dass es ihm in Wahrheit um etwas anderes geht. Er sieht mich lange an. Blufft er? Steht mein Urteil schon fest? Haben sie Michail entdeckt? Oder ist es ihm gelungen, ihnen zu entkommen? Ich klammere mich an diese Möglichkeit.

Da ist noch etwas, sagt der Mann, der mich liebt.

Ich weiß, dass die Überraschung, die jetzt kommen wird, keine Überraschung ist. Ich werde einen Moment vorher gewusst haben, was jetzt kommt. Ich sollte es wissen, damit ich ihm nicht ausgeliefert bin. Aber wie fieberhaft ich auch nach etwas suche, was es sein kann, etwas Peinlichem, einem kleinen Detail, das mir entgangen ist, etwas Abgründigem, Verräterischem, finde ich doch nichts, außer dass mir sein Name, der Vorname, bei dem ich ihn niemals genannt habe, ins Bewusstsein kommt. Das ist die ungeklärte, abgründige Stelle, der wunde Punkt unserer Beziehung, dass ich ihn niemals beim Vornamen nenne.

Hans, sage ich, als könne ich damit jeder Entdeckung zuvorkommen. Als sei dies der Grund, warum er mich einem Verhör unterziehen müsse: Dass ich mich bisher gesträubt hatte, seinen Namen auszusprechen. Hans.

Ich merke, wie ich rot werde. Was ich da tue, ist eine unerlaubte Vermengung der Gesprächsebenen, ein billiger Versuch, unsere private Beziehung ins Feld zu führen, um mir einen Vorteil zu verschaffen. Eine Art Bestechungsversuch.

Ich sehe, dass es auch ihn verunsichert. Die Magie unseres Spiels mit den Rollen verflüchtigt sich und macht dem Gefühl einer unbeherrschbaren, uns beide voreinander entblößenden Peinlichkeit Platz.

Da!, sagt er und wirft ein Blatt auf den Tisch, das von einem meiner Notizblöcke gerissen ist.

Zum Glück nicht der Heisenberg, denke ich. Auf diesen Blöcken notiere ich nichts als Berechnungen und Zeichnungen.

Sieh dir das an, sagt er.

Es ist in kyrillischer Schrift mit Tintenstift beschrieben.

Das kann ich nicht lesen, sage ich.

Ich auch nicht, sagt er. Aber ich habe es übersetzen lassen. Es heißt wörtlich:

Vor dem großen Kasernentor bei den Scheinwerfern treffen wir uns wie beim letztenmal, liebe Marlene. Und so weiter und so weiter ... Wenn heute abend die Nebelmaschinen gehen, dann stehe ich bei den Scheinwerfern wie üblich, liebe Marlene.

Wer hat das übersetzt?, frage ich.

Wir haben Übersetzer für alle Feindsprachen beim SD, das kannst du mir glauben. Das ist kein Problem für uns. Dies ist übrigens ukrainisch.

Das ist Lili Marleen, sage ich. Jemand hat Lili Marleen ins Ukrainische übersetzt.

Mein Freund blickt auf das Blatt vor sich.

Aber die Nebelmaschinen ... sagt er.

Ich sage ihm die letzte Strophe auf:

Aus dem stillen Raume, aus der Erde Grund
hebt sich wie im Traume dein verliebter Mund.
Wenn sich die späten Nebel drehn
Werd ich bei der Laterne stehn,
wie einst Lili Marleen.

Leise, ungläubig, fällt er in den Text ein, bis wir im Duett sprechen. Es ist, als träte Lale Andersen durch die Wand. Wir sprechen mit ihrer Stimme. Es ist ein Beinah-Gesang. Kein Lied auf der Welt eignet sich so wie dieses dafür. Wie im Film klingt ganz leise, dann stärker werdend, noch einmal das Liebesmotiv in der Szene auf, ohne dass wir beide wissen, dass dies ein Abschied ist, das Finale unserer Nazizeitliebesgeschichte, die mit ihr zugrunde geht, zuschanden wird, ausgelöscht. Selbst die Erinnerung daran wird Schutt und Schande sein.

Wo kommt das her?, sagt er wieder mit seiner Stimme eines Unnachsichtigen. Woher hast du dieses Blatt? Wer hat es geschrieben?

Keine Ahnung, sage ich.

Ich weiß, dass jetzt nur noch Leugnen hilft. Aber auch das wird nichts helfen, das weiß ich auch. Jetzt, da sein Eifersuchtsverdacht entkräftet ist, bleibt der andere Verdacht, der schlimmere. Die Eifersucht hat ihn schwach gemacht, anfällig für meine kleinen Ablenkungsmanöver. Jetzt wird es ernst.

Jemand war bei dir im Teehaus, der da nicht hingehört, sagt er. Es wird Zeit, dass du mir die Wahrheit sagst.

Da war niemand, sage ich.

Und woher kommt das hier?

Ich weiß es nicht, sage ich.

Das Radio in deinem Zimmer, da war ein Feindsender eingestellt. Marlene, sagt er, sehr leise auf einmal, ich kann mir so etwas nicht leisten. Jeder hier weiß, dass ich ein privates Interesse an dir habe.

Hast du das?, sage ich.

Er antwortet nicht. Ich merke, dass ich ihm wirklich Kummer mache. Ich merke, wie ernst es ihm um den verlorenen Posten ist, den er hat.

Jeder hört Feindsender, sage ich. Wie soll man denn sonst erfahren, was wirklich los ist? Oder hat es sich bei euch noch nicht herumgesprochen, dass die Amerikaner an der Elbe sind?

Wir haben andere Quellen, sagt er.

Hoffentlich erfahrt ihr rechtzeitig, wenn sie hier sind, sage ich.

Darauf kannst du Gift nehmen. Und dann werden wir sie gebührend empfangen, sagt mein Freund. Aber im Augenblick haben wir andere Sorgen.

Andere Sorgen? Du meinst, dass ich eine Spionin bin.

Du verstehst mich nicht, sagt er. Es geht nicht darum, was ich glaube. Es geht darum, jeden Verdacht zu entkräften. Der Zweifel macht uns schwach. Ein Verräter wie Göring unter uns, das schadet mehr, als alle Feinde von außen uns anhaben können. Wenn wir treu und wahr und untadelig sind, dann sind wir unbesiegbar. Dann sind wir deutsch. Deutsch sein heißt wahrhaftig sein. Begreifst du das, Marlene? Kein Wenn und Aber. So sind wir. Kein doppeltes Spiel. Ganz treu. Ganz wahr. Ganz deutsch. Das ist unsere Geheimwaffe. Das macht uns so überlegen. Damit gewinnen wir. Ich sage, was ich jetzt sage, nur zu dir, aber: Wir haben nichts anderes mehr.

Er scheint darauf zu warten, dass ich ihm widerspreche. Ich widerspreche nicht.

Darum ist es jetzt so wichtig, fährt er fort, dass du mir die Wahrheit sagst. Jetzt, da alles, was uns heilig ist, unsere große Idee, in Gefahr ist, jetzt mehr denn je. Wir sind es, auf die es ankommt. Wer, wenn nicht wir, soll noch korrekt und anständig und verlässlich sein? Irgendetwas muss es doch immer noch geben, woran man sich halten kann. Darum bitte ich dich ... Ich bitte dich, Marlene ...

Seine Rede ist in ein heiseres Flüstern übergegangen. Es ist mehr ein Stammeln, ein Flehen.

Worum bittest du mich?, frage ich.

Die Wahrheit!, schreit er mich an.

Er schreit für die Männer im Nebenraum. Und für sich. Er hat sich darauf besonnen, dass es ein Verhör ist, das er mit mir führt.

Die Wahrheit ist, dass wir besiegt sind, sage ich. Dies alles wird doch nicht mehr wichtig sein, wenn die Amerikaner erst da sind.

Aha, sagt er. Sieh an, das Liebchen bereitet sich schon auf die Sieger vor.

Eine hässliche Grimasse entstellt sein Gesicht. Er möchte sarkastisch sein.

Wie alle Männer ist er, wenn er schwach ist, am gefährlichsten. Aber damals bin ich zu jung, um das zu verstehen. Ich begreife nicht, dass er mich lieber vernichten als dem Feind in die Hände fallen lassen will. Ich erkenne das Muster nicht, das uralt und so einfach wie grausam ist: Die letzte Kampfhandlung des sich besiegt gebenden Kriegers ist die Tötung der eigenen Frau, auf dass sie nicht den Siegern Kinder gebären kann. Es ist die Rückzugsstrategie der verbrannten Erde, der Geist, aus dem Hitlers letzte Befehle gegeben sind: Man hinterlasse den Siegern nichts, was noch brauchbar ist. Man zerstöre die Brücken, die Straßen, die Industrieanlagen, die Transportwege. Man hinterlasse dem Feind eine Zivilisationswüste.

Ich könnte dich, sagt mein SS-Geliebter, indem er in ein Flüstern fällt, das außerhalb des Raumes, in dem ich allein mit ihm bin, ganz gewiss nicht gehört werden kann, ich könnte dich, wie du weißt, erschießen lassen. Doch das tue ich nicht. O nein, mein Liebling. Solange ich es nicht will, wird dir kein Haar gekrümmt. Und ich will es nicht. Warum sollte ich es wollen? Ich liebe dich doch, das weißt du.

Ich hasse den Ton, in dem er mit mir spricht. Ich hasse ihn nicht deswegen, weil er mir Angst macht, sondern weil ich spüre, dass sein Sarkasmus ein angemaßter ist. Ich kenne meinen Geliebten besser, als ihm lieb sein kann. Trotzdem hat das, was er eben gesagt hat, nicht seine Wirkung auf mich verfehlt. Ich habe begriffen, wer – noch – an der Macht ist.

Aber wenn sich auch nur der geringste Verdacht politischer Unzuverlässigkeit bestätigt, dann kann ich nichts mehr für dich tun, fährt er fort. In diesem Fall zähl bitte nicht auf mich. Persönliche Gefühle werden nie meine Entscheidungen beeinflussen. Das weißt du. Man wird dich jetzt zum Mooslahner Kopf bringen, und dort wirst du bis auf weiteres unter strengem Hausarrest stehen. Und unter strenger Bewachung. Zweifle nicht daran. Niemand wird sich dir nähern, ohne entdeckt zu sein. Keinen einzigen Schritt mehr wirst du unbeobachtet tun, weder bei Tag noch bei Nacht. Denk daran!

Als ich zur Tür hinaus bin, von Bewachern flankiert, die mich zum Teehaus bringen sollen, bin ich versucht umzukehren und noch etwas zu sagen. Etwas Klärendes, Erlösendes, etwas Entscheidendes, das nicht gesagt worden ist zwischen uns. Ich weiß nicht, was es ist. Etwas, das dieses Alles-oder-Nichts-Spiel, dieses Pflicht-gegen-Liebe-Schema außer Kraft setzt, das ich in späteren Liebeskrächen meines Lebens wiedererkennen werde.

Stopp! möchte ich jedesmal sagen. Jetzt noch einmal von vorn. Das waren doch gar nicht wir. Eine Art nervöser Lachzwang stellt sich dabei ein, gegen den ich heftiger ankämpfen muss als gegen den Schrecken, der in der Erkenntnis liegt, wie nah das Missverständnis, die Empörung, der große Bruch die ganze Zeit neben der Liebe gewesen sind. Wie klein der Schritt, sie zu entfesseln. Wie unmittelbar auf einmal die Furie des Endes anwesend ist.

Sie lässt sich zurückrufen. Sie lässt sich überwältigen. In jeder Liebe ist sie ein an die Kette gelegtes Tier. Aber damals, als ich ihr zum ersten Mal begegne, weiß ich genau, dass es ernst ist. Dies ist der Schluss. Ich werde nicht umkehren. Ich werde nicht lachen. Ich werde nicht sagen: Aber das kannst du nicht ernst gemeint haben! Hast du vergessen, wie wir miteinander stehen? Bei diesem ersten Liebeszerwürfnis meines Lebens geht es tatsächlich um alles oder nichts. Es geht um Tod oder Leben. Darüber kann ich mich nicht hinwegtäuschen. Und dieser Lachzwang, den ich zu beherrschen versuche, während ich zwischen zwei Männern vom Sicherheitsdienst den Weg zum Mooslahner Kopf gehe, ist nichts anderes als der Ausdruck meiner Ratlosigkeit und Angst: Ich weiß nicht, wo Michail ist. Ich weiß nicht einmal, ob er noch lebt.

In dieser Nacht wacht Michail in seinem Versteck auf, dem engen Gang in dem Berg, aus dem er am Tag, als der Schnee kam, geflohen ist. Jetzt ist die Zeit, da der Schnee geht, und er ist wieder hier. Auf seinem Weg nach Korcziw ist er noch kein bisschen weiter gekommen.

Aber jetzt ist es soweit. Am Abend zuvor hat er die Botschaft empfangen. Sie kam mit der Luft, die durch ein spaltweit geöffnetes Fenster hereindrang. Der Winter ist vorbei, lautete sie. Zeit zu gehen.

Und plötzlich stand alles klar vor ihm. Es kam nur darauf an, den ersten Schritt zu tun. Er würde nach Korcziw zurückkehren, wer immer dort die neuen Herren sein würden, Russen, Amerikaner, Deutsche, für ihn war das alles gleich. Und seine Mutter konnte ihn ebenso gut verstecken wie das Mädchen hier.

Er glaubte ohnehin an kein anderes Leben für sich mehr als eins im Verborgenen. So würde es immer sein, glaubte er, so wie es jetzt war. Er hatte gelernt, wie man sich verbirgt. Wenn er etwas gelernt hatte, dann war es, unsichtbar zu sein. Lautlos. Jemand, von dem es keine Spuren gibt. Es war schon so, dass er erschrak, wenn er seinen Schatten sah oder sein Spiegelbild. Er würde sich nicht wundern, wenn da nichts wäre. Nicht von ihm. Wenn irgendjemand es schaffen konnte, bis nach Korcziw durchzukommen, dann er. Sie suchten ja nicht einmal mehr nach ihm. Trotzdem durfte man ihn nicht finden. Das wusste er.

Er war inzwischen so eins mit seiner Verborgenheit, ihr so anverwandelt, dass er nicht glauben konnte, es würde sich für ihn etwas ändern, wenn die Amerikaner kämen, um ihn zu befreien. Die Amerikaner waren auch Herren, oder waren sie das etwa nicht? Auch sie würden von ihm wissen wollen, wer er eigentlich sei.

Wer war er eigentlich? Der einzige Ort, an dem das entschieden werden konnte, war Korcziw. Und vielleicht war ja der Hund noch da. Vielleicht hatte er gewartet. Bestimmt hatte er das.

Er sog die Luft ein, die von draußen kam. Knospen. Erde. Gras. Wann?, dachte er. Und indem er es sich fragte, kannte er die Antwort schon: Jetzt. Sofort.

Sollte er nicht auf das Mädchen warten? Auf das, was sie ihm zu essen bringen würde? Er würde Kraft brauchen. Von jetzt an würde er nur von Gestohlenem leben. (Er wusste nicht, dass es in Deutschland nicht mehr viel zu stehlen gab.) Doch dann entschloss er sich, gleich zu gehen. Die Dunkelheit war günstig für sein Vorhaben. In der Küche gab es noch etwas Brot. Er steckte es ein. Dann zog er einen Damenwollpullover an, einen blauen mit Zopfmuster, ohne zu ahnen, dass er der Geliebten Hitlers gehört hatte, schlüpfte in seine graue Drillichjacke mit dem Sonnenblumenkranz auf der Brust und verließ das Haus.

Er war lange genug ein Gefangener gewesen, um zu wissen, dass ihm jetzt nur äußerste Vorsicht half. Er schlug sich gleich in die Büsche, suchte Deckung, verbarg sich, so gut es ging. Aber dann sah er sie. Er hatte nicht damit gerechnet, dass sie auf ihn gewartet hatten, jederzeit bereit, ihn einzufangen, sobald er das Haus verließ. Es waren nicht nur zwei Männer, sondern genügend, um eine Treibjagd auf ihn zu veranstalten, sechs oder sieben, die sich dem Haus am Hang über den Fußweg näherten. Michail drückte sich an die Erde. Er konnte da, wo er lag, die Erschütterung des Bodens von ihren Schritten spüren, ein Erzittern, das von seinem eigenen Zittern nicht zu unterscheiden war. Er wünschte sich, ganz im Boden verschwinden zu können, mit ihm eins zu werden, nichts als eine Stelle, wo sie ihre Stiefel aufsetzen würden, ohne zu spüren, dass da ein Herz schlug, ein Atem ging.

Und da wusste er plötzlich, wohin er sich einzig retten konnte, und als sie an ihm vorbei waren, kroch er zum Eingang des Stollens, aus dem er ein halbes Jahr zuvor gekommen war, der hinter Farn und Ranken verborgenen Stelle, die nur er kannte, und er verbarg sich darin.

Den ganzen folgenden Tag hatte er dort wartend und Ausschau haltend verbracht, wohl wissend, dass er sein Versteck nur bei Dunkelheit verlassen konnte. Er hatte das unruhige Treiben der Wachen an diesem Tag beobachtet. Er spürte den Grad der Alarmiertheit, in dem sie sich befanden. Er glaubte nichts anderes, als dass es um ihn ging. Dass seine Flucht bemerkt worden sei. Er hält es für möglich, dass das Mädchen ihn verraten hat. Seit er weiß, dass sie die Hure der deutschen Aufseher ist, hat er einen Rest von Misstrauen gegen sie behalten. Er ist ein Mann, und er ist überzeugt, dass die Frauen den Männern untertan sind, denen sie gehören. Auf Verlangen flüstern sie ihnen jedes Geheimnis zu.

Er friert. Manchmal schläft er für kurze Zeit. Schon am frühen Morgen hat er sein Brot aufgegessen. Jetzt, in der zweiten Nacht, ist es der Hunger, der ihm keine Ruhe lässt. Er denkt an den kalten Braten, den sie ihm oft mitgebracht hat. An die Eier, die sie ihm nachts manchmal brät. Er sagt sich, dass er noch einmal ordentlich essen muss, wenn er bis Korcziw durchhalten will. Außerdem ist es entsetzlich kalt. Und er verlässt seine Höhle kurz vor Mitternacht.

Es scheint ihm alles ruhig. Er weiß, dass die Wachen um die Zeit gewöhnlich schon da gewesen sind. Er sieht, als er sich nähert, das Licht im Haus, klopft an ein Fenster, hört ein Geräusch hinter sich und sieht, dass er umringt ist. Sie haben ihn.

Gleich darauf kommt sie dazu. Lasst ihn los, schreit sie. Und dann hört er sie sagen: Den kenne ich nicht. Ich weiß nicht, wer das ist.

So hat er es sich immer vorgestellt, wenn sie ihn verrät. Frauen. Jedem, der sie hat, flüstern sie jedes Geheimnis zu.

Sie bringen ihn in die Kaserne in eine Arrestzelle. Immerhin ist es bei ihnen warm, und am Morgen geben sie ihm ein Frühstück. Es ist ihm schon schlechter gegangen. Wenn sie ihn nicht erschießen, will er zufrieden sein. Aber das ist es, was sie tun werden, vermutet er.

Die meiste Zeit sieht er hinter geschlossenen Augen Gerstenfelder, an den Grenzen Holunder und Haselstrauch. Er stellt sich vor, wie die Halme von jagenden Hunden durchpflügt werden. Er folgt ihm mit dem Blick, dem Wellenspiel der Jagd im Korn, einem mutwilligen Muster, immer wieder ausgelöscht und immer wieder neu sich erschaffend. Er hört das helle Geläut der jagenden Hunde im Ährenfeld.

Dann aber ist es auf einmal das Gebell wirklicher Hunde, das ihn weckt. Alles um ihn ist sehr laut, sehr aufgeregt, wie es scheint. Die Tür zu seiner Zelle wird aufgerissen, Befehle meinen ihn. Er steht auf, folgt den Wachen. Doch er spürt genau, dass es ihnen um sich selber geht, nicht um ihn. »Akute Luftgefahr.« Auch er weiß, was das bedeutet.

Sie laufen über den Kasernenhof auf einen der Bunkereingänge zu. Von allen Seiten strömen SS-Männer herbei. Jeder will jeden anderen überholen. Und Michail begreift, dass sie Angst haben.

Das ist es, diese Entdeckung, blitzartig, neu, die ihn mitten im Lauf wie eine Offenbarung trifft – SS-Männer haben Angst – , was ihm plötzlich den Mut zur List eingibt, den Mut des Hasen im Ährenfeld, der die Meute durch Hakenschlagen täuscht, und während die ersten Flieger schon über ihnen sind, erkennt Michail seine Chance und biegt kurz vor dem Bunkertor in eine Gasse zwischen zwei Garagengebäuden ab.

Er drückt sich an die Wand und sieht, zurückblickend, dass ihm niemand folgt, hört über sich den gewaltigen Lärm der Motoren, das Pfeifen, das Heulen, die Stöße der Flakfeuer. Jetzt erst, viel zu spät, breitet sich der ätzende, scharfe, künstliche Nebel von den am Rande der Straße aufgestellten Nebelwerfern aus, und er rennt da hinein, um sich zu verbergen. Dabei ist inzwischen niemand mehr über der Erde, dem am eigenen Leben liegt. Längst haben sich die gewaltigen stählernen Tore der Bunker geschlossen. Wer jetzt noch oben ist, ist verloren. Und Michail rennt weiter, hustend und atemlos. Er weiß, wohin er will, und als ihn die erste Druckwelle zu Boden wirft, zwingt er sich sofort wieder aufzustehen und weiterzulaufen.

Dieser Angriff gilt ihm nicht. Ihn werden sie nicht kriegen. Er wird jetzt endlich nach Hause zurücklaufen. Niemand kann ihn aufhalten. Er ist auf seinem Weg.

Und als er merkt, dass sich die Flieger am Himmel wieder entfernt haben, als er nur noch das Prasseln der Brände vom Berghof her hört, weiß er, dass er es schaffen wird, diesmal oder nie. Er wird längst außerhalb des Sperrgebiets sein, wenn die Männer aus den Bunkern steigen. Sollen sie nach ihm suchen. Diesmal werden sie ihn nicht wieder einfangen. Lieber will er tot als noch einmal ihr Gefangener sein, noch einmal hinab müssen in ihre tiefen Stollen, ihre Welt ohne Tageslicht, die abscheuliche, enge, finstere Welt ihres Bergs – aber dann sieht er das Mädchen, wie sie den Weg vom Teehaus her gerannt kommt, und er hört, wie die zweite Angriffswelle im Anflug ist.

Einen Augenblick innehaltend, sieht er, was über die Gipfel herankommt. Als hätten sich die Bergriesen eben erhoben und sendeten ihre Geschosse ab. Der Horizont wirft sie aus, neue und immer neue Salven von Flugzeugen. Wie ein Pfeilhagel stürzen sie auf Hitlers Berg zu. Sie werden ihn treffen, vernichten, sie werden von ihm nichts übrig lassen, das erkennt Michail. Niemand wird das überleben, der jetzt nicht im Schutz der Bunkeranlagen ist.

Und er läuft auf das Mädchen zu. Als er fast bei ihr ist, erfasst die erste Druckwelle sie und ihn. Sie fallen voreinander auf das Gesicht, als sei ein großer Gott auf einmal zwischen sie herniedergefahren, ein Gott, vor dem sie sich zuckend in den Staub beugen.

Michail richtet sich als erster wieder auf. Beide bluten sie aus Nasen, Augen und Ohren. Sie spüren es nicht. Und er nimmt sie und zieht sie mit sich an der Böschung hoch. Er kennt hier jeden kleinen Vorsprung, jeden Wurzelstock, an dem die Hand sich festklammern kann. Er ruft ihr kurze Befehle in seiner Sprache zu. Und sie versteht ihn. Es gibt keine Sprachen mehr. Es gibt nur noch das wahnsinnige Brüllen des Berges. Sein Beben. Sein Aufbäumen. Und die Finsternis, in die er sich hüllt. Die Finsternis eines klaren sonnigen Aprilvormittags. Eine aus Asche, Rauch, zerstobenen Erdfontänen und künstlichen Nebeln gebildete Finsternis, durch Feuerbrände erhellt, die da und dort aufschießen, um erst nach einigen Minuten die grandiose Pracht lodernder, sieghafter Feuersbrunst zu entfalten, die nichts von dem, was sie befällt, zurücklassen wird.

Lange, lange nachdem die Bomber abgedreht sind, senken sich die Partikel aus der Luft ab. Sie treiben im Frühlingswind, spielen um die verkohlten Baumstrünke herum, tanzen über der Hitze der Glutherde hier und da und legen sich am Ende als ein weißgraues, pudriges Leichentuch auf den Berg. Erst dann tritt zutage, was geschehen ist.

Vor ein paar Jahren verbrachte ich meinen Urlaub in Bayrischzell. Ich hatte eine Berghütte für mich gemietet, die auf dem Terrain eines Sanatoriums lag. Ein kleines Häuschen für mich allein und doch ganz in der Nähe des Haupthauses, wo ich Gesellschaft, vorzügliche Küche und ärztliche Betreuung haben sollte. Ein idealer Ort für mich, um allein und doch nicht allein zu sein, unabhängig und doch versorgt.

Ich fuhr bei strahlendem Sonnenschein, guter Stimmung und mit einem Koffer voller Sommerkleider zu Hause ab. Es war im Mai.

Als ich in Bayrischzell eintraf, kam gleichzeitig mit mir eine Nebelwand an und blieb, als hätte sie sich mit mir dort verabredet. Es war empfindlich kühl, die elektrischen Heizstrahler in der Hütte entweder unangenehm warm oder nicht warm genug. Immer ließen sie einen die Kälte mitfühlen, die auf einen lauerte, sobald man sich aus ihrem Wirkungsbereich begab.

Ich hatte nicht mit der Stille gerechnet, die mich umfing. Ist es wahr, dass der Nebel Geräusche verschluckt, oder bildet man sich das ein? Das Einzige, was ich hörte, wenn ich hinaushorchte, war das feine Rieseln, mit dem er unaufhörlich und grau von den Bäumen troff. Und man horcht hinaus, wenn man nichts sehen kann. Irgendwo muss man die Welt vermuten, die sich nicht zeigen will. Irgendwo muss das verdammte Leben geblieben sein. Nebel. In einem dieser Horrorfilme kommt das Böse in einer Nebelwand. Sie kommt über das Meer. Man sieht sie herannahen, direkt auf sich zu. Es gibt kein Entkommen vor ihr. Sobald sie einen erreicht hat, ist der Teufel los.

Ich hatte Tag für Tag Asthmaanfälle. Der Arzt konnte mir nicht helfen. Ich erzählte ihm von meiner Angst. Ja, ich sprach von dem beschämendsten aller Leiden, das mich befallen hatte. Ich sagte ihm, dass ich einsam sei, dass ich es nicht ertrüge, mir vorzustellen, dass mich niemand hörte, wenn ich schrie.

Warum wollen Sie denn schreien?, fragte er. Tut Ihnen etwas weh?

Nein, sagte ich.

Tatsächlich war es so, dass ich Angst hatte, zu sterben und dabei allein zu sein. Sicher ist es das, was alle Patienten ihrem Arzt irgendwann anvertrauen. Und sicher hat jeder Arzt sein kleines Patentrezept gegen diese Mutter aller Beschwerden, mit denen man zu ihm kommt. Aber das Mittel, das er mir verschrieb, half mir nicht.

Vielleicht hätte ein Umzug in eins der Zimmer im Haupthaus mir geholfen. Die Hütte, die mit dem Rücken in einem Wald hoher Fichten stand und nach vorne den gepriesenen

Blick ins Tal bot, der nun verhangen war, hatte erst nach und nach all ihre Schrecken für mich entfaltet. Ich traute mich nicht, das Licht anzumachen, weil ich nicht sicher sein konnte, ob man mich nicht von außen sah. Manchmal glaubte ich Schritte ums Haus herum zu hören. Mir war, als sei da jemand, der mich beobachtete. Jemand, der sich immer öfter, immer ausschließlicher mit mir beschäftigte. Wenn ich die Haustür aufmachte, glaubte ich zu hören, wie sich die Schritte rasch in Richtung Waldrand entfernten. Wenn ich zurückkam, musste ich all meinen Mut zusammennehmen, um die Hütte zu betreten, wo mich eine Dunkelheit empfing, die sich vor mir in die Ecken des Raumes zurückzog, aber dort nisten blieb.

Ich reiste vorzeitig ab, doch obwohl mich schon kurz hinter Bayrischzell ein sonniger Frühsommer in Empfang nahm, wich der Druck nicht von mir, und selbst als ich die vertraute Eingangsdiele meines eigenen Hauses betrat, saß dort etwas von der Dunkelheit in den Ecken, vor der ich geflohen war, und eine lauernde Stille empfing mich, in der die Geräusche meiner Anwesenheit wie etwas Fremdes und Unerwünschtes hallten, als habe sich während der Zeit, in der ich abwesend war, eine sieghafte Leere bei mir breit gemacht, die nicht ohne weiteres bereit war, sich jetzt zurückzuziehen. Sie hatte immer schon dort gewohnt. Sie betrachtete das Haus ohne Rücksicht auf mich als ihr Eigentum.

Mehrere Monate später erst ließ ich die Fotos entwickeln, die ich gemacht hatte. Sie waren an einem der wenigen Tage entstanden, als der Nebel nicht etwa riss, sondern sich etwas lichtete. Ein seltsam schwimmendes Licht hatte mich bewogen zu fotografieren, milchige Schwaden, die die Konturen der Dinge umspielten und sie gleichzeitig plastisch machten und verschleierten.

Ich erschrak, als ich die Bilder sah. Einen Augenblick lang kam es mir vor, als habe sich jemand einen schlechten Scherz mit mir erlaubt und mir lange vergessene Bilder meines Lebens zugespielt. Was ich sah, war die Welt nach ihrer Zerstörung: eine weißgraue Geisterwelt. Baumfragmente, die in ein gespenstisches Nichts hineinragten. Einsame, verlassene Zeugen einer Auslöschung, die nicht einmal die Erinnerung an sie übrig lassen will. Die erahnbaren Umrisse eines Hauses, das wie sein eigenes Mahnmal in einem toten Wald stehen geblieben ist. Ein Haus, das ich nie wieder im Leben betreten will.

Ich erkannte die Urbilder eines Schreckens, der mich immer begleitet hat. In Schach gehalten. Verdrängt. In die dunklen Winkel meiner Behausungen verbannt. Aber immer gegenwärtig. Immer da.

Es sind die Vögel, die sich als erste wieder dem Leben zurückmelden. Immer sind es die Vögel. Nach Sintfluten. Nach Sonnenfinsternissen. Nach Vulkanausbrüchen. Erdbeben. Dies ist der Frühling, dies ist der Frühling, dies ist der Frühling, behaupten sie. Testfälle auf den herzlosen Fortgang des Lebens, seinen erinnerungslosen Triumph.

Da draußen muss also noch etwas sein. Mir kommt es vor, als ob wir uns mehrere Stunden lang nicht gerührt hätten. Als ich zum Höhlenausgang krieche, steht die Sonne mittäglich hoch am Himmel, aber glutrot verschleiert wie über abendlichem Horizont. Die Welt ist in dichten gelblichen Rauch gehüllt, der sich, je näher am Boden, desto undurchdringlicher verstärkt. Da und dort ragen zerfetzte Fichten wie im Nebel aus ihm empor. Von ferne hört man das Fauchen und Prasseln der Brände. Aber nah hat diese Amsel sich auf einem Haselstrauch niedergelassen und singt und singt. Die Welt zu Füßen der Höhle, in der wir liegen, ist unversehrt. Nur fällt in gelblichen Schneeflocken Asche auf sie herab, legt sich fahl auf das Grün. Zitzit, singt die Amsel. Sie kann nicht anders, seit die Sonne sie durch den Dunst hindurch wieder trifft.

Ich lasse mich auf den Weg hinab. Michail folgt mir. Ich bin davon überzeugt, dass wir die einzigen Überlebenden sind. Es ist kurz vor zwei. Manchmal muss ich stehen bleiben, wenn der Hustenreiz zu stark wird. Wenn ich Michail anschaue, sehe ich, welchen Anblick ich selbst biete, blutverkrustet, schwarz wie Bergleute, die unter Tage gewesen sind. Nein, wie schon Begrabene, die wieder auferstanden sind. Ich weiß noch nicht, dass ich bald sehen werde, wie sich die Erde öffnet und Scharen von Auferstandenen entlässt, schwankende, bleiche Gestalten, die aussehen wie ich: Night of the Living Dead.

Noch kann ich den Weg erkennen, den ich oft schon gegangen bin. Dann verlieren wir uns in der neuen Wüste, die entstanden ist.

Es ist entsetzlich still, und mitten in dieser Stille zerbirst plötzlich etwas. Etwas ächzt. Etwas knallt. Etwas stürzt prasselnd zu Boden. Mit einem höllischen Zischen schießt ein Brand neu auf. Scherben klirren. Es sind die Geräusche der Unterwelt, die wir hören. Unsere menschlichen Ohren werden davon gefoltert. Sie ertragen es nicht. Sie ertragen es so wenig wie unsere Augen das, was sie sehen.

Wir bewegen uns durch die Zerstörung wie durch unseren Traum davon, nicht wirklich überrascht, mit einer rätselhaften gewissen Vertrautheit angesichts des Grässlichen, die inmitten der Trümmer, der umherliegenden Betonfragmente, verbogenen Stahlträger, zerborstenen Ziegel und Glasscherben, herausgerissenen Panzertüren, zerfetzten Stromleitungen, angesengten Stofffetzen, Autoteilen, angekohlten Dachbalken und Türstürzen, inmitten all dieser unermesslichen Zerstörung das Wissen um unsere eigene Unversehrtheit einschließt. Hier sind wir, an einem Ort des Schreckens ausgesetzt, wie es Träumende sind, Durchgangsreisende durch die Hölle, so als brauchten wir nur aufzuwachen, um uns wieder in der heilen Obersalzbergwelt zu finden, der eigentlichen, vertrauten, deren Wesensmerkmal ihre Unzerstörbarkeit ist.

In einem Bombentrichter, wie sie so zahlreich in der Straße zum Hintereck sind, dass sie sich oft berühren und überschneiden, sehe ich ein zum Klumpen zusammengepresstes Auto liegen, an dem ich den Mercedesstern noch erkennen kann. Während ich mich am Rand des Trichters bewege, liegt es so tief unter mir, dass es einem gigantischen Zauberkunststück gleicht. Als habe ein Riese gewettet, dass er es in seiner Faust verschwinden lassen kann, einfach so, und lasse jetzt sehen, was davon übrig geblieben ist.

Die Trichter zwingen uns zu gefährlichen Manövern. Wir halten uns an Eisenstangen fest, klettern über schwankende, schräg aufliegende Betonplatten, deren Schwerpunkt nicht auszumachen ist. Noch glauben wir, dass wir die letzten Menschen sind. Wir sind vollkommen furchtlos wie sie. Prinzipiell unverletzlich wie in unseren Albträumen.

Auf der Höhe des Gasthauses zum Türken müssen wir einen dichten Teppich von Glassplittern überqueren. Das Gasthaus zum Türken gibt es nicht mehr. Auch nicht die Geschäftsstelle des Reichssicherheitsdiensts, die hier gewesen ist, seitdem sie den Türkenwirt fortgejagt haben. Es gibt keinen SD mehr. Keine Geschäftsstelle. Keine Büros. Keine Panzerschränke, keine Telefonanlage, keine Schreib- und Dechiffriermaschinen mehr. Keine Karteien mit den Daten Verdächtiger. All das ist zerfetzt, verbrannt, verwüstet. Die leichteren Partikel schneien noch immer auf uns herab. Die schweren versperren uns den Weg, vermischen sich mit Glassplittern, die vom Gewächshaus oberhalb der anderen Straßenseite stammen, jetzt nur noch ein Gewirr von Eisenverstrebungen, ein wüstes Gestänge, durch das wir uns an den nächsten Tagen hindurchzwängen, in das wir eindringen werden, ohne Rücksicht darauf, dass wir uns an Splittern verwunden, an scharfen Kanten, an lose herabhängenden Metallträgern entlangstreifen, die, wenn sie aus ihrer Position gebracht werden, das ganze labile Gewirr wie ein Kartenhaus zum Einsturz bringen können, nur um die letzten Stangen Lauch, die letzten Blumenkohlköpfe an uns zu bringen. Denn auf die Zerstörung folgt der Hunger, die Gier, die Verwilderung. Das letzte Gemüse in Hitlers Gewächshäusern, von Schutt und Staub bedeckt, hält sich nicht mehr lange. Trotzdem werden wir wild darauf sein, nicht allein, weil wir hungrig sind, sondern auch weil der Geist des Plünderns in uns fahren wird.

Weiter oberhalb der Straße, wo die Kaserne stand, steigt schwarzer Rauch in den Himmel. Das Kindergartenhaus, das Haus der Verwaltung, es gibt sie nicht mehr. Wir versuchen die Straße zum Berghof hinaufzukommen. Sie ist von Bombentrichtern durchsetzt.

Was noch steht, ist der Berghof. Sein rechter Flügel ist zerstört, aber das Haupthaus und der Nordosttrakt sind noch da. Die Fensterhöhlen sind glaslos, schwarz. Die Fensterläden hängen schräg in ihren Angeln. Das Dach des Haupthauses sitzt ihm wie ein schiefer Hut auf, das des nordöstlichen Flügels hängt zerfetzt herab. Das große Panoramafenster, der Stolz des Hausbesitzers, die Geste, mit der er sich zur Außenwelt hin geöffnet hat und kundgetan, dass er sie als sein ganz spezielles Eigentum betrachtet, ist schwarz und leer wie ein zum Schrei geöffneter Mund, zahnlos. Das Gesicht des Hauses ist das eines betrunkenen Narren, eines, der mitten in einer großsprecherischen Nummer gestorben ist, ohne dass er den schlechten Witz, den er gerade zum Besten geben will, zu Ende erzählen kann.

Zu Füßen der Treppe sehe ich den ersten Überlebenden. Er steht mit hängenden Armen davor und blickt ins Tal hinab. Ich erkenne den Verwaltungsführer des Obersalzbergs Schenk, ihn, der für alle Maßnahmen, die Bormann befahl, verantwortlich war, die Baumaßnahmen, die Bunker … Sein Gummimantel ist zerrissen, sein Gesichtsausdruck starr. Ich gebe meine Absicht auf, ihn zu begrüßen, wie man sich unter Schiffbrüchigen begrüßt. Sieh an, ein Mensch. Noch einer unter uns.

Ich werde ihn nie wieder sehen. Vielleicht war er auch nur eine Halluzination von mir.

Doch was ich jetzt sehe, muss wirklich sein, obwohl es alle Merkmale einer Vision an sich trägt. Die Gräber gehen auf. Die Toten treten aus ihnen hervor, schwankend, blind, beide Hände vorgestreckt, wie es Blinde tun, ihre Gesichter erhoben, dahin gewendet, wo sich die Sonne immer noch hinter einem zartroten Schleier verhüllt, ein unzeitiges Abendrot, apokalyptisch wie eine Sonnenfinsternis, etwas, das den gewohnten kosmischen Ablauf in Frage stellt. Es ist gegen halb drei.

Sie scheinen mich nicht zu sehen, während sie wie in einer Prozession an mir vorüberziehen. Doch ich erkenne sie. Ich sehe das Hausverwalterpaar, die Küchenmädchen, die Chauffeure, Hitlers Sekretärinnen Christa Schroeder und Johanna Wolf, die vor einigen Tagen aus Berlin zu uns gekommen sind. Ich sehe Hertha Schneider mit dem kleineren ihrer Mädchen auf dem Arm. Das andere hält sie an der Hand. Auch die Kinder sind still wie Engel, als sie ans Tageslicht treten.

Ich sehe, dass sie alle wie das Modell zu ihren eigenen Grabfiguren aussehen. Da ist diese Mutter mit den beiden Engelchen. So, verstehe ich, würde man sie in Stein meißeln müssen. Dies ist die Gestalt gewordene Idee ihrer Existenz.

Im Moment ihres Heraustretens aus der Erde werden sie alle in Salzsäulen verwandelt. Die Verwüstung tritt wie eine göttliche Erscheinung vor ihr Angesicht, gibt sich zu erkennen, machtvoll und fürchterlich. Sie schlägt sie mit ihrem Anblick. Ein für alle Mal beweist sie ihnen, wer sie sind. Geschlagene.

In dem Albtraum meines Lebens, in dem ich gleichzeitig anwesend bin und mich sehen kann, weiß ich, dass ich selber eine von ihnen bin.

Für niemanden gibt es eine Chance zu entgehen. Sie treten heraus, und sie sehen es. Stumm und bleich, mit marionettenhaften Bewegungen, zeitlupenartig verzögert, schreiten sie an mir vorbei. Es gibt keine Begrüßung, kein Sichwiederfinden. Wir sind einander gleichgültige Fremde geworden. Ein jeder findet sich allein auf diesem neuen Wüstenplaneten ausgesetzt. Es gibt keine Worte für das, was wir sehen, keine Verständigung darüber. Der einzige menschliche Laut ist das trockene Husten, das alle befällt, die aus dem Tor treten, tief atmend, nachdem sie die achtzig Stufen ans Licht gestiegen sind, und dann dieses Gemisch aus Ruß und Staub und Rauch in ihre Lungen einziehend, das noch immer die Luft ist, die uns umgibt.

Langsam gliedern sich die Menschen ins Bild der Verwüstung ein, verteilen sich darin, ohne es zu beleben. Und langsam kann man auch Stimmen hören, einen anschwellenden Chor der Verstörung und Fassungslosigkeit, in dem das wütende Schreien der Kinder dominiert, fordernd, anklagend, mit aller Entschiedenheit protestierend gegen das, was sie sehen. Dann die Kommandos von Männerstimmen. Die Signale der Löschfahrzeuge, die wegen der zerstörten Straßen nicht an die Brandherde herankommen. Irgendwo am Berg muss es noch eine Sirene geben, die plötzlich heult und heult und heult. Etwas von dem erinnerungslosen Eifer der Vögel ist darin. Etwas von ihrer Erschütterungsresistenz.

Ich habe meine Verwandten noch nicht gesehen.

Ich frage nach ihnen. Man sieht mich kaum an, zuckt die Schultern. Jeder von denen, die wieder ans Licht gekommen sind, sucht etwas. Ein großes verwirrtes Suchen hat eingesetzt. Ein Hin und Her, das dem Treiben der Rußpartikel in dem leichten Frühlingswind gleicht, der die Brände schürt. Noch sind die Blicke leer. Noch sind die meisten von uns nicht ansprechbar.

Auch ich bin Teil dieses gegenstandslosen Treibens, in dem sich unsere Hilflosigkeit kundtut. Wenn es Verletzte gäbe, wüssten wir vielleicht, was zu tun wäre. Aber es gibt nur Geschlagene unter uns, nur solche, die nicht im geringsten wissen, was als nächstes geschehen soll.

Durch eine der Terrassentüren betrete ich mit anderen das Hitlerhaus. Es ist gefährlich, was wir tun, doch keiner von uns denkt an die Einsturzgefahr. Ich will die Treppe hinauf. Ich will nachsehen, ob Gretl in ihrem Zimmer ist. Wo sonst soll ich nach ihr sehen? Ich kenne nichts als die alten betretenen Pfade in dieser neuen ungewissen Welt. Über Schuttschichten und umgestürzte Möbel bahne ich mir einen Weg.

Vor dem Treppenaufgang steht einer der Uniformierten, auch sie sind wieder da.

Hier dürfen Sie nicht rauf, sagt er.

In diesem Moment fällt mir ein, dass ich mich von Michail getrennt habe. Im Schneetreiben der Verwirrung habe ich ihn verloren. Gleichzeitig weiß ich, dass ich nicht mehr verantwortlich für ihn bin. Nie mehr. Ab jetzt sind wir alle vogelfrei, jeder für sich ein eigenes Überlebenssystem. Es gibt keine geschützten Zonen, keine Zuflucht mehr an diesem Berg. Unsere Feinde sind gekommen. Ich habe sie herbeigewünscht, ohne zu wissen, wie es sein würde, wenn sie uns fänden.

So. So sollte es sein. Sie hatten uns gefunden. Und zum ersten Mal fühle ich die Erleichterung. Ich bin noch nicht befreit. O nein, das bin ich noch lange nicht. Und vielleicht werde ich es nie ganz sein. Aber ich weiß auf einmal, dass nichts so ist, wie es war, und nie wieder so sein wird, und mir wird davon ganz schwindlig, ich fühle mich leicht, so leicht, als sei dies nicht mehr mein Leib, als sei er durch die Feuer gegangen, als sei dies nichts, als was danach von ihm übrig bleibt, eine weiße, papierflockenleichte Hülle, die über den Boden treibt, hinfällig und zart, kaum wahrnehmbar, möglicherweise ganz unsichtbar wie die Toten, an denen wir uns nicht stoßen, wenn sie uns im Wege stehen.

Und wie ich sehe, dass wir durcheinander hindurchblicken, dass sich jeder von uns fortbewegt, als sei er alleine da, und nur leicht irritiert ist, wenn da noch andere sind, und danach unbeirrbar den eigenen Weg verfolgt, dieses gegenstandslose, von keiner vernünftigen Hoffnung getragene Suchen fortsetzt, bin ich plötzlich nicht mehr sicher, ob wir noch Lebendige sind oder ob diese Heraufkunft aus der Erde nichts anderes als die Ankunft der Toten im Reich des Todes war, der farblosen, zerstörten, fratzenhaften Gegenwelt, in der wir sind. Und etwas von dieser Leichtigkeit des Nichtmehrseins wird mir bleiben, dieses Gefühl, nicht leibhaftig da zu sein, wo ich bin, unsichtbar wie die Toten, leicht und dazu begabt, durch Wände hindurchzugehen. Ein wundersamer, ganz neuer Schutz.

Vielleicht ist Michail auf die Weise auch unsichtbar, auch geschützt. Ich mache mir jedenfalls keine Gedanken mehr um ihn. Er bleibt von dieser Stunde an verschwunden. Er ist geübt im Nichtvorhandensein, das weiß ich. Ich werde ihn nur noch ein einziges Mal treffen. An einem anderen Ort.

Hier dürfen Sie nicht rauf, sagt der Uniformierte.

Seine Uniform, sein Haar, sein Gesicht sind grau.

Ich suche meine Verwandten, sage ich.

Gehen Sie raus, sagt er. Hier ist alles gesperrt.

In der großen Halle sehe ich Leute, die die Bilder hinaustragen, Lampen, Kerzenleuchter, Vasen … Ich wundere mich, dass irgendwelche ordnenden Kräfte so rasch wieder arbeiten. Ich habe noch keine Erfahrung damit, welche anderen Kräfte das Chaos gebiert und wie rasch sie zu Werke gehen. Ich kann mir die Entrüstung der beiden Sekretärinnen Hitlers, die das beobachten, darum nicht erklären.

Wissen Sie, wo meine Verwandten sind?, frage ich sie.

Und ich erfahre, dass sie im Bunker geblieben sind, weil man bei Gretl eine Frühgeburt befürchten muss.

Vorläufig genügt es mir, dass sie noch am Leben sind. Ich will jetzt zuerst wissen, ob das Teehaus noch steht.

1999. Ein Spätnachmittag im April. Schmutzige Schneereste. Noch ist die Straße zum Kehlsteinhaus nicht frei. Noch sind die Wiesen braun. Die Buchen nicht ausgeschlagen. Nicht einmal Anemonen und Leberblümchen blühen. Dazu ist es zu früh. Noch hält die Natur sich zurück. Doch wenige warme Tage, und die Wiesen werden voller Blüten stehen. Bis dahin wird der April hier der graueste Monat sein. Ein Monat voller Vergangenheit, voller Trauer, voller Wut. Voller Erinnerung.

Ich suche einen Weg, wo keiner ist. Zwischen jungstämmigen Buchen, Lärchen und jungen Tannen versuche ich, mich rechts zu halten. Ich orientiere mich, indem ich mich immer wieder zum Türkenhaus umblicke und mir rechts davon den Berghof vorstelle, den es nicht mehr gibt.

Der Boden ist uneben, manchmal morastig. Unter dem Grassoden rieseln die Schmelzwasser zu Tal, sammeln sich in kleinen Senken, die ich meiden muss. Dies ist kein Spaziergang für eine alte Frau.

Es soll auch keiner sein. Ich erkenne die Stelle, wo das Bormann-Haus stand. Eine geebnete Fläche, sonst nichts. Kein Stein, keine Andeutung von Fundament. Nichts als dass der Berg selber etwas zu vertuschen scheint, eine Jahrtausende alte Spur menschlicher Einwirkung, schon wieder ganz Natur, weniger in die Augen fallend als ein keltisches Oppidum, ein Ringwall, die längst zu einem Bestandteil natürlicher Topographie geworden sind. Und doch, da war etwas. Etwas, das diese terrassenähnliche Fläche in den Hügel gepresst haben muss. Aber ich irre mich vielleicht auch.

Wenn es die Stelle ist, wo das Bormannhaus gestanden hat, muss ich mich weiter links halten. Doch da ist es zu steil für mich. Ich habe Angst, dass ich falle. Ich weiß, dass es eine Altfrauenangst ist zu fallen. Es ist mir bewusst, dass ich bis vor wenigen Jahren ganz frei davon war. Aber wenn mir mein Körper so deutlich mitteilt, was er fürchtet, warum sollte ich nicht auf ihn hören?

Ich kämpfe mich wieder zur Asphaltstraße zurück. Von da aus versuche ich es noch einmal, diesmal etwas weiter unten. Bald finde ich mich zwischen mannshohem Ginster und vorjährigem Farn unterhalb einer Böschung, und ich weiß, dass ich auf dem richtigen Weg bin, obwohl dies keiner, schon lange keiner mehr ist. Ich sehe die Kuppe des Mooslahner Kopfs vor mir und halte darauf zu. Rechts davon muss das Teehaus stehen. Ich habe keine Angst mehr zu fallen. Ich bin zwanzig Jahre alt. Ich kenne diesen Weg, auch wenn sich vor mir ein fremdes, verfilztes Dickicht erhebt, in dem ich mir Gesicht und Hände zerkratze. Vögel fliegen auf, lassen warnende Rufe erschallen, die davon künden, dass ich eindringe, wo niemand eindringen soll.

Plötzlich gerate ich ins Unterholz. Schlehen, Weißdorn. Mehrjährige Tannen. Ich verfange mich darin. Ich kann nicht vor, nicht zurück. Ich sehe auch nicht mehr, wo vorwärts, wo rückwärts ist. Heftig schimpfende Vögel sitzen irgendwo über mir. Ich halte ein. Ich versuche durch das Zweigwerk zu spähen und auszumachen, wo ich bin. Was mich umfängt, ist voller dicker, praller Knospen, die noch geschlossen sind. Noch sieht man hindurch.

Ich sehe über das Tal hinweg auf der anderen Seite die Umrisse des Untersbergs. Tief unter mir sehe ich das Band der Ache, das sich durch das Tal schlängelt. Ich erkenne die Dächer einzelner Gehöfte wie hingestreut, die Welt aus Hitlers Teezimmerblickwinkel, seine Idylle, seine Spielzeugwelt. Ich erkenne, dass ich da bin, wo sein Teehaus stand. Ich sehe jetzt den Felsvorsprung, der es trug. Ich sehe, dass ich nur wenige Zentimeter von seinem Absturz entfernt bin. Ich sehe, dass von Hitlers Teehaus nichts übrig geblieben ist. Sie haben es wie den Berghof und die Überreste des Göring- und Bormann-Hauses weggesprengt. Vögel nisten jetzt dort.

Zitzit, singt eine Amsel. Die Dämmerung fällt ein. Bald muss es dunkel sein.

Ich weiß, dass irgendwo Kerzen im Haus sind. Seit unserer Vernichtung gibt es keinen Strom auf dem Berg. Zum ersten Mal ist es mir unheimlich im Teehaus. Ich möchte nicht von der Dunkelheit überrascht werden, kann aber weder im Vorraum noch in der Küche die Kerzen finden. Ich finde nur auf dem Kaminsims eine Schachtel Streichhölzer.

Natürlich bin ich erleichtert, dass ich noch ein Dach über dem Kopf habe. Das Teehaus lag etwas außerhalb der Peripherie des Zielgebiets. Ich habe Glück gehabt.

Zwar sind die meisten Fensterscheiben zerstört, aber sonst ist alles noch so, wie ich es am Morgen verlassen habe. Auf dem Schreibtisch die Hefte mit meinen Aufzeichnungen, auf dem Küchentisch die Reste von meinem Frühstück, die gefüllten Aschenbecher im Vorraum, wo meine Bewacher sich aufgehalten haben.

Trotzdem ist eine Veränderung vorgegangen. Das Haus ist verwandelt. Es ist abweisend. Düster. Grau. Verschmutzt. So als habe es jemand vor Jahren verlassen und sei seitdem nicht zurückgekommen. Wahrscheinlich liegt es an dem schwarzgrauen Niederschlag, der sich auch hier seit dem Morgen auf alles gelegt hat. An seinem Geruch, der scharf und brandig ist und die Botschaft von erbarmungsloser Zerstörung, von Schmerz und Gewalt enthält. Sie erreicht mich auf einmal mit solcher Eindeutigkeit, dass ich spüre, wie sich die Härchen in meinem Nacken aufstellen.

Dann erst höre ich die Schritte und Stimmen. Ich bin nicht allein im Haus.

Was will die denn hier?, höre ich.

Es sind Frauen. Aber meine Erleichterung darüber ist voreilig und unangebracht. Sie müssen durch eins der zerbrochenen Küchenfenster ins Haus gestiegen sein, während ich im Teezimmer war. Eine von ihnen kommt mir bekannt vor. In der einfallenden Dunkelheit kann ich aber nicht erkennen, ob es wirklich eine der Putzfrauen ist.

Gehen Sie!, sage ich. Gehen Sie bitte!

Halt's Maul, sagt eine der Frauen.

Jetzt machst schnell, dass'd wegkommst, sagt die andere. Sie trägt schon eine Jacke von mir.

An diesem Tag entdecke ich eine andere Welt. Brandneu und überraschend. Ich habe nichts von ihr geahnt. Ich lerne, lerne, lerne. Ich begreife, dass dies die andere Seite der Dinge ist. Doch so einfach will ich mich nicht mit ihr abfinden.

Was wollen Sie?, sage ich. Sie haben hier nichts verloren.

Wuist Ärger?, sagt eine dritte Frau, die aus der Küche gekommen ist. Kannst haben, wennst net verschwindest.

Drei genügen, um mich plötzlich zu umringen. Ich spüre den Schlag in den Magen, bevor ich die Faust sehe, die ihn ausführt. Meine Überraschung ist größer als mein Schmerz. Ich bin noch nie im Leben geschlagen worden. Ich erfahre, dass unausweichlich und reflexartig der Lernprozess einsetzt. Ein neues Sehen. Eine neue Wirklichkeit. Gleichzeitig wird mir bewusst, dass ich weine. Ich kann nichts dagegen tun.

Ich sehe, dass es auf der anderen Seite der Dinge, in dieser brandneuen Welt, in der ich bin, kein Erbarmen gibt. Hier geschieht, was geschieht, einfach so. Abscheuliche Verbrechen. Wundersame Rettungen. Was sich vollzieht, vollzieht sich ohne Grund, ohne Rechtfertigung, ohne zu zögern, ohne dass es auch nur Erinnerung konstituiert. Die Frauen meinen es ernst. Ich erkenne das. In dieser anderen Welt gibt es keine Witze, keinen Spott, keine Ironie. Aber es ist ein spielerischer Ernst, ablenkbar, flatterhaft, schweifend. In diesem Augenblick höre ich die Stimme von Hugh Carleton Greene aus meinem Schlafzimmer. Der Strom ist wieder da.

Die Alpenfestung ist zerstört, sagt er. Die letzten Schlupfwinkel der Nazis …

Ein Radio!, schreien die Frauen, und ich nutze meine Chance und renne los. Mister Greene hat mich gerettet. Am Ende ist er der Einzige, auf den Verlass gewesen ist. Der Einzige.

Hitlers Teehaus werde ich nie wieder betreten.

Wie alle, die noch am Berg sind, suche ich jetzt Zuflucht in den Bunkern. Dort leben wir. Dort finden wir den Luxus, an den wir gewöhnt sind. Dort fehlt es uns an nichts. Dort lagern unsere Vorräte. Dort pflegen wir uns in gekachelten Bädern. Dort schlafen wir in seidener Bettwäsche. Dort kleide ich mich aus Evas gebunkerter Garderobe neu ein. Dort sind wir selber so etwas wie Plünderer einer untergegangenen Welt, unserer eigenen. Es fehlt uns nichts außer Tageslicht. Nichts außer einer Idee, wohin wir gehen sollen. Einer Antwort auf die Frage, wer wir sind. Wer wir waren. Und wer wir sein werden. Wir sind Niemande geworden. Auf der Welt, vor der wir uns hier unten verbergen, ist kein Ort mehr für uns.

Wenn ich gelegentlich hinaufkomme, sehe ich die Feuer. Es sind nicht nur die Trümmer, in denen es noch brennt. Es sind die Scheiterhaufen unserer Hinterlassenschaft.

Aus Berlin ist Hitlers Adjutant Schaub angekommen. Er spricht mit niemandem. Alle bestürmen ihn mit Fragen nach Hitler. Kommt er? Wann trifft er ein? Schaub antwortet nicht. Unaufhörlich verbrennt er auf der Terrasse des Berghofs die Dinge, die er und sein Bursche aus dem Haus tragen, Aktenordner, Kartons voller Bücher und Briefe, das ganze Zeug aus den Panzerschränken.

Sobald irgendjemand versucht, sich dem Feuer zu nähern, gießt Schaub aus einem Kanister, der wie durch Zauberei unerschöpflich zu sein scheint, Benzin in die Flammen. So hält er jeden fern, auch die Männer von der SS, von denen man immer weniger auf dem Berg sieht.

Auch sie haben damit begonnen zu zerstören, was von ihnen zeugen kann und am Tag unserer Vernichtung übrig geblieben ist. Tagelang sehe ich, wie sie die Produkte eines gigantischen Verwaltungsfleißes verbrennen. Übereifrig, wie sie es beschrieben haben, vernichten sie nun all dieses Papier. Niemand findet es komisch. Niemand findet es verzweiflungswürdig. Nirgendwo höre ich Flüche, teuflisches Gelächter, Sarkasmen, von denen dies begleitet sein müsste.

Wir trinken. Wir trinken alle zu viel, auch ich. Ich vertrage nichts. Ich habe nie viel vertragen. Und damals war ich viel zu jung für den Alkohol. Aber meine Erinnerung an die Tage, die ich in den Bunkern des Berghofs verbracht habe, vielmehr an die einzige, ununterbrochene Nacht, die dort geherrscht hat, ist so bruchstückhaft, so vernebelt, wie es nur die einer Betrunkenen sein kann. Sie besteht aus Bildern von großer goyahafter Leuchtkraft, umrandet von Düsternis, gerahmt von Vergessen, unverknüpft, ohne Zusammenhang. Bildern aus einem Albtraum, der nicht zu Ende geträumt ist, bis heute nicht.

Niemand scheint mehr unten zu sein. Die Luft ist dumpf und feucht, der Boden nass. Die gepriesene Technik der Luftschutzanlagen am Obersalzberg hat versagt. Wasser ist eingedrungen, teilweise ist die Belüftung ausgefallen. In der verbrauchten Atemluft liegt noch das Aroma der Todesangst, die hier vor kurzem ausgeschwitzt worden ist. Ein widerlicher, strenger Geruch, der dazu dient, überlegene Gegner zu vertreiben. Eine verzweifelte Notwaffe der Natur.

In Hitlers Kaverne, seinem eleganten Wohnraum unter dem Berg, sieht es wie nach einer Party aus. Leere Flaschen, zerbrochene Gläser, Zigarettenlöcher in den roten Veloursbezügen der Sessel, die Kopien von denen in der großen Halle sind. Flecken und Brandlöcher auf den Orientteppichen. Ich weiß noch nicht, dass dies nur der Anfang der Verwilderung ist.

Gegenüber in Evas Kaverne sieht es ähnlich aus. Die Tür zu ihrem Schlafzimmer steht auf. Ein Klagelaut dringt heraus.

Meine Cousine Gretl liegt auf dem Doppelbett. Ihr Bauch ist ein Berg, unter dem sie wie begraben liegt. Der Anblick ist fürchterlich. Dieses Kind muss ein Monstrum sein, das seine Mutter derartig entstellt und leiden lässt.

Rechts und links von ihr sitzen ihre Eltern. Sie sehen mich an, als wenn ausgerechnet ich ihre Rettung sei. Eine Familienszene: Vater, Mutter, das Kind, das ein Kind kriegt, inmitten dieses unterirdischen Albtraums aus weißem Schleiflack, Marke Chippendale, und seidenen Steppdecken, all das in ein gespenstisches Schwarzgrün getaucht, die Gesichter fremd wie auf einem Negativ.

Ist alles in Ordnung?, fragt Tante Fanny mich. Alles da oben heil?

Nein, sage ich. Da oben ist nichts mehr.

Sei still, sagt Onkel Fritz.

Er hebt beide Hände hoch. Es ist eine Geste, mit der er sich vor mir schützen will, sich und die beiden Frauen. Er will sie schützen vor der Unglücksbotin, die ich bin. Und wie auf einem Röntgenbild erkenne ich plötzlich, was sie zusammenhält: der Wunsch, einander die Wahrheit zu verbergen. All ihr Wichtigtun, all ihre große Anstrengung, dabei zu sein und sich zu amüsieren, Onkel Fritz' Parteieintritt, sein Veteranengehabe, sein Patriarchenstolz, den er, spät aber ganz, faschistisch umgewertet hat, Tante Fannys Munterkeit, ihr manchmal ans Frivole streifender Witz, ihr unverwüstlicher Sexappeal, mit dem sie sich gegen die zaghafte Schönheit ihrer Töchter behauptete, Gretls rührende Bereitschaft zu tun, was sie alle von ihr erwarteten, einen ungeliebten und gewissenlosen Mann zu heiraten – all dies geschah, um einander vor der Wahrheit zu schützen, die darin besteht, dass sie mit dem Bösen verschwägert sind. Sie warnen einander nicht. Sie versuchen einander nicht davor zu retten. Sie halten sich gegenseitig die Augen zu.

Ich erkenne, dass Familien solche Wahrheitsverhinderungssysteme sind, auf Gedeih und Verderb darauf verpflichtet, einander die Wirklichkeit zu ersparen. Jeder für sich weiß Bescheid. Aber alle gemeinsam sind sie blind. In der schwarzgrünen Gegenwelt in Evas Schlafzimmer unter Hitlers Berg, diesem röntgenaufnahmeähnlichen Familienbild sehe ich das.

Da oben ist nichts mehr, sage ich.

Und ich sehe, wie die Wahrheit jeden von ihnen einzeln trifft. Ich sehe, wie sie mich hassen, weil ich ihnen das zumute.

Was heißt das?, sagt Onkel Fritz vorwurfsvoll.

Das glaube ich nicht, sagt Tante Fanny.

Gibt es hier denn keinen Arzt?, sagt Gretl.

Sei ruhig, sagt Tante Fanny begütigend. Es ist noch nicht soweit.

Sie verstellen einander schon wieder den Blick auf die Realität.

Aber Tante Fanny wird recht behalten. Gretls Tochter Eva wird erst in zwei Wochen zur Welt kommen. Dann wird der Vater des Kindes nicht mehr am Leben sein. Wie die Schwester seiner Mutter, deren Namen es trägt. Die Welt, aus der dieses im Schloss Fischhorn gezeugte Mädchen stammt, wird untergegangen sein, kaum etwas, das aus ihr kommt, wird das Ufer der Zukunft erreichen. Wenn doch, wird man es dort vertreiben, zurückschicken, wo es hingehört, in den Orkus der Vergangenheit, die keine Chance haben soll, einen Weg in die Zukunft zu finden – außer diesen Babys, nazizeitgezeugt, die nach dem Kriegsende geboren wurden. Ein unfassbar starker Jahrgang. Da waren sie einfach. Die Kinder einer verwerflichen Bevölkerungspolitik. Und die Kinder der Lebensgier ihrer Eltern. Beides. Und sie sind jetzt noch da. Eben schließen sie zur Generation der Großeltern auf. Aber meine Nichte Eva Fegelein ist nicht mehr dabei.

Eva ist kein guter Name für ein Kind aus der Familie Braun. Das einzige Enkelkind, das drei Töchter ihren Eltern geboren haben.

Es wird zwei Wochen später in Garmisch zur Welt kommen. Hertha Schneider wird meine hochschwangere Cousine dorthin mitnehmen, als sie uns auf einem holzvergaserbetriebenen Lastwagen verlässt, dessen Fahrer sie mit Likör aus den Bunkerbeständen bezahlt. Das sind begehrte Güter geworden, der Likör, die Mitfahrmöglichkeit auf einer offenen Ladefläche.

In Garmisch soll es ein gutes Krankenhaus geben. Eine Entbindungsabteilung, in der auch Hertha ihre Kinder bekommen hat.

Die Eltern werden versuchen, nach München durchzukommen. Eine leerstehende Wohnung steht in diesen Tagen nicht lange leer. Wenn sie überhaupt noch steht. Sie haben Gretl versprochen, sobald es geht, bei ihr in Garmisch zu sein.

Sie werden ihr Versprechen nicht halten können. In München werden sie feststellen, dass sie Ausgebombte sind, und sich in eines der Notquartiere einweisen lassen, ein kleines Zimmer, irgendwo auf dem Land. Eine Gemeinschaftsküche. Ein Plumpsklo auf dem Hof. Hitlers Luftschutzluxus auf dem Obersalzberg wird der letzte Luxus in ihrem Leben sein.

Wenn es soweit ist, wird meine Cousine Gretl vor dem Krankenhaus auf der Straße stehen.

Für eine wie Sie gibt es keinen Platz in dieser Klinik, wird man ihr sagen. Verstehen Sie? Alles belegt. Wie? Das muss doch gehen? Glauben Sie denn noch immer, dass sich alle Türen für Sie öffnen, nur weil Sie es sind?

Und meine Cousine Gretl, in Wehen, allein, wird sich am Straßenrand niederlegen, dem Gesetz aller Frauen gehorchend, die ein Kind zur Welt bringen: Wenn es soweit ist, ist es soweit.

Und kurz darauf wird ein Military-Fahrzeug neben ihr halten, ein Offizier der US-Army wird aussteigen, erkennen, was mit ihr los ist, sie aufheben und vor das Tor derselben Klinik fahren.

Sie werden diese Frau hier aufnehmen!, wird er sagen. Gibt es in diesem Land denn keine Menschlichkeit mehr?

Und es wird gleichgültig sein, ob die Schwester an der Pforte Englisch versteht. Die Sprache der Sieger wird immer verstanden. Es ist ein Befehl. Das genügt.

Und so wird meine Nichte Eva Fegelein doch noch in einem sterilen Kreißsaal zur Welt kommen statt im Straßengraben, und ihre Mutter wird sie nach dem einzigen Menschen nennen, der ihr je etwas bedeutet hat.

Sie wird keine Not leiden. Auch ihrer Mutter wird nichts fehlen, was sie zum Leben braucht, Erdnussbutter, Zigaretten, Chocolate-bars, Kaugummi, Whisky und männliche Protektion. Der Officer wird so etwas wie eine Patenschaft für die kleine Eva übernehmen. Er wird ganz und gar dem Charme seiner Rolle erliegen, als Sieger gleichzeitig Beschützer der Besiegten zu sein, generös, überlegen und auf Siegerart mitmenschlich. Gretl und ihr Kind, sie sind sozusagen sein kleiner transatlantischer Familienersatz, eine zarte Versuchung, der er nicht widerstehen kann, die Quelle seines Besatzerglücks.

Und Gretl? Irgendwann werde ich sie noch einmal in Garmisch sehen. Ich werde mit ihr eine Sportveranstaltung besuchen, die offensichtlich nur für amerikanische Gäste ist. Ich werde erkennen, dass sich für sie nichts geändert hat. Immer noch lebt sie in einem System von Abhängigkeiten und Protektion. Sie lebt wieder gut darin.

Gretl ist eine Ranke, hat Ilse früher einmal gesagt.

Gretl ist eine Ranke.

Sie hat ein Rankenkind. Ein zauberhaft hübsches, dunkelgelocktes Kind, das sich im Alter von siebenundzwanzig Jahren wegen eines Mannes umbringen wird. Eine Ranke hält sich niemals aus eigener Kraft. Sie braucht eine Wirtspflanze. Eva ist kein guter Name für ein Kind aus der Familie Braun.

Ein Kind, das eines Tages erfahren wird, wer diese Tante

war, nach der man sie genannt hat. Wen sie geliebt hat. Und wie sie gestorben ist.

Im grünen Licht der Bunkerwelt sehe ich die Konturen dieses zukünftigen Lebens sich abzeichnen, aufgeworfen, schwellend. Wie ein frischer Grabhügel.

Schaub hat Gretl einen Brief von Eva mitgebracht. Es ist ein Abschiedsbrief, am 23. April datiert.

»Es kann jeden Tag und jede Stunde mit uns zu Ende sein«, schreibt sie. Sie bittet Gretl darum, ihre ganze Korrespondenz zu vernichten, vor allem »die geschäftlichen Sachen«.

Was für Geschäftliches?

»Es dürfen unter keinen Umständen Rechnungen von der Heise gefunden werden.«

Die Heise – das ist ihre Schneiderin. Es handelt sich um das Vermächtnis einer Kleiderkaufsüchtigen. *Das* ist die Spur, die sie von sich getilgt wissen will. Darum geht es ihr. Dieser einzigen Sünde, die ihr bewusst ist, möchte sie nicht von der Nachwelt geziehen sein.

Und da weiß ich, dass sie mit dem Leben abgeschlossen hat.

Den Hermann siehst du bestimmt wieder, liest mir Gretl mit schwacher Stimme vor.

Sie legt den Brief auf dem Gipfel ihres gewaltigen Bauches ab.

Den Hermann sehe ich nicht wieder, sagt sie fest.

Woher willst du das wissen? sage ich.

Das hier, sagt sie und zeigt auf zwei Ausrufungszeichen hinter dem Satz.

Als wir Kinder waren, sagt sie, hatten wir solche Zeichen vereinbart, die nur wir beide gekannt haben. Zwei Ausrufungszeichen hinter einem Satz bedeuteten, dass das Gegenteil wahr ist.

Sie sieht zufrieden aus, ruhig, wie ein Kind, dem jemand eine Geschichte zum Einschlafen erzählt hat.

Sie will ihn gar nicht wiedersehen, denke ich.

Später werde ich erfahren, dass Eva, als Hitler ihn in einem Anfall von Wut und Misstrauen zwei Tage vor seinem eigenen Tod erschießen ließ, nicht das Geringste zur Rettung ihres Schwagers unternommen hat. Zwei Ausrufungszeichen hinter einem Satz. Niemand kannte diese beiden Schwestern so gut, wie sie einander kannten.

Aus der Hitlerkaverne dringt wieder die Musik. In einem Seitengelass ist die Schallplattensammlung untergebracht. Obwohl es Hunderte von Platten sind, legt irgendjemand immer dieselbe auf.

Wie sich die Herzen
wogend erheben!
Wie alle Sinne
wonnig erbeben!

Dazu geht der Cognac um.

Irgendjemand schreit: Mach den Wagner aus! Kann man sich denn nicht einmal in aller Stille betrinken hier?

Mein Leben lang werde ich keinen Wagner hören können, ohne das Vorgefühl einer goldfarbenen, lauwarmen Übelkeit in mir, das Vorgefühl einer schlingernden, sanften Bewegung wie von einer Flüssigkeit, die, zähfließend und ölig, in einem bauchigen Glas geschwenkt wird, das zwischen Zeige- und Mittelfinger klemmt.

Sehnender Minne
schwellendes Blühen,
schmachtender Liebe
seliges Glühen … Mir wird einfach schlecht davon.

Am 1. Mai sind die Plünderer auf einmal mitten unter uns. Sie kommen auch in die Bunker hinunter und dringen in die privaten Kavernen ein, wo wir sind. Niemand verwehrt ihnen mehr den Zutritt. Sie kommen mit Taschen, mit Jutesäcken, mit Koffern. Sie packen alles ein, Lebensmittel, Geschirr, Bestecke, Tischdecken, sie ziehen die Betten ab, in denen wir bisher geschlafen haben, sie schrauben die Armaturen in den Bädern ab, die Klodeckel, ja, sie klopfen die Kacheln von den Wänden, rollen die Teppiche ein, schneiden die Telefone von den Leitungen, tragen das Grammophon fort, Schallplatten, Bücher, in Windeseile beginnen sie damit, Evas Kleiderschränke auszuräumen, bis auch ich mich unter sie mische. Auf einmal bin auch ich eine Plünderin unter Plünderern. Ich nehme mir, was ich brauche, bevor es andere tun. Und das ist es wahrscheinlich. Das ist das Gesetz des Handelns, das jetzt herrscht. Es ist nichts anderes als eine neue Art des Kofferpackens. Die anarchistische.

Wir haben erfahren, dass Hitler nicht mehr lebt.

Ein großes Abreisen hat eingesetzt. Ein großes Forttragen, das nur auf den ersten Blick planlos und ungesteuert wirkt. Schon bald erkenne ich neue Befehlshierarchien, ganz unerwartete.

Am Kopf der großen Berghoftreppe steht eines der Hausmädchen und kommandiert den Abtransport von Möbelstücken aus dem Haus. Ich kenne es als verschüchtert, ängstlich bemüht, nicht durch Ungeschicklichkeit aufzufallen. Unsichere Augen. Gesenkter Kopf.

Das alles ist jetzt von ihr abgefallen. Mit großer Entschiedenheit lenkt sie die Ereignisse. Auch die Hausverwaltersfrau hört auf ihr Kommando. Mich kennen sie beide gar nicht mehr.

Ich teile dieses Schicksal mit einem Wesen, das in einem anderen Leben Stasi oder Negus hieß. Ich weiß nicht, welcher von beiden das zottige Etwas ist, das sich auf dem Vorplatz unaufhörlich um sich selber dreht wie eine Katze, die mit ihrem eigenen Schwanz Fangen spielt. Offenbar hat nur einer der beiden Hunde Evas unseren Untergang überlebt.

So, um sich kreisend, nähert sich das Tier dem Eingang, um immer, wenn jemand hinauskommt, beladen, wie sie alle sind, einen Fußtritt zu bekommen, der es ein Stück weit wegschleudert, worauf es leise winselnd diese seltsame Art der Bewegung wieder aufnimmt.

Vorsichtig trete ich auf es zu, strecke meine Hand aus.

Stasi?, sage ich. Negus?

Der Hund gibt das Drehen auf. Aus der Nähe sehe ich, wie schmutzig und verklebt sein Fell ist. Wie dünn er geworden ist.

Negus!, sage ich. Stasi!

Er fletscht seine Zähne und knurrt mich an. An seinen Augen erkenne ich, dass er irrsinnig geworden ist. Und mit der Kraft dieses Irrsinns strebt er dorthin, wo er zu Hause gewesen ist, zurück in das Paradies seiner Schoßhündchenseligkeit, die Welt des bei allen beliebten, von allen gefütterten affigen kleinen Tiers, dem alle schöntaten.

Scheißköter, sage ich.

Und er beginnt sich wieder um sich selbst zu drehen, als suche er einen Ausgang aus dem Szenario, in das er geraten ist.

Können Sie dem Hund nicht was geben?, wende ich mich an das Hausmädchen. Das ist doch einer der Hunde von Eva Braun.

Gehen Sie weg, Fräulein, sagt sie. Sie stehen im Weg.

Sie hat recht. Ich muss weg hier. Ich will nach Hause. Ich will zu meinen Eltern zurück. Zu meinem Vater, der von Anfang an Bescheid wusste, der mir dies alles erklären kann. Dessen Verbot ich missachtet habe, als ich im vergangenen Sommer hierher gefahren bin. Ich will zurück dahin, wo ich herkomme, zurück nach Jena, zurück in meine Kindheit. Aber es geht kein Zug mehr dahin zurück. Es geht einfach nichts mehr. Wenn ich Pläne machen will, drehe ich mich im Kreis wie der Hund. Ich finde nicht mehr den Ausgang aus dem Szenario.

Von der Terrasse klingt das laute Klirren herüber, mit dem Geschirr zerbricht. Es ist ein fröhliches Geräusch, ausgelassen, übermütig wie das Frühlingszwitschern der Vögel über uns, die in den kahlen, verkohlten Baumstrünken sitzen, die übrig geblieben sind. Evas Porzellan wird zerschlagen, das handbemalte, das ihr Monogramm in Form eines vierblättrigen Kleeblatts trägt.

Ich laufe hin. Ich erkenne es. Ich rufe: Was machen Sie denn da?

Es sind zwei Männer vom Sicherheitsdienst. Zwei von denen, die noch immer Uniformen tragen, noch immer darauf warten, dass ihnen jemand befiehlt, was zu machen ist.

Sie erklären mir, dass alles, was auf die Existenz meiner Cousine hinweist, zu vernichten ist.

Aber sie lebt doch noch, sage ich.

Wir haben nur vom Tod Hitlers gehört. In der Rundfunkerklärung von Dönitz hieß es, dass er, bis zum letzten Atemzug gegen den Bolschewismus kämpfend, für Deutschland gefallen ist. Von Eva wissen wir nichts.

Befehl, sagen die Männer.

Und ich sehe dem Zerbrechen der grünen Glückssymbole zu. Ich sehe, wie sie sich in Schutt verwandeln, wie es den Männern Spaß macht, wie es sie in Stimmung bringt, zu zerstören, wie sie an der Symbolik des Aktes teilhaben, eines unzeitigen, posthumen Polterabends für ein bereits totes Paar, und ich ertappe mich bei der Lust, einfach mitzutun, bei dem heimlichen Bedauern, dass es zu Ende ist, als nichts mehr übrig bleibt.

Und ich sehe, wie sie Evas Mäntel herbeischleppen, Evas Hüte, Evas Schuhe, alles, was von ihrer Garderobe noch übrig geblieben ist, ihre seidenen Morgenröcke, ihre Handtücher, ihre Fotoalben, ihre Modejournale, ich sehe, wie sie ihre Bücher aufschlagen und die ersten Seiten herausreißen, auf die sie ihren Namen geschrieben hat, und wie sie aus alledem ein Feuer anzünden, das hoch und weithin sichtbar brennt. Evas Autodafé.

Ich bleibe bis zum Ende. Ich bleibe, bis alles Asche ist. Bis zum Abend. Bis der letzte Vogel schweigt. Bis ich mich an der Glut von Evas Lebensscheiterhaufen nicht mehr wärmen kann.

Mai 1999

Lieber Vater,

Seit 54 Jahren bin ich auf der Suche nach Dir. Vor wenigen Wochen habe ich Dich durch das Rote Kreuz gefunden. Die Russen haben dreißigtausend Namen preisgegeben. Dein Name war darunter. Verstorben im Lager in Frankfurt an der Oder am 23. Februar 1946. Sie haben Dich verhaftet, weil Du an dem Versuch beteiligt warst, Forschungsanlagen der Zeiss-Werke aus der russischen Besatzungszone in den Westen zu bringen. Du hast immer gewusst, was Du tun musstest.

Du bist Mitarbeiter der Abwehr gewesen. Auch das habe ich erst jetzt erfahren. Deine vielen Reisen. Deine Abwesenheit, die mehr als nur räumlich war. Die Unerklärlichkeit, die alles, was Dich betraf, umgab. Deine Unerreichbarkeit, genauso von mir empfunden, wenn Du zu Hause warst.

Vielleicht erleben alle jungen Töchter ihre Väter so. Vielleicht muß es so sein. Oder gab es etwas, das Du mir nicht gesagt hast? Etwas, das ich nicht wissen durfte, weil es zu gefährlich für mich gewesen wäre? Etwas, das möglicherweise auch Mutter nicht gewußt hat? War es die Nähe zu Männern wie Canaris, zu Oster, zu Hans von Dohnanyi, die Dich so verschlossen, so abweisend, so ernst, so unnahbar für mich erscheinen ließ?

Warum hast Du nie offen mit mir gesprochen? Was

wolltst Du mir ersparen? Die Angst? Die Notwendigkeit, mich zu entscheiden? Oder hast Du geglaubt, dass ich nicht schweigen kann?

O, ich kann schweigen. Wenn ich eins gelernt habe, Vater, dann das. Mein ganzes Leben lang habe ich geschwiegen. Kein Wort davon, hat mein Mann gesagt. Und ich habe mich daran gehalten, solange er lebte.

Er war sechzehn Jahre älter als ich. Ein kluger Mann. Ein Mann, der Antworten hatte. Der mir Bescheid gab. Der Mann, bei dem ich geblieben bin, nachdem ich Dich so lange vergeblich gesucht hatte. Mutter und ich wussten ja nicht, was mit Dir geschehen war. Ob Du noch am Leben warst. Jetzt, in meinem Alter, tritt das Verborgene hervor, erkennt man die Muster.

Jetzt erkenne ich, dass ich nie aufgehört habe, nach Dir zu suchen, bis heute nicht.

Die bitterste Einsicht ist die, etwas versäumt zu haben. Die bitterste Einsicht für mich, Vater, ist, dass ich Dich noch angetroffen hätte, wenn ich im Sommer nach dem Krieg schneller heimgekommen wäre, rechtzeitig, bevor sie Dich abgeholt und in das Lager nach Frankfurt gebracht haben. Die allerbitterste Einsicht: Dass ich es gekonnt hätte. Wie soll ich Dir erklären, warum Du vergeblich auf mich gewartet hast?

Den Berghof habe ich erst verlassen, als wir erfuhren, dass die ersten amerikanischen Panzer bereits am Chiemsee waren. Das muss am 4. Mai gewesen sein. Die letzte Gelegenheit, wegzukommen, war ein Lastwagen, der Hitlers wertvolle Gemäldesammlung, die in einem verborgenen Stollen des Bunkers versteckt gewesen war, fortbringen sollte, ich wusste nicht wohin. Ich stieg zum Schluss einfach auf, saß zwischen Bildern von Tintoretto, van Dyck, Bordone und Tizian, verschnürt, in Decken und Sackleinen eingepackt, den Stößen der Fahrt über beschädigte Bergstraßen ausgesetzt.

Als wir am Ziel waren, merkte ich erst, wohin sie mich gebracht hatten: Schloss Fischhorn bei Zell am See. Die letzte Zuflucht der Nazis. Minister. Generäle. Wer es aus Berlin in den Süden geschafft hatte, fand sich hier ein. Bei meiner Ankunft sah ich Frau Göring hoch oben an einem der Fenster des Schlosses mit einem großen Sonnenhut und weißem Kleid.

Es war wie ein Schock für mich. Das Ende einer langen Irrfahrt, wenn man plötzlich merkt, dass man im Kreis gefahren ist und wieder an dem Ort angekommen, von dem man um jeden Preis wegwollte.

Denn ich war schon einmal dort. Ich bin sicher, dass Mutter es Dir erzählt hat, obwohl Du während der ganzen vergangenen Zeit vorgabst, nichts von mir wissen zu wollen. Was Du nicht weißt: Dass ich dort einen Mann kennen gelernt habe, den ich sowenig wie diesen Ort wiedersehen wollte.

Ich sah ihn wieder. Auch er war hier. Es war einer von denen, die bis ganz zum Schluss noch glauben, dass etwas gerettet werden kann. Die mit derselben Umsicht, demselben Fleiß, mit dem sie einer schrecklichen Macht gedient haben, ihren Untergang verwalten.

Die Sieger brauchen solche Männer. Sie lassen sie noch eine Zeit lang gewähren, sehen ihnen dabei zu, wie sie mit kundiger Hand die Auflösung abwickeln, dann verhaften sie sie.

An einem solchen Ort erscheint der Sieg der Sieger wie ein Akt von ausgesuchter Höflichkeit. Er findet in Form von Terrassengesprächen statt, bei denen Champagner und Gebäck gereicht werden. Göring nach seiner Abreise von Schloss Fischhorn auf dem Balkon eines Kitzbüheler Hotels, lachend, ein Sektglas in der Hand, umringt von amerikanischen Generälen …

Ich kannte eine Berghütte. Ich bin dort ein paar Tage ganz allein gewesen. Dann füllte sie sich plötzlich mit Männern und Frauen, die ihre Armbanduhren, ihre Pelzmäntel und

Ringe gegen Lederhosen, Dirndl und Trachtenjanker eingetauscht hatten, auffällig Hochdeutsch sprechende Senner und Sennerinnen. Berghütten waren damals begehrte Wohnsitze für einige Zeit.

Eine Zeit lang war ich auf einem Bauernhof in Thumersbach an der Ostseite des Zeller Sees. Ich habe als Stallmagd gearbeitet. Das war die Zeit, als ich für ein Nachthemd von Eva im Tausch eine Schachtel Zigaretten erstand, sie zerbröselte und den Tabak in Wasser ziehen ließ. Als ich mir kochendheiße Wärmflaschen auf den Bauch legte und ein altes Heizöfchen, das ich für einige Zeit eingeschaltet hatte. Ich trank den braunen Sud bis zur Neige aus. Ich wusste, wenn dies misslang, würde ich sterben müssen. Aber es ist gelungen.

Ich hätte Dir niemals davon erzählt, Vater. Im Leben nicht. Und ich tue es auch jetzt nur, um Dir zu erklären, warum ich nicht schneller nach Hause gekommen bin, rechtzeitig, um Dich noch einmal zu sehen. Ich weiß bis jetzt nicht, ob ich damals wirklich schwanger war oder ob es die Schrecknisse unseres Untergangs waren, die meinen Zyklus aussetzten, wie das Eintreffen von etwas Entsetzlichem unseren Herzschlag aussetzen lässt.

Es war die Zeit, als ich meinen Liebhaber wiedersah. Ich nenne ihn so, Vater, obwohl ich weiß, dass das Wort Dir nicht gefallen würde. Aber ich habe mich nie überwinden können, seinen Namen zu nennen.

Einmal, in einer Buchhandlung, nahm ich ein Buch mit dem Titel »Biographisches Lexikon zum Dritten Reich« zur Hand. Ich schlug es ganz schnell auf, wie man etwas Verbotenes tut, und sah nach, ob sein Name darin stand. Und ich war sehr erleichtert, dass er nicht dabei war. Obwohl es keinen Unterschied macht. Ich erinnere mich an den Einband des Buches. Er war schwarz. Und mir fielen diese alten, dummen Redensarten ein. Ein schwarzes Buch und ein goldenes, unsichtbare, himmlische Konten, in denen über Gut und Böse Buch geführt wird. Die Vorstellung ist naiv, aber unabweisbar. Da war dieses schwarze Buch, das man inzwischen in jeder Buchhandlung kaufen kann …

Als ich ihn wieder sah, saß er am Straßenrand. Sie hatten ihnen die Uniformen gelassen, aber die Rangabzeichen entfernt. Ein rauchender Lieutenant schritt vor ihnen auf und ab. Es waren etwa fünfzehn ehemalige SS-Leute, wahrscheinlich die letzten, die sie von Schloss Fischhorn wegbrachten.

Mein Liebhaber sah bei seinem Abtransport seltsam gelangweilt aus. Wahrscheinlich war das der Ausdruck, den er für diese Situation eingeübt hatte. Er erlaubte ihm nicht, aufzublicken und seine Umwelt wahrzunehmen. Sonst hätte er mich gesehen.

Vielleicht hat er mich gesehen. Vielleicht hatte auch ich diesen vorsätzlich gelangweilten Ausdruck im Gesicht. Man muss nicht jeder Wahrheit die Ehre geben bis zum Schluss.

Hinter den Gefangenen standen ein GI mit entsicherter Pistole und zwei bewaffnete junge Männer, die die Lederjacken deutscher Jagdflieger und amerikanische Schirmmützen trugen. Einen von ihnen kannte ich. Es war ein junger Ukrainer, der am Obersalzberg gearbeitet hatte. Ein Junge. Beinah ein Kind noch. Verrückt vor Angst. Vor Hunger. Vor Heimweh. Vor Hass auf uns.

Ich war überrascht, ihn zu sehen. Ich hatte gedacht, dass er längst auf dem Weg in seine Heimat zurück sei. Aber offenbar hatte ihm jemand gesagt, dass dort jetzt die Russen waren und was sie mit denen machten, die aus Deutschland zurückkamen. Vielleicht war das auch zu verführerisch für ihn gewesen: Eine Schusswaffe. Die Macht, die sie ihm über seine ehemaligen Peiniger verlieh.

Warum erzähle ich dir das alles, Vater? Weil dies das Ende des Krieges für mich war: Wie auf der anderen Straßenseite ein Armytransporter hält. Wie der Lieutenant seine Zigarette ausspuckt und in den Staub tritt. Wie die Männer, die da sitzen, auf seinen Befehl aufstehen, sich in einer Reihe aufstellen und über die Straße gehen, wo sie, einer nach dem anderen, die Ladefläche des Transporters ersteigen. Wie mein Liebhaber der letzte von ihnen ist. Wie er den Pistolenlauf des Ukrainers im Rücken hat. Wie der schwarze Stoff seiner Uniform dort Falten schlägt, wo die Mündung, etwas fester als erlaubt, in seinen Rücken stößt. Wie er sich nicht nach mir umdreht, als er auf den Wagen steigt. Wie er sich mit derselben starren, gelangweilten Miene an der Ladewand niederlässt. Wie das alles länger dauert, als es nötig ist. Wie sie ohne Grund warten, bevor sie mit den Gefangenen wegfahren. Wie die beiden Jungen sich ganz hinten auf der Ladefläche postieren. Wie der GI den Verschlag hochmacht. Wie sich plötzlich der Ukrainer umdreht und mir ins Gesicht sieht. Wie er für einen Moment seine Pistole zeigt. Wie er mir seinen Stolz zeigt. Wie er mir eine Verachtung zeigt, die auch mich einbezieht. Wie er mir zeigen will, dass er ein Mann geworden ist. Wie ich begreife, dass ich ab jetzt Angst vor ihm hätte. Wie der Wagen abfährt. Wie er mich in eine goldene Staubwolke hüllt. Wie ich erleichtert bin, dass ich sie beide nie wieder sehen muss, und begreife, dass es zu Ende ist.

Für jeden von uns gab es diesen Moment des Begreifens, dass es zu Ende war. Für jeden anders, einmalig, unwiederholbar. Millionen Geschichten vom Kriegsende, unerzählt. Jeder von uns war mit sich allein, als er es erlebt hat, wie morgens beim Aufwachen. Schutzlos. Ausgesetzt. Blinzelnd. Noch stand die Welt auf dem Kopf. Dann ein verzweifeltes, rasches Sichhineinfinden in eine neue Welt, einen neuen Tag. Das schamvolle, irritierte, ungläubige Erinnern an den Traum, etwas Monströses, zutiefst Unstatthaftes, aus dem man gerade gekommen ist. Etwas Unglaubliches. Etwas ganz und gar Verdrängungswürdiges. Etwas, über das zu sprechen vollkommen unmöglich ist, weil jeder Traum, als man ihn geträumt hat, ganz anders war, sich ganz anders erlebte, als man ihn erzählen kann. Ja, die genaueste Sprache, die ihn beschreibt, meint plötzlich etwas ganz anderes, indem sie den Traum beschreibt. Etwas Unsägliches. Etwas, das niemals ausgesprochen werden darf. Und das Vertraute, Familiäre, das, was uns so selbstverständlich war, als wir geträumt haben, das, was uns so nah, so ganz verwandt war, so verwandt, wie wir es mit uns selber sind, diese Welt, in die ein Teil von uns am liebsten zurückmöchte, der müde, schläfrige Teil von uns, der sich ungern vom Tag überraschen lässt, zeigt sich auf einmal in ihrer ganzen obszönen Entsetzlichkeit.

Ich frage mich, ob es ein solches Aufwachen für Eva gab. Einen Augenblick, in dem sie begriff, neben wem sie auf dem Sofa saß, als sie starb, und wessen Hand sie versuchte zu ergreifen, als sie auf die Kapsel biss, ohne Zögern, vorauseilend, etwas beflissen, wie sie es immer war.

Sie war sorgfältig geschminkt und zurechtgemacht. Und wenn es noch einen Kummer für sie gab, dann den, zu wissen, dass es kein Defilee geben würde, kein Aufbahren, keinen Abschied außer der unverweilten Verbrennung ihrer Körper im Garten der Reichskanzlei.

Ahnte sie etwas von der ungeheuren Erleichterung, die sich im Bunker schon eingestellt hatte, als sie sich nach einem unmissverständlichen Abschiedszeremoniell in Hitlers Räume zurückgezogen hatten? Wusste sie etwas von der Party, die im anderen Bunkerteil schon im Gange war? Dass dort getanzt wurde?

Der Tod durch Zyanid tritt auf der Stelle ein. Ein sekundenwährender inwendiger großer Brand. Hatte sie Zeit, um noch etwas zu begreifen? Hat es genügt? Oder hat sie die Ewigkeit so erreicht, in ihrem blauen Hochzeitskleid und bar jeder Einsicht? Besteht darin ihr Teil an der ewigen Verdammnis, dass sie nichts verstanden hat bis zuletzt?

Wir alle haben Tote, mit denen wir zu sprechen verurteilt sind. Denen wir noch Erklärungen schulden. Von denen wir noch ein Letztes wissen wollen. Du bist es für mich, Vater. Und Eva ist es.

Einmal, vor Jahren, in München, sah ich eine alte Streunerin. Sie trug, obwohl Sommer war, einen Pelzmantel und zog einen Handkarren voller alter zerlumpter Klamotten hinter sich her. Das erste, was mir an ihr auffiel, war der Mantel aus altem, vergilbtem Seehundfell. Heutzutage kann man so etwas aus dem Abfall ziehen. Zu unserer Zeit wäre das noch ein echtes Schmuckstück gewesen. Vermutlich war er so etwas wie ihre Wohnung, ihr einziges Asyl.

Als sie den Kopf hob, erkannte ich plötzlich in ihr eine Art von Ähnlichkeit mit mir. Sie kam mir vor wie eine schlechte, verrutschte Kopie meiner selbst. Die Verkörperung all des Elends, das ich in meinem Leben sorgfältig umschifft und vermieden habe. Wie eine der vielen nicht gelebten Varianten meiner eigenen Existenz, die erbärmlichste.

Im nächsten Schritt erkannte ich plötzlich, dass Eva als alte Frau so ausgesehen hätte. Meine Ähnlichkeit mit ihr hatte mich genarrt. Diese Ähnlichkeit, die man uns früher so oft bestätigt hat. Es war die elendeste, missglückteste Variante von Eva, die mir entgegenkam.

Ich muss stehen geblieben sein und sie angestarrt haben. Ich sah, wie unwillig sie meinen Blick erwiderte, dieses Anheben der Brauen, die leicht erregbare, unberechenbare Wut einer alten Alkoholikerin, das plötzliche Aufflammen des Stierkämpferblicks.

Geh weiter, geh einfach weiter, sagte sie. Du kennst mich nicht!

Und ich empfand den Verrat, der darin lag, dass ich mich abwandte und weiterging. Ich empfand ihre Verachtung, die Verachtung einer Ausgestoßenen für diejenige, die dazugehört, der Auffälliggewordenen für die Normale. Niemand durchschaut uns so gut wie die Elenden. Niemand kennt uns so genau wie sie. Du könntest ich sein, sagt ihr Blick, wenn wir ihm einmal nicht ausgewichen sind. Du könntest ich sein, und du weißt es, sagt er. Sie wissen alles über uns. Alles, was wir getan haben, um nicht sie zu sein.

Ich glaubte keinen Moment, dass es wirklich Eva sei. Und doch war ich so erschrocken, als wenn sie es wäre. Tote sterben nicht. Vergangenes vergeht nicht, und unsere Briefe *an Euch* haben keinen Schluß.

Ich habe irgendwann aufgehört, mich zu fragen, warum sie gesagt hat: Du kennst mich nicht.

Hätte sie nicht sagen müssen: Ich kenne dich nicht?

Oder: Wir kennen uns nicht?

Und warum hat sie Du zu mir gesagt? Ist das die Sprache der Straße? Und hätte ich ihr folgen sollen?

Ich habe aufgehört, darüber nachzudenken. Ich muss damit aufhören.